Das süße Geheimnis der Leidenschaft

MACLACHLAN & FRIENDS REIHE

Band 1: *Ein unwiderstehlicher Halunke*

Band 2: *Der süße Preis der Sünde*

Band 3: *Das süße Lied der Liebe*

Band 4: *Das süße Geheimnis der Leidenschaft*

Über die Autorin:

LIZ CARLYLES große Leidenschaft gilt dem England des 19. Jahrhunderts, den rauschenden Bällen und den festlich gewandeten Damen. Auf ihren zahlreichen Reisen nach England hat die Autorin ihr Korsett und ihre Tanzschuhe stets im Gepäck – auf eine Einladung zu einem Ball wartet sie allerdings immer noch. Dafür kennt sie mittlerweile so ziemlich jede dunkle Gasse und jedes zweifelhafte Wirtshaus in London.
Liz Carlyle lebt mit ihrem Ehemann und mehreren Katzen in North Carolina, USA.
Auf Liz Carlyles englischsprachiger Homepage **www.lizcarlyle.com** erhalten Sie weitere Informationen über die Autorin.

Für Deborah Bess, meine unermüdliche Kritikerin.
Sie hat alles gelesen, was ich je geschrieben habe –
wieder und wieder und wieder …

Liz Carlyle

Das süße Geheimnis der Leidenschaft

ROMAN

Aus dem amerikanischen Englisch von
Susanne Kregeloh

Weltbild

Die amerikanische Originalausgabe erschien 2006 unter dem Titel
Three Little Secrets
bei Pocket Books, a division of Simon & Schuster, Inc., New York.

Besuchen Sie uns im Internet:
www.weltbild.de

Genehmigte Lizenzausgabe für Verlagsgruppe Weltbild GmbH,
Steinerne Furt, 86167 Augsburg

Übersetzung: Susanne Kregeloh
Umschlaggestaltung: Atelier Seidel - Verlagsgrafik, Teising
Umschlagmotiv: © Illustration provided by BookJacketArt.com
Gesamtherstellung: GGP Media GmbH, Pößneck
Printed in the EU
ISBN 978-3-86365-579-2

2016 2015 2014 2013
Die letzte Jahreszahl gibt die aktuelle Lizenzausgabe an.

Prolog

Den Teufel soll man nicht rufen,
er kommt von selbst.

Er war allein, als sie kamen. Es war früh am Morgen. Der Hahn hatte noch nicht gekräht; die Regenschauer der Nacht lagen noch über dem Gras. Der Geruch nach Heu und Pferden hing schwer in der stillen Morgenluft. Die beiden grau lackierten Kutschen mit den geschwärzten Wappen und den geschlossenen Vorhängen rollten wie Schatten durch den Nebel, lautlos und heimtückisch.

Er wollte die Pferde selbst anspannen, um einen Schilling zu sparen. Das war ein dummer Gedanke gewesen. Man konnte nicht sagen, dass er ein vertrauensseliger Mensch war, aber seine Wachsamkeit hatte nachgelassen, und sein Verstand schlief noch halb. Seine Gedanken weilten bei seiner jungen Braut, die ihn bis in die Nachtstunden und darüber hinaus wach gehalten hatte. Bis zur Morgendämmerung war kein Geheimnis unerforscht geblieben. Kein atemloses, drängendes Flüstern mehr, kein Lachen, das von der alten Bettdecke erstickt wurde.

Sie war irgendwann eingeschlafen, eine Faust in das Kissen gedrückt, ein langes schlankes Bein ausgestreckt zu seiner Seite des Bettes. Es war ein Bild, das auf einmal so wunderbar neu und zugleich so wunderbar vertraut war. Er hatte nicht geschlafen. Vielleicht, weil er gewusst hatte, wie kostbar jeder Augenblick war.

Er war aufgestanden und hatte sie betrachtet. Die zierliche, rosa schimmernde Ohrmuschel. Den sanften Schwung ihres cremefarbenen Nackens. Das Heben und Senken ihrer Brüste, die so klein und so vollkommen waren, dass er sich fragte, ob Gott wirklich gewollt hatte, dass ein Mann sie sah. Mit großem Widerstreben hatte er nach seinen Hosen gegriffen und sich angezogen. Er wollte diesen einen Schilling sparen, wobei Gott doch wusste, dass sie gar nichts zum Sparen hatten.

Im Stall brannte noch kein Licht. Er fand eine Lampe, zündete sie an und ging zu seinen Pferden. Er fütterte und bürstete sie und holte Wasser aus dem Trog im Hof. Es waren einfache Pflichten; eine beruhigende Routine für einen Mann, der seinen Platz in der Welt erst noch finden wollte. Als diese Aufgaben erledigt waren, nahm er das Zaumzeug für das erste der Pferde von dem schmiedeeisernen Haken.

Die Hand, die ihn packte, war schwer und kalt.

Man sagt, dass ein Mensch, zu dem der Tod kommt, sein ganzes Leben vor seinem inneren Auge ablaufen sieht. Doch was durch sein Bewusstsein wirbelte, waren die Bilder seines Hochzeitstages. Er sah sie aufblitzen, wie man ein verwunschenes Haus zwischen alten Bäumen aus einer schnell dahinfahrenden Kutsche heraus aufschimmern sah.

Er ließ die Lederriemen fallen, die er von der Wand genommen hatte, und fuhr herum. Ja, er hatte diese schwarz-silberne Livree schon einmal gesehen. Und auch einige der Männer, die noch größer gewesen waren als der, der jetzt vor ihm stand, und dem die zunehmende Morgenwärme den Schweiß auf die Stirn trieb.

Die Hand zerrte ihn aus dem Dämmerlicht des Stalles auf den Hof. »Jemand will mit dir reden.« Die Stimme passte zu der Hand. Sie war kalt wie der Tod.

Die Männer, die auf ihn warteten, sahen nicht aus, als wollten sie plaudern. Natürlich versuchte er, sich zu wehren. Aber es waren vier gegen einen. Er war ein starker Mann und an harte, körperliche Arbeit gewöhnt, aber sie brauchten nicht lange, ihm das Hemd herunterzureißen und ihn fast bewusstlos zu schlagen. Er hätte einen von ihnen fast im Wassertrog ertränkt und einen anderen kopfvoran gegen eine der glänzenden grauen Kutschen gestoßen. Er brach die Nase des dritten, und es bereitete ihm große Genugtuung, das Blut auf dessen feine, fleckenlose Livree tropfen zu sehen.

Natürlich hatte er gewusst, dass sein Glück nicht von Dauer sein würde. Er wusste auch, dass sie vorhatten, ihn zu töten. Als sie ihn schließlich überwältigten, warfen sie ihn zu Boden wie einen Hirsch, der von einer geifernden Hundemeute gehetzt worden war. Und als er auf dem Hof lag und Blut und Dreck und Gott weiß was spuckte, rissen sie ihn hoch und begannen von Neuem, auf ihn einzuprügeln.

Er erinnerte sich nicht daran, wie er sie abgeschüttelt hatte. Er erinnerte sich weder an die Mistforke noch daran, dass er danach gegriffen hatte. Er erinnerte sich nur daran, wie es sich angefühlt hatte, als er sie seinem Gegner in den Leib gerammt hatte. Und er konnte sich an das Mädchen erinnern, das im Schatten des Stalles gestanden und geschrien hatte. Immer wieder geschrien hatte.

Dann hatte jemand die Tür der grauen Kutsche geöffnet, und ein Fuß in einem eleganten Schuh war sichtbar geworden.

Die Stimme, die er hörte, klang ruhig. Fast höflich. Aber die schwarze Pferdepeitsche, die der Mann um seine Hand geschlungen hatte, war alles andere als das.

Natürlich hatte er wie der Teufel gekämpft. Aber drei von Jessups Männern hielten ihn fest; hielten ihn fest, während der Earl of Jessup, sein Schwiegervater, ihn kurz und knapp über den kürzlich erfolgten Sinneswandel seiner Tochter in Kenntnis setzte. Peitschenhiebe begleiteten dabei jedes der Worte.

Erst nachdem er zusammengebrochen war, fand der Earl of Jessup den Mut, näherzutreten. »Vielleicht konnte dich *das* davon überzeugen, dass meine Tochter ihre Meinung geändert hat«, schnaubte er.

Doch Merrick war nicht davon überzeugt. Er würde niemals davon überzeugt sein. Irgendwie gelang es ihm, den Kopf aus dem Dreck zu heben und ihn dem Mädchen zuzuwenden, das jetzt im Schatten des Stalles kauerte. »Er *lügt*.« Er hatte die Worte herausgewürgt. »Sag mir ... dass Jessup ... *lügt*.«

Das Mädchen – es war die Zofe seiner Frau – trat endlich aus dem Halbdunkel und machte einen tiefen Atemzug. »Nun, Monsieur, nein«, sagte sie und verschränkte die Hände ineinander. »Meine Herrin, sie hat ihre Meinung geändert. Sie sagt, dass sie ... sie ist *très désolé*. *Oui*, es tut ihr sehr leid. Sie hat Sehnsucht nach zu Hause, Monsieur. Und sie ist *très jeune* ... zu jung, *oui?* Sie möchte jetzt zu ihrem Papa zurückkehren, nach Sheffield.«

In diesem Moment überfiel es ihn wie ein Verderben bringender Sturm. Ihre drängenden Fragen. Ihre kleinen Einwände. Ihre nagende Ungewissheit wegen der Miete und der Kosten für die Dienerschaft, die Furcht, von der guten Gesellschaft abgelehnt zu werden ...

Konnte es sein? Du guter Gott, hatte sie ihre Meinung wirklich geändert?

Jessup wickelte die Peitsche wieder um seine Hand. Mit einem ruhigen, stillen Lächeln stieg er in seine quecksilberfarbene Kutsche. Seine Lakaien gingen davon, ließen ihr Opfer geschunden und blutend auf dem Hof zurück. Das Mädchen zog sich in den Schatten zurück und begann leise zu weinen.

Nein. Er glaubte es nicht. Niemals würde er das glauben. Niemals.

Dieser Bastard! Jessup würde ihm dafür büßen. Benommen und zerschunden brachte er irgendwie die Kraft auf, sich aufzurichten und einen Sprung hin zu Jessups Kutsche zu machen, als diese vorüberfuhr. Doch anstatt die Fahrt zu verlangsamen, trieb der Kutscher die Pferde an und fuhr ihn um, ohne zu zögern.

Sofort spürte er den Schmerz; er spürte, wie sein Körper auf den Kiesweg geschleudert wurde und zwischen den Rädern der Kutsche aufschlug. Dann kam die entsetzliche, unerträgliche Qual. Das Splittern von Knochen. Der Schmerz, als sein Schädel gegen den Torpfosten krachte. Und dann war da nur noch diese Finsternis. Das gnädige Vergessen, das den Tod bedeutete – oder etwas, das dem tröstlich nahekam.

Kapitel 1

Geld regiert die Welt.

Die Schotten sagen, dass eine Geschichte interessanter wird, je öfter man sie erzählt. Und die Geschichte von Merrick MacLachlan war wohl schon tausendmal erzählt worden. In den Salons, in den Klubs und in den Hinterzimmern Londons war MacLachlan von Jahr zu Jahr reicher, rätselhafter und bösartiger geworden.

Jene, die Geschäfte mit Black MacLachlan machten, taten dies auf ehrliche Weise, wenn auch mit einem nicht zu leugnenden Maß an Beklommenheit. Einige von ihnen wurden bei diesen Geschäften reich – getreu dem Grundsatz, dass Geld nicht stinkt. Anderen erging es weniger gut, und deren Geschichte wurde meistens nur vor dem *Insolvent Debtor's Court* erörtert. Miss Kitty Coates hatte von solchen Dingen keine Ahnung, und sie konnte das Wort ›insolvent‹ nicht einmal buchstabieren. Aber das spielte auch keine Rolle. Denn vom Lohn der Geschäfte, die sie mit MacLachlan machte, gab sie einen reichlichen Teil an ihre Puffmutter ab.

Im Augenblick jedoch hatte Kitty Besseres zu tun, als über ihr Unvermögen beim Buchstabieren nachzudenken. Denn die Strahlen der tief stehenden Nachmittagssonne fielen durch die Fenster von MacLachlans Schlafkammer und warfen ihr grelles Licht auf die nackten Schultern des Gentleman. Und auch auf die Narben auf seinen Schultern und seinem Rücken, die sich kreuz und quer über die festen Muskeln zogen. Kitty war schon seit Langem an diesen Anblick gewöhnt. Sie spreizte ihre Finger weit in das weiche dunkle Haar, das seine Brust bedeckte und hielt sich daran fest, während sie auf ihm ritt.

Im Büro schlug eine Uhr fünf Mal. Mit drei, vier harten Stößen brachte MacLachlan die Sache zu Ende, schob Kitty von sich herunter und legte den muskulösen Arm über seine Augen. Die Botschaft war unmissverständlich.

»Wir müssen nicht sofort aufhören, Mr. MacLachlan, oder?« Kitty drehte sich zu ihm herum und fuhr mit der Fingerspitze leicht über die Narbe, die sich wie die Klinge eines Krummschwertes über seine Wange zog. »Ich könnte noch ein wenig bleiben – sagen wir, zwei Pfund für die ganze Nacht?« Ihre Fingerspitze strich wieder nach oben. »Wir hatten doch bisher eine schöne Zeit, Sie und ich.«

MacLachlan schlug die Decke zurück, drehte sich von Kitty weg und erhob sich aus dem schmalen Bett. »Zieh dich an, Kitty.« Seine Stimme klang emotionslos. »Nimm die Hintertreppe, wenn du gehst. Meine Leute sind noch im Büro.«

Ihr Gesicht erstarrte, aber sie sagte nichts. MacLachlan stand vor dem Bett und biss die Zähne zusammen, um dem Schmerz in seinem Bein zu trotzen. Er machte keinen Schritt, bis er sicher war, dass er nicht humpeln würde. Erst dann ging er in sein Ankleidezimmer und wusch sich sorgfältig.

Als er zu zurückkam, um sich anzuziehen – seine Kleider lagen sorgsam zusammengefaltet auf einem Stapel –, zwängte sich Kitty gerade in ihr zerknittertes rotes Kleid. Sie hatte die Augenbrauen eng zusammengezogen und machte eine finstere Miene. »Wie lange komm ich schon hierher, Mr. MacLachlan?«

MacLachlan unterdrückte einen Seufzer der Verzweiflung. »Ich habe keine Ahnung, Kitty.«

»Nun, ich weiß genau, wie lange schon«, sagte sie mürrisch. »Vier Monate und zwei Wochen, auf den Tag.«

»Ich habe dich bisher nicht für sentimental gehalten.« MacLachlan war damit beschäftigt, seine Unterhosen anzuziehen.

»Jeden Montag und jeden Donnerstag seit dem 1. Februar«, redete Kitty weiter. »Und in der ganzen Zeit haben Sie kaum ein Dutzend Worte mit mir geredet.«

»Mir war nicht bewusst, dass du den weiten Weg von Soho hierher machst, um Konversation zu betreiben«, entgegnete er und faltete seine Hose auseinander. »Ich dachte, du kämst wegen des Geldes.«

»Ja, nur weiter so!« Sie griff nach ihren Strümpfen, die auf Boden lagen. »Gebrauchen Sie nur feine große Wörter, um sich Ihren Spaß zu machen und mich herumzustoßen. *Leg dich hin, Kitty! Bück dich, Kitty! Verschwinde, Kitty! Ich habe eine Verabredung, Kitty!* Sie sind ein gemeiner, abscheulicher Mann, MacLachlan!«

»Ich schließe daraus, dass ich in deiner Achtung gesunken bin«, erwiderte er. »Sag Mrs. Farnham, dass sie mir Donnerstag eine andere schicken soll, wenn dir das lieber ist.« *Eine, die nicht so verdammt viel redet,* fügte er im Stillen hinzu, während er sich das Hemd in die Hose steckte.

»Nun, ich kann ja mal fragen, aber ich bin die einzige Rothaarige bei Farnies«, warnte Kitty ihn, während sie sich den ersten Strumpf anzog und mit geschickten Handbewegungen an ihrem Bein hochstreifte. »Und wegen meinem Haar werd ich oft verlangt, das kann ich Ihnen sagen.«

»Mir ist jede Farbe recht«, erwiderte er und betrachtete ihren Hintern, als sie sich vorbeugte, um den zweiten Strumpf vom Boden aufzuheben. »Es könnte mir wirklich nicht gleichgültiger sein.«

Kitty verlor die Fassung. Sie sprang auf, fuhr herum und

schlug ihm den Strumpf ins Gesicht. »Warum fickst du nicht ein Astloch in irgendeinem morschen Zaun, du undankbarer hartherziger Schotte!«

Einen Moment lang starrte er sie finster an. »Nun, das wäre eine Möglichkeit – und zudem ein weitaus billigere.« Schließlich war er Geschäftsmann. Und Zäune schwatzten, bettelten und heulten schließlich nicht.

Unbarmherzig schob Kitty ihren nackten Fuß in den passenden Schuh. »Nun, ich hab genug von Ihrem Gegrunze und Ihrem Sich-auf-mich-wälzen-und-wieder-runter! Und hinterher gibt es nicht mal ein Auf Wiedersehen! Ich bin nur eine Hure vom Haymarket, MacLachlan, aber ich will verdammt sein, wenn ich mich ...«

Die Zehn-Pfund-Note, die er ihr in die Faust stopfte, brachte sie zum Schweigen. Einen Moment lang starrte sie ihn an und versuchte, ihre Tränen wegzublinzeln.

Irgendwie brachte MacLachlan die Freundlichkeit auf, ihr leicht die Hand zu drücken. »Du hast dich bewundernswert gehalten, Kitty«, murmelte er. »Und ich bin nicht undankbar. Aber ich lege keinen Wert darauf, eine Freundschaft zu beginnen. Mrs. Farnham soll mir am Donnerstag jemand anders schicken. Wir brauchen eine Abwechslung, du und ich.«

Mit einem abschätzigen Schnaufen stopfte Kitty die Banknote in ihren großzügigen Ausschnitt. *Davon* würde Mrs. Farnham ganz sicher nichts abbekommen. Sie ließ ihren Blick über ihn gleiten, vom Scheitel bis zu seinen Lenden, und seufzte dann dramatisch. »Mein Herz wird sich bestimmt nicht nach Ihnen sehnen, MacLachlan«, fauchte sie dann. »Und so gut Sie auch sein mögen – *Sie sind es einfach nicht wert*.«

MacLachlan legte sich seine Halsbinde um. »Ja, damit hast du ohne Zweifel recht.«

Kitty räusperte sich missbilligend. »Also gut. Ich werde am Donnerstag Bess Bromley schicken, damit sie Sie für eine Weile erträgt. Sie ist grässlich gemein, diese katzenäugige Hexe. Ihr werdet gut zusammenpassen.« Nach dieser abschließenden Bemerkung rauschte Kitty durch das Schlafzimmer und riss die Tür zu seinem Arbeitszimmer auf, wo sie sofort im hellen Sonnenlicht verschwand.

Eine ganze Weile noch stand MacLachlan einfach da und starrte in die Schatten in seinem Arbeitszimmer. Er wusste, dass ein besserer Mann als er Reue empfinden würde, vielleicht sogar ein gewisses Maß an Schuldbewusstsein. Aber nicht er. Oh, Kitty hatte ihn gut bedient, erinnerte er sich, während er sich weiter ankleidete. Sie war sauber, höflich und pünktlich gewesen. Und ganz gewiss würde ihr breiter, runder Hintern ihm für immer in Erinnerung bleiben.

Aber das war vermutlich auch alles, woran er sich erinnern würde. Genau genommen war es April geworden, ehe er sich die Mühe gemacht hatte, sich ihren Namen zu merken. Bis dahin hatte er sie einfach aufgefordert, sich auszuziehen und sich auf das Bett zu legen. An besonders hektischen Tagen hatte er sich nicht einmal damit aufgehalten, sich zu entkleiden, erinnerte er sich, als er an seinen Schreibtisch zurückkehrte. Er hatte einfach seinen Hosenstall geöffnet, das Mädchen angewiesen, sich über das Sofa in seinem Büro zu beugen, und hatte dann begonnen, eine irgendwie lästige Lust zu befriedigen.

Nein, mehr interessierte ihn nicht. Damals so wenig wie heute. Denn wenn es etwas gab, was MacLachlan erregender fand als den Anblick eines hübsch gerundeten breiten Hinterns, dann war das pure, unverfälschte Macht. Und Kittys Klagen, so tief empfunden sie auch sein mochten, würden ihn niemals die beiden unabänderlichsten Gesetze des Kapitalismus vergessen lassen. Zeit war Geld. Und Geld war Macht. Von Ersterem hatte er zurzeit nur sehr wenig, von Letzterem würde er niemals genug haben.

MacLachlan entrollte einige Bauzeichnungen und klingelte dann ungeduldig nach seinem Sekretär. Es war Zeit, seine Anwälte aus der Threadneedle Street herzubitten; es gab Arbeit, die getan werden musste. Binnen einer Woche wollte MacLachlan damit beginnen, drei neue Grundstücke zu erschließen, sechs zu verkaufen, einen wenig zahlungsfreudigen Ziegeleibesitzer als bankrott erklären zu lassen und ein benachbart liegendes Dorf dem Erdboden gleichmachen – alles in Vorbereitung auf die nächste Reihe eleganter Villen im georgianischen Stil, die er plante, und die ihm dabei helfen würden, die verschwenderischen Engländer von einer weiteren Wagenladung ihrer Pennies und Pfund Sterling zu trennen. Denn das war es, was ihm wirklich Lust bereitete.

Das Haus in der Mortimer Street sah eigentlich nicht so aus, als gehörte es einem reichen und einflussreichen Angehörigen des englischen Hochadels. Und es stand nicht in Mayfair, allerdings auch nicht weit davon entfernt. Es war kein imposantes Stadthaus, sondern eher schlicht mit zwei Fenstern, einer Tür und vier unscheinbaren Etagen darüber. Der schlichten Fassade nach zu urteilen vermutete man eher, dass es einen Bankier, einen Anwalt oder einen bescheidenen, aber wohlhabenden Kaufmann beherbergte.

Doch so war es nicht. Denn hier wohnte der mächtige Earl of Treyhern, einen Ausbund an Gediegenheit und Sachlichkeit, ein nüchtern denkender Bürger wie er im Buche stand. Er war ein bescheidener Mann, der, so sagte man, keine Narrheiten duldete und Falschheit zutiefst verabscheute. Und was es noch schlimmer machte: Die Komtesse of Bessett, die verzagt am Fuß der Treppe zu seinem Haus stand, war nicht hierhergekommen, um dem Earl einen Besuch abzustatten. Sie war gekommen, um seine Gouvernante aufzusuchen – oder genauer gesagt, um ihm seine Gouvernante *zu stehlen.* Wenn das auch nur im Geringsten möglich wäre, und was abzuwarten blieb.

Geld spielte keine Rolle. Ihre Nerven allerdings schon. Aber die Komtesse war verzweifelt, und deshalb klopfte sie auf die kleine Ausbuchtung in ihrem Ridikül, atmete noch einmal tief durch und stieg die Treppe hinauf, um anzuklopfen. Sie betete darum, dass die Gouvernante noch hier arbeitete. Erst als die Tür geöffnet wurde, kam es der Komtesse of Bessett in den Sinn, dass es möglicherweise nicht ganz der Etikette entsprach, am Vordereingang nach einer Angestellten zu fragen.

Nun, jetzt war es zu spät. Ein hochgewachsener, breitschultriger Diener starrte ihr direkt ins Gesicht. Lady Bessetts Hand zitterte leicht, als sie ihm ihre Karte reichte. »Die Komtesse of Bessett möchte Mademoiselle de Severs sprechen, wenn sie anwesend ist?«

Die Augenbrauen des Dieners hoben sich ein wenig indigniert, doch er führte die Komtesse die Treppe hinauf und bat sie, in einem kleinen, von Sonnenlicht durchfluteten Salon Platz zu nehmen.

Das Zimmer war mit erlesenen französischen Antiquitäten ausgestattet. Buttergelbe Seidentapeten bedeckten die Wände, und die gelben Seidenvorhänge passten perfekt zu dem kostbaren Aubusson-Teppich. Trotz ihrer Nervosität fand Lady Bessett das Zimmer angenehm und merkte sich im Geiste die Farben. Vorausgesetzt sie überlebte dieses Zusammentreffen, wollte sie morgen ein Haus kaufen. Ihr eigenes Haus – nicht das ihres Mannes oder ihres Vater oder ihres Stiefsohnes. *Ihr Haus.* Und dann würde sie auch einen gelben Salon haben. Darüber konnte sie ganz allein entscheiden, nicht wahr? Das würde sie dem Bauunternehmer morgen sagen.

Einige Augenblicke später betrat eine groß gewachsene, dunkelhaarige Frau das Zimmer. Sie sah ganz entschieden französisch aus, aber sie war vielleicht ein wenig eleganter gekleidet, als man es von einer Gouvernante erwartete. Ihr Benehmen war nicht besonders eilfertig, und ihr Gesichtsausdruck war der höflicher Neugier. Ehe sie es sich noch einmal anders überlegte, erhob Lady Bessett sich rasch vom Sofa und ging rasch auf die Frau zu.

»Sie sind Mademoiselle de Severs?«, fragte sie und ergriff die Hand der Frau.

Die Frau zögerte kurz. »Nun, ja, aber …«

»Ich möchte Sie engagieren«, unterbrach Lady Bessett sie. »Sofort! Sie müssen mir nur sagen, welches Gehalt Sie erwarten.«

Mademoiselle de Severs zog sich einen Schritt weit zurück. »Oh, ich fürchte, Sie irren sich, aber …«

»Nein, ich bin verzweifelt!« Lady Bessett drückte Mademoiselle de Severs' Hand etwas fester. »Ich habe ein Empfehlungsschreiben. Von der Gräfin von Hodenberg aus Passau. Sie hat mir alles erzählt. Über Ihre Arbeit. Ihre Tätigkeit in Wien. Mein Sohn … Ich fürchte, er ist sehr krank. Ich möchte Sie engagieren, Mademoiselle de Severs. Ich muss! Ich weiß nicht, an wen sonst ich mich wenden soll!«

Die Frau drückte Lady Bessett tröstend die Hand. »Es tut mir leid«, sagte sie mit ihrem leichten französischen Akzent. »Die Gräfin ist falsch unterrichtet. Genau genommen habe ich sie seit zehn Jahren oder noch länger nicht mehr gesprochen.«

»Das hat sie mir gesagt«, erwiderte Lady Bessett.

»Bitte – woher kennen Sie die Gräfin?«

Lady Bessett senkte den Blick und schaute zu Boden. »Ich habe während meiner Ehe meistens im Ausland gelebt«, erklärte sie. »Ihr Gatte und der meine teilten das Interesse für antike Geschichte. Wir sind uns das erste Mal in Athen begegnet.«

»Wie freundlich von ihr, sich an mich zu erinnern.«

Lady Bessett lächelte schwach. »Sie wusste nur, dass Sie nach London gegangen sind, um für eine Familie namens Rutledge zu arbeiten, die ein kleines Mädchen hatte, das schrecklich krank war. Es war recht schwierig, diese Familie aufzuspüren. Und London – nun, es ist eine sehr große Stadt, nicht wahr? Ich war erst einmal in meinem Leben hier.«

Miss de Severs deutete auf zwei Sessel vor dem Kamin, der an diesem Spätfrühlingsnachmittag nicht brannte. »Bitte nehmen Sie doch Platz, Lady Bessett«, lud sie die Besucherin ein. »Ich werde mich bemühen, meine Stellung in diesem Haus zu erklären.«

Die Hoffnung in Lady Bessetts Herzen schwand. »Sie ... Sie können uns nicht helfen?«

»Das kann ich jetzt noch nicht sagen«, erwiderte die Gouvernante. »Ich werde es gewiss versuchen. Ihr Sohn – wie alt ist er bitte und welcher Art ist seine Erkrankung?«

Lady Bessett unterdrückte ein Schluchzen. »Geoffrey ist zwölf«, antwortete sie. »Und er ... er hat ... nun, er bildet sich Dinge ein, Mademoiselle. Seltsame, erschreckende Dinge. Und er sagt Dinge, die keinen Sinn ergeben, und er kann nicht erklären, warum er das tut. Manchmal leidet er unter Schwermut. Er ist ein zutiefst verstörtes Kind.«

Miss de Severs nickte langsam. »In welcher Form treten

diese Einbildungen auf? Als Träume? Halluzinationen? Hört das Kind Stimmen?«

»Träume, denke ich«, flüsterte Lady Bessett. »Aber auch Träume, wenn er wach ist, wenn das einen Sinn macht? Ich – ich bin nicht ganz sicher, verstehen Sie? Geoffrey spricht nicht mehr mit mir darüber. Genau genommen hat er sich sehr verschlossen.«

»Leidet er noch darunter?«, fragte die Gouvernante. »Kinder entwachsen solchen Dingen oft, müssen Sie wissen.«

Lady Bessett schüttelte den Kopf. »Es wird zunehmend schlimmer«, erklärte sie. »Ich weiß, dass er sehr beunruhigt ist. Ich habe sowohl einen Arzt als auch einen Phrenologen in der Harley Street aufgesucht. Sie sagen ... o Gott! ... sie sagen, er könnte eine Geisteskrankheit haben. Dass er vielleicht den Bezug zur Realität ganz und gar verlieren könnte und unter Aufsicht gehalten werden muss. Oder – oder *eingesperrt*.«

»Was für ein Unsinn!«, sagte die Gouvernante und verdrehte die Augen. »Nun, ich würde gar zu gern einige der Ärzte in der Harley Street fesseln und einsperren – ganz zu schweigen davon, was ich mit den Phrenologen machen würde.«

»Sie glauben ihnen nicht?«

»Aber ganz und gar nicht!«, nickte die Frau voller Nachdruck. »Und ganz besonders nicht in diesem Fall! Ein Kind von zwölf Jahren ist noch nicht ausreichend entwickelt, weder mental noch körperlich, dass solche schrecklichen Prognosen gestellt werden können. Vielleicht ist Ihr Sohn lediglich sehr empfindsam und sensibel?«

Lady Bessett schüttelte den Kopf. »So ist es nicht«, sagte sie entschieden. »Obwohl er ein ausgesprochen guter Zeichner ist. Er hat auch eine Begabung für Mathematik und alle wissenschaftlichen Dinge. Deshalb scheinen diese – diese *Anfälle* so gar nicht zu ihm zu passen.«

»Er ist also kein Kind, das eine zu lebhafte Fantasie hat?«

»Nein, ganz und gar nicht.«

»Kommt er ansonsten gut mit seiner Umwelt zurecht? Lernt er? Versteht er alles?«

»Geoffs Lehrer sagt, er sei brillant.«

»Gab es in seiner Kindheit irgendwelche Traumata?«

Einen Augenblick lang zögerte Lady Bessett. »Nein, kein ... kein Trauma.«

Die Gouvernante zog wieder die Augenbrauen hoch und öffnete den Mund, als wollte sie etwas sagen. Aber in diesem Moment kam ein hübsches blondes Mädchen in den Salon gestürmt. Sie trug ein elegantes Abendkleid.

»Maman, es ist fertig!«, rief sie und schaute über die Schulter auf ihre Fersen. »Was sagst du? Ist der Saum so richtig? Oder sehe ich damit von hinten zu ...«

»Mein Liebes, wir haben einen Gast«, tadelte die Gouvernante – die, wie es jetzt schien, *keine* Gouvernante war. »Das ist Lady Bessett. Lady Bessett, meine Stieftochter, Lady Ariane Rutledge.«

Das Mädchen war rot geworden. »Oh! Ich bitte um Entschuldigung, Ma'am!« Sie knickste und zog sich sofort zurück.

»Es ist schon gut!«, murmelte Lady Bessett und spürte, wie ihre Wangen heiß wurden. »Wer war – ich meine, war das ...?«

»Lord Treyherns armes kleines Mädchen, das so schrecklich krank war«, sagte ihre Gastgeberin. »Ja, das ist, was ich versucht habe, Ihnen zu sagen, Lady Bessett. Wir sind verheiratet, er und ich. Und Ariane, wie Sie sehen konnten, ist jetzt eine ganz normale junge Dame. Wir haben noch drei weitere Kinder, deshalb besteht meine Arbeit zurzeit in nur wenig mehr darin, als einer Freundin oder einer Verwandten von Zeit zu Zeit einen Rat zu geben.«

»Oh.« Lady Bessetts Schultern sackten herunter. »Ach du liebe Güte! Sie sind jetzt Lady Treyhern! Und ich – nun, ich weiß nicht, was ich jetzt noch tun kann.«

Ihre Gastgeberin beugte sich zu ihr und legte die Hand auf die Lady Bessetts. »Meine Liebe, Sie sind sehr jung«, sagte sie. »Sogar noch jünger als ich, nehme ich an?«

»Ich bin dreißig«, wisperte Lady Bessett. »Und ich fühle mich, als wäre ich doppelt so alt.« Und dann, zu ihrer größten Verlegenheit, rollte ihr eine Träne über die Wange.

Lady Treyhern reichte ihr ein frisch gestärktes Taschentuch. »Dreißig ist noch ziemlich jung«, sprach sie weiter. »Sie müssen mir vertrauen, wenn ich sage, dass Kinder solchen Dingen entwachsen.«

»Glauben Sie wirklich?«, schniefte Lady Bessett. »Ich wünschte, ich könnte mir dessen sicher sein! Geoffrey ist mein Leben! Wir haben nur noch uns.«

»Ich verstehe«, sagte Lady Treyhern. »Und wie lange werden Sie in London bleiben, meine Liebe?«

Lady Bessett hob den Kopf. »Für immer«, erwiderte sie. »Ich bin verwitwet, und mein Stiefsohn hat vor Kurzem geheiratet. Morgen werde ich den Kaufvertrag für ein Haus unterzeichnen. Es ist ganz in der Nähe.«

»Tatsächlich?«, lächelte Lady Treyhern. »Wie aufregend!«

Lady Bessett zuckte mit den Schultern. »Unser Dorfarzt hielt es für das Beste für Geoff, wenn wir in der Nähe von London wohnen. Er sagte, er habe keine Ahnung, was er für den Jungen tun könnte.«

Lady Treyhern drückte tröstend ihre Hand. »Sie müssen sich Zeit lassen und sich erst einmal eingewöhnen, meine Liebe«, sagte sie. »Und wenn Sie das getan haben, müssen Sie mit dem jungen Geoff zum Tee kommen. Wir werden damit anfangen, uns kennenzulernen.«

»Sie ... Sie werden uns also helfen?«

»Ich werde es versuchen«, sagte Lady Treyhern. »Seine Symptome sind in der Tat rätselhaft. Aber ich bin ganz und gar nicht überzeugt, dass es sich um eine Erkrankung handelt.«

»Glauben Sie nicht? Gott sei Dank!«

»Selbst wenn es so wäre, meine Liebe, so gibt es in London einige Mediziner, die die Entwicklungen verfolgen, die sich in Wien und Paris tun«, sagte die Gastgeberin. »Sie wagen sich auf das Feld der Geisteskrankheiten und der Erkrankungen der Seele. Psychologie nennen sie es. Nicht alle sind unwissende Schwachköpfe, Lady Bessett.«

»Geisteskrankheiten!« Lady Bessett zuckte zusammen. »Ich kann es nicht ertragen, auch nur daran zu denken!«

»Ich bezweifle, dass Sie das überhaupt müssen«, beruhigte Lady Treyhern sie. »Und jetzt werde ich nach Kaffee klingeln und Sie müssen mir alles über Ihr neues Haus erzählen. Wo steht es, bitte?«

»In der Nähe von Chelsea«, erwiderte Lady Bessett gefasst. »In einem Dorf namens Walham Green. Ich habe mir dort ein Cottage gemietet, bis das Haus fertig ist, aber das wird noch einige Wochen dauern.«

»Nun, dann wohnen Sie ja ganz nah bei der Stadt«, sagte Lady Treyhern, während sie aufstand und an der Klingelschnur zog. »Ich gestehe, dass ich nicht viele Leute in London kenne. Nichtsdestotrotz müssen Sie mir erlauben, Ihnen bei den Einführungen behilflich zu sein.«

Wieder spürte Lady Bessett, wie ihre Wangen sich röteten. »Ich fürchte, ich habe bisher kaum am gesellschaftlichen

Leben teilgenommen«, gestand sie ein. »Ich kenne fast niemanden.«

»Nun, meine Liebe, jetzt kennen Sie mich«, erwiderte ihre Gastgeberin. »Also – was ist mit diesem neuen Haus? Ich nehme an, es verfügt über alle modernen Annehmlichkeiten. Und natürlich werden Sie eine Menge neuer Möbel kaufen müssen. Wie aufregend das sein wird!«

Kapitel 2

Wie man sich bettet, so liegt man.

Die Glöckner von St. George am Hanover Square warteten schon im Portikus, als MacLachlans Kutsche im frühen Morgendunst vor der Kirche eintraf. Mit einem knappen Befehl wies er seinen Kutscher an, im *Three Kings Yard* auf ihn zu warten, dann stieg er aus der Kutsche. In einer Stunde würde die Straße vom Verkehr überflutet sein, und er hatte nicht vor, in dem Gewühl stecken zu bleiben.

Im Portikus der Kirche warf ihm einer der Glöckner einen neugierigen Blick zu. Ein anderer rieb sich geistesabwesend die Schwielen in seiner Hand, als dächte er über die vor ihm liegende Aufgabe nach, während ein weiterer sich nicht eben leise über den Nebel an diesem Spätfrühlingsmorgen beklagte. In diesem Moment wurde eine der Türen geöffnet. Einer nach dem anderen verschwanden die Glöckner in der Kirche. Schon bald konnte MacLachlan hören, wie sie mit schweren Schritten hintereinander die Wendeltreppe erklommen, die in den Turm hinaufführte.

MacLachlan war dankbar, jetzt allein zu sein. Er sah keinen Nutzen darin, sich von Leuten, die er nicht kannte, in müßiges Geschwätz verwickeln zu lassen. Und ganz gewiss hegte er nicht den Wunsch, die Kirche zu betreten, bevor es sich nicht länger aufschieben ließ. Ruhelos ging er auf der Straße hin und her, bewunderte dabei das schöne flämische Glas und die klassischen Säulen von St. George, wenn auch auf eine distanzierte, fast wissenschaftliche Art. Er hatte sich in der Nähe dieser Bastion der oberen Zehntausend Londons noch nie wohlgefühlt. Er hätte sich niemals träumen lassen, hierherzukommen, um einer Hochzeit beizuwohnen – nun, jedenfalls nicht, so lange er zurückdenken konnte.

Aber heute war der Hochzeitstag seines älteren Bruders. Heute blieb MacLachlan keine andere Wahl. Er wandte sich um und ging den Bürgersteig ein Stück weit zurück. Phipps hatte ihm die Krawatte zu eng gebunden, verdammt. MacLachlan steckte den Zeigefinger in den Kragen und versuchte, sie zu lockern.

Der Verkehr auf der St. George Street nahm allmählich zu. Verdammt. Er hatte kein Verlangen, hier noch länger auf und ab zu gehen wie ein gefangenes Tier. Aber er konnte sich auch nicht überwinden, in die Kirche zu gehen. Abrupt wandte er sich um und ging die schmale schattige Gasse hinunter, die entlang der Kirchenmauer verlief. Hier war die Luft dick vom Geruch moosbewachsener Steine und feuchter Erde. Vom Geruch, der aus den Gruften und Katakomben aufstieg, von kalten, toten Dingen. Vielleicht wie aus das Grab der Hoffnungen und Träume eines Menschen.

Es war ein Fehler gewesen, hierherzukommen. Zu dieser Kirche. In diese Gasse. Er schaute hoch und sah die Sonne durch grüne Baumkronen scheinen. Ihre Strahlen schufen ein flirrendes Licht. MacLachlan schloss die Augen. Der Lärm des Straßenverkehrs wurde leiser, verschwand dann ganz.

»Küss mich, Maddie.« Seine Stimme klang rau in der Dunkelheit.

»Merrick, meine Tante!« Sie schaute sich verschämt um und legte die Hand gegen seine Brust. »Sie wird schimpfen, wenn wir hinter den anderen zurückbleiben.«

Er legte einen Finger auf ihre Lippen. »Schsch, Maddie«,

erwiderte er. »Sie haben nicht einmal bemerkt, dass wir nicht mehr da sind.« Er beugte den Kopf und berührte mit den Lippen leicht ihren Mund. Aber so, wie es immer geschah, brachte dieser Kuss sofort eine Flamme zum Lodern. Seine Zunge drang tief in ihren Mund ein, ihre Hände verschlangen sich ineinander.

Ihr Duft machte ihn schwindelig. Er fühlte die Seide ihres Kleides unter seinen Händen, die Wölbung ihres Hinterns, fest und verheißungsvoll unter seinen Händen. Maddies Atem ging schneller, bis er zu einem süßen köstlichen Seufzen wurde. Sie besaß so viel Verstand, ihn von sich wegzuschieben.

»Merrick, wir sind in einer Kirche!«

Er lächelte auf sie herunter. »Richtig, Mädchen, so ist es«, bestätigte er. »Aber an meinen Gefühlen für dich ist nichts Sündhaftes. In den Augen Gottes sind sie gut und rein.«

Sie schlug die Augen nieder und wandte den Blick ab, ihre Wangen färbten sich blütenblattrosa. Er wollte sie wieder küssen. Er wollte sie so berühren, wie ein Mann eine Frau berührte, die ihm gehörte. Aber er wagte es nicht, es hier an diesem Ort zu tun. Stattdessen lehnte er seine Schläfe gegen ihre und spürte, wie ihre Schultern sich entspannten, die sich gegen die kalte Mauer der Kirche drückten.

»Maddie.« Er flüsterte ihren Namen in ihr Haar, schlang die Arme um sie und zog sie an sich.

»Ja?«

»Ist dies die Kirche, in der ihr Mayfair-Leute heiratet?«

»Ich gehöre nicht zu den Mayfair-Leuten«, wisperte sie zurück. »Nicht richtig jedenfalls. Aber ja, hier ist es.«

»Dann werde ich dich hier heiraten, Maddie«, schwor er. Seine Stimme war angespannt vor Gefühl. »Am Ende der Ballsaison, vor all diesen feinen Leuten werde ich das tun, das schwöre ich bei Gott.«

»Wird man ... uns das erlauben, Merrick?«

Er vergaß manchmal, wie jung sie war. »Sie können uns nicht daran hindern«, sagte er rau. »Niemand, Maddie, kann wahre Liebe aufhalten.«

Vom Gang her waren plötzlich die lauten Schritte ihrer Tante zu hören ...

»Großer Gott, hier steckst du!« Die Schritte verharrten.

Merrick wandte sich in der engen Gasse um und blinzelte in das Morgenlicht.

»In einer halben Stunde geht es los!« Sir Alasdair MacLachlans Stimme klang fast wie ein Knurren. »Kommst du jetzt mit hinein oder nicht?«

»Ja, gleich.«

»Nein, sofort!«, entgegnete der zukünftige Bräutigam. »Du warst damit einverstanden, Merrick. Und so schlimm ist es schließlich nicht. Dir soll doch kein Zahn gezogen werden! Du musst nur neben mir stehen.«

Merrick versuchte, sich zusammenzunehmen, während er langsam an der Kirchenmauer zurückging. Er hoffte, man würde ihm seine Gemütserregung nicht anmerken. »Du hast natürlich recht«, sagte er und trat aus dem Schatten in die Sonne. »Entschuldige bitte. Ich war mit den Gedanken woanders.«

»Deine Gedanken waren da, wo sie immer sind, würde ich meinen«, bemerkte sein Bruder garstig. »Bei deinen verdammten Geschäften.« Während er sprach, fuhr ein offener Landauer an der Kirche vorbei, schwenkte dann jäh nach links und hielt an. Ein korpulenter Mann stieg aus und kam den Gehsteig entlang auf die beiden MacLachlan-Brüder zu, eine Hand zu einer festen Faust geballt.

»Wer zum Teufel ist das?«, fragte Alasdair leise.

Merrick zog gelassen den Hut. »Guten Morgen, Chutley.«

Der Mann war hochrot im Gesicht und roch nach Alkohol. »Sie haben gut reden!«, polterte er anklagend los. »Es ist die reine Vorsehung, dass ich Sie hier treffe, nicht wahr?«

»Das kann ich nicht sagen«, erwiderte Merrick. »Darf ich Ihnen meinen Bruder vorstellen, Sir Alas ...«

»Sparen Sie sich die Mühe«, knurrte der Mann. »Ich hatte gestern Abend Besuch, MacLachlan. Von einem Ihrer Gangster aus der Threadneedle Street.«

Merrick zog eine Augenbraue hoch. »Sie sprechen von meinen Anwälten in der City?«

»Nennen Sie sie, wie Sie wollen«, erwiderte der Mann barsch. »Habe ich das richtig verstanden, MacLachlan? Sie haben vor, mir mein Darlehen zu kündigen? Entgegen dem, was wir vereinbart haben?«

Alasdair räusperte sich laut, aber Merrick wollte darauf antworten. »Sie haben zugestimmt, das Darlehen in vierteljährlichen Raten zu tilgen, Chutley.«

»Großer Gott, Mann! Es ist doch noch Mai!«

»Richtig. Aber das Darlehen wurde am 2. Februar ausgezahlt«, erwiderte Merrick. »Die erste Zahlung war neunzig Tage später fällig.«

»Gentlemen, müssen wir das jetzt diskutieren?«, zischte Alasdair. »Wir stehen vor einer Kirche, um Himmels willen!!«

Die beiden Männer würdigten ihn keines Blickes. »Aber jeder Engländer weiß, dass in diesem Fall der 24. Juni der nächste Quartalstag ist«, protestierte Chutley.

Merrick zog beide Augenbrauen hoch. »Tatsächlich?«, murmelte er. »Nach dieser Auslegung hätte ich die Zahlung am *Lady Day* bekommen müssen, am 25. März. Ich fange an zu glauben, dass Sie das Kleingedruckte nicht gelesen haben, Chutley. Darin wurde die Rückzahlung nach *schottischem*

Recht vereinbart. Und dementsprechend war die Zahlung am 15. Mai fällig.«

Chutley sackte in sich zusammen. »Aber – ich habe das Geld nicht, MacLachlan!«, sagte er mit dumpfer Stimme. »Verdammt! Sie spekulieren auf meine Ziegeleien! Wollen Sie das? Geht es darum?«

»Dann würde ich zumindest ein paar Ziegel als Entschädigung für meinen Ärger bekommen«, entgegnete Merrick scharf. »Wenn ich Ihre verdammte Ziegelei übernehmen muss, um diese Sache vom Tisch zu kriegen, dann sei es so.«

Alasdair berührte ihn leicht an der Schulter. »Also wirklich, Merrick, das ist jetzt aber mehr als kleinkrämerisch.«

Sein Bruder wandte sich kurz zu ihm um. »Aye, aber so ist das Geschäft«, entgegnete er. »Chutley, mein Bauleiter hat mir berichtet, dass Sie uns bei den letzten drei Projekten vierzehn Tage zu spät beliefert haben. Ohne Steine kann ich nicht bauen, Mann, und ich habe Ihnen dieses Darlehen nicht aus reiner Herzensgüte gewährt –«

»Nein, weil Sie gar kein Herz haben!«, fiel ihm der Mann ins Wort.

»Aye, und Sie tun gut daran, das nicht zu vergessen«, riet Merrick ihm. »Das Darlehen wurde Ihnen gewährt, damit die Chutley-Ziegelei ihre Ausrüstung auf den neuesten Stand bringen und mir meine verdammten Baumaterialien rechtzeitig liefern kann. Ich brauche diese Ziegel jetzt, Chutley, und Sie haben Ihren Hof voll davon. Ich weiß das, weil ich es gestern gesehen habe.«

Chutleys wurde noch röter. »Aber diesen Bestand habe ich Fortnoy versprochen!«

»Dann brechen Sie Ihr Versprechen, verdammt noch mal!«, donnerte Merrick. »Oder war es etwa Fortnoy, der Ihnen zehntausend Pfund geliehen hat? Nein, ich denke nicht, dass er das getan hat. Guten Tag, Chutley. Bis heute Abend erwarte ich ein Dutzend Wagenladungen Ziegel in Walham Green, und den Rest dann bis zum Ende der Woche.«

Der Mann zitterte vor Wut und sah aus, als würde er jeden Moment auf dem Bürgersteig zusammenbrechen. Ohne weiteres Wort machte er auf dem Absatz kehrt und ging zu seinem wartenden Landauer.

»Oh, vielen Dank, Merrick!«, bemerkte sein Bruder kalt. »Danke, dass du diesen Tag so besonders für mich gemacht hast!«

Merrick wandte sich um und sah Alasdair verständnislos an. Dann fasste er sich und ihm wurde wieder bewusst, wo er sich befand. Inzwischen hatte sich eine kleine Gruppe von Hochzeitsgästen an der entgegengesetzten Seite des Portikus eingefunden. Sie wandten ihre Blicke ab und sprachen leise miteinander. Er begriff sofort, dass sie mit angesehen haben mussten, dass ein Streit stattgefunden hatte, auch wenn sie die Worte nicht verstanden hatten.

Er spürte, wie ihm heiße Röte ins Gesicht stieg. Der Bruder des Bräutigams zertrat im Portikus von St. George's einen zahlungssäumigen Lieferanten unter seinem Absatz – ja, das war genau das, wonach Merricks Ruf verlangte. Normalerweise würde er keinen Pfifferling auf das Gerede der Leute geben. Aber sein Bruder hatte fast siebenunddreißig Jahre damit gewartet, um vor den Altar zu treten, und er war sehr glücklich, es heute endlich zu tun. Alasdair war der Frau seiner Träume begegnet. Und anders als Merricks Träume schienen die seines Bruders dazu bestimmt, wahr zu werden.

Irgendwie brachte er die Geistesgegenwart auf, den Arm um die Schultern seines Bruders zu legen. Er hatte Alasdair oft um dessen unbekümmerten Charme und engelsgleiche blonde Schönheit beneidet, aber etwas Schlechtes hatte er ihm nicht gewünscht. »Es tut mir leid, Alasdair«, entschuldigte er sich. »Dies *ist* ein besonderer Tag! Komm, lass uns hineingehen und damit beginnen, Esmée zu einem Teil unserer Familie zu machen.«

Wie mit den meisten Pflichten, die man besonders fürchtete, wog sie letztlich dann gar nicht allzu schwer. Die Zeremonie an sich war bald vorüber und Merricks Verpflichtung damit erfüllt – zumindest nahm er das an. Die Menge strömte zum aufjubelnden Läuten der Glocken aus der Kirche.

Während das Glockenläuten von den hohen Mauern Mayfairs widerhallte, begann die Hochzeitsgesellschaft, sich auf den Weg zum nahe gelegenen Grosvenor Square zu machen, wo im Hause Lady Tattons das Hochzeitsfrühstück auf sie wartete. Lady Tatton war eine der aufrechtesten Stützen der guten Gesellschaft – und nun durch diese Heirat mit Alasdair verwandt.

Vor der Kirche gesellte sich Esmée zu Merrick MacLachlan. Sie sah heute blendend aus. »Darf ich Ihren Arm nehmen, Merrick?«, fragte sie. »Immerhin sind Sie jetzt mein Schwager.«

Selbstverständlich bot er ihn ihr an. Alasdair nahm gerade die Glückwünsche einiger seiner weniger gut beleumdeten Freunde an. Er stand neben Esmée, als er ihnen die Hand schüttelte. Auf seinem Gesicht lag jener leicht verwirrte Ausdruck, der frisch verheirateten Männern zu eigen war.

»Sie werden uns doch in Tantes Haus ein wenig Gesellschaft leisten, hoffe ich?«, fragte Esmée.

Merrick zögerte. »Ich hatte nicht geplant, zu bleiben«, gestand er. »Sie werden mir das doch gewiss nachsehen?«

»Nein, das werde ich nicht«, erwiderte sie rundheraus. »Wo ist Ihre Kutsche? Warum können Sie nicht bleiben?«

»Die Kutsche steht beim *Three Kings*«, sagte er. »Und heute Nachmittag habe ich ein Treffen. Meine Leute erwarten mich.«

»Bis zum Nachmittag ist es noch eine Weile hin«, sagte Esmée. »Könnten Sie nicht ebenso gut ein paar Meter weiter gehen, Merrick, und zumindest auf unser Glück anstoßen?«

Es schien eine so kleine Bitte zu sein. »Sie sind Alasdairs einziger Verwandter in London«, fuhr sie fort. »Man erwartet von Ihnen, dass Sie an der Feier teilnehmen.«

Merrick war es verdammt gleichgültig, was *man* von ihm erwartete. *Man* hatte nichts für ihn getan, und für seinen Bruder verdammt wenig. Ein schottischer Baronet von bescheidenem Wohlstand hatte nicht viel Gewicht so weit im Süden, und sein jüngerer Bruder sogar noch weniger – besonders, wenn er es wagte, tatsächlich für seinen Lebensunterhalt zu arbeiten. Alasdair war Esmée durch eine Laune des Schicksals begegnet und hatte sich in sie verliebt, sehr zum Leidwesen von deren Tante.

Niemand, Maddie, kann wahre Liebe aufhalten.

Nun. Zumindest war Merrick bei dieser Gelegenheit die Gültigkeit dieser Worte bewiesen worden. Alasdair und Esmée liebten sich bedingungslos. Niemandem wäre es gelungen, ihnen diese Heirat auszureden. Es war eine Verbindung, die ewig halten würde, dessen war Merrick sich mehr und mehr klar geworden. Um seiner neuen Schwägerin willen zwang er sich deshalb zu einem angestrengten Lächeln.

»Die Gesellschaft erwartet es, ja?«, fragte er. »Nun, Gott weiß, dass es nicht mein Wunsch ist, sie zu enttäuschen.«

Esmées grüne Augen funkelten vor Lachen. Merrick gab sich Mühe, ihr etwas Nettes zu sagen. »Sie freuen sich auf die

Hochzeitsreise, hoffe ich? Auf Alasdairs Landsitz wird es zu dieser Jahreszeit wunderschön sein.«

Esmées Miene wurde weich. »Oh, es wird sein, als würde ich wieder nach Hause kommen!«, sagte sie wehmütig. »Ich habe mich nach Schottland gesehnt, seit ich von dort fortgegangen bin. Ich hoffe nur, dass …«

»Sie hoffen was?«, drängte Merrick.

»Ich hoffe nur, dass Ihre Großmutter sich nicht belästigt fühlen wird«, sagte sie. »Ich weiß, dass Castle Kerr ihre Domäne ist, und dass Alasdair es ihr überlassen hat, das Anwesen nach ihrem Gutdünken zu führen. Ich hoffe, ich kann sie überzeugen, dass sich daran nichts ändern wird.«

»Dann sollten Sie ihr das einfach sagen«, riet Merrick. »Granny MacGregor sagt, was sie denkt, und sie erwartet von ihren Mitmenschen das Gleiche.«

»Nun, das scheint eine Eigenheit der Familie zu sein.« Esmée neckte ihn mit ihrem Blick. »Hören Sie, Merrick, warum begleiten Sie uns nicht? Schließlich haben Sie doch auch Ihre Kindheit dort verbracht.«

Er sah sie ungläubig an. »Sie auf Ihrer Hochzeitsreise begleiten?«, entgegnete er. »Nein, damit wird Alasdair wohl kaum einverstanden sein.«

»Merrick, Alasdair liebt Sie«, sagte sie ruhig. »Und manchmal beneidet er Sie sogar. So wie vielleicht Sie ihn beneiden, denke ich? Aber Sie sind sein Bruder, und Sie bedeuten ihm die Welt.«

»Unser brüderlicher Wettstreit liegt weit in der Vergangenheit, Esmée«, entgegnete er. »Wir sind sehr verschieden, und wir haben das akzeptiert. Aber mit euch beiden in den Norden reisen? Nein, ich denke nicht.«

»Dann kommen Sie später nach«, beharrte sie. »Wir wollen

bis zum Herbst dort bleiben, wenn nicht sogar das ganze Jahr. Kommen Sie jederzeit! Ihre Großmutter würde es so sehr freuen. *Mich* würde es sehr freuen.«

Sie hörte sich an, als meinte sie es aufrichtig. Auch wenn Merrick nicht wusste, wieso. Er war anfangs nicht sehr freundlich zu Esmée gewesen. Sie hatte jeden Grund, ihn zu verabscheuen.

»Wir werden sehen, wie die Dinge sich entwickeln«, sagte er ausweichend und verneigte sich elegant vor ihr. »Ich danke Ihnen, Lady MacLachlan, für die Einladung.«

Esmée lächelte, aber gerade in diesem Moment kam der Marquis of Devellyn vorbei, legte seine großen Hände um Esmées Gesicht und küsste sie, recht schamlos und geräuschvoll, auf beide Wangen. »Mein liebes Kind!«, sagte er und stieß Alasdair dabei mit dem Ellbogen in die Rippen. »Jetzt haben Sie sich also wirklich diesen alten Wüstling aufgebürdet! Wie alt sind Sie? Siebzehn? Und dieser Bursche hier ist wie alt? Doch mindestens fünfundvierzig! Ich schwöre, das Schicksal ist schrecklich ungerecht mit Ihnen verfahren!«

Esmées Wangen färbten sich rosa. Auch wenn sie nicht so aussah, so war sie immerhin dreiundzwanzig, und Devellyn wusste das mit Sicherheit. Neben dem Marquis stand dessen Frau, die ihn jetzt auszuschelten begann und Esmée dabei mitfühlend zulächelte. Merrick nutzte diese Gelegenheit, um in der Menge unterzutauchen. Zumindest war das seine Absicht. Doch als er an Lady Tattons Stadthaus vorbeikam, traf er dort auf einen der wenigen guten Freunde, die er unter den oberen Zehntausend Londons hatte – den Earl of Wynwood.

»Wo ist deine bezaubernde Frau?«, fragte Merrick den Freund, während die Menge der Hochzeitsgäste um sie herum wogte.

Lord Wynwood wies mit einem Kopfnicken zur Treppe. »Vivie steckt irgendwo mittendrin in diesem Menschenauflauf«, grinste er, »und nimmt die Komplimente ihrer zahlreichen Bewunderer entgegen.«

Merrick verzog leicht den Mund. »Ich bin mir ganz und gar nicht sicher, ob ich mir wünschen sollte, mit einer berühmten italienischen Sopranistin verheiratet zu sein.«

Wynwood schüttelte den Kopf. »Ich habe zu viele Jahre damit vertan, *nicht* mit Vivie verheiratet zu sein«, erwiderte er. »Lieber ihren Ruhm in Kauf nehmen als mein Elend. Abgesehen davon willst *du* doch mit niemanden verheiratet sein – berühmt oder nicht ber...« Dann, als sei ihm bewusst geworden, was er gerade gesagt hatte, verzog er das Gesicht. »Verdammt, es tut mir leid, alter Knabe!« Er legte Merrick die Hand auf die Schulter. »Hör mal, können wir kurz etwas Geschäftliches besprechen? Vivie und ich brauchen deine Hilfe.«

»Welche Art von Hilfe?«

»Wir wollen ein neues Haus«, sagte Wynwood. »Wir wohnen entsetzlich beengt, um die Wahrheit zu sagen.«

Merrick war überrascht. »Du willst aus Mayfair wegziehen?«

»Ach, du kennst doch Vivie! Sie macht sich nicht das Geringste aus Mayfair. Aber wir brauchen Platz, und um den zu bekommen, müssen wir ein Stück weit aus London herausziehen. Ich dachte, Walham Green könnte perfekt sein.« Er bedachte Merrick mit einem frechen Grinsen. »Du hast vor, das ganze Dorf dem Erdboden gleichzumachen, oder? Sei doch so nett, einige Hektar davon für uns zu reservieren.«

Merrick lächelte angespannt. »Im Gegensatz zu den dunklen Gerüchten werde ich nur das unterpflügen, was die guten Leute von Walham an mich zu verpachten oder zu verkaufen bereit sind.«

»Ja, aber dein Geld ist schrecklich reizvoll für sie, nicht wahr?«, sagte Wynwood. »Und es ist auch so viel davon vorhanden.«

Merrick zuckte mit den Schultern. »Ich zahle faire Preise.«

Wynwood lachte so laut, dass die Umstehenden zu ihm hinschauten. »Oh, ein Schotte zahlt niemals einen fairen Preis!«, entgegnete er. »Aber wirst du uns helfen, Merrick? Wirst du ein Haus für uns entwerfen? Und es in der Nähe von Chelsea bauen?«

»Warum ich, Quinn?« Merricks Stimme war leise. »In meinem Unternehmen gibt es ein Dutzend junger fähiger Architekten. Offen gestanden habe ich den Zeichenstift in den letzten zehn Jahren kaum noch in die Hand genommen.«

»Wir brauchen etwas Besonderes«, beharrte Wynwood. »Und dir sagt man nach, nicht nur in Sachen Geldanlagen ein Genie zu sein, sondern auch als Architekt.«

»Tatsächlich?« Merrick schnaubte abfällig. »Wer sagt das?«

»Nun, unter anderem sagen das all diese hübschen Urkunden und Preise, die drei Wände deines Büros schmücken«, erwiderte er. »Und diese akademischen Dinge aus St. Andrews, die an der Fensterseite hängen.«

»Dinge?«, fragte Merrick spöttisch.

»Du weißt doch, dass ich nicht auf die Universität gegangen bin«, grummelte Wynwood. »Ich weiß nicht genau, was sie bedeuten, aber ich weiß, was ich höre. Also, ich brauche ein Haus – ein verdammt großes –, und ich will erstklassige Qualität.«

»Was ist mit einem anderen Architekten? Cubitt zum Beispiel hat noch ein oder zwei Häuser am Belgravia Square zum Verkauf stehen.«

Wynwood schüttelte den Kopf. »Ich habe mir Belgravia

angesehen, und es gefällt mir einfach nicht. Alles ist wunderschön, aber es sieht alles so gleich aus – was zeigt, dass er ein guter Baumeister, aber kein guter Architekt ist. Dich hingegen hat man schon als genial gelobt, kaum dass du auch nur dein erstes Torhäuschen gebaut hattest.«

»Vor mehr als einem Jahrzehnt und einer halben Ewigkeit«, sagte Merrick. »In der Welt der Architektur, Wynwood, muss man ein hungernder Künstler sein, um solch eine Zustimmung zu bekommen. Ist man erstmal reich, hält man das für Belohnung genug.«

»Ach!« Wynwoods Ton klang beunruhigend verständnisvoll. »Und ist dem so?«

Merrick zögerte nur einen Herzschlag lang. »Aye, du hast verdammt recht, dem ist so.«

»Ich verstehe«, sagte Lord Wynwood. »Dann wirst du also morgen mit mir im *Walham Arms* den Lunch einnehmen und mich durch das Dorf führen?«

»Wenn das dein Wunsch ist«, erwiderte Merrick und zuckte gleichmütig die Schultern. »Komm kurz nach eins dorthin. Und, Wynwood – wenn du ernsthaft interessiert bist –«

»Das bin ich.«

»Aye, dann bring einen Bankwechsel mit. Ich bin, wie du schon sagtest, Schotte.«

Wynwood lachte wieder und mischte sich dann in die Menschenmenge, die seine schöne, ihm frisch angetraute Frau umringte.

Kapitel 3

Wer sich in Gefahr begibt, kommt darin um.

Nachdem vierzehn Tage seit ihrem Umzug in das kleine Dorf Walham Green vergangen waren, war Lady Bessett zu der Überzeugung gelangt, dass der späte Morgen zu ihrer Lieblingszeit des Tages geworden war. Kurz nach Tagesanbruch setzte in aller Regel der Straßenverkehr zum Markt ein. Dann rumpelten die mit Gemüse beladenen Wagen durch das stille Dorf, die Karren, die hoch mit Heu oder Lattenkisten mit gackerndem Federvieh beladen waren. Sie fuhren in Richtung London und ließ das kleine Dorf friedlich zurück.

Auch an diesem Morgen saß die Komtesse in dem kleinen, hinter ihrem Häuschen gelegenen Garten, nippte an ihrem Tee und nahm dazu ein wenig Toast zu sich. Sie schloss die Augen und lauschte dem Gesang der Vögel, während sie den letzten Schluck aus ihrer Tasse trank. Der Frühling lag in der Luft – der Geruch von frisch umgegrabener Erde und der Duft der ersten Blumen. Ja, sie konnte fast meinen, wieder in Yorkshire zu sein.

Sie vermisste es wirklich schmerzlich. Lady Bessett öffnete die Augen und ließ den Blick durch den winzigen, von einer Mauer umgebenen Garten schweifen, über die Rosenbüsche, die den geharkten schmalen Pfad säumten, und die alte Wisterie, die sich um das Küchenfenster rankte. Seit sie an diesen bezaubernden Ort gekommen war, hatte sie sich nicht gestattet, an Yorkshire zu denken – nicht bis es erforderlich geworden war, Lady Treyhern ihre Situation zu erklären.

Die Wahrheit jedoch war, dass die Täler Yorkshires nur vier kurze Jahre lang ihre Heimat gewesen waren. Aber in dieser Zeit hatte sie gelernt, deren unendliche, von Hügeln durchzogene Weite zu lieben. Und sie hatte begonnen, die Freiheit zu genießen, die der Witwenstand ihr gebracht hatte. Ein neugewonnenes Gefühl der Selbstachtung war langsam in ihr gewachsen, und Loughton Manor war nach den langen Jahren der Vernachlässigung durch den abwesenden Besitzer, ihren Ehemann, zu neuem Leben erwacht.

Vielleicht war dabei noch wichtiger gewesen, dass sie angefangen hatte, Loughton und die Menschen, die dort lebten, zu lieben. *Sie werden mich vermissen,* dachte sie. Mrs. Pendleton hatte hemmungslos geweint, als sie und Geoff in die Kutsche gestiegen waren, um die lange Fahrt nach London anzutreten. Sogar Simms, der alte Butler, war zweimal gezwungen gewesen, sich zu schnäuzen. Ja, sie alle würden sie vermissen – und sich nicht darüber freuen, dass sie eine neue Herrin bekommen hatten.

Ihr Stiefsohn Alvin, jetzt der Earl of Bessett, hatte sich verheiratet, kaum dass er mündig geworden war. Bedauerlicherweise war seine Wahl auf eine Frau gefallen, der das Personal nicht gewogen war. Miss Edsell war die Tochter eines in der Nachbarschaft lebenden Gutsherren und oft Gast in Loughton Manor gewesen. Sie hatte ihre Netze sehr früh und ganz offen nach Alvin ausgeworfen. Und sie hatte ebenso unverhohlen deutlich gemacht, dass sich auf Loughton einiges ändern würde, wenn sie dort erst die Herrin wäre.

Was Alvin anging, so wünschte sich dieser nichts als ein friedliches Leben als Großgrundbesitzer und Jäger. Er war nicht unfreundlich, wenn auch ein wenig langweilig. In seiner Art war Alvin von dem eifrigen, unermüdlichen Wissenschaftler, der sein Vater gewesen war, so weit entfernt, dass die Leute sich oft verwundert fragten, wie zwei so verschiedene Menschen überhaupt Vater und Sohn sein konnten.

Vielleicht hatten die Erfahrungen seiner Kindheit, die Jahre, die er mit seinem Vater in Italien und Kampanien herumgezogen war, Alvin dazu gebracht, sich danach zu sehnen, irgendwo Wurzeln schlagen zu können. Er wollte keine Abenteuer mehr erleben und keine Reisen mehr machen. »Und letztlich, Cousine Madeleine«, hatte Alvin gesagt, »warum soll ich für eine Saison nach London fahren, wenn ein Mädchen hier aus der Gegend am besten zu mir passt?«

Und so hatte er Miss Edsell geheiratet. Madeleine hatte Mrs. Pendleton geholfen, nach dem Hochzeitsfrühstück den Abwasch zu beaufsichtigen. Dann war sie nach oben gegangen, um zu packen.

Oh, Alvin hatte sie nicht gebeten, zu gehen. Genau genommen mochte er sie sogar – sie waren Cousin und Cousine zweiten Grades, und sie zudem seine Stiefmutter, seit er acht Jahre alt war. Und Alvin mochte auch Geoff sehr. Er war dem Jungen immer wohlgesonnen gewesen, soweit Madeleine es beurteilen konnte.

Bei Miss Edsell allerdings verhielt es sich anders. Madeleine hatte oft genug den Ausdruck in deren Augen gesehen, um zu wissen, aus welcher Richtung der Wind bald wehen würde. Außerdem sollte Geoff näher bei London wohnen. Der Dorfarzt war in diesem Punkt sehr beharrlich gewesen. Und sie selbst – nun, sie brauchte eine Veränderung. Eine Ablenkung. Eine Abwechslung oder eine Zerstreuung. *Irgendwetwas*. Irgendetwas, das sie den Klauen dieser hartnäckigen Niedergeschlagenheit entreißen würde, die sie seit so vielen Jahren plagte.

Also war jetzt London ihr Zuhause, auf Gedeih und Verderb. Und Madeleine fühlte sich ein wenig besser, nachdem sie Lady Treyhern kennengelernt und mit ihr über Geoff gesprochen hatte. Man sagte ihr eine große Erfahrung mit schwermütigen Kindern nach. Auf dem Kontinent hatte man sie sogar für eine Art Wunderwirkerin gehalten.

In diesem Moment kam Geoff aus dem Haus. Er streckte sich während des Gehens, als wären seine Knochen während der Nacht um ein, zwei Zentimeter gewachsen. Schließlich aß er mehr als genug, um solche Wachstumsschübe zu erklären.

»Guten Morgen, Mummy«, begrüßte er sie, ehe er ihr einen Kuss auf die Wange gab. »Du hast gut geschlafen?«

»Recht gut, mein Liebling«, erwiderte sie. »Und du siehst aus, als könntest du das auch von dir sagen.«

Er sah in der Tat ausgeruht aus. Madeleine empfand eine große Erleichterung, als er sich ihr gegenüber auf die Gartenbank fallen ließ. Als kleiner Junge hatte er angefangen, schrecklich unter Schlaflosigkeit zu leiden. Sie vermutete, dass es noch immer so war, auch wenn er im zarten Alter von zwölf Jahren begonnen hatte, es vor ihr zu verbergen.

Clara, das neue Hausmädchen, trug eifrig das Tablett mit dem Frühstück herbei, über das sich Geoff mit Appetit hermachte. Madeleine betrachtete ihn nachdenklich. Lieber Gott, er würde einmal sehr attraktiv aussehen! Schon jetzt reichte er ihr bis an die Schulter – und sie war für eine Frau recht groß. Aber Geoff hatte nicht ihr helles Haar. Madeleine wandte den Blick ab und schenkte ihm eine Tasse Tee ein.

»Ich habe Eliza gebeten, mir heute Morgen meine Wanderschuhe herauszustellen«, sagte sie. »Möchtest du noch immer spazieren gehen?«

Seine Augen strahlten. »Oh ja, ich möchte mir gern das

Krankenhaus in Chelsea ansehen«, sagte er, und seine Stimme überschlug sich in kindlicher Aufregung. »Und ich will an der Themse entlanglaufen so weit es geht und mir die Handelsschiffe ansehen.«

Madeleine lachte über seine Begeisterung. »Ich glaube, die Themse fließt bis zum Meer, mein Liebling«, sagte sie. »Und die meisten Handelsschiffe werden eher flussabwärts zu finden sein. London ist eine sehr große Stadt. Aber vielleicht könnten wir die Kutsche nehmen?«

Geoff schüttelte den Kopf. »Dann heute nur das Krankenhaus«, sagte er. »Ich möchte mir es genau ansehen. Mr. Frost sagt, dass es von Sir Christopher Wren gebaut worden ist – genau wie St. Paul's.«

Sie hatten die St. Paul's Kathedrale in der ersten Woche ihres Aufenthaltes in Walham Green besichtigt. Geoff war von den hoch aufragenden Dächern und der puren Herrlichkeit des Ortes zutiefst beeindruckt gewesen. Sein Lehrer, Mr. Frost, hatte dem Jungen von all den Wundern Londons erzählt. Infolgedessen war Geoff wie besessen davon, alles in sich aufzusaugen, was ihn an Geschichte und Architektur umgab.

Madeleine hatte ihren Tee ausgetrunken und erhob sich. »Dann also in einer Viertelstunde«, sagte sie und ging zur Tür. »Bist du bereit?«

Ihr Spaziergang durch Chelsea bot den beiden nur wenig Herausforderung, waren sie doch daran gewöhnt, durch die Yorkshire Dales zu wandern. Sie verbrachten gute zwei Stunden damit, die Umgebung des Krankenhauses zu erkunden und die Sonne zu genießen, die warm auf ihre Gesichter schien. Danach gingen sie über den Cheyne Walk zurück und bewunderten den Blick auf die Themse und die schönen Häuser, die ihre Ufer säumten.

»Schau, Mummy!«, sagte Geoff, als sie zur Oakley Street kamen. »Schau dir dieses schmiedeeiserne Tor an! Mr. Frost sagt, dass die Häuser von Chelsea berühmt sind für ihre wunderbaren Schmiedeeisenarbeiten. Ich weiß! Vielleicht können wir uns hier ein Haus kaufen? Es würde mir gefallen, jeden Tag den Fluss zu sehen.«

Madeleine lachte. »Wir haben doch schon ein Haus gekauft, Geoff«, erwiderte sie. »Genauer gesagt, wir haben zugesagt, es zu tun, was dasselbe ist. Und du wirst aus der oberen Etage den Fluss sehen können.«

»Wirklich?«

»Ich kann es dir heute Nachmittag zeigen«, schlug sie vor. »Ich habe vor, mich dort umzusehen und mir Gedanken über Farben und Vorhänge zu machen.«

Er zog die Nase kraus. »Nein, vielen Dank, Mummy!«

Madeleine lächelte nachsichtig. »Na gut«, sagte sie. »Zur Strafe werde ich dein Zimmer dunkelbraun streichen lassen. Oder violett. Oder vielleicht orange? Aber es ist fast Zeit fürs Mittagessen. Wie wollen wir nach Hause gehen? Schau, da vorn ist die Beaufort Street. Ich glaube, sie führt zum King's Highway. Der Weg könnte am besten sein.«

»Dann also dort entlang«, stimmte Geoff gutmütig zu. »Aber wir müssen uns beeilen, Mummy. Jetzt, da ich daran denke, bekomme ich schon wieder Hunger.«

Sie gingen Arm in Arm weiter, blieben ein- oder zweimal stehen, um in ein Schaufenster zu schauen oder um ein Haus zu bewundern, das Geoffs Aufmerksamkeit erregt hatte. Sie hatten die Hälfte der Strecke zurückgelegt, als Madeleine spürte, dass Geoffs Stimmung sich zu verändern begann. Sein Arm glitt von ihrem. Sein kindliches Geplauder verstummte, und seine Schritte wurden langsamer. Plötzlich blieb er stehen, seine Miene war ausdruckslos, doch seine Augen blickten starrsinnig.

»Geoff, was ist los?«

»Ich will – ich will zurückgehen, Mummy.«

Madeleine kannte die Anzeichen. Bitte, lieber Gott, nicht jetzt. »Geoff, wir müssen nach Hause«, drängte sie. »Komm jetzt! Wir stehen im Weg.«

»Aber ich möchte nicht weitergehen!«, rief der Junge. »Ich will zurück.«

Verzweiflung schwang in Madeleines Stimme mit. »Wohin zurück?«

Ein Mann in einem braunen Mantel ging an ihnen vorbei und sah sie über die Schulter finster an. »Verdammte Touristen!«, stieß er hervor.

Geoff starrte durch ihn hindurch. Madeleine spürte, wie dieses seltsame Entsetzen von dem Jungen Besitz ergriff. »Zurück – zurück zum Cheyne Walk«, stieß er rau hervor. »Zurück an den Fluss!«

»Geoff, Liebling, das macht keinen Sinn.«

»Dann wohin du willst.« Sein Kinn verhärtete sich, und sein Gesicht begann sich zu verfinstern. »Ich will nur nicht weitergehen.«

»Auf der Beaufort Street, meinst du?« Madeleine atmete scharf ein. »Welchen Weg möchtest du dann gehen?«

»Wie soll ich das wissen?«, keuchte er. »Nur nicht diesen! Aber ich kenne keinen anderen. *Bitte*, Mummy, bitte, geh einfach mit mir zurück.« Der Junge starrte auf seine Schuhe und zitterte sichtlich. Seine Hände waren zu Fäusten geballt, seine Fingerknöchel traten weiß hervor.

Madeleine wusste, dass seine Ängste noch schlimmer wurden, wenn sie nicht auf ihn einging. Einmal, während ihres letzten Jahres in Campania, hatte er sich geweigert, an Bord einer Fähre zu gehen, die nach Palermo fahren sollte. Er war erst sieben Jahre alt gewesen, und er hatte sich am Geländer des Piers festgeklammert und zehn Minuten lang zusammenhanglos geschrien und geweint. Unaufhörlich waren ihm die Tränen über das kleine Gesicht geströmt. Madeleine hatte es nicht übers Herz gebracht, ihn dort wegzuziehen und zu zwingen, das Schiff zu betreten.

Es war nicht das erste Mal gewesen, dass sie seinen »Wutanfällen«, wie Bessett es genannt hatte, nachgegeben hatte. Zurückschauend war das vielleicht ein Fehler gewesen. Ihr Ehemann hatte es sicherlich für falsch gehalten. Nachdem die Fähre ohne sie abgelegt hatte und sie wieder in der Kutsche saßen, hatte Geoff sich die Ohren zugehalten und sich auf dem Boden der Kutsche zu einer Kugel zusammengerollt. Die ganze Fahrt zurück nach Hause hatte er leise vor sich hin geschluchzt.

Bessett war natürlich wütend gewesen. Dieses Mal hatte er darauf bestanden, dass sie den Jungen nach oben brachte und ihm eine Tracht Prügel verabreichte – sonst wollte er das tun. Sie hatte es selbst getan, hatte mit einer grünen Gerte auf die Rückseite seiner Oberschenkel geschlagen. Es war eine der schrecklichsten Erfahrungen ihres Lebens gewesen. Und es hatte überhaupt nichts genützt. Die seltsamen Stimmungsschwankungen und Anfälle waren nur noch schlimmer geworden.

»Also welchen Weg?«, fragte Madeleine sanft. »Den Weg zurück, den wir gekommen sind?«

Geoff nickte stumm und weigerte sich noch immer, sie anzusehen. Madeleine nahm ihn an die Hand, und sie gingen die Straße zurück. Ihr Spaziergang nach Chelsea war angenehm und in kameradschaftlicher Stimmung verlaufen. Jetzt musste sie den Jungen praktisch hinter sich herziehen. Sie war zornig und zugleich voller Sorge. Sie mochte es nicht, Geoff so voller Angst zu sehen oder zu erleben, dass er sich so unerklärlich verhielt.

Sie drückte aufmunternd seine Hand, aber Geoff reagierte nicht. Madeleine biss sich auf die Lippen, um nicht loszuschreien, und beschleunigte ihre Schritte.

Das *Walham Arms* war ein schöner Gasthof, der unmittelbar am Ufer der Themse stand. Die Steine, aus denen er errichtet war, waren so grau wie der Himmel an einem Regennachmittag. In seinen guten Tagen, als der Fluss noch Londons Hauptverkehrsader gewesen war, hatte das *Arms* als beliebter Treff der Fährleute gedient – und auch der weniger respektabler Burschen. Heutzutage war es ein Dorfgasthaus, das eher von Händlern und Bauern als von draufgängerischen Schmugglern und Wegelagerern besucht wurde.

Merrick MacLachlan nutzte diesen Ort häufig, um sich mit Steinmetzen, Zimmerleuten und anderen Bauleuten zu treffen – ganz so, wie die Natur seines Geschäftes es erforderte. Diese Handwerker fühlten sich im Büro eines Gentleman nicht immer wohl. Und wenn es um seine Lieblingsprojekte ging, wie zum Beispiel Walham Hill, lehnte Merrick es ab, auch nur einen Arbeiter einzustellen, dem er nicht zunächst bei einem Pint Porter oder einem Glas Whisky auf den Zahn gefühlt hatte.

Merrick war dafür berüchtigt, jeden Schritt des Bauprozesses zu kontrollieren, vom ersten Spatenstich bis hin zur letzten Schindel auf dem Dach. Genau genommen ließ er überhaupt keinen Arbeitsschritt aus, wenn er es vermeiden konnte – selbst die Herstellung der Ziegel, so schien es jetzt, würde demnächst unter seiner Zuständigkeit ablaufen.

Von diesen eher alltäglichen Aufgaben abgesehen, verhandelte Merrick persönlich über alle Pachtverträge und Landaufkäufe, die nötig waren, um den Grund und Boden zu beschaffen, auf dem er bauen wollte. Er bewirtete Bankiers und Investoren von drei Kontinenten. Und, wenn es absolut unvermeidbar war, ließ er sich auch hin und wieder bei gesellschaftlichen Anlässen sehen. Es waren nur wenige, Gott sei Dank, weil die meisten Gastgeberinnen der guten Londoner Gesellschaft zu befürchten schienen, dass Merrick MacLachlan Lehm an seinen Stiefel hereintragen könnte oder – Gott möge das verhüten – nach der ehrlichen Arbeit eines langen Tages riechen könnte.

Im kühlen, schattigen Inneren des Schankraumes des *Walham Arms* schwitzte Merrick ganz und gar nicht. Er saß zurückgelehnt auf seinem Stuhl und klopfte mit den Fingern ungeduldig auf den uralten Tisch. Er hatte das Schankmädchen schon zweimal wieder fortgewinkt. Wo zum Teufel blieb Wynwood? Merrick hasste Unzuverlässigkeit in jeder Form und hielt Zuspätkommen für deren schlimmsten Auswuchs. Doch abrupt gebot er sich Einhalt. Er war wieder zu vorschnell. Denn es sah Wynwood nicht ähnlich, sich zu verspäten.

Merrick hörte eine Kutsche auf den Hof des *Arm's* fahren. Er stand auf und schaute aus dem Fenster. Er sah Wynwood von seinem Gefährt springen, dem Stallburschen eine Münze zuwerfen und dann auf die Tür zukommen.

»Du bist spät dran«, sagte Merrick, nachdem sein Freund sich gesetzt hatte. »Hat dir nie jemand gesagt, dass Zeit Geld ist?«

»Es tut mir schrecklich leid.« Der Earl sah, wie Merrick jetzt bemerkte, leicht unwohl aus. »Sei ein guter Freund und lass eine Flasche Brandy kommen.«

»Dafür ist es noch verdammt zu früh.« Trotzdem winkte Merrick das Schankmädchen heran und gab die Bestellung auf. »Geht es dir gut?«

Er beobachtete, dass Wynwood mehrere Male heftig schluckte. »Nun, so einigermaßen, würde ich sagen«, erwiderte er. »Ich bin Zeuge eines Unfalls gewesen, in der Nähe von Drayton Gardens. Ein junges Mädchen, umgemäht von irgendeinem Verrückten in einem Phaeton. Ich glaube – ich glaube, sie wollte die Straße überqueren.«

»Großer Gott! Konntest du helfen?«

Lord Wynwood schaute in die Tiefen des Gasthauses. »Ich bin von der Kutsche gesprungen und habe es versucht«, sagte er ruhig. »Aber man konnte ihr nicht mehr helfen. Sie trug ein hellblaues Kleid … das Blut … Es war furchtbar. Die King's Road ist schnurgerade, Merrick! Wie kann jemand nur so verantwortungslos sein?«

»Das kann ich nur vermuten.« Merrick stieß die Worte hervor. »Vermutlich wollte sich einer von den feinen Mayfair-Lümmeln einen Spaß machen.«

Wynwood beugte sich über den Tisch vor. »Verstehst du jetzt, Merrick, warum ich mir Sorgen um die Kinder mache? London ist zu gefährlich geworden.«

»Aye, das ist es.« Der Brandy kam und Merrick schenkte ihnen ein, dann schob er eines der Gläser Wynwood zu. »Trink das. Es wird deine Nerven beruhigen.«

Wynwood schwieg eine ganze Weile. »Ich will, dass du uns ein großes Haus baust, Merrick«, sagte er schließlich. »Und das schnell. Ein Haus dort, wo die Kinder noch Bäume sehen können, und nicht Gefahr laufen, von einer Postkutsche umgefahren zu werden. Ein Ort, an dem Vivie ein wenig Frieden haben kann.«

»Deine Frau spürt die Mühen ihrer Karriere?«, fragte Merrick.

Wynwood lächelte schief. »Nein, um ehrlich zu sein, spürt meine Frau die Mühen ihrer Schwangerschaft«, bekannte er. »Aber ja, auch die Oper beansprucht sie sehr.«

Merricks Augen weiteten sich. »Glückwunsch, alter Freund!«

»Wir sind natürlich auch ganz hingerissen«, sprach Wynwood weiter. »Ihre Morgenübelkeit ist fast vorbei. Aber alles andere läuft falsch. Die Sopranistin, die die Hauptrolle spielen sollte, ist letzte Woche nach einem Wutausbruch auf und davon und zurück nach Mailand. Unglücklicherweise klingt die zweite Besetzung wie ein Chorknabe, der sich gegen die Pubertät wehrt. Und jetzt befürchtet Vivie, dass sie selbst die Hauptrolle wird singen müssen – was genau das ist, was Signor Bergonzi schon die ganze Zeit wollte.«

»Ah, Bergonzi!«, sagte Merrick. »Ich kann deinen Schwiegervater gut leiden, Wynwood. Er ist auf so höfliche Weise rücksichtslos.«

»Ich mag ihn auch«, nickte Wynwood. »Aber er ist Teil des Problems.«

»Aye? Inwiefern?«

»Er braucht Platz«, erwiderte Wynwood. »Musikräume! Salons! Klaviere! Merrick, dieser Mann hat meinen Rauchsalon mit Celli und Bratschen vollgestellt, und in der Pantry meines Butlers steht jetzt ein altes Cembalo. Und was noch schlimmer ist, die Kinder lassen das Schulzimmer fast aus allen Nähten platzen ...«

»Schulzimmer?«, unterbrach Merrick ihn. »Ich wusste gar nicht, dass du eines hast.«

»Nun, es war mein Billardzimmer«, gab Wynwood düster zu. »Und ich würde es gern zurückhaben – *irgendwann*.«

»Vergiss es, alter Junge! Dasselbe Unglück ist Alasdair zugestoßen.«

Wynwood sah nicht getröstet aus. »Und jetzt sind auch noch Mum und Henry mit meiner Schwester Alice und den drei Kindern für die Saison zu uns gekommen. Alice ist dick wie ein Haus, und sie vermuten, dass sie dieses Mal Zwillinge bekommen wird. Merrick, ich bin verzweifelt, und in schrecklicher Bedrängnis! Kannst du nicht zwischen diesen Reihenhäusern am Fluss durchbrechen lassen? Ich werde einfach zwei von diesen verdammten Dingern kaufen.«

»Das ist gar keine schlechte Idee«, erwiderte Merrick. »Warum gehen wir nicht und schauen es uns einmal an? Du scheinst deinen Appetit verloren zu haben.«

»Was ist mit dir?«

»Ich hatte keinen«, gab Merrick zu. »Ich esse tagsüber nie.«

Wynwood grinste. »Alasdair behauptet, dass du überhaupt nichts isst, es sein denn, du kannst das in *seinem* Esszimmer tun«, sagte er. »Aber das wird schwer zu machen sein, alter Junge, wenn das Brautpaar erst mal nach Schottland abgereist ist.«

»Ich habe mir schließlich selbst ein Haus gebaut«, erinnerte Merrick ihn. »Ich habe Dienstboten.«

»Du hast ein Haus gebaut und alle deine Angestellten hineingestopft«, korrigierte Wynwood ihn. »Das ist ganz und gar nicht dasselbe. Merrick, du *hast* nicht einmal ein Esszimmer, wie ich letztens bemerkt habe.«

»Meine Zeichner brauchten mehr Platz«, erklärte Merrick. »Ich kann an meinem Schreibtisch von einem Tablett essen. Willst du jetzt mitkommen und dir diese verdammten Häuser ansehen oder nicht?«

Wynwood schloss den Mund, und sie machten sich auf den Weg.

Der Weg entlang des Flusses war nicht weit, und die Brise, die von der Themse herüberwehte, half, Merricks Kopf klarzumachen. Die Sonne schien ungewöhnlich warm für die Jahreszeit, und beide Gentlemen waren gezwungen, ihre Halstücher zu lockern. Bald erreichten sie ein Gelände mit Baugruben, wo sechs schweißbefleckte Männer fleißig dabei waren, einen Keller auszuheben. Gegenüber zogen drei Maurer das Fundament eines zweiten Hauses hoch, und dahinter wiederum waren Zimmerleute dabei, das Gerüst für ein drittes Gebäude zu errichten. An der dahinter verlaufenden Straße standen weitere zehn Häuser, von denen jenes oben auf dem Hügel am weitesten im Bau und fast fertig war.

»Großer Gott!«, sagte Wynwood und überschaute die Szene. »Das ist wie eine Fabrik ohne Wände – nur dass du Häuser wie am Fließband produzierst und keine Strümpfe.«

»Genau so ist es«, bestätigte Merrick. »Und darin liegt ein Teil der Kostenersparnis – oder vielleicht sollte ich sagen: des Profits. Willst du ein Eckhaus haben?«

»Ja, das würde ich vorziehen.«

»Nun, das oberste Haus ist vergeben«, sagte Merrick. »Rosenberg hat letzte Woche die Papiere an den Käufer geschickt. Du wirst auf die Fertigstellung der beiden am Fuß des Hügels warten müssen.«

Wynwood verzog das Gesicht. »Verdammt!«, sagte er. »Das Haus dort oben wäre ideal.«

»Es bekommt den Wind ab, der vom Fluss herüberweht«, warnte Merrick. »Es wird also teurer sein, es zu beheizen. Außerdem hat eine Witwe aus Yorkshire bereits den Vorvertrag unterzeichnet.«

Wynwood blinzelte. »Sie hat sich verpflichtet, es abzunehmen – aber es noch nicht eintragen lassen, richtig?«, sagte er. »Komm schon, Merrick, wir sind alte Freunde! Die Heizkosten spielen für mich keine Rolle.«

»Aye. Gesprochen wie ein wahrer Engländer!«

»Außerdem kennst du diese Frau überhaupt nicht! Ich würde auch die Kosten übernehmen, die anfallen, wenn du den Vertrag brichst. Was sagst du dazu?«

»Ich pflege mein Wort zu halten«, entgegnete Merrick kühl. »Such dir ein anderes aus, mein Freund. Oder geh zurück nach Belgravia und kauf dir eine dieser weißen Monstrositäten von Tom Cubitt. Mir ist das egal.«

»Ja, ja, du hast natürlich recht.« Wynwood besaß immerhin den Anstand, beschämt auszusehen. »Ich will es meiner Frau einfach nur so angenehm wie möglich machen. Diese tiefer gelegenen Häuser sind sehr hübsch. Aber sie sind nicht auf gleicher Ebene. Eines wird ein Stück höher liegen als das benachbarte, nicht wahr?«

»Ja, und das könnte durchaus zum Vorteil genutzt werden«, erklärte Merrick. »Wenn die beiden Häuser durch kurze Treppenfluchten in den Räumen der ersten Etage miteinander verbunden sind, wird es von außen wie zwei Häuser aussehen, aber im Innern wird dadurch sehr viel Privatsphäre in den oberen Etagen möglich. Ich kann es so bauen, dass die Musikzimmer und Bergonzis Salon auf der einen Seite liegen, und das Schulzimmer und das Kinderzimmer werden auf die andere Seite gelegt. Und du könntest zwei Esszimmer haben, wenn du das willst.«

»Das klingt perfekt.« Wynwood rieb sich mit der Hand nachdenklich das Kinn. »Und wie wird es innen aussehen? Ich muss Vivie genau Bericht erstatten.«

»Ich kann dir das Haus oben auf dem Hügel zeigen.« Merrick zog einen Schlüsselbund aus seiner Manteltasche. »Das Innere deines Hauses würde selbstverständlich den Bedürfnissen deiner Familie entsprechend gestaltet. Aber das Balkenwerk, die Böden und Decken, all das wird ähnlich sein – es sei denn, du wünschst etwas anderes.«

Es waren keine Arbeiter in der Nähe der Kuppe des Hügels, und der Lärm des Bauplatzes verstummte allmählich, während sie die Straße hinaufgingen. Als sie die Stufen des obersten Hauses erklommen, vernahm Merrick ein gedämpftes Klopfgeräusch aus dessen Inneren. Wie seltsam!

Wynwood wandte sich zu Merrick um und sah ihn fragend an. »Im Haus ist jemand.«

»Das sollte aber verdammt noch mal nicht sein!«, empörte sich Merrick. »Gestern ist der erste Farbanstrich aufgetragen worden, und der hatte kaum Zeit, zu trocknen.«

Das Klopfen hörte nicht auf. Merrick drehte den Schlüssel im Schloss herum und betrat das Haus. Die Sonne schimmerte durch die großen vorhanglosen Fenster und machte die Luft drückend schwül. Der Farbgeruch war fast unerträglich. Ohne Zögern gingen Merrick und Wynwood auf das Geräusch zu – es kam aus einem Nebenraum, zu dem es ungefähr in der Mitte des Hauptflures abging. Eine hochgewachsene, schlanke Frau mit maisfarbenem Haar stand mit dem Rücken zu ihnen und klopfte mit dem Handballen gegen den Fensterrahmen.

Merrick sah Wynwood an. »Entschuldige mich«, sagte er leise. »Das ist die Käuferin, nehme ich an.«

»Ich werde nach oben gehen«, erklärte Wynwood und begann, die Treppe hinaufzusteigen. »Ich würde mir gern ansehen, wie groß die Schlafzimmer sind.«

»Oh, verdammte Hölle!«, murmelte die Frau, die am Fenster stand.

Merrick betrat das Zimmer. »Großer Gott, hören Sie auf, gegen die Fensterrahmen zu klopfen!«

Die Frau schrie auf und legte eine Hand auf ihr Herz. »Ach du meine Güte!«, sagte sie und schaute kurz über die Schulter. »Sie haben mich fast zu Tode erschreckt!«

»Das ist ein weniger schmerzvolles Ende als zu verbluten, würde ich meinen.«

»Wie bitte?«, fragte sie und wandte sich vom Fenster ab. Sie sah nicht ihn an, sondern die leeren Farbeimer. Sie versetzte einem der Farbeimer einen abschätzigen Stoß mit der Spitze ihres Schuhs. Aber Merrick konnte jetzt ihr Gesicht sehen und unerklärlicherweise stockte ihm der Atem.

Nein. Nein, er musste sich irren.

»Die Farbe verklebt die Fenster«, sprach er mühsam weiter. »Sie müssen aufgeschnitten werden, Ma'am. Und wenn Sie weiterhin auf den Rahmen klopfen, wird das Ihrem Handgelenk vermutlich nicht gut bekommen.«

»Tatsächlich?« Sie zog ein wenig arrogant die Augenbrauen hoch, während sie ihm einen kurzen abschätzenden Blick zuwarf. Einen Moment lang glaubte er, keine Luft mehr zu bekommen. Großer Gott im Himmel!

Nein. Nein, das konnte nicht sein!

Merricks Gedanken wirbelten durcheinander wie Marmorkugeln. Es musste ein Irrtum sein! Diese verdammte Hochzeit gestern ... dieser Weg zur Kirche ... Das musste seinen Verstand verwirrt haben.

»Nun, ich werde Ihren brillanten Rat beherzigen«, sagte sie schließlich. »Abgesehen davon sollte dieses Zimmer nicht gestrichen, sondern mit gelber Seide ausgekleidet werden.« Sie machte eine ausholende Armbewegung. »Darf ich hoffen, dass Sie jemand sind, der das in Ordnung bringen kann?«

»Vielleicht.« Merrick trat aus dem Schatten in das Zimmer. »Ich bin der Besitzer des Hauses.«

»Oh, das denke ich nicht!«, sagte sie, ihre Stimme klang tief und fest. »Mir liegt seit vergangenen Mittwoch der Kaufvertrag für dieses Haus vor.«

»Von meinen Anwälten vermutlich«, erwiderte Merrick. *Guter Gott, sicherlich … sicherlich irrte er sich.* Zum ersten Mal seit einem Jahrzehnt fühlte er sich wahrhaft so, als würde er den Boden unter den Füßen verlieren. »Ich … nun, ich bediene mich Mr. Rosenbergs Kanzlei, um solche Transaktionen durchzuführen«, brachte er eine Erklärung zustande. »Bitte sehen Sie sich Ihren Vertrag genau an. Sie werden feststellen, dass der Verkäufer MacGregor & Company ist.«

Endlich wandte sie sich ganz um und sah ihn an. Plötzlich zerschmolz ihr Ausdruck arroganter Herablassung zu einem von erschrockener Ahnung. Ein langes unbehagliches Schweigen breitete sich aus. »Und Sie … Sie sind dann also Mr. MacGregor?«, fragte sie atemlos.

Es lag mehr als eine Frage in ihren Worten. Da war ein Flehen; ein Wunsch, das Unvermeidbare zu vermeiden. Ihre klaren grünen Augen glitten über die Narbe, die sich über sein Gesicht zog. *Sie war sich nicht sicher.* Aber er war es, bei Gott.

»Sie … Sie kommen mir … bekannt vor«, sprach sie weiter, aber ihre Stimme klang jetzt unsicher. »Ich bin Lady Bessett. Sagen Sie, sind wir … sind wir uns schon einmal begegnet?«

Lieber Gott! Waren sie sich begegnet? Eine Art Übelkeit regte sich in seinem Magen. Er spürte, wie ihm der Schweiß auf der Stirn ausbrach. Er öffnete den Mund, ohne zu wissen, was er sagen sollte. In diesem Augenblick kam Wynwood die Treppe heruntergepoltert.

»Es sind acht Schlafzimmer, alter Freund!« Die Worte des Earls hallten durch das leere Haus. »Also würde ein Doppelhaus sechzehn haben, richtig?« Er betrat das Zimmer, blieb dann abrupt stehen. »Oh, ich bitte um Entschuldigung«, sagte er, während sein Blick über die Frau glitt. »Meine neue Nachbarin, nehme ich an? Bitte stell mich ihr vor.«

Merrick fühlte sich, als wären alle seine Glieder taub. »Ja. Ja, natürlich.« Er hob eine Hand, um sie einander vorzustellen. »Ma'am, darf ich Ihnen den Earl of Wynwood vorstellen? Wynwood, das ist ... das ist ...« Resigniert ließ er die Hand sinken. »Das ist Madeleine, Quin. Sie ist ... meine Frau.«

Aus dem Gesicht der Frau war alle Farbe gewichen. Sie gab einen seltsamen leisen Keuchlaut von sich, und in einer blinden, verzweifelten Geste streckte sie die Hand aus, um irgendwo Halt zu finden. Sie griff in nichts als die Luft. Dann gaben ihre Knie nach, und sie sank zu Boden. Wie ein See aus dunkelgrüner Seide bauschten ihre Röcke sich um sie.

»Jesus Christus!«, rief Wynwood. Er kniete sich neben sie und begann, ihre Wangen zu tätscheln. »Ma'am, geht es Ihnen gut? Ma'am?«

»Nein, es geht ihr nicht gut«, sagte Merrick angespannt. »Diese Farbe ... Es ist zum Ersticken hier drinnen. Schnell, geh zur Seite! Wir müssen sie an die frische Luft bringen.«

Merrick hob sie auf seine Arme, als wäre sie leicht wie eine Feder, und trug sie aus dem Haus. Einige wenige Schritte und sie waren draußen im hellen Sonnenlicht.

»Leg sie ins Gras!«, sagte Wynwood. »Großer Gott, Merrick! Deine *Frau?* Ich dachte ... Ich dachte, sie ist tot! Oder auf und davon nach Indien! Oder sonst irgendwas Verdammtes!«

»Rom, glaube ich«, sagte Merrick. »Offensichtlich ist sie zurückgekommen.«

Sanft legte er Madeleine auf das kleine Stück frisch gesprossenen Rasen. Sie kam langsam wieder zu sich. Das Herz klopfte ihm bis zum Hals, seine Gedanken überschlugen sich. Wynwood hielt ihre Hand und tätschelte diese energisch. Merrick kniete im Gras. Eine Hand ruhte auf seinem Oberschenkel und er hielt den Kopf gebeugt, als würde er beten.

Aber da gab es erst mal wenig zu beten.

Er hatte gebetet, Madeleine niemals wiederzusehen. Gott hatte ihm diese kleine Gnade offensichtlich verwehrt. Er hob die Hand und rieb sich mit zwei Fingern heftig den Nasenrücken, als könnte der Schmerz die Erinnerungen vertreiben.

Madeleine war zu sich gekommen und stützte sich auf die Ellbogen.

»Du meine Güte, Ma'am«, sprach Wynwood jetzt auf sie ein. »Es tut mir sehr leid. Ich wollte Sie nicht erschrecken! Geht es Ihnen wieder gut? Sie haben den alten Merrick eine ganze Weile nicht gesehen, schätze ich? Ein Schock, ich bin mir sicher. Ja, ja, ein Schock.«

»Halt den Mund, Quin«, sagte Merrick.

»Ja, ja, natürlich«, stimmte dieser zu. »Ich werde kein Wort mehr sagen. Ich schätze, ihr zwei habt einiges nachzuholen. Ich ... ich sollte vielleicht besser gehen? Oder bleiben? Oder ... nein, ich weiß! Vielleicht möchte Mrs. MacLachlan, dass ich ihr einen Brandy hole?«

Bei diesen Worten stieß die Lady einen vernichtenden Schrei aus und presste den Handrücken an ihre Stirn.

»Halt endlich den Mund, Quin!«, sagte Merrick noch einmal.

Seine Augen weiteten sich. »Ja, ja, das sollte ich wohl besser.«

Madeleine bemühte sich, aufzustehen. Ihr dichtes blondes Haar hatte sich aus der kunstvollen Frisur gelöst. »Lassen Sie mich aufstehen«, sagte sie knapp. »Und gehen Sie um Gottes willen beiseite!«

»Oh, ich würde nicht aufstehen«, warnte Wynwood. »Ihnen könnte noch immer schwindelig sein.«

Aber Madeleine hatte nur Augen für Merrick – und sie glühten vor Zorn. »Ich weiß nicht«, zischte sie, »was für eine Art von krankem Witz das hier ist, Sir. Aber Sie – Sie sind *nicht* mein Ehemann!«

»Es ist jetzt wohl kaum die Zeit, das zu diskutieren, Madeleine«, knurrte Merrick. »Lass mich meine Kutsche rufen und dich sicher nach Hause begleiten.«

Aber Madeleine schreckte schon zurück, ihr Gesicht eine Maske des Entsetzens. »Nein«, keuchte sie. »Auf keinen Fall! Sie – Sie sind total verrückt. Und auch grausam. Sehr grausam. Das waren Sie immer. Das habe ich erfahren. Ja, das habe ich! Bleiben Sie weg von mir! Kommen Sie mir nicht zu nahe! Haben Sie verstanden?«

Es war das Äußerste an Eingeständnis, dass sie ihn überhaupt kannte. Und dann wandte sie sich ab und ging die Straße auf unverkennbar wackligen Beinen hinunter.

Ein Gentleman wäre ihr in einiger Entfernung gefolgt, nur um sicher zu sein, dass sie wirklich in der Lage war zu gehen. Doch Merrick fühlte sich nicht länger als Gentleman. Er fühlte sich … ausgeweidet. Ausgenommen wie ein Fisch und der Hitze seiner Frau überlassen, um in ihrem Hass zu verrotten.

Lord Wynwood sah sie davongehen. Er beschattete mit der Hand seine Augen. »Ich glaube, sie macht sich nicht sehr viel aus dir, alter Junge«, sagte er, als Madeleine um die Ecke verschwunden war.

»Aye, das würde ihre fast dreizehnjährige Abwesenheit erklären, nicht wahr?«, entgegnete Merrick säuerlich.

»Mehr oder weniger«, stimmte sein Freund zu. »Ich hoffe, du warst nicht auf eine Versöhnung aus.«

»Halt einfach den Mund, Quin!«, sagte Merrick noch einmal.

Wynwood schien sich nicht gekränkt zu fühlen, hörte aber auch nicht auf ihn. »Verrate mir eines, Merrick«, sagte er. »Hast du noch diesen hervorragenden Finlaggan-Whisky in deinem Schreibtisch?«

»Und ob ich den noch habe! Eine ganze Flasche davon.«

Wynwood ließ die Hand sinken. »Nun, das ist doch schon was«, sagte er und schickte sich an, den Hügel hinunterzugehen. »Jetzt komm schon, alter Freund. Ich fürchte, bis zum Abend wird nicht mehr viel davon übrig sein.«

Kapitel 4

Heirate nie des Geldes wegen,
du kannst es billiger leihen.

Madeleine eilte in blinder Panik durch das Dorf. Nach Hause. Sie musste nach Hause. Das war doch Wahnsinn! Das war nicht möglich! An der nächsten Ecke stieß sie fast mit einem Gentleman zusammen, der aus dem Tabakwarenladen kam, und sich gezwungen sah, vom Bürgersteig herunterzugehen. Ein Stück weiter die Straße entlang rief ihr Mrs. Beck von der Poststation ein fröhliches Hallo zu. Madeleine sah die Frau starr an und lief weiter.

Nach Hause. Sie musste irgendwie nach Hause. Ihr Blick suchte verzweifelt nach ihrer Straße, und als sie sie entdeckte, lief sie darauf zu. Das kleine Cottage aus Stein stand am Ende des Weges, fest und unerschütterlich. Sie lief darauf zu und sah dabei aus, das wurde ihr später bewusst, wie eine Wahnsinnige. Sie warf sich gegen die Tür – was ihre Frisur veranlasste, sich endgültig aufzulösen –, riss den Riegel nach oben, lief ins Haus und schlug die Tür hinter sich zu.

Mrs. Drexel, die Haushälterin, kam aus dem Wohnzimmer. Sie trug ein Tablett in den Händen. »Guten Tag, Mylady!«, sagte sie leicht überrascht. »Ist … stimmt etwas nicht?«

»Eliza«, stieß Madeleine hervor und rang nach Atem. »Ich brauche Eliza. Wo ist sie?«

Die Frau knickste. »Mit Clara in der Küche. Ich werde sie sofort hochschicken.«

Madeleine ging hinauf in ihr Zimmer und zog die Vorhänge

zurück, um auf die schmale Straße hinauszusehen. Ihr Blick suchte sie ab, entdeckte aber nichts. Wie dumm sie doch war, überhaupt nachzusehen! Hatte sie wirklich geglaubt, er wäre ihr gefolgt? Wenn er sich nicht vor fast dreizehn Jahren diese Mühe gemacht hatte, warum sollte er das jetzt tun?

Vielleicht wurde sie tatsächlich verrückt. Vielleicht hatte Merrick – oder der Gedanke an ihn – letztendlich dazu geführt, sie völlig den Verstand verlieren zu lassen.

Ihre Zofe betrat das Zimmer, durchquerte es und berührte sie leicht an der Schulter. »Mylady, was ist geschehen? Was haben Sie denn?«

»Oh, Eliza!« Madeleine ließ die Vorhänge zurückfallen und wandte sich um, die Fingerspitzen auf die Lippen gedrückt. »Oh du lieber Gott! *Er* ist es.«

»Wer, Mylady?« Elizas Hand war warm und tröstlich. »So schlimm kann doch gar nichts sein.«

»Doch.« Das Wort klang tief und verzweifelt. »Er … er ist zurückgekommen. Nach all diesen Jahren ist er zurückgekommen.«

Eliza spannte sich abrupt an. »Mr. MacLachlan?«, flüsterte sie. »Sprechen Sie von ihm?«

Madeleine nickte.

»Jesus Maria und Josef!«, wisperte Eliza. Dann, als müsste sie darauf achten, was sie sagte, drückte sie aufmunternd Madeleines Schulter. »Vielleicht, Mylady, haben Sie es sich nur eingebildet? Vielleicht haben Sie … einen Verwandten von ihm gesehen? Jemanden, der ihm ähnlich sieht? Es gab doch einen Bruder, haben Sie einmal gesagt.«

»Sir Alasdair.« Madeleine schüttelte den Kopf. »Aber sie sehen sich überhaupt nicht ähnlich.«

Sie ging zum Bett und setzte sich, müde und geschlagen. Mit

knappen Worten und fast emotionslos berichtete sie ihrer Zofe, was geschehen war. »Und somit ist er, wie es aussieht, der Mann, der all diese großen Häuser gebaut hat«, schloss sie. »Oder ihm gehört die Firma, die sie gebaut hat. Oder irgendetwas in der Art. Es scheint, er ist doch nicht nach Schottland zurückgegangen.«

»Lieber Gott!«, sagte Eliza. »Und er hat behauptet, Sie seien seine Frau? So eine Frechheit!«

»Warum sagt er das, Eliza?« Sie sah ihre Zofe flehend an. »Warum sagt er das nach all diesen Jahren?«

»Nun, ich weiß es nicht!«, entgegnete die Zofe. »Vielleicht weil er es so sieht?«

»Wie könnte er das?«, rief Madeleine. »Er – er wollte doch seine Freiheit haben! Und auf jeden Fall wollte er Dads Geld. Nein, mich hat er nie gewollt. Nicht wirklich. Oh Eliza, es ist zu schrecklich! Ich habe gedacht, nach Bessetts Tod könnte ich ein Leben in Frieden führen. Ist das denn zu viel verlangt, Eliza? Ist es das?«

Eliza nahm ihre Hand und drückte sie tröstend. »Es ist schrecklich, Ma'am, das ist wohl wahr«, sagte sie. »Aber vielleicht ist damit ja jetzt alles vorüber. Vielleicht werden Sie ihn nie wiedersehen.«

»Oh, ich bete darum, dass es so ist!« Madeleines Schultern sackten herunter. »Er sieht – oh, Eliza, er sieht … so anders aus. So finster, fast dämonisch. Seine Hände sind so groß, und seine Augen! So kalt! Und dann ist da diese Narbe, eine ganz schreckliche Narbe, oh, ich kann es gar nicht erklären. Er sieht aus wie er, und doch ganz verändert. Macht das irgendeinen Sinn?«

»Ich glaube, ich verstehe es«, sagte Eliza und begann, die Kissen des Bettes aufzuschütteln. »Die Bösen altern schneller, oder so ähnlich sagt man doch.«

Madeleine sah sie zweifelnd an. »Das habe ich noch nie gehört.«

Eliza lächelte sie an und wechselte das Thema. »Ihre neue Freundin, Lady Treyhern, wollte Sie besuchen, während Sie fort waren.«

»Tatsächlich? Nun, ich hatte nicht erwartet ...«

»Sie hat Sie gebeten, am Sonnabend zum Tee zu ihr zu kommen. Und sie möchte, dass Sie Mr. Geoffrey mitbringen.«

»Du meine Güte!« Madeleine presste die Fingerspitzen an ihre Schläfe. »Geoff. Wo ist er?«

»Er hat das Haus gegen zwei Uhr verlassen, um spazieren zu gehen, Mylady«, sagte Eliza. »Er schien wieder glücklich und ganz eins mit sich zu sein. Sie haben doch nichts dagegen, oder?«

Irgendwie brachte Madeleine die Energie auf, den Kopf zu schütteln. »Die Bewegung tut ihm gut«, sagte sie ruhig. »Dr. Fellows sagt, dass es nicht gut für seine – für seine Stimmungen war, seine Nase immer nur in Bücher zu stecken.«

»Aye, er ist jetzt zwölf, und für sein Alter schon sehr erwachsen«, sagte Eliza. »Im Dorf wird ihm schon nichts Schlimmes widerfahren.«

»Nein, ich glaube auch nicht«, stimmte Madeleine zu. »Ach, Eliza! Dieses Dorf! Jenes *Haus!* Wie kann ich denn darin leben, wenn ich weiß, dass *er* hier ist?«

Eliza tätschelte wieder ihre Hand. »Oh, ich bezweifle, dass er Ihnen Ärger machen will, Ma'am«, sagte sie. »Hätte er das gewollt, hätte er das schon vor langer Zeit tun können. Und Sie werden ihm doch nicht begegnen müssen. Nicht wahr, Ma'am?«

»Ich weiß es nicht«, räumte Madeleine ein. »Dieses Dorf ist so klein. Wenn er anfängt, herumzuerzählen, ich sei seine

Frau ... Nun, das wäre entsetzlich für mich! Er muss wirklich dazu gebracht werden, damit aufzuhören! Oh, vielleicht sollte ich morgen zu Mr. Rosenberg gehen und ihn darum bitten, den Vertrag einfach zu zerreißen? Vielleicht sollten wir doch nach London ziehen? Würde es Ihnen sehr viel ausmachen, Eliza?«

»Ich denke, es würde *Ihnen* etwas ausmachen, Mylady«, sagte Eliza besänftigend. »Und ich denke, Sie würden sich über sich selbst ärgern, würden Sie wieder etwas aufgeben, an das Sie Ihr Herz gehängt haben.«

Ein kleines Lächeln huschte um Madeleines Mund. »Sie kennen mich zu gut, Eliza.«

»Ich kenne Sie gut genug«, stimmte das Mädchen zu. »Warum legen Sie sich jetzt nicht für eine Weile hin und ruhen sich aus? Sie haben Kopfschmerzen, das ist noch etwas, das ich weiß. Ich werde gehen und ein kühles Tuch für Ihre Stirn holen und die Vorhänge zuziehen. Sie werden noch früh genug darüber nachdenken, was zu tun ist – und dann wehe Mr. MacLachlan.«

Madeleine legte sich aufs Bett, aber sie überließ sich nicht den Tränen. »Nein, ich werde mich nicht von ihm unterkriegen lassen, Eliza«, schwor sie. »Ich liege vielleicht am Boden, aber ich bin weit davon entfernt, mich geschlagen zu geben.«

»Das klingt schon mehr nach Ihnen, Ma'am!«, ermutigte Eliza sie, während sie die Vorhänge schloss. »Sie sind im Recht und er im Unrecht. Sie vermissen Loughton, und Sie hatten einen anstrengenden Morgen mit Mr. Geoffrey. Und dann auch noch das mit Mr. MacLachlan. Das alles verlangt seinen Tribut, Mylady.«

»Aber ich werde mich wieder erholen«, sagte Madeleine entschlossen. »Wenn er mir Ärger machen will, wird er es nicht mehr mit dem sanftmütigen kleinen Mädchen zu tun haben, das er zurückgelassen hat. Ich habe gelernt zu überleben – und ich will verdammt sein, wenn am Ende wieder Merrick MacLachlan der Überlegene sein wird.«

Eliza hatte die Hand schon am Türknauf. »Sind Sie noch sicher, dass Sie Mr. Rosenberg aufsuchen wollen, Ma'am?«, fragte sie und warf einen Blick zurück über die Schulter.

Einen Moment lang dachte Madeleine darüber nach. »Vielleicht nicht, Eliza«, entgegnete sie. »Aber unter Umständen kann Mr. Rosenberg etwas Licht in diese Sache bringen. Es gibt einige Fragen, auf die ich gern eine Antwort hätte.«

Als die Zofe nach kurzer Zeit mit einem kühlen Tuch und einer Tasse Tee zurückkehrte, hatte sich Madeleine die Schuhe ausgezogen und starrte blicklos an die Decke, während sie in Gedanken wieder an das Desaster dachte, das sie am Nachmittag erlebt hatte. Aber dieses Mal wurde sie nicht ohnmächtig. Stattdessen schlug sie Merrick mit der flachen Hand kräftig ins Gesicht und sagte ihm, wie sehr sie ihn in all diesen Jahren gehasst hatte.

Der Tee war wunderbar heiß, und Madeleine merkte schon bald dessen beruhigende Wirkung. Vermutlich hatte Eliza ihn mit einer ihrer speziellen Beigaben versetzt. Madeleine fragte nicht danach, was es war, sondern trank ihn einfach. Nach den schrecklichen Ereignissen dieses Tages war sie es zufrieden, sich einfach Elizas Fürsorge zu überlassen. Und als die Zofe nach einer Weile kam, um nachzuschauen, dass die Vorhänge richtig geschlossen waren, damit kein Lichtschimmer in das Zimmer eindringen konnte, war Madeleine dabei, einzuschlummern.

Sie dachte an Merrick – aber seltsamerweise nicht daran, wie er jetzt war, sondern daran, wie sie ihn einst mit ihren jungen und unschuldigen Augen gesehen hatte. Ihre Liebe für ihn war tief und groß gewesen, eine Liebe, wie Madeleine es niemals für möglich gehalten hatte. Er war ihr unbesiegbar und leidenschaftlich vorgekommen. Hinreißend. Sanft. Und erfahren – zumindest hatte sie das geglaubt. Aber am Ende hatte er sich als ebenso naiv und dumm erwiesen wie sie.

Nein. Nein, das stimmte so nicht. Madeleines Finger gruben sich in ihr Kissen und schlossen sich zur Faust, während sie versuchte, klar zu denken. Sich zu erinnern. Merrick hatte mit ihrer Naivität gespielt. Er hatte vorgegeben, leidenschaftlich und zärtlich zu sein. War das nicht die Wahrheit? War das nicht das, was Dad gesagt hatte? Als ihre Müdigkeit stärker wurde, musste Madeleine sich eingestehen, nicht länger sicher zu sein. Keine Gewissheit zu haben, wo der Schleier der süßen Erinnerung endete und wo die harte, grausame Wahrheit begann.

»Sieh doch, Maddie!« Sie spürte die Wärme von Cousine Beckys Lippen, als diese ihr ins Ohr flüsterte. »Der Mann dort – der Architekt – er starrt dich schon wieder an.«

Madeleine richtete sich auf der Picknick-Decke auf und schaute über die weite Wiese. Dort drüben stand er. Der sehr große, schwarzhaarige junge Mann von gestern Abend. Und von einigen Abenden zuvor. Er sah sie so kühn an wie immer, seine eisblauen Augen blickten mit einer Intensität, die sie zu beunruhigen begann. Ihr Puls schlug heftiger. Madeleine stützte sich mit einer Hand auf und krallte ihre Finger in das frühlingsgrüne Gras, als könnte sie so ihr Herz davon abhalten, wie verrückt zu pochen.

»Er ist ein Niemand, Madeleine!«, zischte Cousine Imogene. »Der jüngere Sohn irgendeines schottischen Baronets, von dem

noch nie jemand etwas gehört hat – und sein Bruder ist ein schrecklicher Schürzenjäger. Schau nicht zu ihm hin, Madeleine, ich bitte dich! Mum sagt, er ist überheblich und hätte niemals hierher eingeladen werden dürfen.«

Becky lachte ihre Schwester aus. »Du bist doch nur eifersüchtig, Imogene, weil er gestern Abend nicht mit dir getanzt hat. Aber mit mir hat er getanzt – und mit Maddie zweimal!«

Imogene reckte die Nase in die Luft. »Maddie ist ja kaum aus dem Schulzimmer heraus«, sagte sie. »Sie weiß es deshalb noch nicht besser. Aber du, du solltest es besser wissen – und ich sage dir, Mr. MacLachlan ist kein Gentleman. Nun, Mum hat gehört, wie er Lord Morton angeboten hat, an der Küste eine Villa für ihn zu bauen – gegen Bezahlung!«

»Ja, und Lord Morton hat diese Gelegenheit beim Schopfe ergriffen, oder etwa nicht? Ich für meinen Teil würde sofort wieder mit ihm tanzen, wenn ich die Gelegenheit dazu hätte«, sagte Becky verträumt. »Er ist ein wahrer Künstler, sagt man.«

»Er ist ein wahrer Habenichts«, erwiderte ihre Schwester und rümpfte die Nase.

»Nun, dann ist er der bestaussehende Habenichts, den ich je gesehen habe«, gab Becky zurück. »Ich glaube, es könnte mir gefallen, mit einem armen, hungerleidendem Künstler zusammenzuleben. Das wäre doch unglaublich romantisch, nicht wahr?«

»Du würdest dann aber auch hungern.« Imogene schnippte zum Nachdruck ihrer Worte mit den Fingern. »Daddy würde dich kurzerhand enterben.«

»Dich aber auch, Imogene.« Becky wandte sich so rasch zu ihrer jüngeren Cousine um, dass ihre Locken flogen. »Maddie, aber du könntest ihn nehmen! Schließlich bist du eine Erbin.«

»Ich – ich weiß nicht.« Madeleine konnte ihre Augen nicht von denen des dunkelhaarigen jungen Mannes losreißen. »Ich fürchte, mein Dad wäre nicht einverstanden.«

»Natürlich wäre er das nicht!«, sagte Imogene schulmeisterhaft. »Schließlich weiß jeder, dass du Lord Henry Winters heiraten sollst.«

»Ich weiß es nicht«, entgegnete Maddie ruhig.

Imogene sah sie ungeduldig an. »Oh Maddie, sei doch keine Gans!«, sagte sie. »Wie sollte Onkel Howard denn Premierminister werden, wenn du Lord Henry nicht heiratest?«

»Ich sehe nicht, was das eine mit dem anderen zu tun hat«, erwiderte sie.

»Das ist, wie Politik funktioniert, du Schäfchen«, erklärte ihr Imogene herablassend. »Du heiratest Henry, und Henrys Vater und seine konservative Partei wird sich dann mit Onkel Howards Freunden zusammenschließen, und dadurch wird Onkel Howard eine Mehrheit im ...«

»Sei still, Imogene!« Becky streckte die Hand aus und zwickte ihre Schwester in den Arm. »Du irrst dich. Onkel Howard würde Maddie niemals auf solche Weise benutzen.«

»Aber so funktioniert die Welt«, tadelte Imogene. »Ehrlich, Becky, man könnte meinen, du bist ein ebenso naives Landei wie Madeleine.«

Aber Madeleine hörte ihren beiden Cousinen kaum noch zu. Der dunkelhaarige junge Mann – Mr. Merrick MacLachlan – kam auf sie zu, ging mit entschlossenen Schritten über die Wiese. Der brennende Blick seiner blauen Augen ließ sie dabei nicht einem Moment lang los. Ihr Herz schlug wie wild, und ihr Magen schien sich umzudrehen. Sie hoffte – o ja, sie hoffte, er würde wieder versuchen, sie zu küssen.

Er beugte sich tief zu ihr herunter und bot ihr seinen Arm an, der stark und verlässlich aussah. Ein goldener Ring funkelte an seinem kleinen Finger. »Lady Madeleine«, sagte er mit seinem leichten schottischen Akzent, »darf ich Sie zu einem Spaziergang am Fluss einladen?«

Madeleine vermochte kaum noch zu atmen. »Nun ... ich ... ich weiß nicht ...« Sie verstummte und schluckte mühsam. Sie hatte ein wenig Angst vor ihm. Und noch mehr vor sich selbst. »Ja, Mr. MacLachlan. Sehr gern.«

Madeleine schaute sich nicht nach Tante Emma um, obwohl sie wusste, dass sie es hätte tun müssen. Sie war sich fast sicher, dass Mr. MacLachlan zu der Sorte Mann gehörte, vor der ihre Tante sie gewarnt hatte.

Er schwieg, als er sie zum Ufer hinunter und dann ein Stück den Fluss entlang führte, bis die Picknickgesellschaft nur noch ein Flimmern aus Geräuschen und Farben zwischen den Bäumen war. Bis der Rhododendron zu einem dichten Gebüsch wurde. Bis die zu ihnen dringenden Stimmen der Picknickgäste und das Murmeln des Wassers sich miteinander verbanden. Dann blieb er stehen und drückte Madeleine gegen einen Baumstamm. Für einen endlos langen Augenblick wanderten seine eisblauen Augen über ihr Gesicht, dann schloss er die Augen, beugte sich zu ihr herunter und küsste sie.

Madeleine fühlte ihre Knie schwach werden, fühlte, wie sich ein faszinierend sinnliches Kribbeln in ihrem Bauch ausbreitete, genau so, wie es gestern Abend gewesen war. Und dann veränderte sich sein Kuss, sein Mund öffnete sich über ihrem, und seine Zunge drang zwischen ihre Lippen, seidig, langsam. Das Gefühl wand sich tiefer, sandte raues Verlangen durch ihren Körper. Sie begann zu zittern, und irgendwie lagen ihre Hände plötzlich auf seinen Schultern. Halbherzig schob sie ihn zurück.

Er hob den Kopf und zog sich zurück.

»Wir könnten ertappt werden«, wisperte sie.

Sein heißer Blick verschlang sie. »Aye, aber das kümmert mich nicht«, entgegnete er rau. »Dich etwa?«

»Ich … ich möchte meinen Vater nicht erzürnen«, erwiderte sie. »Und diese Art des Küssens – sie ist sündig, nicht wahr?«

»Nicht, wenn wir etwas füreinander empfinden«, flüsterte er.

»Aber Sie kennen mich doch kaum.«

In seinen Augen lag ein beharrliches Funkeln. »Ich kenne dich gut genug«, erwiderte er. »Gut genug, um zu wissen, dass du die Frau für mich bist. Und gut genug, um zu wissen, dass du mich willst.«

»Hat Ihnen schon einmal jemand gesagt, dass Sie ein wenig zu frech sind, Mr. MacLachlan?«

Der Anflug eines Lächelns legte sich um seinen Mund. »Stört es dich, Mädchen? Sag es frei heraus, und ich werde gehen.«

Unsicher fuhr sie sich mit der Zungenspitze über die Lippen. »Nein. Nein, das kann ich nicht sagen.«

Die schwarzen, faszinierend langen Wimpern senkten sich wieder über seine Augen, und irgendwie küssten sie sich wieder. Leidenschaftlicher. Intensiver. Seine starken Hände glitten über ihren Körper, steigerten ihr Verlangen zu einem scharfen, sehnsüchtigen Schmerz. Ihre Haut glühte, und Madeleine sehnte sich nach … oh, nach irgendetwas!

Als er aufhörte, konnte sie kaum mehr atmen. »Mr. MacLachlan!«, keuchte sie. »Sie nehmen sich Freiheiten heraus, die Sie sich nicht herausnehmen sollten.«

Er sah sie mit tödlichem Ernst an. »Aye, aber ich habe vor, das schon bald in Ordnung zu bringen«, schwor er. »Ich will dich heiraten.«

Madeleine versuchte, ihn tadelnd anzusehen. »Sie sind ein schockierend arroganter Mann.«

»Aber nein«, sagte er. »Nur ein sehr entschlossener.«

Sie hob das Kinn. »Und wenn es nicht mein Wunsch ist, Sie zu heiraten?«

»Nun, vielleicht wollen Sie das nicht«, räumte er leise ein. »Weil ich dir nicht mit schönen Worten den Hof mache. Und weil ich wenig zu bieten habe außer der Kraft meiner Muskeln und des Talents meiner Hände. Aber es ist genug von beidem, dir ein Dach über dem Kopf zu geben.«

Sein Ernst beeindruckte sie. »Und das ist alles?«

Er hielt ihrem Blick stand. »Aye, das ist alles«, sagte er, während sein Griff um ihre Schultern sich verstärkte. »Was ist, Mädchen? Reicht das, dich zu gewinnen?«

Sie sah scheu zu ihm hoch. »Ich bin mir nicht ganz sicher, Mr. MacLachlan«, neckte sie ihn. »Vielleicht sollten Sie mich noch einmal küssen und mir helfen, mich zu entscheiden?«

Seine Augen blickten wärmer. »Was ist schon ein Kuss«, sagte er grinsend. »Ich will dich in meinem Bett.«

»Auch eine Ihrer Stärken, nehme ich an?«, murmelte sie. »Oder würde man das eher ein Talent nennen?«

»Du Hexe!«, sagte er und zog sie an seine Brust. »Lass mich in dein Bett und urteile selbst.«

»Ich … ich traue mich nicht«, wisperte sie.

Etwas in seinen Augen bezwang sie. »Heute Nacht«, sagte er. »Trau dich. Ich werde an dein Fenster kommen.«

»Oh Gott!« Madeleine schloss die Augen. »Mein Vater wird Sie umbringen, wenn er davon erfährt!«

»Dann werde ich als glücklicher Mann sterben«, erwiderte Merrick feierlich. »Ich muss dich sehen! Wir können einfach nur reden, Maddie, wenn das alles ist, was du willst.«

Lieber Gott, das war nicht alles, was sie wollte! »Aber wir werden nicht einfach nur reden«, sagte sie rau. »So ist das nicht mit uns, nicht wahr? Sogar ich weiß das.«

Er zog sie fest an sich. »Ich werde einen Kiesel an die Scheibe werfen. Wirst du mich hereinlassen, Mädchen?«

Madeleine schluckte mühsam und fast wie gegen ihren Willen nickte sie. Und dann küsste er sie wieder, machte sie zittern und weckte ihr Begehren …

»Wer ist sie, Merrick?«, fragte Wynwood zwei Stunden später. Er hatte den Fuß gegen Merricks Schreibtisch gestemmt und drehte ein Glas mit dunklem, rauchigem Whisky in den Händen. »Oder anders gefragt, wer *war* sie? Ich habe nie etwas von ihr gehört.«

Merrick stand von seinem Schreibtisch auf und ging zur Anrichte. In seiner Familie und unter seinen engen Freunden war die Jugendsünde seiner überstürzten Heirat nicht gerade ein Geheimnis. Aber wie aus einer stillschweigenden Übereinkunft heraus wurde nie darüber gesprochen.

Merrick wünschte auch jetzt nicht besonders, darüber zu sprechen, aber Wynwood war in eine verdammt unangenehme Situation gebracht worden. Und Wynwood war einige Jahre jünger als er. Und es war gut möglich, dass er nicht wusste, wer Madeleine war, denn Merricks beharrliches Schweigen hatte dafür gesorgt, dass es im Laufe der Jahre kaum Klatsch darüber gegeben hatte. Müßiges Gerede war eine verräterische Sache. Es konnte die Geschäfte eines Mannes auf eine Art und Weise beeinflussen, die unvorhersehbar war.

»Weichst du meiner Frage aus, alter Freund?« Wynwoods Stimme brachte ihn zurück in die Gegenwart. »Tu dir keinen

Zwang an, mich zum Teufel zu wünschen. Meine Gefühle sind nicht so leicht zu verletzen.«

Merrick zerrte den Stöpsel aus dem kristallenen Dekanter. »Lady Madeleine Howard«, sagte er scheinbar ruhig, während er sein Glas auffüllte. »Sie ist die Tochter des Earls of Jessup – oder besser gesagt, sie war es.«

Wynwood furchte die Stirn, dann glättete sie sich wieder. »Du meinst diesen alten, stocksteifen Erzkonservativen?«, fragte er. »Man nennt ihn auch ›das Schwert von Sheffield‹, richtig?«

»Aye, weil er seine Feinde rücksichtslos vernichtet«, erwiderte Merrick.

»Dazu kann ich nichts sagen, weil ich mich nicht für politische Intrigen interessiere«, gestand Wynwood. »Aber der Name ist selbst mir bekannt. Ein unangenehmer Zeitgenosse, wie man von allen Seiten hört. Er weilt nicht mehr unter den Lebenden, richtig?«

»Er ist vor einigen Jahren im Schlaf gestorben.«

Und das war ein weitaus gnädigerer Tod als ihn dieser Bastard verdient gehabt hätte. Merrick kehrte zu seinem Stuhl zurück und trank langsam von seinem Whisky. Sehr langsam. Weder Lady Madeleine Howard noch deren aufgeblasener Scheißkerl von Vater waren es wert, eine Flasche edlen Finlaggans herunterzustürzen. Genau genommen waren sie nicht einmal den Zorn und die Lust wert, die seit zwei Stunden in seinem Bauch brannten. Und deshalb hatte er diese Gefühle verdrängt, mit einem scharfen Schnitt, so, wie man einer Schlange den Kopf abschlug: schnell und sauber, damit sie nicht zubiss.

Er fühlte nichts als das sich ausbreitende Brennen des Whiskys und seine übliche Ungeduld, sich etwas anderem zuwenden zu können – seiner nächsten geschäftlichen Verabredung, seinem nächsten Projekt, kurz gesagt, allem, was ihn davon abhalten konnte, sich mit sich selbst beschäftigen zu müssen, allem, was ihn in die Welt des Praktischen und Rationalen zurückbrachte. Aber er konnte wohl kaum seinen Freund auffordern, jetzt zu gehen. Zumal dieser ja eigentlich gekommen war, um Geschäftliches zu besprechen.

Wynwood fuhr fort, nachzubohren, wenn auch zögernd. »Dass du das Mädchen geheiratet hast, war nicht allgemein bekannt, vermute ich?«

Merrick schüttelte den Kopf und starrte in die Tiefen seines Büros. »Wir sind durchgebrannt«, erwiderte er. »Kurz vor dem Ende ihrer ersten Saison. Hat Alasdair dir diese Geschichte nie erzählt?«

»Nein. Hätte er das tun sollen?«

Merrick stieß ein bitteres Lachen aus. »Es war dramatisch, wirklich«, sagte er. »Ich hatte mir Alasdairs Kutsche genommen, und wir sind nach Gretna Green gefahren mit nicht mehr als dreißig Pfund in der Tasche.«

»Zum Teufel!« Wynwoods Stiefelhacken knallten auf den Boden. »Ich habe noch nie jemanden gekannt, der das tatsächlich durchgezogen hat. Wie in Gottes Namen hast du das gemacht?«

Voller Verzweiflung. Voller Leidenschaft. Und mit dem Teufel im Nacken.

»Oh, auf die übliche Weise.« Merrick brachte ein hartes, gedämpftes Lächeln zustande. »Glühende Briefe des Mädchens, übergeben an einen Diener. Zwei Koffer und eine Leiter zum Fenster. Und natürlich eine Flucht um Mitternacht. Kein Durchbrennen wäre komplett, würde man es zu einer vernünftigen Stunde tun, nicht wahr?«

Wynwood grinste. »Und der alte Mann hat euch nicht wieder eingefangen?«

»Nicht schnell genug.«

»Und dann?«

Merrick zog eine Augenbraue hoch. Das war jetzt weit genug gegangen, selbst zwischen Freunden. »Und dann was, Quinn?«, murmelte er. »Alte Geschichten soll man nicht wieder aufwärmen. Wolltest du nicht ein Haus kaufen?«

Wynwood sah ihn seltsam an. »Nun, wenn du …«

Er wurde von einem lauten Klopfen an der Tür unterbrochen. Phipps, Merricks Butler und Kammerdiener in Personalunion, kam herein. »Eine Miss Bromley ist hier wegen der Verabredung für vier Uhr.«

Eine Frau stand im Schatten hinter Phipps. Sie war von Kopf bis Fuß in schwarze Seide gekleidet und trug einen perlenbesetzten schwarzen Schleier, der ihre Augen verbarg und bis an ihren breiten Mund reichte. Eine kleine Hutschachtel baumelte von einem ihrer Handgelenke, und der Ausschnitt ihres Kleides ließ sehr viel von ihrem cremeweißen Dekolleté sehen. Miss Bromley war ganz gewiss nicht gekommen, um über Immobilien zu sprechen.

Wynwood zog dieses Mal beide Augenbrauen hoch und warf Merrick einen abschätzenden Blick zu, während er aufstand. »Ich werde morgen wiederkommen«, sagte er ruhig, »und dich jetzt deiner … hm, deiner Verabredung überlassen, alter Freund.«

Merrick zuckte gleichmütig mit den Schultern und trank seinen Whisky aus. »Bleib, wenn du willst«, murmelte er. »Ich bin heute großzügig.«

Wynwoods Augen blitzten alarmiert auf. »Ich fürchte, ich habe das aufgegeben, alter Junge.« Er stellte sein Glas mit einem lauten Klirren auf den Schreibtisch. »Ich gehe jetzt besser. Ich werde mit meiner Frau sprechen und morgen wieder vorbeischauen. In Ordnung?«

Phipps hatte sich bereits zurückgezogen. Miss Bromley beobachtete Wynwoods Abgang mit offensichtlichem Amüsement, ihr Mund verzog sich zu einem seltsamen Halblächeln.

»Ihr Freund ist frisch verheiratet, richtig?« Ihre Stimme klang weich und doch irgendwie rau.

Merrick antwortete nicht. »Sie kommen von Mrs. Farnham?«

»Ich bin Bess«, sagte sie und hob den Schleier, um ein Paar kalter, dunkler Augen zu enthüllen. *Perfekt*, dachte er. Er war nicht in der Stimmung für Wärme. Er war in der Tat sehr froh, dass er Kitty und ihr gutmütiges, fast kindliches Lächeln los war.

Er schloss die Tür ab und durchquerte das Büro. Die Frau folgte ihm in den Salon, den er zum Schlafzimmer umgestaltet hatte, damit er immer in der Nähe seines Büros sein konnte.

Die Arme vor der Brust verschränkt, stand er am Fenster und betrachtete die Frau einen Moment lang. Er hatte ganz vergessen, dass heute Donnerstag war. Sie war schön – wenn ein Mann schwarzhaarige, üppige und selbstsichere Frauen mochte. Er mochte sie, manchmal jedenfalls. Aber heute war er halbwegs versucht, die Frau fortzuschicken. Er war nicht in Stimmung.

Oder war er es doch?

Er dachte wieder an Madeleine und wie es gewesen war, sie nach so vielen leeren Jahren wiederzusehen. Aber was hatte er erwartet? In fast dreizehn Jahren hatte es auch nicht einen Hinweis gegeben, dass diese Frau Reue empfand. Unerklärlicherweise drohte der dunkle, brennende Zorn zurückzukommen, und wie eine aufflackernde Flamme züngelte er durch seine Gedanken.

Bess Bromley schien seinen Zorn zu spüren. Ihre Augen streiften ihn, dunkel und wissend.

Sie war gut einen Kopf kleiner als Madeleine. Ihr Haar war so dunkel wie das Gefieder einer Krähe, ihr Mund dünn und breit; ein scharfer Kontrast zum hellblonden Haar und den vollen Lippen seiner Frau. Genau genommen hätten die beiden sich nicht unähnlicher sein können. Das war gut. Das war in der Tat sogar sehr gut. Er hatte es aufgegeben, mit schönen, langbeinigen Blondinen ins Bett zu gehen, nachdem die ersten zwei, drei Jahre vergangen waren.

Bess Bromley warf Hut und Schleier auf einen Stuhl, und ließ ihre Hutschachtel in die Mitte der schmalen, nachlässig bedeckten Liege fallen, die als sein Bett diente. Die Schachtel landete mit einem dumpfen Aufprall auf der Seite. Der Deckel öffnete sich und eine dünne Lederpeitsche fiel heraus. Es waren noch andere Gegenstände in der Schachtel. Sein rascher Blick registrierte sie. Er war kein Dummkopf; er kannte das Handwerkszeug von Frauen wie ihr.

Als wollte sie ihn ermuntern, ging Bess auf ihn zu. Sie legte einen Arm um seinen Nacken, presste ihre Brüste an seine Brust und streichelte seinen Nacken. Ihr Blick glitt über die Narbe in seinem Gesicht, dann senkte sie die Lider. »Arme kleine Kitty!«, sagte sie in einem rauen Flüstern. »Sie weiß gar nicht, wie man einen Mann wie Sie behandeln muss.«

Merrick schaute auf sie herunter. »Kitty hat es nicht schlecht gemacht.«

Zart wie die Berührung eines Schmetterlings fuhr Bess Bromley mit ihrer Zungenspitze über seine Narbe. »Kitty denkt,

Sie würden es hart mögen, MacLachlan«, sagte sie anzüglich. »Hat sie recht damit?«

»Manchmal«, räumte er ein.

Ohne Warnung presste Bess ihren heißen offenen Mund auf seine Kehle und trieb ihre Zähne in seine Haut. Sein Atem stockte bei diesem Schmerz, aber er zuckte nicht zusammen. »Und was ist mit dir, meine Liebe?«, fragte er, packte sie am Po und zog sie an sich. »Magst *du* es hart?«

Sie antwortete nicht, erschauderte aber in seiner Umarmung.

Als würde sie von ihrem eigenen Willen getrieben, glitt Merricks Hand zu Bess Bromleys Schulter. Der Seidenstoff zerriss, als er ihr das Kleid herunterzerrte. Und warum nicht? Merrick befand sich in einer seltsamen finsteren Stimmung, in der Stimmung, etwas zu zerstören, und wenn das eine nicht in seiner Greifweite war, warum tat es dann nicht auch etwas anderes?

Unter ihrem Kleid trug Bess kein Hemd – und wahrscheinlich auch keine Unterhosen. Ihre nackte Brust wölbte sich aus dem schwarzen Korsett, das in einem altmodischen Stil gearbeitet und so eng geschnürt war, dass es reichte, ihre Atmung zu beeinträchtigen.

Bess schien von seinem Handeln nicht beunruhigt zu sein. Unter seinem Blick richtete ihre Brustwarze sich auf und wurde hart. Der Warzenhof war groß und dunkel. Merrick wandte den Blick ab. Er wünschte, ihre Brüste wären nicht so üppig. Er wünschte, sie wären kleiner, blasser, und dass er mit der Fingerspitze die feinen blauen Äderchen unter ihrer Haut nachzeichnen könnte. Genau genommen wünschte er, sie wäre jemand anders. Der Gedanke diente nur dazu, ihn noch zorniger zu machen.

Abrupt stieß er Bess von sich weg. »Zieh dich aus«, sagte er knapp. »Und leg dich aufs Bett.«

»Und was, wenn ich das nicht tun will?«, flüsterte sie. Ihre Augen funkelten herausfordernd. »Was, wenn Sie mich dazu zwingen müssten?«

Ein höhnisches Lächeln verzog seine Lippen. »Aye, mit deiner kleinen schwarzen Lederpeitsche vielleicht«, schlug er vor. »Ist es das, was du willst, meine Liebe?«

Bess griff nach der Peitsche und zog sie aufreizend, fast sinnlich, über ihre Handfläche, als würde sie jeden Knoten und jede Windung des geflochtenen Stranges genießen. »Kitty sagt, Sie haben Narben.« Die Worte waren nur ein raues Flüstern. »Viele davon. Tiefe, böse Narben.«

»Kitty redet verdammt zu viel.«

Bess fuhr sich mit der Zunge über die Unterlippe. »Zieh dich aus«, sagte sie, ihre Augen blickten drängend und gierig. »Ich mag einen Mann, der Narben hat. Lass mich sehen, MacLachlan, wie viel du ertragen kannst.«

Mehr als du in tausend Jahren austeilen könntest, dachte er. Mehr, als menschenmöglich war. Aber er wollte verdammt sein, wenn er mit ihr darüber reden würde. »Ich denke, du hast vergessen, wer hier für seine Dienste bezahlt wird, meine Liebe.«

Sie machte einen Schritt auf ihn zu und verzog ihre grell geschminkten Lippen zu einem Schmollmund. »Armer Mr. MacLachlan«, gurrte sie. »Sie haben es zu lange mit dieser faden, langweiligen Kitty getrieben. Ich kenne Sie. Ich kenne Ihren Typ. *Ich weiß, was Sie brauchen.* Ich kann die Wut auf Ihrer Haut riechen.«

Er packte sie am Handgelenk und riss sie an sich, dann presste er den Mund auf ihren. Sie hielt noch immer die Peitsche in der Hand, als sie ihre Zunge tief in seinen Mund stieß, sich wieder zurückzog und ihm grausam in die Lippe biss.

Zorn explodierte in seinem Kopf. Er zuckte zurück. »Warte, du kleine Hexe!«

Ihre Augen glitzerten gefährlich. »Das war sehr böse von mir, nicht wahr?«, erwiderte sie. »Du bist wütend.«

Mit dem Handrücken berührte Merrick vorsichtig seine blutende Lippe und machte einen Schritt zurück. »Du hast verdammt recht, ich bin wütend.«

Bess lachte leise. »Sie waren schon in dem Moment wütend, als ich dieses Zimmer betreten habe«, erwiderte sie. »Ich habe Ihnen nur einen Weg geboten, Ihre Wut loszuwerden.«

»Halt den Mund, verdammt noch mal!« Merrick beförderte die Hutschachtel mit einem Fußtritt vom Bett auf den Boden. Bess war näher an der Wahrheit, als er zugeben wollte. »Halt einfach den Mund und zieh dich aus. Ich will es schnell und hart. Und danach verschwindest du von hier.«

Bess Bromley zog langsam den Ärmel ihres schwarzen Kleides herunter. Es enthüllte erst ihre Schulter und dann ihre Brüste, die von den festen Streben ihres Korsetts gehalten wurden. Darunter trug sie nichts als schwarze Strümpfe, die fest ihre schlanken, milchweißen Schenkel umschlossen. Der Kontrast war verwirrend. Erotisch.

Sie wandte sich wieder zu ihm um und lächelte verführerisch. »Ich bin sehr grausam gewesen«, sagte sie wieder. Sie schob ein Knie auf die Matratze, und kroch auf allen vieren langsam auf das Bett, ihr Po so nackt wie an dem Tag, an dem sie geboren worden war. »Ich habe Sie wütend gemacht«, sprach sie weiter und legte sich auf den Bauch.

»Ich fange an zu glauben, du könntest verrückt sein«, bemerkte er.

»Vielleicht bin ich das.« Ihre Augen glitten zu der Peitsche, die aufgerollt wie eine Schlange auf dem Teppich lag. Die Zungenspitze schoss wieder vor, befeuchtete ihre Lippen. »Aber kommen Sie jetzt zu Bess, MacLachlan, und spielen Sie ein kleines Spiel mit ihr. Kommen Sie und geben Sie mir, was ich verdiene«, lockte sie. »Sie werden es genießen.«

»Werde ich das?«

Sie schob die Hand unter ihren Bauch und ließ sie nach unten gleiten. »Oh ja«, sagte sie und schloss die Augen. »Ich kenne Sie. Kommen Sie, jetzt. Machen Sie mich ... *oh, machen Sie mich ...*«

Er war schon halb überredet. Vielleicht war es das, was er brauchte. Vielleicht war er voller Dämonen, so wie er sich manchmal fühlte. Aber die Peitsche, nein. Das niemals.

Die Frau auf seinem Bett wand sich jetzt. Gegen seinen Willen glitt seine Hand zu den Knöpfen seiner Hose, zerrte sie auf. Sollte seine Frau verdammt noch mal zur Hölle fahren, diese treulose Hexe. Im nächsten Augenblick stieg er auf das Bett, legte sich über Bess und zwang ihre Beine mit seinem Knie auseinander. Er drang mit einem harten Stoß in sie ein und hielt ihre Pobacken fest zwischen seinen Händen, damit sie seine Invasion duldete.

Bess' Augen weiteten sich überrascht, und sie schrie auf.

Er hörte nicht auf. Seine Dämonen trieben ihn zu der einzigen Sühne, der diese schwarzen Teufel je nachgegeben hatten. Er ließ sich von seiner Wut anstacheln, bis Bess' Fingernägel sich in die wollene Decke krallten, sich tief eingruben, als sie unter ihm zu keuchen und zu stöhnen begann. Gedämpft hörte er sie aufschreien, hörte er sie nach mehr flehen.

Merrick gehorchte ihr. Unter ihm schien sich ihr ganzer Körper anzuspannen. Sie erbebte ein-, zweimal und sank auf dem

Bett zusammen. Dann fühlte er es kommen. Diese absolute Benommenheit. Den körperlichen Zusammenbruch und die sinnlose schwarze Leere. Die wenigen wahnsinnigen Augenblicke, die sein gesättigter Körper ihm geben konnte. Er stieß noch einmal zu und fühlte, wie er fiel.

Kapitel 5

Man kennt einen Menschen erst,
wenn man einen Scheffel Salz mit ihm gegessen hat.

Die Fahrt mit der Kutsche durch die Außenbezirke Londons bis in die City dauerte wegen des dichten Verkehrs fast zwei Stunden. Madeleine hielt ihre Hände gefaltet in ihrem Schoß und versuchte, sich in Geduld zu üben. Sie hätte ihr Ziel zu Fuß oder mit einer der kleineren, wendigeren Kutschen, die man überall in der Stadt mieten konnte, viel schneller erreichen können. Ihr verstorbener Vater jedoch hatte ihr immer wieder gesagt, wie wichtig es war, wie eine wohlhabende, gut erzogene Lady aufzutreten, wenn man einen Besuch machte – gleich, welcher Art.

Madeleine war überrascht gewesen, als sie heute Morgen Mr. Rosenbergs Schreiben erhalten hatte, in dem er sie um einen Besuch gebeten hatte. Sie hatte die vergangenen drei Tage damit verbracht zu entscheiden, ob sie ihn noch einmal in seinem Büro aufsuchen sollte. Und inwieweit sie, falls sie es tat, dabei etwas von ihm erfahren könnte, ohne seinen Verdacht zu erregen. In ihrem Hinterkopf nagte ein Verdacht. Aber durch seinen Brief hatte Rosenberg ihr diese Entscheidung aus der Hand genommen. Seine Nachricht war während des Frühstücks von einem Boten in Livree überbracht worden. Die Bitte um einen Besuch war außerordentlich höflich formuliert gewesen, fast kriecherisch – und hatte Madeleines brennende Neugier geweckt.

Von Zeit zu Zeit reckte sie den Hals, als könnte ihr das den

Weg durch die Wagen und Kutschen bahnen, die die Straße vor ihnen verstopften. Ihr Blick fiel auf ein Straßenschild; *Fleet Street* stand darauf. Madeleine hatte noch nie davon gehört, denn sie war erst einmal in ihrem Leben im Londoner Osten gewesen – um den Kaufvertrag für ihr neues Haus zu unterschreiben. Genau genommen hatte sie, abgesehen von den drei Monaten, die sie als Kind in Mayfair verbracht hatte, bisher nichts von dieser großen, so lebendigen Stadt gesehen.

Während ihres ersten Besuchs in London war es ihr kaum möglich gewesen, etwas anderes von der Stadt zu sehen als die exklusiven Läden in der Bond Street. Die gewundenen, schmalen, weniger eleganten Straßen übten zwar eine seltsame Faszination auf sie aus. Madeleine war jedoch von ihrem Vater und ihrer Tante Emma, die sie in die Gesellschaft einführen sollte, schon sehr früh und sehr oft daran erinnert worden, wie unschicklich es für eine junge Debütantin war, an Orten gesehen zu werden, die weniger kultiviert waren als *Astley's* oder weiter östlich lagen als *Hatchard's*, der Buchladen.

In der Kanzlei des Anwalts in der Threadneedle Street wurde Madeleine überaus höflich von einem jungen Mann empfangen. Er bat sie, Platz zu nehmen, ehe er die Treppe hinaufeilte, um seinen Herrn über ihre Ankunft zu unterrichten. Mr. Rosenberg begrüßte sie herzlich und ließ Kaffee servieren.

Madeleine stellte eine Reihe von Fragen über das Haus, die der Anwalt bereitwillig beantwortete. »Ich habe dies hier für Sie vorbereiten lassen«, sagte er, als sie sich für einen Moment unterbrach, um Luft zu holen. Er schob ihr über den Schreibtisch einige Dokumente zu. »Es war mein Wunsch, dass Sie sie sofort bekommen. Wie Sie sehen können, hat der Verkäufer sie gegengezeichnet. Wir benötigen nur noch Ihre Unterschrift –

hier bitte –, um alles rechtmäßig zum Abschluss zu bringen.«

Er deutete auf den unteren Rand des letztes Blattes, doch der Name, der dort stand, war Madeleine unbekannt. »Und wer ist dieser Mr. … Mr. Evans?«

Rosenberg machte eine winkende Handbewegung. »Oh, das ist nur eine Formalität«, sagte er. »Evans überwacht die täglichen Bautätigkeiten. Er hat Zeichnungsbefugnis für alle Urkunden und Verträge.«

Madeleines Augenbrauen zogen sich zusammen. »Sie meinen damit, dass er so etwas wie ein Sekretär ist?«

Rosenberg lachte. »Nun, ein sehr hochgestellter Sekretär in diesem Fall«, erwiderte er. »Wir sprechen über ein außerordentlich großes, bemerkenswert erfolgreiches Unternehmen, das in ganz London diverse Geschäftsinteressen wahrnimmt.«

»Aber diese Firma, die mein Haus baut – sie gehört allein Mr. MacLachlan, nicht wahr?« Madeleine senkte unschuldig den Blick. »Ich glaube, jemand erwähnte es mir gegenüber.«

Rosenberg schien leicht verwirrt. »Nun, ja. Natürlich.«

Madeleine sah das nicht als »natürlich« an, aber sie lächelte weiterhin ihr höflich-nichtssagendes Konversationslächeln. »Ich frage mich, Mr. Rosenberg, ob Sie mir noch eine letzte Frage beantworten würden?«

»Ich werde es versuchen.«

Madeleine entschied sich, ganz direkt diese eine Frage zu stellen, auf deren Antwort sie brannte. »Ich bekenne mich zu meiner übergroßen Neugier«, sagte sie. »Wie hat Mr. MacLachlan es angefangen, ein so außerordentlich großes Unternehmen aufzubauen?«

Rosenberg runzelte die Stirn. »Ich bin nicht ganz sicher, ob ich Ihre Frage verstehe, Lady Bessett.«

»Nun, manch einer erbt ein Familienunternehmen«, fuhr sie

fort. »Andere bauen sich über zwei oder drei Jahrzehnte ihre eigene Firma auf. Mr. MacLachlans Aufstieg, vermute ich, ist kometengleich gewesen. Ich kann nicht umhin, mich zu fragen, wie ein so junger Mann so rasch so erfolgreich sein konnte.«

Mr. Rosenberg lächelte freundlich. »Ja, er ist noch sehr jung, nicht wahr?«, entgegnete er. »Und sein Ehrgeiz – lassen Sie uns es so nennen – steht außer Frage. Aber ich denke, ich verstehe, warum Sie danach fragen, Lady Bessett. Mr. MacLachlans Unternehmen hat so bescheiden angefangen wie viele andere auch. Er bekam ein Darlehen von einem Mitglied seiner Familie.«

»Ein Darlehen?«, wiederholte sie ungläubig. »Hat er das so genannt?«

Wieder ein freundliches Nicken. »Und er hätte auch nichts dagegen, dass ich es so nenne«, fuhr der Anwalt fort. »Seine Großmutter mütterlicherseits hat seine ersten geschäftlichen Schritte finanziert. Daher auch der Name.«

»Der Name?«

»MacGregor«, sagte der Anwalt. »MacGregor & Company.«

»Er hat es nach seiner *Großmutter* benannt?«

Mr. Rosenberg sah sie jetzt seltsam an. »Sie sehen skeptisch aus, Lady Bessett«, bemerkte er. »Haben Sie einen Grund, etwas anderes anzunehmen?«

Madeleine schüttelte rasch den Kopf. »Nein.« Sie nahm die Papiere vom Schreibtisch. »Nein, ich war nur neugierig.«

Mr. Rosenberg schob seinen Stuhl zurück und faltete die Hände über seinem recht stattlichen Bauch. »Nun, es war mir ein Vergnügen, Sie wiederzusehen, Lady Bessett«, sagte er. »Da nun alles geregelt ist, lassen Sie mich bitte noch meiner

Überzeugung Ausdruck geben, dass Sie sich in Ihrem neuen Heim sehr wohl fühlen werden.«

Madeleine verstand diese Bemerkung nicht ganz. »Das werde ich«, versicherte sie ihm und erhob sich. »Sie benachrichtigen mich doch bitte, sobald alles vorbereitet ist, damit ich Ihnen den Wechsel überbringen lassen kann?«

»Den Wechsel?« Er schien überrascht zu sein.

Madeleine schaute auf die Papiere in ihren Händen. »Dies ist doch die Abschrift meines Kaufvertrages, nicht wahr? Und ich muss nun binnen vierzehn Tagen einen Wechsel ausstellen und den Besitz eintragen lassen, nicht wahr?«

Rosenberg schüttelte langsam den Kopf. »Nein«, sagte er ruhig. »Nein, Lady Bessett. Was Sie in Händen halten, *ist* bereits die Besitzurkunde.«

»Aber – aber ich habe doch noch nichts an Sie gezahlt bis auf die anfänglichen zehn Prozent der Kaufsumme«, protestierte sie.

»Ein Betrag, der an Ihre Bank zurücküberwiesen worden ist«, sagte Rosenberg. »Mr. MacLachlan hat Ihnen den Besitz übereignet, als Ihr Eigentum.«

Madeleine sank auf ihren Stuhl zurück. In ihrem Kopf drehte sich alles. »Er … er hat *was?*«

Rosenberg schien noch verwirrter als sie zu sein, wenn das überhaupt möglich war. »Mr. MacLachlan sagte, ihm sei es unter den gegebenen Umständen der Gedanke eines Kaufes nicht angenehm«, versuchte der Anwalt zu erklären. »Er sagte … er sagte, Sie würden es verstehen, da Sie eine … Verwandte sind, oder so etwas Ähnliches.«

Ein Gefühl des Zorns begann in Madeleine zu brennen. »*Das* hat er gesagt?«, fragte sie. »Nun, er muss den Verstand verloren haben!«

Rosenberg zog sich um einige Zentimeter zurück. »Sie sind nicht mit ihm verwandt?«

Madeleine spürte, wie ihr Zorn sie zu überwältigen drohte. »Wir sind nichts dergleichen!«, rief sie und warf die Urkunde zurück auf den Schreibtisch, wo sie mit einem satten *Plopp!* zu liegen kam. »Ich … nun, ich kenne diesen Mann kaum! Er kann sich doch nicht einbilden … Nun, er kann doch nicht wirklich glauben … O Gott! Was denkt er sich nur?«

Rosenberg hob abwehrend die Hände. »Das kann ich wirklich nicht sagen, Ma'am«, versicherte er ihr. »Ich weiß nichts über dieses Geschäft. Ich arbeite für ihn, mehr nicht. Sie müssen Ihren Disput – wenn es denn tatsächlich ein solcher ist – mit dem Gentleman selbst klären.«

»Und ob ich das klären werde!«, sagte Madeleine schroff. Nach kurzem Überlegen nahm sie die Urkunde wieder an sich. »Und ob!«

Der dunkelhaarige Junge war wieder da. Dieses Mal saß er auf dem Rand eines alten Brunnens, der, von Unkraut umwuchert, gut fünfzig Schritte entfernt sein mochte. Vor einigen Monaten hatte Merrick an jener Stelle ein altes Cottage und einen Kuhstall abreißen lassen, um Platz für die nächste Häuserzeile zu schaffen. Aber den Brunnen hatte man vorerst erhalten, damit die Maurer sich von dort das Wasser zum Anrühren des Mörtels holen konnten.

Merrick hatte den Jungen vor vielleicht vierzehn Tagen zum ersten Mal bemerkt. Er war die Straße entlanggeschlendert gekommen, die durch das Dorf zum Fluss hinunterführte. Er hatte Steinchen mit dem Fuß angestoßen und die Hände tief in seinen Manteltaschen vergraben. Irgendetwas bei den Ausschachtungsarbeiten am Fuß des Hügels hatte die Aufmerksamkeit des Jungen erregt, und er war gefährlich nah an den Rand der Grube herangetreten.

Merrick hatte einen der Zimmermänner zu ihm geschickt, einen grauhaarigen alten Griesgram namens Horton, um den Jungen zu verwarnen und wegzuschicken. Eine Baustelle war ein gefährlicher Ort. Und Kinder, ganz besonders junge Burschen, die sich langweilten, waren immer auch eine Gefahr für sich selbst.

Aber der Junge war wiedergekommen. Wenn auch nicht mehr so nah heran. Ein wenig erhöht stand Merrick jetzt in der warmen Sonne, er hatte seinen Mantel beiseite geworfen und sich die Hemdsärmel hochgerollt, und überlegte, was zu tun war. Seit der Verwarnung hatte der Junge eine gewisse Distanz eingehalten. Und im Grunde dürfte ihm dort, wo er saß, keine Gefahr drohen. Aber er war da und beobachtete stumm alles, was um ihn herum geschah – fast so, wie Merrick es auch oft tat.

Vielleicht sollte er dieses Mal selbst zu dem Jungen gehen und die Sache endgültig regeln. Plötzlich hielt der Junge sich etwas vor die Augen und legte den Kopf ein wenig in den Nacken. Das Sonnenlicht spiegelte sich hell auf dem Gegenstand in seiner Hand.

Kurz entschlossen verließ Merrick den Staub und Dreck des Bauplatzes und überquerte die Straße. Seine Neugier zog ihn, trieb ihn den Weg hinunter und hin zu dem unkrautbewachsenen Flecken Erde. Als er den Brunnen erreichte, erkannte Merrick, dass der Junge durch ein Opernglas schaute, das so zierlich war, dass es offensichtlich einer Dame gehörte. Auf seinem Gesicht lag ein fast hingerissener Ausdruck, während er die Dacharbeiten beobachtete. Er war in sein Tun so versunken, dass er Merricks Näherkommen nicht gehört zu haben schien.

»Diese hohe Vorrichtung nennt man einen Kran«, sagte Merrick ruhig.

Sofort ließ der Junge das Opernglas sinken. »Hallo«, sagte er und ließ sich vom Brunnenrand gleiten. »Ich schaue nur zu. Ehrlich. Ich stehe nicht im Weg.«

»Das sehe ich«, sagte Merrick.

Er hatte ganz vergessen, dass es seine Absicht gewesen war, den Jungen fortzuschicken. Stattdessen verschränkte er die Arme auf dem Rücken und betrachtete ihn. Er war groß und schlank, aber eine gewisse Kindlichkeit in seinem Gesicht strafte seine Größe Lügen. Der Junge konnte nicht älter als zwölf sein, vielleicht sogar weniger. Merrick kannte sich mit Kindern nicht aus. Esmée hatte eine zweijährige Schwester, aber er vermied ein Zusammentreffen mit dem kleinen Teufelsbraten, wo immer es ging.

Dieser Junge jedoch – nun, er sah nicht ganz so Furcht erregend aus wie eine Zweijährige, die einen Wutanfall bekam. Er sah … eher interessant aus. In seinen dunkelgrünen Augen lag eine erwachsene Klugheit, und ihn umgab eine Aura von Ernst, die Merrick daran erinnerte, wie er selbst in diesem Alter gewesen war.

»Ein Kran ist ein System aus Flaschenzügen«, erklärte er dem Jungen und wies auf das Baugerät. »Und es gibt diese Schwenkvorrichtung – dort oben, siehst du? –, die es uns möglich macht, die Schieferplatten leichter auf das Dach zu befördern. Hast du schon einmal einen Kran aus der Nähe gesehen?«

Der Junge schüttelte den Kopf. »Nur Zeichnungen davon«, sagte er. »Aber die griechischen Tempel wurden mithilfe von

Kränen erbaut. Mein Vater hat gesagt, dass sie eingesetzt wurden, um die Säulen der Säulengänge aufzurichten. Er hat gesagt, dass die Säulen sehr schwer waren, und dass es keine andere Möglichkeit gab, wie es sonst hätte gemacht werden können.«

»Damit hat dein Vater ganz recht«, sagte Merrick.

In diesem Moment bemerkte er das kleine Skizzenbuch, das auf dem Rand des alten Brunnens lag. »Was hast du denn da? Einige Zeichnungen, hm? Ich hoffe, du stiehlst nicht meine Betriebsgeheimnisse.«

Der Junge riss erschrocken die Augen auf. »N ... nein, Sir«, sagte er. »Ich habe einiges gezeichnet, aber ich wollte nichts stehlen.«

»Ich habe nur Spaß gemacht«, beruhigte Merrick ihn. »Aber ich vermute, mein Junge, dass du jemandem dieses Opernglas stibitzt hast.«

Die Wangen des Jungen röteten sich, und er ließ den Kopf hängen.

»Wem gehört es?«, fragte Merrick ruhig.

»Meiner ... meiner Mutter.« Der Junge murmelte die Antwort in Richtung seiner Schuhe. »Aber ich habe es nicht gestohlen. Ich ... ich habe es mir nur ausgeliehen.«

Ah ja. Aber der Zorn der Mutter des Jungen war nicht Merricks Sorge. Um das Thema zu wechseln, griff er nach dem Skizzenbuch des Jungen. »Hast du etwas dagegen, wenn ich einen Blick hineinwerfe?«

Der Kopf des Jungen fuhr hoch. »N ... nein, Sir«, sagte er. »Ich glaube nicht. Aber es ist nichts, wirklich. Nur Skizzen.«

Merrick lächelte und schlug das Buch auf. Langsam und mit wachsendem Erstaunen blätterte er die Seiten um. Die Zeichnungen waren keinesfalls die eines Kindes, wie er es erwartet hatte. Stattdessen waren sie sehr detailliert und auch verblüffend genau. Einige waren aus leichter Hand entstandene Aufrissskizzen – er hatte von jungen Architekten, die für ihn gearbeitet hatten, schon schlechtere gesehen. Andere wiederum konnte man fast künstlerisch nennen. Es gab eine Zeichnung von Ridley, den Maurerpolier, der geschickt einen Stein mit Mörtel versah, um ihn zu setzen. Man sah die Bewegung von Ridleys knotigen Fingern, die raue Kante des Steins, wo er aus dem Rahmen gebrochen worden war. Und sogar den Klumpen Mörtel, der gleich von der Kelle fallen würde.

Eine weitere Zeichnung zeigte Merrick selbst, wie er hoch oben auf einem Dachbalken balancierte, um das Gleichgewicht zu halten. Er erinnerte sich gut daran, es lag vielleicht drei oder vier Tage zurück, dass er auf das Dachgerüst geklettert war, weil er wollte, dass die Zimmerleute wussten, zu was er in der Lage war – zumindest, wenn das Wetter trocken und seine Hüfte ausgeruht war. Die Männer wussten nichts von seiner Beeinträchtigung. Er wollte, dass sie spürten, dass seinen Augen nicht der kleinste Fehler entgehen würde – auch nicht siebzig Fuß über dem Erdboden.

In der Zeichnung des Jungen sprach Merrick mit einem der Dachdecker und monierte eine schlecht ausgeführte Arbeit. Sein Gesicht war im Profil dargestellt, und sein Blick war kalt und hart. Er hatte nicht bemerkt, dass das Kind ihn beobachtet hatte. Er hoffte zu Gott, dass der Junge nicht die raue und recht deftige Standpauke gehört hatte, die er den Männern gehalten hatte.

Die letzte Seite im Zeichenbuch des Jungen zeigte eine Gesamtansicht der Häuserzeile, die sich den Hügel hinaufzog. Aber die Einheitlichkeit der einzelnen Häuser und deren Dächer wich von der Realität ab. Der Junge hatte sie ein wenig abgewandelt; ein Walmdach auf dem einen, außerordentlich fantasiereich gestaltete Giebel auf einem anderen, und ein Mansardendach auf einem dritten.

»Du schätzt meine Dachlinien wohl nicht besonders, nehme ich an«, sagte er und schmunzelte insgeheim.

Der Junge zuckte mit den Schultern. »Das ist nur so, wie ich sie gemacht hätte, wenn es meine Häuser wären«, erwiderte er. »Ich würde nicht wollen, dass sie sich alle so ähnlich sehen.«

»Aber diese Gleichheit spart Kosten«, erklärte Merrick. »Es versetzt uns in die Lage, die Häuser terrassenförmig anzulegen und teures Bauland zu sparen und das Baumaterial in großen Mengen abzunehmen. Die Kosten spielen eine große Rolle, selbst für die wohlhabenden Leute, die diese Häuser kaufen werden.«

»Wirklich?« Der Junge schien überrascht zu sein.

»Ja, und solltest du vielleicht einmal Architekt werden, dann bitte ich dich, daran zu denken«, sagte er. »So wie es aussieht, kommen schon genug unerfahrene Absolventen von den Universitäten.«

Der Junge lachte, und für einen Moment verließ ihn sein Ernst.

»Wie ist dein Name?«, fragte er den Jungen.

»Geoffrey. Geoffrey Archard.«

Merrick reichte ihm die Hand. »Und ich bin Mr. MacLachlan.«

Geoffrey sah voller Ernst zu ihm auf. »Bauen Sie noch etwas anderes außer Häuser, Mr. MacLachlan?«

Merrick hob beide Augenbrauen. »Nun, ich besitze auch eine Baufirma, die Straßen und Bürgersteige anlegt«, sagte er. »Und ein Unternehmen, das Kupferrohre produziert. Einen großen Eisenhandel. Und seit Kurzem besitze ich eine Ziegelei. Ich könnte noch mehr aufzählen, aber das ist eigentlich nicht das, was du meintest, nicht wahr?«

Der Junge schüttelte den Kopf. »Nein, ich meine, bauen Sie auch andere Gebäude? Kirchen vielleicht oder Bankgebäude oder – oder Paläste?«

Merrick grinste. »Nein, einen Palast noch nie«, bekannte er. »Aber als ich noch ein junger Mann war, habe ich einige öffentliche Gebäude entworfen, wie zum Beispiel Rathäuser. Und sehr viele Landhäuser. Einige davon waren so groß wie ein Palast.«

Doch das Gesicht des Jungen war plötzlich blass geworden. Seine lebhaften grünen Augen hatten einen starren, leeren Ausdruck angenommen, als würde er nicht mehr zuhören. Einen kurzen Augenblick lang fürchtete Merrick einen epileptischen Anfall. »Geoffrey?« Er berührte das Kind leicht an der Schulter. »Geoffrey, was ist los?«

Der Junge schluckte mühsam und schaute zu ihm auf. Ein seltsamer Ausdruck huschte über sein Gesicht. Furcht? Schuld? »Der Kran, Sir«, keuchte er. »Der Kran. Einer der Flaschenzüge ... wird sich lösen.«

»Was?« Merrick hockte sich hin, um dem Jungen in die Augen zu schauen. »Geoffrey, was sagst du da?«

Der Junge ging an ihm vorbei, rannte dann zum Rand der von Unkraut überwucherten Wiese und starrte dabei wie gebannt auf den Kran. »Er wird sich lösen!«, wiederholte er. »Die Männer ... S... sagen Sie es ihnen ... sagen Sie ihnen, *sie sollen sofort weglaufen!*«

Merrick richtete sich auf. Er packte den Jungen an den Schultern und drehte ihn zu sich herum. Auf dem Gesicht des Jungen spiegelte sich Panik wider. »Geoffrey, was sagst du da? Wie kannst du das wissen?«

Für einen Moment zogen sich die Augenbrauen des Jungen zusammen. »Ich … ich hab' es durch das Opernglas gesehen!«, rief er. »Ich hatte es wieder vergessen. Vergessen, es zu sagen. Bitte! Bitte! Sie sollen weglaufen!«

Merrick zögerte nicht länger. Er lief über die Straße und zum Polier. »Weg da!«, rief er. »Kelly, alle weg da! Weg vom Kran! Lauft!«

Kelly sah Merrick an, als hätte dieser den Verstand verloren, aber er war es gewohnt, blind zu gehorchen. Er stieß den Mann, der neben ihm stand, zur Seite und rief den anderen zu, sie sollten sich in Sicherheit bringen. Und plötzlich brach die Hölle los. Ein Kreischen von Ketten und Metall durchschnitt die Luft, dann folgte ein langes, hohl klingendes Ächzen. Der Behälter mit den Schieferplatten, der am Kran hing und ungefähr fünfzig Fuß über dem Erdboden schwebte, schwankte einmal, dann noch einmal, und stürzte zu Boden. Er riss die Außenkante des Dachs mit sich; Schiefer und Kupfer splitterte durch die Luft. Seile, Ketten und Teile der Traufe folgten. Alles fiel in Trümmern in sich zusammen, als hätte es ein Erdbeben gegeben.

Das Herz schlug ihm bis zum Hals, als Merrick bei Kelly ankam. »Mutter Gottes!«, stieß der Polier hervor und bekreuzigte sich.

Merrick packte ihn an der Schulter. »Sind alle vollzählig?«

Kellys Blick glitt über die Hand voll Männer. »Aye, es sind alle da.« Die Erleichterung in seiner Stimme war nicht zu überhören. »Mutter Gottes! Was ist denn passiert?«

»Vermutlich hat eine der Halterungen nachgegeben«, sagte Merrick. Er wies mit dem Kopf auf den Kran. »Der Junge hat es durch sein Opernglas gesehen.«

Kelly sah ihn verständnislos an. »Weiter!«

Plötzlich legte Horton seine Hand auf Merricks Schulter. »Aye, der Junge war das?«, fragte er rau. »Stellen Sie sich vor, Sie hätten ihn wegschickt, Mr. MacLachlan!« Seinen Worten folgte ein Laut, der entweder wie ein keuchendes Lachen oder wie ein schwindsüchtiges Keuchen klang; Merrick war nicht sicher, was von beidem es war.

Auf dem Dach über ihnen waren die Dachdecker bis zur zerstörten Traufe gekrochen und spähten zu ihnen herunter, ihre Gesichter waren schneeweiß. Die Männer am Kran, deren Aufgabe es war, ihn zu bedienen und die Schieferplatten zu verladen, hatten ihre Mützen abgenommen und starrten auf den Schutthaufen, als läge einer von ihnen darunter begraben. Aber sie waren alle heil davongekommen. Und dafür hatten sie sich bei dem Jungen zu bedanken.

Merrick wandte sich um und starrte hinüber zum alten Brunnen, aber der Junge war fort.

Einer der Männer, der gegenüber den Keller ausgehoben hatte, wandte sich an Merrick. »Er ist weg, Sir«, sagte der Arbeiter. »Weiß wie ein Laken war er. Er ist zum Dorf gelaufen und dort dann scharf nach rechts.«

»Gut.« Merrick stand jetzt am Straßenrand. »Ich verstehe. Danke.«

Er musste noch einmal zum Brunnen gehen. Einige Augenblicke lang stand er nur da und starrte in die steinerne Tiefe, dabei rieb er sich nachdenklich den Nasenrücken. Er war dem Jungen dankbar, ja. Aber warum hatte der Junge ihn nicht früher gewarnt? Seine Panik war offensichtlich gewesen. Er musste also die Tragweite dessen, was er gesehen hatte, begriffen haben.

Mit einem Seufzen wandte sich Merrick zum Gehen, als er mit der Schuhspitze gegen etwas Hartes stieß. Er schaute herunter und sah das Opernglas in einem dichten Büschel Sauerampfer liegen. Er bückte sich danach und hob es auf. Es war ein teures Glas, erkannte er, während er es in den Händen wog. Um es auszuprobieren, hob er es an die Augen und richtete den Blick auf die Baustelle. Er konnte die Arbeiter sehen, jeden einzelnen von ihnen. Aber auf diese Entfernung zu erkennen, dass sich ein Flaschenzug löste …

Merrick ließ das Fernglas sinken. Der Junge hatte verdammt gute Augen, so viel war gewiss. Was ihn selbst betraf, so akzeptierte Merrick widerstrebend die Wahrheit und ergab sich, gerade eben fünfunddreißig, der Plage, die dieses mittlere Alter mit sich brachte: Er brauchte vermutlich eine Brille.

Er kehrte an den Ort des Unglücks zurück und wies Walters an, den Kran herunterzuholen und einer gründlichen Inspektion zu unterziehen. Wenn jemand es versäumt hatte, seinen Job gewissenhaft zu versehen, wollte Merrick wissen, wer das gewesen war. Walters machte sich sofort ans Werk. Drei der Männer bahnten sich bereits ihren Weg durch die zerschmetterten Schieferplatten, um zu sehen, wie viele davon noch zu gebrauchen waren. Oben auf dem Dach wurde bereits der abgebrochene Rand der Traufe entfernt. Bis zum Einbruch der Dunkelheit würden die Männer sie vermutlich ersetzt haben.

Hier war nichts mehr für ihn zu tun. Es war ein verdammt bedrückender Besuch gewesen, aber jetzt war es an der Zeit, sich wieder den Geschäften zuzuwenden. Er und Evans hatten eine Verabredung mit einem Bodenspekulanten aus Greenwich. Zeit, Ebbe und Flut – ganz zu schweigen von geschäftlichen Erfordernissen – warteten auf niemanden.

Kapitel 6

Auf Ebbe folgt Flut.

Madeleines Kutscher musste zweimal anhalten und nach dem Weg zu Mr. MacLachlans Büro fragen. Schließlich hielten am entgegengesetzten Ende des Dorfes vor einem beeindruckenden Haus, das wie eine größere Ausgabe ihres neuen Hauses aussah.

Drinnen herrschte rege Betriebsamkeit. Die Angestellten und Kopisten schienen das ganze Erdgeschoss zu bevölkern, sie eilten zwischen in den Zimmern hin und her, gingen die breite Treppe hinauf- und hinunter. Es roch nach Tinte und, seltsamerweise, frisch gesägtem Holz. Niemand schien so recht zu wissen, wie sie mit Madeleine umgehen sollten. Mr. MacLachlan, so schien es, verhandelte für gewöhnlich nicht direkt mit seinen Kunden. Das überließ er Rosenberg.

Schließlich entschied einer der Herren – er sah aus wie ein Butler –, dass Madeleine nach oben in Mr. MacLachlans Büro geführt werden sollte. Sie folgte ihm die zwei Treppenfluchten, die hinaufführten. In jedem Winkel und jeder Nische des Hauses saßen Männer an der Arbeit, so weit Madeleine das beurteilen konnte. Einige schienen Bauzeichnungen anzufertigen, denn sie saßen auf hohen Stühlen an Zeichentischen. Andere wiederum arbeiteten an Tischen, auf denen sich Geschäftsbücher stapelten. In einem der Korridore lag ein Stapel ungestrichener Friese, daneben stand ein großer runder Korb, der eine Auswahl aufwändig gearbeiteter Konsolen enthielt. Madeleine kam dies sehr seltsam vor; sie hatte diese Teile eines Hauses bisher immer nur als Ganzes, aber noch nie zuvor als *Einzelteil* gesehen.

Sie wurde in ein großes, holzgetäfeltes Büro geführt und gebeten zu warten. Das Zimmer war mit schönen Mahagoni-Möbeln ausgestattet, einschließlich eines Schreibtisches, der sich in die Unendlichkeit zu erstrecken schien. Eine Standuhr, deren Korpus mit einer Holzeinlegearbeit verziert war, stand an einer Wand, und zerrte mit jedem trübseligen *ticktack* ihres Uhrwerks an Madeleines Nerven.

Nach einer Weile empfand sie ihre Unruhe als so unerträglich, dass sie von ihrem Stuhl aufstand und im Zimmer hin und her ging, um sich die Bücher in den Regalen anzusehen und die Gemälde zu betrachten. Die meisten der Letztgenannten waren sehr alt und sehr schön, von deutschen und italienischen Malern. Auf der Anrichte stand ein Tablett aus massivem Silber, darauf ein Dekanter aus fein geschliffenem Kristall, um den herum ein halbes Dutzend passender Gläser angeordnet war – unzweifelhaft Murano-Glas. Madeleines Mund verzog sich bitter. Merrick hatte schon immer ein Auge für das Allerbeste und das Allerschönste gehabt. Und wie es aussah, konnte er es sich auch leisten.

In der Wand links vom Schreibtisch befand sich eine schmale Tür. Spontan öffnete Madeleine sie und schaute in das Zimmer dahinter. Es war warm dort drinnen, und in der Luft hing ein maskuliner Duft. Madeleine schloss die Augen und atmete tief ein. Unter dem stark würzigen Geruch nahm sie, kaum merklich, Merricks einzigartigen Geruch wahr. Aber sie erkannte ihn. Ja, sie kannte ihn, jetzt und immer. Oh, diese quälende Erinnerung, die so scharf wie die Spitze eines Dolches war.

Einen Augenblick lang war sie versucht, zu dem schmalen,

einfachen Bett zu gehen und die Decke zurückzuschlagen, um den Duft seiner Bettwäsche einzuatmen. Auch das war ein Duft, an den sie sich sehr gut erinnerte. Bei der Erinnerung daran stieg ihr die Röte in die Wangen. Zornig über sich selbst schloss sie die Tür und lehnte sich mit dem Rücken dagegen, presste sie ihre Hände auf das warme Holz.

Er wählte diesen ungünstigen Moment, um das Büro zu betreten und ihr den Atem zu rauben. Er bemerkte sie nicht. Er trat an den Schreibtisch und warf eine schwarze Mappe darauf, die vor Papier fast zu besten schien. Er starrte sie an, als sei er unentschlossen, und fuhr sich dann mit seinen schmalen sehnigen Händen durch das Haar. In dem Siegelring, den er immer trug, fing sich das Sonnenlicht, das durch das Fenster hereinfiel.

Madeleine räusperte sich und sofort fuhr sein Kopf herum. Der Ausdruck auf seinem Gesicht, als er sie sah, war unerfindlich. Erleichterung? Freude? Was immer es war, es war nur von kurzer Dauer, und ihm folgte rasch ein finsterer Blick.

»Madeleine«, sagte er ruhig. »Was in Gottes Namen tust du hier?«

Sie ging zum Schreibtisch und legte die Besitzurkunde des Hauses, die Rosenberg ihr gegeben hatte, vor ihn hin. »Was wohl?«, murmelte sie. »Ihr Mr. Rosenberg hat mir das heute gegeben.«

Merrick zog eine seiner schwarzen Augenbrauen hoch. »Ja, er ist sehr zuverlässig.«

Angesichts seiner kalten Verachtung begann Madeleine wieder vor Zorn zu zittern. »Wie können Sie es wagen, Mr. MacLachlan?«, verlangte sie zu wissen, und ihre Stimme klang tief und zittrig. »Wie können Sie es wagen, sich in meine persönlichen Angelegenheiten einzumischen? Machen Sie das rückgängig. Ich verbitte mir das! Haben Sie mich verstanden?«

Er besaß die Unverfrorenheit, zu lächeln, aber seine Augen blickten hart. »Mr. MacLachlan – nennst du mich jetzt wieder so?«, fragte er. »Komm schon, Madeleine! Wir sind allein. Du kannst dir deine vornehme Zurückhaltung schenken!«

»Wir stehen in keiner Beziehung mehr zueinander«, stellte sie klar. »Und Sie haben kein Recht, herumzugehen und den Leuten etwas anderes zu erzählen.«

»Ich bin dein Ehemann«, erwiderte er scharf. »Obwohl ich diese kleine Tatsache Rosenberg gegenüber unerwähnt gelassen habe. Und solange wir verheiratet sind, verlangt das Gesetz von mir, für dich zu sorgen, ob du es wünschst oder nicht.«

»Sie sind *nicht* mein Ehemann!«, rief sie. »Mein Ehemann ist tot, hören Sie? Hören Sie auf, mich zu quälen.«

Er kam um den Schreibtisch herum und stellte sich vor sie. »Oh Madeleine, du hast doch überhaupt keine Ahnung, was wahre Qual ist!« Seine Stimme klang gefährlich ruhig. »Und was immer auch Lord Bessett dir bedeutet haben mag – dein Ehemann war er ganz gewiss nicht.«

Madeleine zitterten jetzt die Hände. Er war zu nah. Zu groß. Zu *männlich.* »Wir haben einen Fehler gemacht, Merrick«, flüsterte sie. »Wir haben etwas Überstürztes und Dummes getan, und dann haben wir es bedauert. Bitte, rühr die Vergangenheit nicht wieder auf. Ich habe eine Familie ... ein Kind, an das ich denken muss.«

Sein gutgeschnittener Mund verzog sich zu einem höhnischen Lächeln. »Du schämst dich meiner, Madeleine?«, fragte er. »Ist es das? Du bist ziemlich schnell erwachsener und klüger geworden, nicht wahr? Du hast nur zehn Tage gebraucht, es zu bereuen, dein Schicksal einem geizigen Schotten anvertraut zu haben.«

»Mein Gott, wie kannst du es wagen?« Erst als er sie am Handgelenk packte, wurde Madeleine bewusst, dass sie die Hand gegen ihn erhoben hatte.

Er zog sie hart zu sich heran. Sie konnte die Wärme seiner Haut riechen. »Und ob ich es wage, Madam«, stieß er hervor, sein Mund nur Zentimeter von ihrem entfernt. »Ich wage es, weil es mein Recht ist! Ich habe es mir erkauft und dafür mit dem Blut bezahlt, das du mir aus dem Herzen gewrungen hast.«

»Welches Herz?«, rief sie. »Du hast doch gar keines!«

Er zog sie jetzt ganz an sich, sein Arm schloss sich noch fester um Madeleine. »Aye, das sagt man mir des Öfteren«, entgegnete er. Seine Faust hatte sich in ihre Röcke gekrallt, als wollte er sie hochzerren. »Aber ich habe eine Ehefrau. Du kannst dich glücklich schätzen, meine Liebe, dass ich dich nicht auf der Stelle in mein Schlafzimmer schleife, und zwischen deinen schönen langen Beinen dreizehn frustrierte Jahre an dir auslasse.«

»Versuch es nur!«, zischte sie. »Ich werde schreien, und jeder in diesem Haus wird es hören.«

»Aye. Und niemand wird sich verdammt noch mal darum scheren.«

Sie sah ihn an und schluckte mühsam. Lieber Gott, er meinte es ernst! Sein heißer Blick glitt über ihr Gesicht, seine Nasenflügel bebten, sein Atem ging stoßweise. Ein leichter Bart beschattete seine schmalen Wangen und die harten Konturen seines Gesichts. Und da war noch etwas anderes; da war noch dieses feste, unmissverständliche Zeichen seines männlichen Begehrens, dass sich gegen ihren Schoß presste, und das mit jedem seiner Atemzüge härter wurde. Ihre Augen mussten sich geweitet haben.

»Ganz recht, Madeleine, ich begehre dich«, gab er zu. »Gefällt dir das? Bist du glücklich, dass ich noch immer leide? Was sagst du dazu, meine Liebe? Das Bett oder nicht? Du pflegtest mich darum anzuflehen. Erinnerst du dich?«

Sie schloss die Augen. Du lieber Gott, und *ob* sie sich erinnerte! Mit jeder Faser ihres verräterischen Körpers erinnerte sie sich. Als wollte er sie weiter herausfordern, glitt seine freie Hand leicht über ihre Hüfte, versengte deren Hitze langsam und unausweichlich ihre Haut. Unter dem festen Stoff seiner Hosen spürte sie seine Männlichkeit pochen; sie fühlte die Kraft seiner Arme und den Hunger seiner Berührung, und für einen kurzen Moment – für einen wilden, heißen, verrückten Moment –, erwog sie tatsächlich, ihm nachzugeben.

Nein. Nein, sie konnte doch unmöglich so dumm sein! »Nimm deine Hände von mir, Merrick!«, wisperte sie. »Ich gehöre dir nicht mehr.«

Sein spöttisches Lächeln vertiefte sich, und er schob sie von sich fort. »Nun, ich würde dich gar nicht wollen, und wenn du die letzte Frau auf Erden wärest«, sagte er. »Diese Freude mache ich dir nicht, du hinterhältige Hexe.«

Sie wich zurück und fragte sich, ob sie den Verstand verloren hatte. »Ich will dich *nicht*«, sagte sie, als müsste sie sich selbst überzeugen. »Ich will dich *nicht*. Du bist nicht mein Ehemann.«

Er wandte sich halb von ihr ab und zuckte mit den Schultern. »Wenn du für die Öffentlichkeit diese Fassade aufrecht erhalten willst, dann tu das«, sagte er. »Ich habe deinen Lügen nie widersprochen, und ich werde das auch nie tun. Aber eines solltest du wissen, Madeleine: Du bist meine Frau. Vor Gott und vor dem Gesetz bist du meine Frau, und du wirst es immer sein.«

Ihre Augen waren noch auf seinen schönen, jetzt höhnisch verzogenen Mund gerichtet. »Oh, du hast schon immer das Gesetz bemüht, wenn es zu deinem Nutzen war!«, erwiderte sie. »Und du hast mich sehr schnell weggeworfen, als du deinen Profit daraus ziehen konntest.«

Er wandte sich langsam um und sah sie an, sein Gesicht war plötzlich starr. »Ich habe dich nie weggeworfen, Madeleine«, sagte er heiser. »Niemals. Wovon sprichst du?«

Madeleine blinzelte ihn unsicher an. »Die – die Annullierung«, sagte sie. »Und das Geld. Meine Mitgift.«

Langsam, fast vorsichtig, schüttelte er den Kopf. »Es gibt keine Annullierung«, sagte er. »Und ich weiß nichts von irgendwelchem Geld.«

»Lügen!« Madeleines Herz schlug heftig.

Er machte noch einen Schritt zurück. »Lügen, ja«, sagte er. »Das bezweifle ich nicht. Aber es sind die Lügen deines Vaters, wette ich, Madeleine. Nicht meine.«

Wenn er ein Lügner war, dann ein sehr guter. Madeleine fühlte sich so unsicher, als schwankte der Boden unter ihren Füßen. »Dann willst also behaupten …« Sie holte tief Luft. »Du behauptest, dass du unsere Heirat nicht hast annullieren lassen?«

Merrick starrte sie an. »Wie in Gottes Namen könnte ich das?«, fragte er. »Madeleine, wir haben unser Ehegelübde abgelegt! Wir haben es mit unseren Körpern besiegelt. Herrgott, Frau, du warst doch schon vor Heirat keine Jungfrau mehr! Es gab doch gar keinen Grund für eine Annullierung. Es sei denn, einer von uns wäre wahnsinnig gewesen – oder Schlimmeres.«

»Ich fange an, mich zu fragen, ob das bei dir nicht der Fall ist.« Verzweifelt schüttelte sie den Kopf. »Ich glaube dir nicht.«

»Und ich glaube *dir* nicht!«, erwiderte er wütend. »Welcher dämliche Dummkopf würde glauben, dass so etwas möglich ist? Eine Annullierung, nach allem, was wir zusammen getan haben? Hältst du mich für so einfältig?«

Lieber Gott, was er sagte, klang so überzeugend! Madeleine fühlte, wie alles in ihrem Kopf sich zu drehen begann. Da stand ein Ledersofa vor dem Kamin. Sie hielt sich mit einer Hand an der Lehne fest, ging mit taumelnden Schritten um das Sofa herum. Er hatte die Hand nach ihrem Arm ausgestreckt, als sie auf das Sofa fiel. Sie spürte seinen Griff fest und stark.

Ja, welcher dämliche Dummkopf würde so etwas glauben?

Gott. O Gott! Das konnte doch nicht wirklich geschehen. Um sie herum wurde alles dunkel. Merrick kniete vor ihr und begann, ihre Hand zu massieren. Seine Berührung fühlte sich nicht unfreundlich an. Madeleine konnte fühlen, dass etwas in ihm sich verändert hatte, den Zorn vertrieben und sich zu einem ganz anderen Gefühl gewandelt hatte.

»Madeleine, was hat er dir gesagt?« Merrick schien die Worte herauszustoßen. »Jessup ... Was hat er über mich gesagt?«

Sie starrte blicklos gegen die Wand. »Nein, ich habe sie gesehen«, erklärte sie dumpf. »Ich habe die Papiere gesehen. Mit deiner Unterschrift.«

»Was für Papiere?« Er nahm ihr Gesicht zwischen seine Hände und zwang sie, ihn anzusehen. »Was für Papiere, Madeleine?«

»Die ... die Annullierungsurkunde«, murmelte sie. »Zwei oder drei Seiten, mit einem Siegel darauf. Aufgerollt und mit einem Band zusammengebunden. Und du hast sie unterzeichnet, Merrick. Dad hat es mir gezeigt.«

Seine Augen wurden schmal, und er schüttelte den Kopf. »Madeleine, wie sah meine Unterschrift aus?«

»Ich ... ich kann mich nicht erinnern.«

»Du kannst dich nicht erinnern, weil du sie nur einmal gesehen hast«, erwiderte er. »Du hast mich in Gretna Green die Heiratsurkunde unterschreiben sehen. Hast du mir dabei zugesehen? Erinnerst du dich daran?«

Sie schluckte mühsam. »Ich ... ich war so nervös«, gestand sie. »Nein, ich erinnere mich nicht. Haben wir etwas unterschrieben? Ich würde meinen, es müsste so gewesen sein. Aber Dad hat es rückgängig gemacht. Er hat gesagt, das wäre das, was du wolltest.«

Er hielt noch immer ihre Hände und drückte sie fest. »Madeleine, war es das, was du wolltest?«

Stumm nickte sie, Tränen funkelten in ihren Augen. »Ich hatte einen Fehler gemacht, Merrick«, flüsterte sie. »Ich war so jung, kaum siebzehn. Ich habe gar nicht verstanden, wie es in der Welt zugeht.«

Merrick fühlte, wie alle Auflehnung ihn verließ. Er fühlte sich wieder bedeutungslos. Leer. Oh, eigentlich überraschte ihn Jessups Durchtriebenheit nicht. Dazu kannte er sie zu gut. Nein, was ihn immer überrascht hatte, war Madeleines ausgesprochener Mangel an Entschlossenheit. Er hatte nie geglaubt, dass das Leben – oder besser gesagt Madeleines Vater – es ihnen leicht machen würde. Hatte sie das denn geglaubt? Offensichtlich ja. Offensichtlich war sie nicht darauf vorbereitet gewesen, zu ihm zu stehen.

»Wir sind noch verheiratet, Madeleine.« Er sprach diese Worte mit Resignation in seinem Herzen aus. »Wir werden das bis zu dem Tag sein, an dem wir sterben. Es gibt keinen Weg, das zu ändern. Damals nicht und heute nicht.«

Madeleine riss ihre Hände aus seinen zurück, und ein Ausdruck des Entsetzens verzerrte ihr schönes Gesicht. »Sag das nicht!«, rief sie. »Nein, ich ertrage das nicht! Ich habe alles aufgegeben … *alles,* Merrick. Mein Leben … all diese Jahre … und wofür?«

Er versuchte, wieder ihre Hände zu nehmen, aber sie schob ihn von sich fort. »Nein!«, klagte sie. »Ich habe ein Kind, Merrick! Der Junge ist alles, wofür ich lebe. Er bedeutet mir alles. Ich kann nicht glauben – nein, ich *werde* nicht glauben – dass ich eine … eine … Ja, was bin jetzt? Eine *Ehebrecherin?* Ist es das, was du behauptest?«

»Madeleine, beruhige dich!«

»Nein, das werde ich nicht! Das ist … Frevel. Du sagst, dass mein Vater … dass er mich belogen hat. Über alles. Ich glaube dir nicht. Ich bin nicht mehr deine Frau. Eher würde ich sterben.«

»Es ist egal, ob du mir glaubst oder nicht, Madeleine«, entgegnete er traurig. »Das ändert gar nichts.«

»Das ändert *alles.*« Ihre Stimme klang schrill, und auf ihrem Gesicht lag ein Ausdruck fiebriger Verzweiflung. »Er hat dich bezahlt, hat er gesagt. Er hat dich bezahlt, damit du fortgehst. Er hat dir eine Summe gegeben, die meiner Mitgift entsprach, hat er gesagt. Dreißigtausend Pfund – das war der Preis, den du dafür verlangt hast, mich aufzugeben. Du wollest als Geschäftsmann Fuß fassen, Merrick, und hast eine Chance gesehen, das zu bewerkstelligen.«

Madeleine war so außer sich, dass man mit ihr nicht mehr vernünftig reden konnte. Merrick stand auf und ging im Zimmer hin und her. Es hatte keinen Sinn, mit ihr weiter darüber zu streiten oder zu versuchen, sie zu überzeugen, dass ihr Vater sie belogen hatte. Merrick empfand in diesem Moment nicht einmal mehr das, was er gerechterweise fühlen durfte: Zorn. Schmerz. Aufrichtige Empörung. Da war nur dieses kalte, taube Gefühl in seiner Brust, dort, wo sein Herz hätte sein sollen. Das war vermutlich besser, sagte er sich, als dieses unerträgliche Verlangen, als er sie in seinem Büro gesehen hatte.

Doch neben all den Lügen und der Lust und dem Schmerz war eines absolut klar: Ob sie ihn jemals geliebt hatte oder nicht – jetzt hatte sie Angst vor ihm. »Es tut mir leid, Madeleine«, sagte er hohl. »Ich wünschte, wir wären uns nie begegnet. Das Leben wäre sehr viel weniger leer gewesen. Und ich wünschte, du wärest nicht zurück nach London gekommen. Aber es gab keine Annullierung, Madeleine. Es ist kein Geld an mich geflossen. Wenn du versuchst, darüber nachzudenken, wirst du die Wahrheit erkennen.«

»O Gott!« Madeleine presste die Augen fest zu. »Geoffrey!«

»Geoffrey?«

»Mein Sohn«, flüsterte sie.

Großer Gott! Der Junge am Brunnen?

»Bitte, Merrick«, flehte sie. »Bitte rede nicht mehr über diese Sache. Ich könnte es nicht ertragen, würden die Leute ihn einen ...«

»Das werden sie nicht wagen!«, unterbrach er sie scharf. »Die Leute werden *nichts* tun, Madeleine. Herrgott, glaubst du denn, ich habe vor, es den Leuten in Mayfair auf die Nase zu binden? Glaubst du denn, ich hätte all diese Jahre müßig abgewartet, während du mit einem anderen zusammengelebt und ihn deinen Ehemann genannt hast, um jetzt einen Skandal auszulösen? Denkst du, ich bin stolz darauf, was aus unserer Ehe geworden ist?«

»Du bist jetzt reich«, wisperte sie. »Du könntest dich von mir scheiden lassen – wenn das, was du sagst, wahr ist.«

»Aber nicht in diesem Leben, meine Liebe«, erwiderte er. »Diesen Wunsch wirst du mit in dein Grab nehmen müssen.«

»Ich wünsche das gar nicht!«, rief sie.

»Nein, das wünschst du nicht«, stimmte er zu. »Es würde einen abscheulichen öffentlichen Prozess geben, nach dessen Ende dein Sohn mit Sicherheit gesellschaftlich erledigt wäre.«

»Alles was ich wünsche, ist, in Ruhe gelassen zu werden«, murmelte sie. »Mein Leben zurückgezogen und in Frieden leben zu können.«

»Diesen Wunsch, Madam, kann ich Ihnen erfüllen«, erwiderte er. »Ich habe kein Interesse daran, dir deinen Frieden zu nehmen oder mich wieder für dich zu interessieren. Für mich bist du gestorben, Madeleine. Tot. So tot, wie du es an jenem Tag warst, an dem du in die Kutsche deines Vaters gestiegen bist und mich meinem Schicksal überlassen hast.«

Sie zuckte bei seinen Worten zusammen, machte aber keinen Rückzieher. »Nun, umso besser«, fauchte sie. »Dann nimm freundlicherweise dein Haus zurück.«

»Nein, das werde ich nicht.«

Es war unvernünftig, er wusste das. Er hatte sich gesagt, dass ein Mann dafür sorgen musste, dass seine Frau ein Dach über dem Kopf hatte, dass es seine Pflicht war, ganz egal wer sie war oder was sie getan hatte. Oder hatte er sich gedacht, sie würde irgendwie wieder zu ihm gehören, wenn er ihr dieses Haus aufzwingen würde? Denn wenn man von den rechtlichen Gegebenheiten einmal absah, gehörte sie ihm nicht und würde sie ihm niemals gehören.

»Ich bin keine arme Frau, Merrick«, erklärte sie leise. »Aber ich habe fast mein ganzes Leben lang unter der Fuchtel eines Mannes gestanden. Bis vor vier Jahren habe ich niemals etwas – *irgendetwas* – selbst entschieden, abgesehen von gelegentlich einem Ballen Kleiderstoff. Ich habe immer das getan, von dem jemand anderer dachte, was gut für mich wäre. Hast du eine Vorstellung davon, wie das für mich war?«

Die Wahrheit war, dass er die nicht hatte. Aber war das jetzt überhaupt noch von Bedeutung? Sie hasste ihn, und er hasste sie. Was immer sie auch getan hatte – was ihn quälte war das, was sie *nicht* getan hatte.

Er räusperte sich rau. »Dann also siebentausend Pfund.«

»Wie bitte?«

»Der Preis des Hauses«, sagte er. »Wenn du es noch haben willst. Und, Madeleine?«

»Ja?«

Er sah sie weder direkt an noch versuchte er, sich ihr erneut zu nähern. Er hütete sich davor. »Bitte komm nicht wieder hierher. Wende dich an Rosenberg.«

»Gut.« Die Worte waren ein leises Flüstern, gefolgt von dem sogar noch leiseren Klicken der Tür, als diese geöffnet wurde. Er hörte, dass Madeleine stehen blieb, und er hörte ihr scharfes Einatmen.

Ein seltsames Gefühl beschlich ihn, als Merrick sich umwandte. Bess Bromley stand im Korridor. Selbst im Schatten, in dem sie stand, schimmerten die aus ihrem Ausschnitt hervorquellenden cremeweißen Brüste herausfordernd und unmissverständlich. Phipps stand hinter ihr, sein Gesicht färbte sich hellrot. Offensichtlich hatte er vergessen, dass er zuvor Madeleine ins Büro hinaufgeführt hatte.

Mit ausdrucksloser Miene und ohne ein Wort ging Madeleine an den beiden vorbei und verschwand. Von der Tür her brannte sich Bess' kühner Blick in den Merricks, heiß und gierig. Merricks Magen zog sich zusammen; er hatte plötzlich einen gallebitteren Geschmack im Mund.

»Ich bitte um Entschuldigung, Mr. MacLachlan.« Phipps stieß die Worte hervor. »Es war ein betriebsamer Tag. Miss Bromley ist gekommen, Sie zu sehen.«

Merrick hatte bereits die oberste Schublade seines Schreibtisches geöffnet und einen Bogen Briefpapier herausgenommen. »Miss Bromleys Dienste werden heute nicht verlangt, Phipps«, brachte er fertig zu sagen. »Ich werde nach ihr schicken, wenn sie gebraucht wird. Und jetzt begleiten Sie sie bitte hinaus.«

Madeleine wahrte ihre Fassung, bis sie in ihrer Kutsche saß, erst dann brach sie in Tränen aus. Oh, sie war so wütend! So wütend und so verletzt. So gedemütigt von ihren verdammenswerten Gefühlen. Sie brauchte keinen weiteren Schmerz; nein, nicht an diesem Punkt in ihrem Leben. Sie hatte geglaubt, sich endlich an der Schwelle zur Zufriedenheit zu befinden, wenn nicht sogar zum Glücklichsein. Sie war ganz und gar nicht bereit, über Merricks wilde Behauptungen nachzudenken – Behauptungen, die so unfassbar waren, dass sie kaum zu tolerieren waren, ganz zu schweigen davon, sie zu begreifen.

Gerade jetzt musste sie erst einmal mit dem Schock fertigwerden, ihn nach dreizehn Jahren wiedergesehen zu haben. Ihr zufälliges Zusammentreffen in der vergangenen Woche zählte eigentlich nicht, dazu war ihr dieser Moment viel zu unwirklich vorgekommen. Und dann diese Frau, die vor seinem Büro gewartet hatte! Du lieber Gott! Ihr Blick hatte Madeleine ein Frösteln den Rücken hinuntergesandt. So abschätzend. Ohne jegliches Gefühl. Und der Grund ihres Kommens war eindeutig gewesen.

Die Kutsche fuhr an; das Pferdegeschirr klirrte laut. Nur für einen Augenblick gestattete Madeleine sich den Luxus, sich ganz ihrem Kummer zu überlassen. Sie barg das Gesicht in ihrem Taschentuch, und ihre Schultern begannen zu beben. Das Schluchzen schüttelte sie. Es waren die großen, bebenden Schluchzer ihrer Kindheit. Seit mehr als einem Dutzend Jahren hatte sie nicht mehr so geweint. Nicht mehr, seit sie ihn verloren hatte – oder genauer gesagt, seit sie den Mann verloren hatte, den sie geliebt hatte.

Am Morgen nach ihrer Hochzeit war Dad nach Gretna Green gekommen, um ihr zu sagen, dass Merrick nicht der Mann war, für den sie ihn hielt. Und er hatte ihr den Beweis dafür gezeigt. Jetzt war sie nicht sicher, wo die Fassade endete, und wo der wahre Merrick begann. Er war ein Fremder für sie. Und doch schien er ganz derselbe wie früher zu sein: ein großer, unerbittlicher Fels in der Brandung. Ein Mann, der um seine Fähigkeiten wusste. Seinen Willen. Sein Selbstvertrauen. Darum hatte sie sich in ihn verliebt, denn mit siebzehn hatte sie selbst nur sehr wenig von dieser Eigenschaft besessen.

Damals hatte sie sich selbst noch nicht zugetraut, in die Gesellschaft eingeführt zu werden. Sie hatte ihren Vater angefleht, noch ein weiteres Jahr in Sheffield bleiben zu dürfen. Auch Tante Emma hatte ihn dazu gedrängt; dass Madeleine nicht einen Tag ihres Lebens woanders gewesen sei, hatte sie gewarnt. Denn Madeleine hatte keine Mutter an ihrer Seite, die sie mit den Gepflogenheiten der *Haute volée* vertraut gemacht und in dieselbe hätte einführen können. Und sie war erst wenige Tage zuvor siebzehn geworden. Aber Dad hatte nichts davon hören wollen. Er hatte Madeleine den Kopf getätschelt, als wäre sie einer seiner Spaniels, und hatte ihr gesagt, dass er vollkommen darauf vertraute, dass sie ihn stolz machen würde.

Aber sein Zutrauen war fehl am Platze gewesen. Nach weniger als der Hälfte ihrer ersten Saison in London hatte sich Lady Madeleine Howard Hals über Kopf in einen Niemand verliebt. Sie war erst seit sechs Wochen aus dem Schulzimmer heraus, als sie ihn das erste Mal sah. Tante Emma hatte sie zu einem Ball beim Duke und der Duchess of Forne mitgenommen. Und wenn es vielleicht auch nicht Liebe auf den ersten Blick gewesen war, was sie empfunden hatte, als sie Merrick MacLachlan das erste Mal gesehen hatte, so war es auf jeden Fall größte Faszination gewesen. Der Duke, der ein Faible für den klassizistischen Baustil hegte, hatte Merrick vor Kurzem engagiert, weil dieser ihm ein neues Landhaus entwerfen sollte, nachdem er zuvor zwei Dutzend älterer, prominenterer Architekten in der Wahl gehabt hatte.

Merricks Name war seitdem in aller Munde gewesen – und die Duchess hatte ihn auf ihre Gästeliste gesetzt. Merrick hatte etwas abseits gestanden, hatte über den Rand seines Champagnerglases hinweg emotionslos die Menschen um sich herum betrachtet und dabei höchst gelangweilt und vollkommen unbeeindruckt ausgesehen – und atemberaubend attraktiv. Er war mit seinem Bruder, Sir Alasdair, und einigen von dessen Freunden zu dem Ball gekommen, die allesamt für ihr Draufgängertum berüchtigt waren. Aber dennoch wäre es niemandem eingefallen, Merrick für einen Lebemann zu halten, geschweige denn für einen Mann, der seine Zeit verschwendete – etwas, das die meisten anderen anwesenden jungen Männer zu tun schienen. Nein, Merrick hatte abseits von allen anderen gestanden, und alle anderen hatten das bemerkt.

Er und Madeleine hatten lange Blicke getauscht – einige davon –, aber kein Wort miteinander gesprochen. Er hatte sich nicht einmal die Mühe gemacht, sein Interesse für sie zu verbergen, und Madeleine hatte sich geschmeichelt gefühlt. Noch Tage nach dem Ball hatte sie an nichts anderes denken können als an den hochgewachsenen, dunkelhaarigen jungen Mann mit dem schwarzen Haar und den eindringlichen eisblauen Augen. Augen von der Farbe eines Gletschers, fand sie, obwohl sie noch nie einen gesehen hatte. Genau genommen hatte sie fast gar nichts von der Welt jenseits des Besitzes ihres Vaters gesehen.

Nach diesem Abend begegnete man Merrick bei vielen gesellschaftlichen Anlässen, auch wenn er sich dabei nie zu amüsieren schien. Aber der Titel seines Bruders, zusammen mit dem Wohlwollens des Dukes, verschaffte ihm überall Einlass und machte ihn bis zu einem gewissem Maße akzeptabel. Tante Emma und Dad blieben davon unbeeindruckt. Sir Alasdairs Reichtum, wenn auch immens, war kein altes Geld, warnten sie. Es rührte vielmehr aus Gewinnen am Spieltisch her, und durchaus auch aus einigen anderen schlechten Quellen. Und Merrick MacLachlan, der jüngere Bruder, war selbstredend noch indiskutabler. Denn er *arbeitete* für seinen Lebensunterhalt, das hatte Tante Emma hervorgehoben.

Madeleine hatte sich davon nicht beirren lassen. Binnen Tagen hatte es begonnen, dass sie Merrick bei jeder sich bietenden Gelegenheit sah, und rückschauend war sie sich nicht sicher, woher sie den Mut dazu genommen hatte. Und die ganze Zeit über hatte Dad die Werbung Lord Henry Winters um sie unterstützt, eines netten, pickelgesichtigen Jungen, der ihr beim Tanzen immer auf die Füße trat.

Am Ende der Saison war ihr Vater um kein Stück von seiner vehementen Missbilligung abgegangen, und Merrick hatte sie davon überzeugt, dass ihnen nur noch eine Möglichkeit blieb. Und dann, irgendwie, hatten die Ereignisse sie einfach überrollt. Sie hatte Merrick geliebt, hatte ihn einfach nur geliebt, aus tiefstem Herzen. Von Anfang an hatte seine Berührung ihren Körper und ihre Seele zum Leben erweckt. Es war eine Berührung, nach der sie sich gesehnt hatte. Und zu ihres nicht enden wollenden Kummers hatte diese Sehnsucht nach ihm niemals mehr aufgehört.

Nachdem ihr Vater nach Schottland gekommen war, um sie zurückzuholen und Merrick das Geld zu geben, auf das er so erpicht gewesen war, hatte man Madeleine zu ihrer Familie nach Sheffield gebracht, damit sie dort ihre Wunden lecken und ihre Tränen trocknen konnte. Dann, genau wie er es immer machte, war Dad sofort nach London zurückgefahren – dieses Mal in der Absicht, herauszufinden, welchen Schaden ihr Ruf genommen hatte.

Offensichtlich keinen großen. Vielleicht war Merrick in London von solcher Bedeutungslosigkeit, dass niemandem dort aufgefallen zu sein schien, dass er fort war. Madeleine hatte in Sheffield gewartet und gegen alle Hoffnung gehofft, dass Merrick kommen und sie holen würde. Aber die Wochen waren verstrichen, ohne dass auch nur ein Brief von ihm gekommen war. Tante Emma hatte natürlich sofort Gegenmaßnahmen ergriffen, um jegliches Gerede schon im Keim zu ersticken. Lady Madeleine habe Mumps. Sie habe sich aufs Land zurückgezogen, weil sie Ruhe brauche. Sie würde aber im nächsten Jahr wieder nach London kommen, um die Saison mitzumachen.

Aber dann war es Madeleine doch nicht möglich gewesen, zurückzukehren. Stattdessen hatte ihr Vater sie mit Lord Bessett verheiratet, einem vielbeachteten Altertumsforscher, der zudem ein Cousin ihrer verstorbenen Mutter war. Bessett, der gerade dabei gewesen war, seine Koffer zu packen, um mit seinem achtzehnjährigen Sohn zu einer längeren Expedition auf den Kontinent aufzubrechen, hatte einer Ehe bereitwillig zugestimmt. Eine Ehefrau zu haben konnte eine recht angenehme Sache sein, auch wenn er immer viel zu beschäftigt war, um nach einer zu suchen. Für Madeleine waren aus dieser längeren Expedition acht endlos scheinende Jahre des sich Plagens in Italien und Kampanien geworden, in denen sie sich gezwungen hatte, einem Mann, der doppelt so alt wie sie war, eine pflichtbewusste Ehefrau zu sein.

Und jetzt behauptete Merrick, dass sie noch verheiratet waren? Dass ihre einsamen Jahre im Ausland ein ... was? Ein Witz gewesen waren? Eine Lüge? Ein vergebens gebrachtes Opfer? Es war einfach nicht möglich! Allein dieser Gedanke ließ ihre Tränen heftiger fließen. In jenem Augenblick jedoch fuhr die Kutsche langsamer, um die Kurve zu nehmen, an der die Poststation des Dorfes lag. Madeleine tat ihr Bestes, sich zu fassen, auch wenn sie wenig Hoffnung hatte, Eliza täuschen zu können.

Sie wusste jedoch sofort, dass etwas nicht stimmte, als Eliza ihr schon an der Tür entgegenkam und kein Wort über ihr tränenfleckiges Gesicht verlor. Stattdessen rang die Zofe fast die Hände.

Madeleine fühlte einen Moment der Panik. »Was ist geschehen, Eliza?«, fragte sie, während sie ihren Schal auf einen Stuhl warf. »Was ist los?«

»Es ist Geoffrey, Mylady«, sagte die Zofe.

»O Gott!« Sie ließ die Urkunde und ihr Ridikül fallen, Münzen und Schlüssel rollten über den Boden. »Was ist passiert? Ist er verletzt?«

Eliza schüttelte rasch den Kopf. »Nein, Ma'am«, erwiderte sie. »Aber er kam heute Nachmittag von einem seiner Streifzüge zurück und hatte eine seiner Stimmungen. Er ging gleich hinauf in sein Zimmer und hat sich eingeschlossen. Ich habe ihn in Ruhe gelassen, Mylady, aber …«

Ohne ein weiteres Wort lief Madeleine die enge Treppe zu Geoffreys Zimmer hinauf. Ihr Klopfen blieb unbeantwortet. »Geoff, ich bin's, Mummy«, rief sie. »Ich möchte, dass du die Tür aufmachst. Jetzt. Bitte.«

Schweigen.

»Geoffrey!« Madeleines Stimme klang jetzt etwas höher. »Du machst mir Angst! Öffne die Tür!«

Eliza berührte sie behutsam an der Schulter. »Könnte er krank sein, Ma'am?«

Madeleines Hand zitterte jetzt. »Holen Sie die Schlüssel von Mrs. Drexel«, sagte sie rau. »Schnell, Eliza.«

Das Mädchen war binnen einer Minute zurück und brachte einen klirrenden Kupferring mit, einen der daranhängenden Schlüssel hielt sie zwischen ihren Fingern. Rasch steckte sie ihn in das Schloss und drehte ihn herum. Als die Tür geöffnet wurde, hob Geoffrey den Kopf von seinem Kissen und sah seine Mutter mit einem Ausdruck von Furcht an. Seine Blässe war erschreckend. Seine Augen schwammen in ungeweinten Tränen.

Lieber Gott! War das es, was das Leben für sie bereithielt? Sie beide aufgelöst in Tränen, wenn sie doch nur gewollt hatte, ihrer beider Glück und Zufriedenheit abzusichern? Sie lief sofort zu ihm und setzte sich neben ihn auf das Bett. »Geoffrey, was ist denn?«, fragte sie und fuhr ihm durch das schwarze Haar. »Du hast geweint. Was ist geschehen?«

Bei diesen Worten verbarg er das Gesicht in seinem Kissen und schluchzte bitterlich. »Geh weg, Mummy!«, sagte er. »Lass mich allein.«

»Nein, das werde ich nicht«, sagte sie fest. »Dieses Mal nicht.«

»Geh weg!« Er klang plötzlich wie ein zorniger junger Mann und ein erschrecktes Kind zugleich. »Geh doch einfach! Hörst du?«

»Oh Geoffrey, mein Liebling!«, flüsterte sie. »Warum kannst du mir nicht sagen, was geschehen ist? Es tut mir so schrecklich weh, dich so verzweifelt zu sehen.«

»Ich will dir nicht wehtun, Mummy.« Er begann, noch heftiger zu schluchzen. »Ich *will* das nicht. Es ... es tut mir leid. Bitte, sei mir nicht böse. Bitte, Mummy, hasse mich nicht.«

»Geoffrey, ich könnte dich niemals hassen!« Sie beugte sich herunter und küsste seine nasse Wange. »Oh mein Liebling, du bedeutest die Welt für mich! Du könntest nichts tun, was mich dazu bringen könnte, dich zu hassen.«

»Aber du weißt das doch nicht, Mummy!«, weinte er. »Du weißt es nicht! Es gibt Dinge ... schlimme Dinge, die ich ... ich ...«

Seine Worte verstummten. Wieder strich sie ihm übers Haar, genau so, wie sie es getan hatte, als er ein kleines Kind gewesen war. Es hatte ihn immer beruhigt, aber heute schien es ihm keinen Trost zu bringen.

»Was ist es, Geoffrey, das ich nicht weiß?«, fragte Madeleine ruhig. »Von welchen Dingen sprichst du? Ist heute Nachmittag etwas geschehen?«

Er schüttelte den Kopf. »Ich ... ich bin ein Ungeheuer. Das ist passiert! L... lass mich allein!«

»Geoffrey!«, tadelte sie ihn sanft. »Ich habe dich gebeten, so etwas nicht zu sagen. Du bist kein Ungeheuer. Du bist ... du bist brillant und sehr talentiert.«

Seine Schluchzer wurden jetzt leiser, und er begann, ruhiger zu werden. Madeleine wusste nichts anderes zu tun, als zu warten. Und das tat sie. Sie hielt eine Hand zur Faust geballt auf ihrem Schoß, während sie ihm mit der anderen unablässig über das Haar strich. Ihr Herz zog sich vor Kummer zusammen.

»Mummy«, flüsterte er schließlich. »Glaubst du, dass schlimme Dinge aus einem bestimmten Grund geschehen?«

»Nun, das kann ich nicht sagen«, antwortete sie. »Diese Frage ist sehr umfassend. Welche Art schlimmer Dinge?«

»Ich weiß es nicht.« Einen Moment schniefte er still vor sich hin. »Aber glaubst du ... glaubst du, dass wir schlimme Dinge geschehen lassen können? Oder ... oder lässt Gott sie geschehen?«

»Ich denke, wir können schlimme Dinge geschehen lassen, mein Liebling, wenn wir schlechte Entscheidungen treffen«, entgegnete Madeleine. Irgendwie wusste sie, dass es nicht ganz das Richtige war, dies zu sagen. Sie wünschte verzweifelt, sie wüsste, wie sie ihm helfen könnte.

Geoffrey drehte sich ein wenig zur Seite und starrte hoch zur Zimmerdecke. »Wenn wir etwas Schlechtes *denken*, *un*absichtlich ... und wenn dann jemand ... jemand verletzt wird deswegen, ist es dann unsere Schuld, Mummy? Kommen wir dafür in die Hölle?«

»Geoffrey, schlechte Gedanken bewirken nicht, dass sich jemand verletzt.«

Er war für einen langen Moment sehr still, sein Blick wurde fern und ziellos. »Aber du weißt es nicht, Mummy«, sagte er schließlich. »Nicht wirklich. Keiner von uns weiß genau, welche Dinge auf dieser Welt möglich sind. Nicht wahr?«

Madeleine nahm seine Hand und drückte sie fest. »Geoff, ich *weiß* es«, sagte sie resolut. »Deine Gedanken bewirken nicht, dass etwas Schlimmes passiert. Das ist nur ...« Ihr hatte das Wort *dumm* auf der Zunge gelegen, aber sie wusste, dass ihn das aufregen würde. »Das ist allein Gottes Sache«, sprach sie weiter. »Nicht unsere. Er trifft die Entscheidungen, entsprechend seinem Plan, den er für uns hat.«

»Das sagt Mr. Frost auch«, entgegnete Geoff.

Madeleine legte den Handrücken an seine fieberheiße Wange. »Dein Lehrer ist ein Mann mit Verstand und ein Mann der Wissenschaft«, sagte sie. »Du solltest auf ihn hören, Geoff, und mit ihm reden, wenn du es mit mir nicht kannst.«

Geoff sah sie bedauernd an. »Das ist es nicht, Mummy«, erwiderte er. »Es ist nur, dass ... Nun, du *bist* meine Mutter. Du *musst* mich lieb haben, nicht wahr?«

Madeleine fragte sich, ob das so war. Hatten ihre Eltern sie geliebt? Sie hatte ihre Mutter nicht gekannt, denn sie war noch vor Madeleines zweitem Geburtstag gestorben. Und ihr Vater – nun, er war ein vielbeschäftigter und einflussreicher Mann gewesen. Wegen seiner politischen Ambitionen war er oft nicht zu Hause gewesen. Ihn zu Weihnachten einen Monat lang zu sehen und wie ein Hund den Kopf von ihm getätschelt zu bekommen war alles, worauf Madeleine hatte hoffen können. Bis zu Geoffreys Geburt hatte sie geglaubt, dass das ausreichend war. Aber dann hatte sie gelernt, was für ein äußerst verzehrendes Gefühl die Liebe zu einem Kind wirklich war.

Sanft beugte sie sich über ihren Sohn und legte die Wange an seine. »Geoffrey, ich weiß nicht, ob ich dich lieben *muss*«, sagte sie schließlich. »Ich weiß nur, dass ich es tue, und das mit jeder Faser meines Seins. Und ich weiß, dass das immer so sein wird.«

Bei diesen Worten schien er aufzuatmen und sich zu entspannen. »Ich bin froh, Mummy«, sagte er schließlich. »Und ich bin froh, dass du meine Mutter bist und niemand anderer.«

Sie lachte auf, ein wenig nervös. »Was denkst du dir nur,

Geoff«, erwiderte sie. »Ich bin doch die einzige Frau, die deine Mutter sein kann, nicht wahr?«

In ihrer Umarmung spürte sie, dass er mit den Schultern zuckte. Dann lag er eine Weile stumm und still da. »Mummy?«, sagte er schließlich.

»Ja, Geoff?«

»Meinst du, Mrs. Drexel hat vielleicht noch etwas von dem Zitronenkuchen von gestern Abend übrig?«

»Das könnte durchaus sein«, sagte Madeleine.

Und sie wusste, dass diese schreckliche dunkle Stimmung vorüber war, und dass Geoff jetzt nichts mehr sagen würde, sosehr sie ihn auch anflehen oder zu überreden versuchen würde. Sie richtete sich auf und strich sich mit der Hand rasch über die Augen, bevor sie ihm erlaubte, nach unten in die Küche zu laufen.

Kapitel 7

Gebrannte Kinder scheuen das Feuer.

Es war dunkel. So dunkel und kalt, dass der Wind wie ein Messer in die Täler schnitt. Aber hier war es. Er spürte es, auch wenn er vor sich nichts erkennen konnte als den gedämpften Schein einer Laterne. Er stemmte sich gegen den Wind und setzte seinen Weg fort.

Er ging die Stufen hinauf, vorsichtig zog er sein verletztes Bein dabei hinter sich her. Der Schmerz hatte jetzt fast etwas Tröstliches. Der Schlag des Türklopfers klang hohl. Als die massive Tür geöffnet wurde, erhellte ein scharfer Lichtstreifen das Dunkel. Er sah Augen. Ein Gesicht, alt und faltig. Eine Lampe wurde hochgehoben, ihr Licht flackerte unstet. »Ja?«

Rücksichtslos schob er den Fuß in den Lichtstreifen. »Geh und sag deinem Herrn, dass ich gekommen bin, meine Frau zu holen«, befahl er. »Und dass ich nicht ohne sie gehen werde.«

Die Lampe wurde ein Stück weiter hochgehoben. »Wer ist da?«

»Verdammt!«, stieß er zwischen zusammengebissenen Zähnen hervor. »Geh zu Jessup und sag ihm, dass ich da bin.«

Die Tür wurde gegen sein Bein gedrückt. »Er ist nach London, der Herr«, sagte die knarrende Stimme. »Das Haus ist geschlossen, sehen Sie das nicht?«

»Dann will ich zu Lady Madeleine! Hol sie her!«

»Wen?«

»Madeleine!«, rief er. »Ich möchte Madeleine sehen.«

»Ist auch weg«, erklärte die Stimme. »Ins Ausland, sie und

Bessett. Das Haus ist geschlossen. Und nehmen Sie jetzt den Fuß aus der Tür, wenn ich bitten darf.«

Die Lampe bewegte sich, ihr Schein warf gespenstisch tanzende Schatten über die Treppenstufen. »Bessett?«, fragte er. »Wer zum Teufel ist Bessett?«

»Na, er ist ihr Ehemann.«

»Nein! Halt!« Der Druck der schweren Tür war wie Schraubstock. Guter Gott, wollten sie ihm das Bein noch einmal brechen? »Verdammt, nein! Wir ... wir haben im Juli geheiratet. Ich bin ihr Ehemann!«

Der runzlige Kopf wurde geschüttelt. »Verstehen Sie nicht, Herr? Sie haben an Michaeli geheiratet. Und sind weggefahren.«

»Nein! Nein!« Er schlug gegen die Tür und versuchte, sein Bein von deren unerbittlichem Druck zu befreien. »Hol sie sofort her! Bei Gott, sie ist meine Frau! Meine!«

»Nun, davon wissen wir nichts«, entgegnete die Stimme. »Und jetzt gute Nacht, Sir.«

»Nein!« Das Flackern der Lampe verschwand; er stemmte sich gegen Tür, sein Hüftgelenk verdrehte sich, wieder spürte er diesen unerträglichen Schmerz. »Nein! Nein! Machen Sie auf!«

»Sir? Sir?« Die Stimme kam von weither, der Schmerz war unnachgiebig.

Merrick schlug um sich, doch der Feind – sollte dort einer gewesen sein – war fort.

»Sir, Ihr schlimmes Bein! Halten Sie still!«

Merrick wachte auf, zuckte vor Schmerz zusammen. Irgendetwas fesselte ihn. Seile? Nein. Guter Gott – es war das Bettlaken! Es hatte sich wie eine Schraubzwinge um seinen Körper gewickelt. Und sein Bein? Sein Fußgelenk war zwischen den

Stäben des Bettgestells eingeklemmt und hatte sich gefährlich verdreht.

»Sie haben sich wacker geschlagen, Sir«, murmelte Phipps, während er Merricks Bein von den Laken befreite. »Ihre Dämonen haben heute Nacht ziemlich was einstecken müssen.«

»Dieses gottverdammte Bein!«, keuchte Merrick. »Herrgott, was ist passiert?«

»Nur ein Albtraum«, erwiderte Phipps, der sich noch immer über das Fußende des Bettes beugte. »So! Sie können das Bein jetzt ausstrecken, denke ich. Vorsichtig, Sir! Ja, jetzt geht es.«

Nur mit der Kraft seiner Arme zog Merrick sich zum Sitzen hoch. Schmerz flutete durch sein krankes Bein, als das Blut darin wieder zu fließen begann. Für einen Moment schloss er die Augen und rang um Beherrschung, kämpfte er darum, seinen Atem zu beruhigen, der hastig und kurz ging.

Vom Nachttisch her hörte er das leise Klirren des Porzellans und des Silbers, als Phipps ihm den Kaffee bereitete. Der Mann war ein Meister darin so zu tun, als wäre alles in Ordnung, ganz egal, wie schlecht Merricks Nacht gewesen war – oder seine Laune. »Mr. Evans wünscht Sie gleich heute Morgen zu sprechen, Sir«, sagte der Butler, wobei der Teelöffel, mit dem er das starke, schwarze Gebräu umrührte, leise am Tassenrand klirrte. »Es geht um die Diskontsätze. Und der Bauleiter des Lagerhaus-Projektes in Wapping hat eine Reihe von Zeichnungen zur Überprüfung vorbeigebracht.«

Merrick brachte ein Grinsen zustande. »Aye, die Faulen liegen lange im Bett und wenden dem Teufel den Braten, nicht wahr, Phipps?«

Phipps lächelte angespannt und reichte ihm Tasse und Untertasse. »Da Sie gerade vom Teufel sprechen – Mr. Chutley hat eine weitere seiner verschrobenen Schmähschriften geweschickt«, fuhr er fort. »Ich habe sie zu den anderen gelegt.«

»Ich fange an, ihn für verrückt zu halten«, brummte Merrick. »Und dass seine verdammte Ziegelei anfängt, mehr Probleme zu machen, als sie wert ist.«

»Damit könnten Sie recht haben, Sir«, bestätigte Phipps. »Weiterhin möchten Sir Edgar Rigg und seine Investoren sich mit Ihnen zum Mittagessen im *Mivart's* treffen«, sprach er weiter. »Es geht um das Projekt in Hampstead. Soll ich einen Besprechungsraum reservieren lassen?«

Merrick räusperte sich kräftig. »Ja«, sagte er. »Ja, danke, Phipps. Für alles.«

»Gewiss doch, Sir«, erwiderte Phipps, während er zum Fenster ging und die Vorhänge zurückzog. »Und Sie haben hoffentlich nicht Ihre Verabredung mit Lord Treyhern um fünf Uhr vergessen.«

»Ist das dieser Bursche aus Cornwall?«, fragte Merrick.

»Gloucestershire, glaube ich«, erwiderte Phipps und ging zum Frisiertisch, um Merricks Haarbürsten und sein Rasiermesser herauszulegen. »Obwohl das Adelsgeschlecht aus Cornwall kommt.«

»Ich hasse blaublütige Investoren«, grummelte Merrick. »Warum können sie sich nicht auf ihre üblichen Geldanlagen beschränken? Ich brauche Leute, die eine Ader für mein Geschäft haben.«

»Der Gentleman hat bereits durch Bankgeschäfte ein Vermögen gemacht«, erklärte Phipps. »Ich wage zu bezweifeln, dass die Spekulation mit Grundstücken ihn abschreckt. Und Evans sagt, dass er auch nicht davor zurückscheut, die Ärmel hochzukrempeln und eigenhändig mit anzupacken.«

Das erweckte Merricks Interesse. »Und Sie meinen, er hat eine Option auf einige Grundstücke an der Küste?«

»In der Nähe von Lyme Regis«, erwiderte Phipps. »Aber über die Details sprechen Sie am besten mit Evans. Er ist überzeugt, dass dort Geld zu machen ist.«

Während er badete und sich ankleidete, dachte Merrick darüber nach. Er mochte keine Teilhaberschaften; er zog es vor, sein Schicksal selbst zu bestimmen. Aber in einigen Monaten würde er allen Profit aus Walham Green herausgeholt haben, der herauszuholen gewesen war. Und wenn es ihm nicht gelang, das Land in Hampstead zu einem vernünftigen Preis zu bekommen …

Er wollte bauen, verdammt – und er musste dabei jeden einzelnen Schritt kontrollieren. Nun, *musste* war vielleicht das falsche Wort. Merrick wusste natürlich, dass er allein von dem Einkommen aus seiner Baufirma das Leben eines Paschas führen könnte, ohne auch nur einen weiteren Tag in seinem Leben arbeiten zu müssen. Oder er könnte sich auf seinen Beruf als Architekt rückbesinnen, was, vom gesellschaftlichen Standpunkt her betrachtet, eine akzeptable Option wäre – wenn man sich denn um gesellschaftliche Anerkennung scherte. Er tat das nicht. Die Möglichkeit, große, unangreifbare Dinge zu bauen – und die finanzielle Macht und Unabhängigkeit, die solche Erfolge ihm einbrachten –, das war jetzt sein einziger brennender Ehrgeiz.

Aber um im großen Stil zu bauen, brauchte man Land. Viel Land. Und der Earl of Treyhern, wie es schien, besaß die Option auf ein stattliches Stück erstklassiges Bauland. Merrick seufzte, als er daran dachte, dass er einmal mehr auf einen Tag auf einer seiner geliebten Baustellen verzichten musste.

Länger als eine Woche schob Madeleine die Entscheidung über ihre Zukunft auf. Geoff und sie hatten Lady Treyhern inzwischen drei Mal besucht, und für Geoff war dabei immer offensichtlicher geworden, dass die Komtesse mehr als nur ein wenig neugierig war, was ihn anging. An einem dieser Nachmittage hatte Lady Treyhern den Wunsch geäußert, mit dem Jungen im Garten spazieren zu gehen. Geoff verhielt sich gleichbleibend still und höflich. Madeleine hätte sich kein besser erzogenes – oder normaleres – Kind wünschen können.

Die Dinge hinsichtlich des Hauses waren nach wie vor ungeregelt. Madeleine war nicht noch einmal zu Rosenberg gegangen, um ihm die Kaufsumme für das Haus zu übergeben oder um die Urkunde zurückzugeben. Sie fühlte sich, als stünde ihr Leben wieder einmal auf der Kippe, als würde irgendeine folgenschwere Veränderung an der nächsten Wegbiegung auf sie warten. Es war nicht das, was sie wollte. Was sie wollte, war ein Zuhause, ganz egal wo. Sie wollte sich in einem Leben einrichten können, dass so alltäglich und vorhersehbar war, dass es den Verstand betäubte. Sie wollte sich nicht an den sehnsuchtsvollen Schmerz einer jungen Liebe erinnern. Sie wollte nicht erbeben, wenn ein Mann sie berührte – schon gar nicht, wenn *dieser* Mann es tat.

Die Dinge, die Merrick ihr gesagt hatte, waren entsetzlich. Madeleine wünschte noch immer, sie könnte sie kurzerhand von sich weisen, aber irgendetwas nagte an ihr. Sie hatte sich vor langer Zeit mit Merricks Verrat abgefunden – besser gesagt: mit seinem *doppelten Spiel*. Verrat deutete schließlich an, dass sich seine Gefühle geändert hatten. Ihr Vater aber hatte behauptet, es hätte gar keine gegeben. Merrick hätte sich nie etwas aus ihr gemacht. Einst war sie sich Merricks Liebe so sicher gewesen. Und ihrer.

Aber wie auch immer: Jetzt konnte sie es nicht ertragen, noch einmal auf diese Zeit ihres Lebens zu schauen. Sie wünschte, sie wüsste jemanden, an den sie sich um Rat wenden könnte. Aber es gab niemanden, außer vielleicht Lady Treyhern, die ihre ganze Aufmerksamkeit auf Geoff gerichtet hatte. Überdies waren Merricks Behauptungen so absurd und so erschütternd, dass Madeleine sich nicht überwinden konnte, mit irgendjemandem darüber zu sprechen – nicht einmal mit Eliza.

Natürlich hatte sie erwogen, einen Anwalt aufzusuchen, oder jemanden, der sich in juristischen und kirchlichen Angelegenheiten auskannte; eine solche Person würde wissen, wie mit den von Merrick erhobenen Beschuldigungen umzugehen wäre. Aber wie konnte man einen solchen Mann finden und sich ihm anvertrauen? Was, wenn allein ihre Fragen alte Gerüchte wieder aufrühren würde? Der sprichwörtliche Schmutz war bereits von ihrem Vater unter den Teppich gekehrt worden, und das recht gründlich. Was würden die Leute sagen, wenn sie auch nur im Leisesten argwöhnen könnten, dass Madeleine all diese Jahre als Ehefrau eines Mannes gelebt hatte, mit dem sie vielleicht gar nicht legal verheiratet gewesen war? Was würde dann aus Geoffrey werden?

Wie es ihr zur Gewohnheit geworden war, erwachte Madeleine auch an einem wunderschönen Spätfrühlingsmorgen mit all diesen beunruhigenden Gedanken, die sich in ihrem Kopf drehten. An diesem besonderen Morgen jedoch war sie entschlossen, die Angelegenheit endlich in Angriff zu nehmen, so gering dieser erste Schritt auch sein mochte. Während Eliza in dem kleinen Schlafzimmer herumging und aufräumte, nahm Madeleine ihre Morgenschokolade am Schreibtisch ein. Sie nahm einen Bogen Briefpapier aus der Schublade.

»Ich werde an Cousin Gerald in Sheffield schreiben«, sagte sie zu Eliza. Gerald war der Erbe ihres Vaters und der gegenwärtige Earl of Jessup. »Möchten Sie für jemanden zu Hause einen Brief hinzufügen?«

»Danke, Mylady«, sagte Eliza, während sie die Laken glatt zog. »Ich könnte ein paar Zeilen an Tante Esther schreiben, wenn so viel Zeit ist?«

Madeleine schaute auf von ihrem Brief und lächelte. »Ich wundere mich, Eliza, dass Sie so selten Heimweh haben«, sagte sie nachdenklich. »Sie ziehen jetzt schon seit Jahren mit mir herum.«

»Und dabei habe ich die Welt gesehen, Ma'am«, erwiderte Eliza. »Zumindest Teile davon. Und ich habe Mr. Geoffrey aufwachsen sehen. Das ist mir eine große Freude gewesen.«

Elizas Familie diente schon seit Langem den Earls of Jessup. Ihre Tante Esther war Madeleines Kindermädchen gewesen, und im Alter von elf Jahren hatte Eliza die Stelle als Näherin angetreten. Einige Jahre später war Eliza von Madeleines Vater ausgewählt worden, seine Tochter in ihrer neuen Rolle als Lady Bessett ins Ausland zu begleiten. Madeleines vorherige Zofe war wegen ihrer Verwicklung in Madeleines Flucht nach Gretna Green ohne Zeugnis entlassen worden.

Anfangs hatte Madeleine das Mädchen, das etwas jünger als sie war, abgelehnt. Sie hatte weder eine neue Zofe gewollt noch hatte sie Bessett heiraten oder ins Ausland gegen wollen. Sie hatte entsetzliche Angst vor der Zukunft gehabt, und war, wie sie jetzt erkannte, so verzweifelt gewesen, dass sie kurz vor einem Nervenzusammenbruch gestanden hatte. Aber Madeleines Vater war weit davon entfernt gewesen, sich um die Wünsche seiner Tochter zu scheren. Er hatte seinen Streichriemen genommen, ihr damit auf die Beine geschlagen. Und hatte Bessett dann geraten, dasselbe zu tun, sollte Madeleine keine gehorsame Ehefrau sein.

Sie war gehorsam gewesen. Denn ihr war schon bald klar geworden, dass es ein Glück für sie gewesen war, dass Bessett zugestimmt hatte, sie zu heiraten. Er hatte es, so erklärte er ihr, aus Pflichtgefühl gegenüber ihrer verstorbenen Mutter getan. Von seiner Ehefrau erwartete Bessett drei einfache Dinge: Während er auf Reisen war und seine Studien betrieb, hatte sie sich um die banalen Probleme des Alltags zu kümmern. Sie sollte die Kinder von ihm fern halten. Und sie sollte ihm das Bett wärmen, wenn ihm danach wäre – was, Gott sei Dank, nicht oft der Fall gewesen war. Bessett lebte in der Vergangenheit; die Erfordernisse des Lebens oder gar fleischliche Begierden waren ihm unwillkommene Störungen.

»Ich bin froh, Eliza, Sie in all den Jahren bei mir gehabt zu haben«, sprach Madeleine weiter. »Aber wenn Sie zurück nach Sheffield möchten, könnte ich das verstehen. Und ich weiß, dass Cousin Gerald für diesen Fall auch einen Platz für Sie haben wird.«

»Und für Sie auch, Ma'am«, wandt Eliza ein. »Wenn Sie und Mr. Geoffrey hier nicht glücklich sind, können Sie jederzeit nach Hause zurückgehen, nicht wahr?«

Madeleines Miene trübte sich leicht. »Nein, ich denke nicht«, sagte sie ruhig. Ihre letzten Wochen in Sheffield waren entsetzlich gewesen, und selbst, wenn Gerald bereit wäre, sie willkommen zu heißen … Nein. Sie würde nicht an diesen Ort zurückkehren, nicht einmal, um vor Merrick zu fliehen.

Schnell beendete sie ihren Brief. »Ich werde Gerald bitten, einige von Dads Sachen herbringen zu lassen, Eliza«, sagte sie, als sie fertig war. »Wahrscheinlich wird er einen Wagen schicken. Gibt es etwas, was er für Sie mitschicken soll?«

»Nein, danke, Mylady.« Sie hielt in ihrer Arbeit, dem sorgsamen Zusammenlegen von Madeleines Strümpfen, inne. »Was für Sachen, Ma'am? Wenn Sie nichts dagegen habe, dass ich frage.«

Abgelenkt schaute Madeleine auf. »Wie bitte?«

»Was für Sachen möchten Sie haben, Ma'am, dass es erforderlich ist, einen Wagen ganz von Sheffield hierherzuschicken?«

Madeleine starrte aus dem Fenster. »Oh, Dads Akten und seine Briefe«, erwiderte sie. »Seine Kalender und persönliche Papiere; Dinge, die Gerald gern loswerden wird, da bin ich sicher. Ich hätte sie schon vor Jahren holen müssen.«

»Oh«, sagte Eliza.

Madeleine wandte sich um und sah, dass die Zofe dasselbe Paar Strümpfe noch einmal faltete. »Eliza, ist irgendetwas?«

Eliza schaute auf und sah Madeleine aus großen Augen an. »N... ein, Mylady«, sagte sie. »Aber ... nun, ich habe mich nur etwas gefragt.«

»Was gefragt, Eliza?«

»Erinnern Sie sich an die Zofe, die Sie vor mir hatten, Ma'am?«, fragte sie. »An die Französin?«

»Florette?« Madeleine hatte schon sehr lange nicht mehr an sie gedacht. Und gleich zweimal an einem Tag war wirklich mehr, als sie es sich wünschte. Sie hatte immer ein Gefühl von Schuld empfunden für die Zwangslange, in die sie Florette gebracht hatte. Ohne ein Empfehlungsschreiben entlassen zu werden, war das schlimmste Schicksal, das einen Dienstboten treffen konnte.

»Sie ist nach Frankreich zurückgegangen, nicht wahr?«, fragte Eliza. »Nachdem wir abgefahren waren, um nach Rom zu reisen, Ma'am, hat Tante Esther mir gesagt, dass sie ein-

oder zweimal geschrieben hat – oder dass vielleicht jemand für sie geschrieben hat.«

»Geschrieben?«, fragte Madeleine. »An wen geschrieben?«

»Nun, an den Herrn, Mylady«, sagte Eliza, deren Wangen sich hellrosa gefärbt hatten. »Bitte halten Sie Tante Esther nicht für ein Klatschweib, aber sie fand es sehr seltsam, dass diese Briefe von so weit her kamen.«

»Aber mein Vater hatte Florette entlassen«, sagte Madeleine. »Warum sollte ein entlassener Dienstbote ihm schreiben?«

»Das weiß ich auch nicht, Mylady«, antwortete Eliza. »Aber vielleicht finden Sie die Antwort darauf in den Papieren.«

Madeleine sah sie ungläubig an. »Worum geht es, Eliza?«, fragte sie. »Was wollen Sie mir sagen?«

»Ich will gar nichts sagen«, erwiderte Eliza ernst. »Aber wenn man erst mal anfängt, nachzubohren, kann man auf viele Dinge stoßen, Ma'am. Man muss sich sicher sein ... sehr sicher sein, dass man auch bereit ist, sie zu finden. Das ist alles.«

Madeleine schaute auf den zusammengefalteten Brief. »Es geht mir im Moment nicht um Florettes Schicksal«, sagte sie. »Ich brauche einige Dokumente, Eliza. Und ich hoffe, sie unter Dads Sachen zu finden.«

»Dokumente, Ma'am?« Eliza strich die Falten aus Madeleines Nachthemd und hängte es in den Schrank. »Was für Dokumente?«

Madeleine spürte, wie ihre Wangen sich erwärmten. »Ein offizielles Dokument über die Annullierung meiner Ehe«, erklärte sie ruhig. »Die Papiere, die das Ende meiner Ehe mit Mr. MacLachlan besiegelt haben.«

»Oh«, sagte Eliza. »Ich verstehe.«

Sie war damit beschäftigt, Madeleines Schrank durchzusehen. Von Zeit zu Zeit zog sie ein Kleid heraus, musterte es kritisch und hängte es zurück, aber Madeleine hatte das Gefühl, dass Eliza sich die Kleider gar nicht wirklich ansah. »Bleibt es dabei, dass Sie und Mr. Geoffrey den Tee mit Lady Treyhern einnehmen werden?«, fragte sie schließlich.

»Ja, und danach werden wir in den Hyde Park gehen«, sagte Madeleine.

»Welches Kleid wollen Sie tragen, Ma'am?«

»Das dunkelblaue Seidenkleid, denke ich«, erwiderte Madeleine und stand vom Schreibtisch auf.

Sie ging zu ihrem zierlichen Frisiertisch und begann, sich das Haar zu bürsten. Normalerweise wäre Eliza sofort herbeigekommen, ihr zu helfen, aber an diesem Morgen tat sie es seltsamerweise nicht. Stattdessen rückte sie Madeleines Schuhe zurecht, die auf dem Schrankboden standen. Madeleine tat es mit einem Schulterzucken ab und fuhr fort, ihr Haar zu entwirren. Doch unwillkürlich fragte sie sich, was in Eliza gefahren sein mochte, die mit ihren Gedanken so offensichtlich ganz woanders war.

Fünf Uhr nachmittags, so erklärte Lady Treyhern, sei die geeignetste Zeit, in den Hyde Park zu gehen – um zu sehen und gesehen zu werden. Zu dieser weihevollen, überaus bedeutenden Stunde würde jeder, der in der Gesellschaft Rang und Namen hatte, in seinem hochsitzigen Phaeton spazieren fahren oder, mit dem feinsten Sonnenschirm, müßig umherschlendern, während man überaus und schrecklich gelangweilt dreinschaute.

»Aber Geoff und ich kennen niemanden in London«, erklärte Madeleine, während sie die Oxford Street hinuntergingen. »Vielleicht werden Sie sich wirklich langweilen?«

Lady Treyhern lachte ihr helles, klingendes Lachen und hakte sich bei Madeleine ein. »Sie müssen daran denken, mich Helene zu nennen, meine Liebe«, sagte sie. »Und wir gehen nicht dorthin, um gesehen zu werden, sondern um in aller Ruhe den jungen Geoffrey zu beobachten und um eine angenehme Unterhaltung zu haben.«

Geoff ging einige Schritte vor ihnen. Seine Begleiterin, Lady Ariane Rutledge, ließ ihre Hand leicht auf seinem Arm ruhen. Lady Ariane war ein schlankes, fast elfenhaftes Geschöpf, und wenn man die beiden so sah, konnte man sie fast für ein Paar halten – bis Geoff sich umwandte, und die jungenhafte Unschuld seiner Gesichtszüge seine Größe Lügen strafte. Nichtsdestotrotz hatten die beiden eine Art Freundschaft geschlossen. Sie spielten zusammen Schach und Karten und tauschten manchmal Bücher aus. Lady Ariane langweile sich in London zu Tode, erklärte Helene, und ihre drei Halbgeschwister waren noch sehr klein. Ein Freund in Geoffs Alter war daher eine willkommene Abwechslung.

»Sie hat uns angefleht, dieses Jahr in die Gesellschaft eingeführt zu werden«, vertraute Helene Madeleine an. »Sie wird demnächst siebzehn. Aber mein Mann will nichts davon hören. Nicht in diesem Jahr, sagt er, und sehr wahrscheinlich auch nicht im kommenden. Ariane hält ihn für äußerst streng.«

»Nein, Ihr Gatte ist sehr klug«, sagte Madeleine leidenschaftlich. »Sie dürfen nicht zulassen, dass sie ihn überredet, seine Meinung zu ändern.«

Helene sah sie von der Seite an. »Meinen Sie?«

»Siebzehn ist viel zu jung«, entgegnete Madeleine. »Es ist besser, wenn sie noch zwei Jahre den Schutz ihrer Familie genießt. Sie wird Zeit haben, erwachsen zu werden und zu lernen, wie es in der Welt zugeht. Sie wird dann viel weniger dazu neigen, etwas … nun, etwas Dummes zu tun.«

Madeleine hatte nicht beabsichtigt, mit solchem Nachdruck zu sprechen, aber Helene sah sie sehr eindringlich an. »Das hört sich an, als sprächen Sie aus Erfahrung«, sagte ihre neue Freundin. »Aber nein! Sagen Sie es nicht! Auch ich war mit siebzehn erschreckend dumm.«

»Nicht so dumm wie ich«, entgegnete Madeleine ruhig.

Wieder lachte Helene, aber das Lachen klang jetzt bittersüß. »Ach, meine Liebe, ich würde eher sterben, als Ihnen zu erzählen, was ich getan habe«, murmelte sie. »Es soll genügen zu sagen, dass ich mich verliebt habe, unpassend natürlich.«

»So wie ich auch«, gestand Madeleine ein.

Helene zuckte lässig die Schultern. »Nun, ich habe letztlich großes Glück gehabt«, sagte sie. »Für mich hat sich alles zum Guten gewendet. Was ist mit Ihnen, meine Liebe? Sind die Dinge … in Ordnung gekommen?«

Madeleine errötete und schüttelte den Kopf. »Sie sind es nicht«, bekannte sie. »Genau genommen hätte es gar nicht schlimmer enden können. Deshalb denke ich, dass ich mir manchmal … nun, dass ich mir manchmal die Schuld an Geoffreys Einbildungen und seiner Melancholie gebe.«

»Warum sollten Sie das tun?«

Madeleine wandte den Blick ab. »Die Monate meiner Schwangerschaft waren nicht sehr glücklich für mich«, sagte sie leise. »Es – es ging mir nicht gut. Ich fühlte mich sehr allein und sehr niedergeschlagen. Ich glaube, dass mein … mein Kummer sich auf ihn ausgewirkt und ihm geschadet hat. Man sagt doch, dass solche Dinge geschehen können.«

»Unsinn!«, widersprach Helene entschieden. »Ein Kind erfährt im Mutterleib keine Prägung dadurch, was man sieht oder fühlt, meine Liebe. Ich bitte Sie, in Zukunft so etwas nicht mehr zu denken! Sie können Geoffrey nicht helfen, wenn Sie Schwindeleien und Altweibergeschwätz aufsitzen. Sie müssen nur an die Vernunft und an die Wissenschaft glauben.«

»Sie denken so klar und sind sich so sicher«, erwiderte Madeleine bewundernd. »Ich wünschte, ich könnte auch so sein.«

Wieder dieses lässige Schulterzucken. »Mit dem Alter, meine Liebe, kommt die Weisheit«, bemerkte Helene. »Und bedauerlicherweise beginnen dann auch einige Körperpartien aus ihrer Fasson zu geraten. Ich frage mich manchmal, ob dieser Handel es wert ist.«

»Sie sehen kaum aus wie über dreißig«, sagte Madeleine aufrichtig.

»Nun, lassen Sie uns nicht mehr über die Verwüstungen sprechen, die die Zeit anrichtet«, sagte Helene. »Sondern stattdessen über Geoffrey. Wie geht es ihm?«

Madeleine hatte Helene bereits berichtet, dass Geoff sich in seinem Zimmer eingeschlossen hatte. Seit jenem schrecklichen Nachmittag jedoch war seine Stimmung ausgeglichen und fröhlich gewesen, und das erzählte sie Helene.

Auf dem Bürgersteig vor ihnen waren Geoff und Lady Ariane stehen geblieben, um einen Mann mit einem kleinen Affen zu betrachten. Der Affe trug eine rote Weste und vollführte für kleine Obststücke einige Kunststückchen. Geoff lachte darüber, seine Miene wirkte sorglos.

»Er macht ganz entschieden den Eindruck, ein glücklicher normaler junger Mann zu sein«, sagte Helene nachdenklich. »Ich darf Ihnen offen sagen, dass er mir in der Zeit, seit ich ihn beobachte, ganz den Eindruck eines höchst vernünftigen Jungen gemacht hat.«

»Ich sollte froh sein, das zu hören.«

»Das sollten Sie wirklich«, sagte Helene.

Eine Weile gingen sie schweigend weiter. Madeleine wusste nicht, ob sie noch etwas dazu sagen sollte; sie konnte der Einschätzung ihrer Freundin nicht uneingeschränkt zustimmen.

Ein Stück weiter die Straße hinunter war das Cumberland-Tor zu sehen, durch das man in den Hyde Park gelangte. Lady Ariane und Geoff liefen voraus. Helene beschleunigte ihre Schritte jedoch nicht, sondern ging eher noch langsamer, ihre Stirn war jetzt leicht gefurcht.

»Ich wünschte, es gäbe etwas Besonderes, das ich Ihnen sagen könnte und das Ihnen helfen würde, mit Ihrem Sohn umzugehen, Madeleine«, sagte sie schließlich. »Aber ich glaube nicht, dass sich meine Meinung über Geoff ändern wird.«

»Sie sehen also nicht, dass etwas mit ihm nicht stimmt?« Madeleines Stimme war voller Hoffnung.

»Nein«, erwiderte Helene. »Er ist intelligent, und er hat ganz offensichtlich künstlerische Fähigkeiten, aber das führt nicht zu einer zu regen Fantasie. Er ist höflich und schon sehr erwachsen für sein Alter. Genau genommen denke ich nicht, dass Ihr Sohn auch nur im Entferntesten an so etwas wie einer mentalen Erkrankung leidet.«

»Wirklich nicht?«

»Nein«, sagte Helene langsam. »Was nur eine recht seltsame Möglichkeit offenlässt.«

Madeleine blieb stehen. »Und das wäre …?«

»Dass es für seine Ängste einen anderen Grund geben muss«, erwiderte Helene und zuckte mit den schmalen Schultern. »Was sagt doch Hamlet zu Horatio über ›diese wundersamen Dinge‹?«

Madeleine dachte nach. »Nun, er sagt, dass ... dass es mehr Dinge zwischen Himmel und Erde gibt ...«

»... als unsere Schulweisheit sich erträumen lässt«, beendete Helene. »Ja, ja, das ist das eine. Und vielleicht, meine Liebe – nur *vielleicht* – geht es hier um etwas, woran wir nicht im Traum denken würden.«

Madeleine sah sie zweifelnd an. »Ich kann mir nicht vorstellen, was das sein könnte.«

»Ich auch nicht.« Helenes Blick hatte sich nach innen gerichtet. »Nein, ich auch nicht. Aber ich werde darüber nachdenken, meine Liebe. Ich werde sehr genau darüber nachdenken.«

Kapitel 8

Erkenne zuerst dich selbst, danach die anderen.

Merricks Treffen mit Lord Treyhern dauerte länger als eine Stunde. Um Punkt fünf hatte er den Gentleman in dessen Stadthaus in der Mortimer Street aufgesucht, aber der Earl hatte viele umfassende Fragen zu stellen und sehr viele Informationen zu bieten. Darüber hinaus ließ er sich Zeit, erkannte Merrick, den Charakter seines eventuellen Geschäftspartners in Augenschein zu nehmen

Treyhern besaß sehr viel Land und hatte die Vorkaufsrechte für noch sehr viel mehr, darin eingeschlossen zwanzig Bauplätze nahe dem Dorf Kensington, welche er bereit war, auf neunundneunzig Jahre zu verpachten. Der Earl schien ein pedantischer und gewiefter Geschäftsmann zu sein. Fast ebenso wichtig war die Tatsache, dass sein Haus vornehm, aber nicht protzig wirkte. Wenn es um die Extravaganz der englischen Aristokratie ging, diese Erfahrung hatte Merrick gemacht, so bedeutete eine opulente Umgebung normalerweise einen hohen Stapel von Mahnungen auf dem Schreibtisch irgendeines armen Teufels.

»Da wäre noch eine kleine Sache, die ich ansprechen sollte, ehe wir uns vertraulicheren Dingen zuwenden«, erklärte Treyhern, nachdem sie eine halbe Stunde miteinander gesprochen hatten. »Ich erledige meine Geschäfte gern auf meine Weise.«

Merrick runzelte die Stirn. »Auf Ihre Weise?«, wiederholte er. »Und welche ist das, Treyhern?«

Der Earl räusperte sich. »Lassen Sie mich ganz offen sein«,

sagte er mit fester Stimme. »Ich erledige die Dinge gern ehrlich und aufrichtig. Ich bin kein Freund davon, jemanden rücksichtslos unterzubuttern, und ich schüchtere Menschen nicht mit meinem Geld ein. Sie haben einen gewissen Ruf, Mr. MacLachlan.«

»Aye, den habe ich«, bestätigte Merrick. »Aber weder den, unehrlich zu sein noch den, mit doppelten Karten zu spielen.«

Treyhern lächelte entschuldigend. »Sie haben recht«, stimmte er zu. »Aber es sind dennoch Dinge, die man Ihnen vorwirft.«

»Wie auch, zu schikanieren und einzuschüchtern – was, wie die Schönheit, oftmals im Auge des Betrachters liegt«, fuhr Merrick fort. »Offenbar sind gerade die unfähigen Menschen immer recht schnell mit Beleidigungen zur Hand.«

Treyhern spielte mit dem Druckbleistift, der auf seinem Schreibtisch lag. »Sie sind ein brillanter Mann, MacLachlan«, sagte er, seine Stimme klang jetzt leiser. »Und auch ein zynischer, denke ich. Die Menschen werden normalerweise aus einem bestimmten Grund zynisch – sie müssen nur aufpassen, dass der Zynismus nicht die Überhand gewinnt.«

Merrick begann sich zu fragen, worauf der Mann hinauswollte. Sicherlich war er nicht naiv? »Mit Mildtätigkeit erreicht man nicht viel, Treyhern«, entgegnete er. »Ich habe Erfolg, weil ich Gefühl und Verstand voneinander trenne. Ich führe ein Unternehmen, kein Armenhaus. Aber falls Sie zu dem Schluss kommen, dass meine Methoden nicht zu den Ihren passen, sprechen Sie es offen aus, und unsere Wege werden sich trennen.«

»Das klingt fair«, sagte der Earl und griff nach dem ledergebundenen Buch auf seinem Schreibtisch. »Dann lassen Sie uns jetzt die Zahlen ansehen und festlegen, wie wir vorgehen werden.«

Merrick lehnte sich entspannt auf seinem Stuhl zurück und akzeptierte das Glas Brandy, das der Earl ihm anbot. Er respektierte den Mann für dessen Offenheit, auch wenn er sich über einige von dessen Äußerungen ärgerte. Aber Treyhern nannte, wie es schien, die Dinge gern beim Namen und war bereit, das gemeinsame Vorhaben anzupacken. Nach kurzer Zeit war der Schreibtisch des Earls von Landkarten, Bebauungsplänen und Berechnungsunterlagen bedeckt, über die die beiden Männer sich beugten.

Sie waren überrascht, als die Uhr sechs schlug. Treyhern begann, die verstreuten Papiere zu einem Stapel zusammenzuschieben. »Ich fürchte, ich habe nicht auf die Zeit geachtet«, sagte er ein wenig ärgerlich. »Dabei haben wir noch nicht einmal über diese Grundstücke an der Küste in Dorset gesprochen.«

Merrick richtete sich auf und schob sein leeres Brandyglas beiseite. »Ich würde sehr gern darüber sprechen«, erwiderte er. »Wenn es jetzt nicht passt, kann ich morgen wiederkommen.«

»Den morgigen Tag habe ich meiner Frau versprochen!«, erwiderte der Earl, und seine Miene wirkte ein wenig verlegen. »Morgen ist der Geburtstag ihrer alten Nanny, und wir werden den Tag in Hampstead verbringen. Aber ... vielleicht können wir dieses Thema bei einem guten Rinderbraten zu Ende bringen? Können Sie zum Abendessen bleiben, MacLachlan? Es ist eine ganz zwanglose Angelegenheit – nur meine Frau, meine Tochter und ich.«

»Ich habe eine ganz wundervolle Idee, Madeleine«, sagte Helene, als die vier auf ihrem Rückweg die Mortimer Street hinaufgingen. »Warum bleiben Sie und Geoff nicht noch ein wenig und nehmen das Abendessen mit uns ein? Mit Cam, Ariane und mir.«

»Oh ja, bitte!« Lady Ariane legte bittend die Hand auf Madeleines Arm. »Es ist sonst so schrecklich langweilig, nur wir drei allein.«

Madeleine tauschte einen Blick mit Geoff, dessen Augen aufleuchteten. Der herrliche Nachmittag war vorüber, und die Luft wurde schwer von der abendlichen Kühle. »Nun, Geoff ist erst zwölf«, hob sie an.

Helene runzelte die Stirn. »Aber er wird doch gewiss nicht immer in das Schulzimmer verbannt?«

Madeleine spürte, wie ihre Wangen erglühten. »Ganz und gar nicht«, räumte sie ein. »Geoffs Lehrer ist in Norfolk, um einige Wochen bei seiner Familie zu verbringen. Ich schäme mich zu bekennen, dass wir beide in der Küche essen, seit wir in dem kleinen Cottage wohnen.«

»Also abgemacht!«, sagte Helene. »Wir sind uns einig. Mrs. Trinkle sagte, dass die Köchin heute Morgen einen großen Braten in den Ofen geschoben hat, wir werden also genug zu essen haben. Ariane, sei ein Schatz und lauf voraus, um ihr zu sagen, dass wir beim Abendessen fünf Personen sein werden.«

Lady Ariane sah sehr zufrieden mit sich aus, als sie der Bitte ihrer Stiefmutter nachkam und schneller zu gehen begann. »Wann ist Ihr neues Haus fertig, Madeleine«, fragte Helene, als das Mädchen über die Straße lief. »Es kann jetzt nicht mehr lange dauern, nicht wahr?«

»Ich – ich bin mir noch nicht ganz sicher«, sagte Madeleine. Die Wahrheit war, dass das Haus inzwischen vermutlich bezugsfertig war, sie ihr weiteres Vorgehen aber immer noch nicht entschieden hatte. Sie liebte das Haus. Sie hatte viele Hoffnungen und Träume damit verbunden. Aber so nah bei Merrick zu sein … Das, so glaubte sie, würde sie nicht durchstehen.

Als sie die Vordertreppe erreichten, fielen die ersten Regentropfen. Madeleine sah einen dunkelhaarigen, gut aussehenden Mann mit einer Spur von Silber im Haar an der offenen Tür warten. Es war der Earl persönlich. Seine Größe und seine Haltung machten das unmissverständlich klar. Er begrüßte seine Frau mit großer Zuneigung und ging dabei sogar so weit, sie auf die Wange zu küssen, nachdem die Tür geschlossen worden war.

»Gute Neuigkeiten, mein Lieber«, sagte Helene, als sie die Treppe hinaufgingen. »Lady Bessett und ihr Sohn werden mit uns zu Abend essen.«

Lord Treyhern winkte mit der Hand in Richtung zum Gelben Salon. »Welch angenehme Überraschung!«, sagte er. »Auch ich habe einen Gast zum Dinner. Bitte lass mich ihn dir vorstellen.«

»Oh, ich hoffe, wir haben Sie nicht gestört«, sagte Madeleine.

»Unsinn«, erwiderte Treyhern.

Sie betraten den Salon. Ein hochgewachsener, schlanker Mann stand vor dem Kamin, einen Fuß lässig auf dessen Messinggitter gestützt. Er schaute von seinem Brandyglas auf und durchstach Madeleine mit seinem eisblauen Blick – genauso, wie er es an jenem schicksalhaften Abend in Lady Fornes Ballsaal getan hatte.

Es war wie ein Schlag in den Magen. Verwirrt stolperte Madeleine fast über den dicken Aubusson-Teppich, doch konnte sie im letzten Moment das Gleichgewicht wahren.

Treyhern schien ihr Unbehagen nicht zu bemerken. »Lady Bessett, darf ich Ihnen Mr. MacLachlan vorstellen?«

Merrick stellte sein Glas ab und verbeugte sich. »Wir kennen uns recht gut«, sagte er mit tiefer, fast suggestiver Stimme. »Guten Abend, Madeleine.«

Madeleine brachte kein Wort heraus. Sein Blick hatte ihr alle Luft zum Atmen genommen.

Helene fragte sich vermutlich, ob irgendein Fauxpas begangen worden war. »Sie kennen sich?«, sagte sie mit aufgesetzt klingender Fröhlichkeit. »Wie wundervoll!«

Nur Geoff schien seine fünf Sinne beisammen zu haben. »Die Arbeiter von Mr. MacLachlan bauen ein Haus für Mummy«, sagte er. »Ich werde einen neuen Zeichentisch bekommen, und aus meinem Schulzimmer werde ich den Fluss sehen können.«

Ihre Gastgeber entspannten sich. »Oh, ein Haus!«, sagte der Earl.

»Ja, natürlich!«, sagte Helene. »Madeleines Traumhaus. Was für ein bemerkenswerter Zufall.«

»Ist es tatsächlich dein Traumhaus, Madeleine?«, fragte Merrick sanft. »Das wusste ich gar nicht. Dann muss ich mich anstrengen, es perfekt zu machen.«

Madeleine gefielen weder seine Bemerkung noch sein Blick, der über sie hinglitt. Und sie mochte das Gefühl nicht, das bei seinem Anblick durch ihren Körper strömte. Darüber hinaus war niemandem außer Geoff entgangen, dass er sie bei ihrem Vornamen genannt hatte. »Ich ... ich mag das Haus sehr, natürlich«, brachte sie fertig zu sagen und versuchte, entspannt zu wirken. »Und es liegt sehr nah beim Fluss.«

Merrick lächelte, aber das Lächeln erreichte seine Augen nicht. Er überraschte sie, indem er seine Aufmerksamkeit auf ihren Sohn richtete. »Hallo, Geoff«, sagte er. »Ich habe dich dort schon eine Weile nicht mehr gesehen.«

»Ich … ich war beschäftigt«, sagte der Junge und schaute auf seine Schuhspitzen.

»Mit deinen Zeichnungen, schätze ich?«

Ein Schauer von etwas wie Furcht lief Madeleine den Rücken herunter. Merrick legte den Kopf schräg als versuchte er, dem Jungen in die Augen zu sehen. Was um alles in der Welt ging da vor sich?

»Geoffrey«, sagte sie, und ihre Stimme klang etwas zu scharf. »Du kannst Mr. MacLachlan gar nicht kennen. Ich meine … oder doch?«

Merrick trat einen Schritt näher. »Ich habe ihn im Dorf gesehen«, bemerkte er. »Und Geoff war auf der Baustelle, um ein oder zwei Skizzen zu machen.«

»Geoffrey!«, sagte Madeleine, während ihr das Herz bis zum Hals schlug. »Du … nun, du darfst so etwas nicht tun! Genau genommen muss ich es verbieten.«

»Du *verbietest* es?« Merricks Stimme sank um eine Oktave. »Darf ich nach dem Grund fragen?«

Madeleine fühlte, wie ihr Gesicht erglühte. »Es ist nicht sicher«, erwiderte sie. »Und ich kann mir nicht vorstellen, dass du es wünschst, dass Kinder sich an einem solchen Ort aufhalten, der so voller Gefahren ist … und Unwägbarkeiten.«

»Lass mich deine Bedenken zerstreuen, Madeleine«, erwiderte er. »Geoff hält Abstand. Er ist absolut sicher, das versichere ich dir. Bauplätze haben die Eigenheit, junge Burschen anzuziehen, und wenn du es verbietest, wird es nur umso interessanter für ihn, fürchte ich.«

Lord Treyhern räusperte sich. »Ein berechtigter Punkt«, warf er ein. »Die verbotenen Früchte und all das, natürlich. Da wir gerade davon sprechen – darf ich Ihnen ein Glas Wein anbieten, Lady Bessett?«

»Ja, wir haben Madeira und einen französischen Wermut in der Kredenz«, sagte Helene eifrig. »Und, Ariane, mein Liebes, klingelst du bitte nach der Limonade?«

»Aber gern, Maman.« Lady Ariane ging zum Klingelzug. »Mrs. Trinkle macht sie immer recht süß, Geoff. Hast du etwas dagegen?«

Geoff zuckte mit den Schultern. »Das stört mir nicht.«

Madeleine lächelte Helene entschuldigend an. »Und ich hätte gern ein Glas Wermutwein.«

Helene war zur Kredenz gegangen, um das Gewünschte einzuschenken. Flüchtig dachte Madeleine daran, sich gleich die ganze Flasche zu nehmen. Ihre Nerven konnten es gebrauchen.

Merrick MacLachlan starrte sie noch immer an, seine Augen blickten jetzt hart und überraschend dunkel. Er sah aus wie eine lauernde schwarze Katze, die sich bereit machte, loszuspringen. Plötzlich jedoch schien etwas in ihm nachzugeben. Er richtete sich auf, und seine Haltung entspannte sich. »MacGregor & Company wird Anfang kommenden Jahres in Walham Green fertig sein«, bemerkte er in beiläufigem Ton. »Danach, Geoff, wirst du anderswo nach Ablenkung suchen müssen, fürchte ich.«

Es lag Madeleine auf der Zunge, ihn zurechtzuweisen, aber etwas in Merrick silberblauen Augen hielt sie davon ab. Sie hatte es Geoff verboten, zum Baugelände zu gehen, und sie hatte es ernst gemeint. Zudem hatte ihr Streit bereits Helene und deren Mann berührt.

Sie sah Helene entschuldigend an, als die Gastgeberin ihr das Glas Wein reichte. »Danke.«

»Es ist mein Lieblingswein«, sagte Helene.

In diesem Augenblick brachte ein Hausmädchen ein Tablett mit zwei Gläsern Limonade. Ariane nahm eines und reichte das zweite an Geoff, der der Unterhaltung der Gentlemen mit verzücktem Gesichtsausdruck lauschte.

»Lord Treyhern kann in der Nähe von Kensington Land pachten«, sagte Merrick an den Jungen gewandt. »Falls es gelingt, denke ich daran, dort einige Häuser zu bauen. Aber keine Reihenhäuser wie in Walham Green. Eher solche wie in deinen Aufrisszeichnungen.«

Treyhern nickte. »Genau das könnte der Punkt sein«, bemerkte er. »Nicht jeder wünscht, in London zu wohnen, sozusagen Wange an Wange miteinander. Die Menschen wollen ein wenig Freiraum – und Kensington ist kaum mehr als ein kleines Dorf.«

Helene lachte. »Oh, aber nicht mehr lange, mein Lieber!«, meinte sie. »Kann ich eure Gläser auffüllen?«

»Welche Dächer bekommen denn die Häuser?«, fragte der Junge, während Helene den Männern die leeren Gläser abnahm. »Ich mag am liebsten Mansardendächer.«

Helene wandte sich um. »Tatsächlich, Geoff?«, fragte sie. »Sie sind französisch, weißt du. Wie ich.«

»Ganz recht, sie kommen aus Frankreich«, pflichtete ihr Mann ernst bei. »Und aus genau diesem Grund werden sie sich weder in London noch anderswo auf dieser Seite des Kanals verkaufen lassen.«

»*Ma foi*, wie albern!«, entgegnete Helene und zog den Stöpsel aus der Brandyflasche. »Die Engländer lieben französischen Wein. Französisches Essen. Französische Mode. Warum sollten sie nicht auch unsere Dächer mögen?«

Merrick lächelte. »Zugegeben, Mylady, es macht keinen

Sinn«, räumte er ein. »Aber die störrischen Engländer wollen ihre Häuser mit ihren eigenen Dächern, entweder einem Giebeldach oder einem Walmdach. Sie nehmen solche Dinge sehr ernst.«

»Sie sind Schotte, nicht wahr?«, sagte Helene, als sie Merrick sein Glas reichte.

»Durch und durch, Ma'am.«

Helene schenkte ihm ein spitzbübisches Lächeln. »Ich glaube, Sie machen sich ein klein wenig über die Engländer lustig, kann das sein?«

Dieses Mal lächelten auch seine Augen. »Ein wenig vielleicht.«

Aber Geoff hatte noch eine Frage an Merrick, etwas über Fundamente, und die Aufmerksamkeit der Gentlemen wandte sich wieder dem Thema Häuserbauen zu. Ariane sah ein wenig pikiert aus. Sie hatte ihren Spielgefährten an die beiden Gentlemen und deren langweiliges Gespräch verloren. Helene warf Madeleine einen entschuldigenden Blick zu und begann ein Gespräch über ein Kleid, das Ariane im Park bewundert hatte.

»Ich glaube, dieser Grünton würde wunderbar zu deinem Haar passen, mein Liebes«, sagte sie. »Vielleicht sollten wir drei morgen einkaufen gehen?«

»Das würde ich sehr gern«, sagte Madeleine, obwohl sie der Unterhaltung kaum zugehört hatte.

Aus dem Augenwinkel beobachtete sie noch immer Geoff. Sie war überrascht über seine eifrige, fast selbstbewusste Art heute Abend. Auf seinem Gesicht lag wieder diese hingerissene Begeisterung, und das machte Madeleine große Sorge. Sie hatte niemals seine Leidenschaft gebilligt, Dinge zu zeichnen – nun ja, *technische* Dinge. Seine Skizzen von Vögeln und

Pflanzen waren ebenfalls hervorragend, und sie hatte ihn ermutigt, seine Aufmerksamkeit mehr auf diese erbaulicheren Dinge zu lenken.

Schon bald wurden sie zum Abendessen gebeten, das sich als einfaches, aber köstliches Mahl erwies. Die Herren sprachen weiter über Bodenspekulation und das Bauen, und Geoff fuhr damit fort, sie mit großen Augen zu beobachten.

Merrick war ganz offensichtlich in seinem Element. Die Fältchen in seinen Augenwinkeln kräuselten sich, wenn er lachte, und man konnte sehen, dass er viel Zeit an der frischen Luft verbrachte. Madeleine fragte sich, seit wann er so hart aussah. Sie fragte sich auch, wie er zu der schrecklichen Narbe gekommen war. Es war keine saubere, glatte Narbe wie von der Klinge eines Degens, eher wie die eines Schlages mit einer scharfgezackten Waffe, wie man sie vielleicht bei einer Schlägerei im Hafen davontrug.

Doch die Narbe beeinträchtigte sein gutes Aussehen leider in keiner Weise. Der jungenhafte Eifer von damals war aus seinem Gesicht verschwunden; an seine Stelle war eine Art gleichgültige Weltlichkeit getreten. Er erzählte gerade irgendeine Geschichte, die Hand, in der er das leere Weinglas hielt, gestikulierte lebhaft. Er schien sich Madeleines Anwesenheit ganz und gar nicht bewusst, zumindest aber davon unbeeinträchtigt zu sein.

Wie sehr wünschte sich Madeleine, sie könnte ebenso empfinden! Wie sehr wünschte sie, sein Anblick würde ihr Herz nicht mit dem Schmerz dieser Flut alter, süßer Erinnerungen füllen! Sie fragte sich, ob er überhaupt so etwas wie Bedauern über das empfand, was vor so langer Zeit zwischen ihnen geschehen war. Hatte er wirklich ihr Ehemann sein wollen? Oder hatte das unerwartetes Auftauchen ihres Vaters in Gretna

Green ihm einen Fluchtweg eröffnet und damit einen Weg, das zu bekommen, was er wirklich hatte haben wollen? Und das dazu noch auf einen Schlag? Das war die eine Frage, die sie ihm gern stellen würde. Vielleicht würde sie es tun. Vielleicht würde sie einfach all ihren Mut zusammennehmen und ihn fragen.

Sie konnte sich noch an die Gerüche und Geräusche in dem alten Gasthaus in Gretna Green erinnern, selbst das Knarren der uralten Bodendielen hatte sich für immer in ihrem Gedächtnis verankert. Und sie sah noch den Brief vor sich, den Dad mit einer schnellen, verächtlichen Bewegung auf ihr zerwühltes Bett geworfen hatte. In seinen Augen war Madeleine eine Närrin, und genau das hatte er ihr auch gesagt. Sie war, so seine Worte, auf den ältesten Trick der Welt hereingefallen. Auf einen mittellosen jungen Mann, dessen einzige Hoffnung darin bestand hatte, Geld zu heiraten.

»Woher hast du das?«, hatte Madeleine ihren Vater gefragt und dabei die Tränen zurückgedrängt, während sie den Brief las.

»Ich habe dafür bezahlt«, hatte er gezischt. »Und zwar verdammt viel.«

Der Brief war an einen der bekanntesten Architekten Londons gerichtet gewesen, an einen Gentleman namens Wilkerson, der eine neue Firma gegründet hatte, um in ganz London herrliche Bauten zu entwerfen und zu bauen. Und offensichtlich war Merrick eingeladen worden, sich an diesem Geschäft zu beteiligen. Aber ein solcher Schritt war ein kostspieliges Unterfangen. Jeder Partner war aufgefordert, eine große Geldsumme einzubringen. In seinem Brief an Wilkerson hatte Merrick zugesagt, dass er in der ersten Augustwoche einen Wechsel ausstellen würde.

Madeleine hatte am 22. Juli geheiratet. Merrick hatte den zeitlichen Ablauf seiner Verführung gut geplant. Kein Wunder, dass er an jenem Morgen schon so früh das Zimmer verlassen hatte, um sich um die Pferde zu kümmern. Aber das Erschreckende war, dass es Madeleine fast nichts ausgemacht hatte. Es hatte wehgetan, ja, und das mehr als nur ein wenig. Aber sogar die Erkenntnis, dass Merrick sie ihres Geldes wegen geheiratet hatte, minderte nicht ihr Verlangen, mit ihm zusammen zu sein.

»Es ist noch nicht zu spät, Madeleine«, hatte ihr Vater beharrt. Gegen ihren Protest hatten seine Diener schon damit begonnen, ihre Sachen zusammenzupacken. »Ich habe diese Sache vertuscht, auch wenn es mich ein verdammtes Vermögen gekostet hat. Und ich habe zugestimmt, MacLachlan seine gottverdammten dreißigtausend Pfund zu geben, so sehr mich das auch wurmt. Als Gegenleistung hat er einer Annullierung zugestimmt.«

»Eine *Annullierung?*« Madeleine weinte inzwischen heftig. »Was ist das?«

»Überlass das mir, Kind«, hatte ihr Vater barsch gesagt. »Und jetzt hör um Himmels willen auf zu heulen und zieh dich an! Ich werde dich nach Sheffield zurückbringen. Lord Henry Winters wird im Frühjahr wieder in London sein. Gott sei Dank ist es noch nicht zu spät, dieses Chaos wieder in Ordnung zu bringen.«

Aber Madeleine hatte sich geweigert, weil sie geglaubt hatte, Merrick würde zurückkommen; dass er voller Empörung ins Zimmer stürmen und erklären würde, dass alles eine Lüge wäre. Aber er kam nicht zurück. Ohne Zweifel hatte seine Scham darüber, käuflich zu sein, ihn davon abgehalten. Und am Ende hatte Madeleines Vater seinen Dienstboten befohlen,

Madeleine kurzerhand aus dem Zimmer zu tragen, aus dem Zimmer, in dem sie ihren Mann zum letzten Mal ins Gesicht gesehen hatte. Bis zu diesem schrecklichen Donnerstag vor zwei Wochen.

Und jetzt wohnte sie kaum eine halbe Meile von ihm entfernt. Von ihrem Ehemann! Lieber Gott, konnte das denn wahr sein?

Aber spielte das überhaupt eine Rolle? Die schreckliche Wahrheit in ihrem Herzen war, dass er immer ihr Mann gewesen war. In ihrem Herzen hatte sie ihn nie vergessen, diesen einen wundervollen Tag in Gretna Green, als das Leben solch eine Freude und solch ein Versprechen für sie bereitgehalten hatte. Ein Teil von ihr – die Närrin in ihr – hatte nie aufgehört, Merrick zu lieben, sich nach dem Sturm des Verlangens zu sehnen, das sie in seinen Armen für so kurze Zeit erlebt hatte. Selbst jetzt, wenn sie ihn nur ansah, spürte sie, wie ihr der Atem stockte. Aber neben all dem gab es auch diese schwelende Wut. Dieses schreckliche Gefühl, verraten worden zu sein, das sie zu betäuben versucht hatte, indem sie all ihre Kraft ihrem Kind und den einfachen Aufgaben eines alltäglichen Lebens gewidmet hatte.

Über den Tisch hinweg fing sein Blick den ihren auf, dunkel und fordernd. Einen Augenblick lang verschlug es ihr den Atem. Für einen Augenblick waren sie allein in diesem Zimmer, und die Zeit schien ausgelöscht zu sein. Es war, als würden ihre Eingeständnisse eine Tür aufstoßen, das Tor in die Vergangenheit, das sie während all dieser langen und einsamen Jahre sorgsam verschlossen gehalten hatte. Und jetzt, urplötzlich, hatte es sich geöffnet. Du lieber Gott!

Ihr war nicht bewusst, dass sie ihn noch immer anstarrte, bis Helene sie in die Gegenwart zurückholte. »Möchten Sie ein

Stück Stilton, Madeleine?«, fragte sie und schob ihr den Teller mit der Käseauswahl zu. »Er ist ganz ausgezeichnet.«

Aber Madeleines Hände zitterten. Sie traute sich nicht einmal, ihr Weinglas zu ergreifen. »Nein, vielen Dank.«

Helene stellte den Teller zur Seite. »Nun, wollen wir uns dann in den Gelben Salon zurückziehen und die Gentlemen ihrem Portwein überlassen?«

»Ich denke, das wäre gut«, brachte Madeleine heraus.

Als sie sich erhob, zwang sie sich, ihre Erinnerungen zurückzudrängen. Sie gab Geoff ein Zeichen, dass er ihnen folgen sollte. Seine Unterlippe schob sich um ein winziges Stück vor, aber er tat, worum sie gebeten hatte. Auch Lady Ariane stolzierte aus dem Zimmer; sie sah vielleicht ein bisschen weniger pikiert aus.

»Maman«, sagte sie, als die beiden Damen sich gesetzt hatten, um einen Kaffee zu trinken, »ich möchte Geoff gern das *tarocchi* zeigen. Darf ich?«

Helene schien darüber nicht allzu erfreut zu sein. »Ich denke nicht, Ariane«, sagte sie, während sie Madeleine Kaffee einschenkte. »Warum spielt ihr nicht Backgammon oder Schach?«

»Ach nein!«, sagte das Mädchen. »Wir sind diese Spiele so leid. Warum darf ich Geoff nicht das *tarocchi* zeigen? Tante Catherine hat es mir gegeben, damit ich üben kann.«

Helene sah Madeleine fast entschuldigend an. »Es ist ein Kartenspiel, mit dem man die Zukunft voraussehen kann«, erklärte sie. »Die Schwester meines Mannes hat es aus der Toskana mitgebracht.«

»Ich bin in Kampanien einmal einer Frau begegnet, die sich auf diese Dinge verstand«, lächelte Madeleine. »Es war nicht besonders aufregend. Ich denke, es ist ein harmloses Vergnügen.«

Die Lippen noch immer geschürzt, nickte Helene ihrer Stieftochter kurz zu. »Also gut, Ariane. Aber denk daran, dass es nur ein Spiel ist.«

Das Mädchen wirkte sehr erfreut und ging rasch zum Bücherregal, in dem eine polierten Holzkiste stand. Dann kehrte sie mit einem Stapel Karten zurück. »Zuerst werde ich Geoff die Zukunft vorhersagen«, kündigte sie an und zog einen kleinen Spieltisch in die Mitte des Zimmers. »Nonna Sofia hat mir beigebracht, wie man die Karten legen muss.«

»Sofia ist Catherines Schwiegermutter«, erklärte Helene Madeleine, während Geoff dabei half, die Tischfläche auseinanderzuklappen. »Und zudem eine etwas schrullige alte Dame. Mein Mann hält sie für verrückt.«

Madeleine war fasziniert. »Und was denkt Catherine?«

Helene sah sie an. »Catherine glaubt, dass die alte Frau über so etwas wie übersinnliche Fähigkeiten verfügt. Ich gestehe, dass sie einen erschrecken kann mit ihren ... Einblicken, um es einmal so zu nennen.«

Während Helene begann, darüber zu plaudern, welche Geschäfte sie am folgenden Tag aufsuchen könnten, bat Lady Ariane Geoff darum, die Karten abzuheben. Madeleine beobachtete aus dem Augenwinkel, wie das Mädchen begann, die Karten in einer Reihe vor sich auszulegen. Bald war der Spieltisch davon bedeckt. Das Mädchen begann nun, die Karten umzudrehen, wobei sie, wie Madeleine meinte, keine erkennbare Reihenfolge einhielt. Die Karten waren bunt bebildert und in einer fremden Sprache beschriftet.

»Diese Karte bedeutet, dass du vor Kurzem von einem weit entfernten Ort hierhergekommen bist«, sagte das Mädchen bestimmt.

»Aber das wusstest du doch schon!«, protestierte Geoff, was

Helene veranlasste, ein spitzbübisches Lächeln zu unterdrücken.

»Schhh!« Lady Ariane zog die Stirn kraus. »Ich glaube, du wirst bald wieder fortgehen …«

»Aber ich bin doch gerade erst gekommen«, unterbrach Geoff sie.

»… und du wirst ein großes Abenteuer erleben und viele wunderbare Dinge kennenlernen«, schloss sie. »Ah ja! Ich glaube … ich glaube, dass du fortgehen wirst, um an einer Universität zu studieren.«

Geoff lächelte. »Nun, natürlich werde ich das *eines Tages* tun«, erwiderte er. »Was sonst sollte ich tun?«

Lady Ariane zuckte mit den Schultern und fuhr fort, ihre Geschichte zu spinnen, während sie langsam die Karten umdrehte. Geoffs Schicksal lag in ihren Händen, und angesichts dieser Herausforderung an ihre Fantasie begann das Mädchen, ihre Geschichte auszuschmücken. »Nun, dieser sehr ernste Gentleman auf dem Pferd«, erklärte sie weiter, »ist *il Cavaliere di Anfore*, der Ritter der Tafelrunde König Artus'. Der steht für deinen Bruder Lord Bessett. Er macht sich große Sorgen um dich und steht bereit, dir materielle und spirituelle Führung angedeihen zu lassen.«

Geoff sah sie spitzbübisch an. »Aber Alvin hat rote Haare«, erwiderte er. »Leuchtende, flammendrote Haare. Der Bursche da ist dunkelhaarig. Außerdem hat sich Alvin noch nie in seinem Leben über irgendetwas Gedanken gemacht.«

»Bitte sei nicht dumm, Geoff.« Ariane wedelte mit der Hand. »Das alles ist doch symbolisch gemeint.«

Je mehr Geoff das Mädchen neckte, desto haarsträubender wurde ihre Geschichte. Bald waren sie unermesslich reich, reisten zu weit entfernt liegenden Ländern, und sogar eine

Entführung durch geheimnisvolle Piraten oder Banditen oder vielleicht auch durch Wegelagerer kam vor. Während Lady Ariane noch darüber nachdachte, wandte sich Madeleine wieder ihrer Gastgeberin zu.

»Ihre Tochter scheint ganz hingerissen zu sein«, flüsterte sie. »Sie ist bezaubernd.«

Helene zuckte auf ihre unnachahmlich lässige Art mit den Schultern. »Sie hat Nonna Sofia genau beobachtet«, sagte sie ruhig. »Aber im Grunde weiß sie nicht, was die Karten bedeuten. Ich bin trotzdem froh, dass es ihnen Spaß macht.«

»Und jetzt werde ich meine Zukunft voraussagen«, verkündete das Mädchen.

»Darfst du das denn?«, tadelte Geoff sie. »Gibt es nicht irgendwelche Wahrsager-Regeln, die besagen, dass du das nicht darfst?«

Ariane schüttelte den Kopf. Nachdem sie die Karten gemischt und zu einem Stapel zusammengeschoben hatte, begann sie damit, sie von Neuem auszulegen. Helene wandte sich wieder dem Thema Einkaufen zu. Sie schien recht entschlossen, dass Ariane das grüne Kleid bekommen sollte. Madeleine versuchte, höflich zu antworten und jeder Wendung des Gespräches zu folgen, aber irgendetwas an Geoffs Haltung begann, ihre Aufmerksamkeit zu erregen.

Er sah plötzlich blass aus, und er hatte aufgehört, Ariane zu necken. Er schaute auch nicht mehr auf die Karten, sondern starrte wie gebannt in das Gesicht des Mädchens. Madeleine verspürte plötzlich ein sehr ungutes Gefühl im Magen.

»Auf jeden Fall wird nächste Woche die Dinnerparty stattfinden.« Helenes Stimme drang kaum noch in Madeleines Bewusstsein. »Sie werden meine Schwägerin Frederica *lieben!* Denken Sie, ich könnte Mr. MacLachlan einladen, damit wir bei Tisch keine ungerade Gästezahl haben? Ich halte ihn für schrecklich gut aussehend, wenn man nichts gegen den dunklen, gefährlichen Typ hat.«

Geoffs Blick war weich und in die Ferne gerichtet. Plötzlich griff er nach Arianes Hand. Das Mädchen sah ihn seltsam an und versuchte, sie ihm zu entziehen. Madeleine musste den Drang unterdrücken, zu den beiden hinzulaufen.

»Madeleine?« Helenes Stimme klang neckend. »Meine Liebe, halten Sie ihn für gut aussehend oder nicht?«

Madeleines Kopf fuhr herum. »Ich bitte um Entschuldigung, Helene. Wer ist gut aussehend?«

Helene lachte leise. »Mr. MacLachlan, Sie Dummerchen! Tun Sie gar nicht erst so, als hätten Sie nicht gehört, was ich gesagt habe. Schließlich konnte der Mann kaum den Blick von Ihnen lassen – und Ihnen erging es nicht anders.«

Eine plötzliche Bewegung veranlasste beide, zum Spieltisch zu schauen. »Aber das ist mein Daddy!«, sagte Ariane scharf. »Er *ist* es. Diese Karte zeigt *il Re di Mazze*, den König der Stäbe. Es kann niemand anderer sein.«

Geoff ließ die Hand des Mädchens los, als würde sie in Flammen stehen. »Aber dein Vater ...« Er schien kaum Luft zu bekommen. »Dein Vater ... das kann nicht sein. Er ist ... er ist tot.«

»*Tot?*«, rief das Mädchen und sprang so abrupt auf, dass sie den Spieltisch beiseite stieß. »Geoffrey Archard, wie kannst du nur etwas so Schreckliches sagen!«

Geoff blinzelte heftig und wirkte wie benommen. »Es tut mir leid!«, stammelte er. »Ich ... was habe ich ... Ariane, setz dich! Ich meinte nicht ... was ich sagen wollte, ist ...«

»Ich weiß, was du gesagt hast!« Das Mädchen stemmte die Hände in die Hüften. »Und so etwas kann man nicht zurücknehmen, Geoffrey! Oh, du bist der schrecklichste, abscheulichste Junge, den ich in meinem ganzen Leben getroffen habe!«

Madeleine war vom Sofa aufgesprungen und zum Spieltisch gegangen. »Es tut mir leid, Lady Ariane«, sagte sie und kniete sich hin, um die Spielkarten vom Boden aufzuheben. »Geoff wollte nicht – nun, was immer er gesagt hat, er hat es nicht so gemeint. Er war mit seinen Gedanken woanders. War es nicht so, Geoffrey?«

»Meine Gedanken waren woanders«, wiederholte der Junge mechanisch. »Oh, Ariane, bitte sei nicht böse! Ich hatte vergessen, wo ... was ... dass wir die Karten gelegt haben. Ich ... ich habe deine Hand berührt. Es tut mir leid. Es ... es bringt mich manchmal einfach so durcheinander.«

Madeleine legte die Karten auf den Tisch und schaute sich Hilfe suchend nach Helene um. Aber Helene war bleich wie der Tod geworden. Sie starrte Geoffrey an, als wären ihm Hörner gewachsen und aus seiner Nase würden Flammen züngeln. Lady Ariane hatte ihre Karten zurück in die Holzkiste geworfen.

»Oh, Helene, bitte vergeben Sie uns!«, entschuldigte sich Madeleine und kehrte zum Sofa zurück. »Geoff ist noch so jung! Er hat nur einen Scherz gemacht, wenn auch einen sehr, sehr schlechten.«

Helene schien aus ihrer Erstarrung aufzuwachen. »Ich ... ja, natürlich, meine Liebe.« Sie zwang sich zu einem Lächeln. »Er ist nur ein Kind. Was wissen Kinder schon? Ariane, sei so gut und hol das Backgammon-Spiel! Ich mag diese Karten nicht.«

Ariane sah Geoff finster an. »Mit den Karten ist alles in Ordnung«, sagte sie bockig.

Helene zog beide Augenbrauen hoch. »Ich sagte: *Sei so gut*

und hol das Backgammon-Spiel!«, wiederholte sie in einem Ton, der keine Widerrede duldete. »Diese Karten – sie haben Geoffrey aufgeregt. Und mich. Sei jetzt eine gute Gastgeberin.«

Ariane ließ den Kopf sinken. »Es tut mir leid, Geoff«, sagte sie. »Ich weiß, du hast nur Spaß gemacht.«

»Aber einen schlechten«, stieß er hervor. »Es war nicht komisch, ich weiß. Ich weiß nicht, was über mich gekommen ist.«

Ariane schien besänftigt und ging zum Regal, um das Backgammon-Spiel zu holen. Madeleine stand zwischen den beiden und bemühte sich, nicht die Hände zu ringen.

»Ich denke, wir sollten vielleicht besser gehen, Helene«, sagte sie. »Wir hatten einen so angenehmen Nachmittag und Abend mit Ihnen. Aber ich denke, wir alle sind sehr müde. Von Geoffrey kann ich das mit Sicherheit sagen.«

Geoff sah sie an zutiefst zerknirscht an. »Mummy hat recht«, sagte er ruhig. »Ich bin ein wenig müde.«

Helene lächelte und erhob sich anmutig vom Sofa. »Ich verstehe vollkommen«, sagte sie und ging auf Madeleine zu, um sie auf die Wange zu küssen. »Ich werde meinem Mann und Mr. MacLachlan Ihren Abschiedsgruß ausrichten. Ich weiß gar nicht, was sie noch immer im Esszimmer zu tun haben.«

»Vermutlich verstecken sie sich vor uns.« Madeleine lächelte reumütig. Mit ihren Augen bat sie Helene erneut um Verzeihung und wurde mit einer aufrichtigen Umarmung belohnt.

In diesem Augenblick ging die Tür des Esszimmers auf. »Wie unverzeihlich rücksichtslos sind wir gewesen«, sagte der Earl und öffnete weit die Arme. »Wir waren in ein Gespräch über das geplante Projekt vertieft, und die Zeit ist uns davongelaufen. Lady Bessett, bitte sagen Sie nicht, dass Sie schon gehen wollen! Der Abend ist doch noch jung, nicht wahr?«

Madeleine versuchte, den Earl anzusehen und nicht Merrick. Merrick jedoch schien sich eine solche Beschränkung nicht auferlegen zu wollen, denn er starrte sie ganz offen an. »Ich fürchte, Geoffrey braucht seinen Schlaf, Mylord«, brachte Madeleine hervor. »Und wir haben Ihre Gastfreundschaft schon lange genug in Anspruch genommen.«

Merrick trat zu ihnen. »Ich fürchte, Treyhern, dass ich auch gehen muss.«

Nach einem kleinen höflichen Protest gab der Earl ihren Wünschen nach. Sie standen plaudernd zusammen – wenn auch ein wenig unbeholfen –, bis ein Diener mit einer Verbeugung meldete, dass die beiden Kutschen der Gäste jeden Moment vorfahren würden.

Helene winkte zum Abschied, als Madeleine sich anschickte, die Treppe hinunterzugehen. Merrick bot ihr seinen Arm an, aber sie tat, als habe sie es nicht bemerkt. Zu ihrer Beunruhigung legte er stattdessen eine warme, große Hand auf ihren Rücken und ging neben ihr die regenglatten Stufen hinunter. Lord Treyhern stand schon auf dem Trottoir und winkte den Kutschern.

Der Regen hatte für einen Moment aufgehört, aber das Kopfsteinpflaster glänzte vor Nässe. Es würde gut sein, nach Hause zu kommen, wo sie vielleicht beginnen konnte, sich zu entspannen. Sie musste unbedingt diese rührseligen Gedanken an das, was einmal gewesen war, vergessen, und nur noch an das Hier und Jetzt denken. Sie musste sich auf Geoffrey konzentrieren und versuchen, herauszufinden, wie man ihm helfen konnte. Sein Ausbruch heute Abend hatte die Grenze alles Verzeihlichen überschritten.

Plötzlich zupfte Geoff sie am Ärmel, die Geste wirkte fast kindlich. Madeleine schaute herunter und sah, dass seine Augen weit aufgerissen waren, sein Gesicht war wieder leichenblass.

Oh du lieber Gott! Nicht schon wieder.

»Mummy«, sagte er. »Ich glaube, Mr. MacLachlan sollte mit uns zurück nach Walham fahren.«

Merrick stützte sich auf seinen Spazierstock mit dem Goldknauf, beugte sich vor und fing Madeleines Blick auf. Fast frech zog er eine Augenbraue hoch.

Madeleine wandte sich ab. »Sei nicht albern, Geoff!«, antwortete sie kühl. »Mr. MacLachlan hat seine eigene Kutsche.«

»Aber ich denke, wir drei sollten zusammenbleiben!«, widersprach der Junge schrill. »Ich ... ich möchte mit ihm reden. Ich möchte ihn ... etwas fragen. Etwas über das Häuserbauen.«

»Über das Häuserbauen?«, wiederholte Madeleine.

»Ihr Sohn ist von Natur aus sehr wissbegierig, Mylady«, sagte Lord Treyhern.

»Ja, das bin ich«, sagte der Junge ein bisschen verzweifelt. »Und ich möchte ... ich möchte etwas bauen.«

»Was?«, fragte sie tonlos.

Geoff befeuchtete seine Lippen. »Nun, eine ... eine Windmühle. Wie die, die wir in Scarborough gesehen haben. Weißt du noch? Mr. MacLachlan, haben Sie schon mal eine Windmühle gesehen? Sind sie nicht ganz erstaunlich?«

»Ich habe einige in East Anglia gesehen, aber in Schottland sind sie nicht besonders üblich«, erwiderte Merrick. »Und ja, sie sind in der Tat erstaunlich.«

»Darf er, Mummy?«, wimmerte der Junge. »Kann er nicht mit uns in unserer Kutsche fahren?«

Plötzlich wusste Madeleine, um was es ging. Geoff befürchtete, für seinen Ausbruch gegenüber Lady Ariane gescholten zu werden – und das würde er. Aber er hoffte, es aufschieben zu können, wenn ein Gast mit in der Kutsche war.

Dieses Mal beugte sich Merrick so nah zu ihr, dass seine Schulter ihre berührte. Der arrogante Teufel genoss ihr Unbehagen. »Ich würde mich glücklich schätzen, Sie begleiten zu dürfen, Lady Bessett«, sagte er, und sein Mund war dabei viel zu nah an ihrem Ohr. »Ich wünsche auf keinen Fall, ein Kind zu enttäuschen.«

Madeleine versteifte sich. Merricks Duft reizte ihre Nase, genau wie an jenem Tag, als sie so närrisch gewesen war, einen Blick in sein Schlafzimmer zu werfen. Plötzlich kehrte das Bild zurück, sie beide dicht aneinandergedrängt in seinem Büro, und mit ihm kam die Hitze und die körperliche Bewusstheit seines sehr großen, sehr männlichen Körpers.

Neben ihr stand noch immer wartend Lord Treyhern. »Soll ich Mr. MacLachlans Kutscher vorausschicken, Ma'am?«

Madeleine gelang ein, wenn auch gezwungenes, Lächeln. »Ja, Mylord«, schaffte sie zu sagen. »Ich danke Ihnen.«

»Grimes kann ohne mich nach Hause fahren«, sagte Merrick. »Ich werde von Lady Bessetts Haus aus zu Fuß gehen.«

Der Earl ging, um dem Kutscher Bescheid zu geben, der Merrick daraufhin einen seltsamen Blick zuwarf und dann mit einem Schnalzen die Pferde antrieb. Unter Hufgetrappel und dem Klirren des Pferdegeschirrs fuhr die Kutsche davon. Jetzt gab es für Madeleine kein Entrinnen mehr.

Mit einer geübten Verbeugung öffnete Merrick den Kutschenschlag für sie und reichte ihr seine Hand, die in einem eleganten Handschuh steckte. »Nach Ihnen, Mylady.«

Kapitel 9

Der Teufel kommt auf leisen Sohlen.

Merrick beobachtete mit kaum verhohlener Erheiterung, dass Madeleine ihm einen langen, vernichtenden Blick zuwarf, ehe sie widerstrebend seine Hand ergriff, um sich in die Kutsche helfen zu lassen. Auch wenn er sie selbstredend verachtete, so hatte er durchaus nichts dagegen, sie ein wenig zu quälen. Offen gestanden hatte er der ungewöhnlichen Bitte des Jungen zum Teil genau deswegen zugestimmt: um Madeleine wütend zu machen. Deshalb empfand er es mehr als nur ein wenig demütigend, dass sein Mund beim Anblick ihrer blauen Seidenröcke, die sich provozierend über ihren Po spannten, trocken wurde.

Aber verdammt, sie war *seine Frau*. Die Frau, die er nie vergessen hatte. Die Frau, die er nicht berühren konnte. Es war ein Albtraum, und es hatte sein ganzes Leben zunichte gemacht. Würde er dieses Fegefeuer erdulden müssen, bis einer von ihnen beiden starb?

Sie hatte nicht gewartet, nicht wahr? Sie hatte sich einen anderen Mann in ihr Bett geholt, und ihre gestammelten Entschuldigungen über eine Annullierung ihrer Ehe waren nichts als von einem schlechten Gewissen zeugendes Geschwafel. In diesem Augenblick empfand Merrick die Situation unerträglicher als je zuvor.

Hinter ihm räusperte sich Treyhern. Merrick wurde bewusst, dass der Earl immer noch darauf wartete, dass Merrick einstieg.

Er folgte also dem Jungen in die Kutsche, einer wendigen, gut ausgestatteten Barutsche, nahm auf der freien Bank Platz und legte sich seinen Spazierstock quer über die Beine. Er und Madeleine saßen sich so eng gegenüber, dass ihre Knie sich berührten. Merrick unternahm keinen Versuch, sein Bein wegzuziehen. Ein heftiger Ruck ging durch die Kutsche, als sie anfuhr.

Das Schweigen in der Kutsche schien die Ohren zu betäuben. Der Junge wirkte nervös und unruhig und starrte aus dem Fenster, wobei er sich der Gegenwart der beiden Erwachsenen kaum bewusst zu sein schien. Merrick schaute Madeleine an und hielt ihren Blick gefangen. Er fragte sich, was sie dachte. Welche Gedanken *ihm* durch den Kopf gingen, wusste er – bedauerlicherweise.

»Ich finde es sehr seltsam«, eröffnete er schließlich mit ruhiger Stimme das Gespräch, »wie man sich durch einen einzigen Augenblick in eine andere Zeit und an einen anderen Ort versetzt fühlen kann, und das zumeist dann, wenn man es am wenigsten erwartet.«

Madeleine zuckte mit den Schultern. »Möglich.«

Er lächelte ein wenig. »Ein Sommerregen hat fast etwas Romantisches an sich, nicht wahr?«, murmelte er. »Ich denke gerade zurück an eine Kutschenfahrt ähnlich wie diese. Am frühen Abend nach einem verregneten Nachmittag, als die Straßen so nass geglänzt haben wie heute.«

»Ich bin schon Hunderte Male in einer Kutsche über nasse Straßen gefahren«, entgegnete sie kühl. »Wir sind in England. Hier regnet es oft.«

»Das ist wohl wahr«, sprach er weiter. »Aber jene Fahrt, an die ich gerade denke, Lady Bessett, war eine, die man nicht vergisst. Die Abendstimmung war, nun, sie war so, wie sie es auch jetzt ist. Und der Geruch, der in der Luft lag – sagen Sie, Mylady, wie heißt dieser bezaubernde Duft, den Sie tragen? Es ist Jasmin, nicht wahr? Ja, die Luft war erfüllt von einem solchen Duft.«

Sie starrte ihn finster an, was ihrem Liebreiz jedoch keinen Abbruch tat.

Er lächelte, während er zum nächsten Schlag ausholte. »Sagen Sie, Lady Bessett, sind Sie jemals nördlich von Penrith durch das Tal von Eden gefahren?«

Bei seiner Frage wurde Madeleine kreidebleich.

Ja, sie war dort entlanggefahren – mit ihm, auf ihrer unüberlegten, erregenden Flucht nach Gretna Green. Für einen kurzen Moment schloss Merrick die Augen und dachte zurück. Guter Gott, sie waren damals verrückt nacheinander gewesen! Eine Berührung, ein Blick und das Verlangen flammte auf, als wäre es Wochen her und nicht nur wenige Stunden.

»Das Tal von Eden«, wiederholte er nachdenklich. »Das lässt einen an ... nun ja, an Sünde und Versuchung denken, habe ich nicht recht?«

Es war die zutreffende Beschreibung ihrer Situation. Sie waren eine Tagesreise weit von der Grenze entfernt gewesen, und Merricks verzweifelter Wunsch, Madeleine zu heiraten, war mit jeder zurückgelegten Meile drängender geworden. Unnachgiebig hatte er die Pferde angetrieben und war bis zum Abend durchgefahren. Die Zofe war, wie schon so oft auf dieser Fahrt, eingeschlafen und hatte zu schnarchen begonnen – eine Gewohnheit, die Merrick und Madeleine durchaus nicht störte. Irgendwann hatte Madeleine ein wenig ängstlich ihre kleine, warme Hand auf seinen Oberschenkel gelegt.

Er konnte sich nicht mehr erinnern, was Madeleine beunruhigt hatte; waren es die dunkler werdenden Schatten gewesen oder vielleicht eine gefährliche Kurve, die die Straße machte? Er wusste nur, dass er diese zärtliche Geste erwidert hatte, indem er seine Hand beruhigend auf ihre gelegt hatte. Und dann hatte er Madeleine geküsst, ein rascher, aber sanfter Kuss, der irgendwie länger nachgeklungen als ein einfacher Trost es erfordert hätte. Madeleine hatte sich als süße unersättliche Geliebte erwiesen. Ihre Hand war höher gewandert, der Druck ihrer Finger war stärker geworden.

Merrick hatte den Arm um sie gelegt und sie an sich gezogen. Und irgendwie, wie es so oft mit ihnen geschehen war, waren die Dinge außer Kontrolle geraten. Was auch immer Madeleine beunruhigt hatte, es hatte sich zu etwas anderem verändert. Sie hatten verlangende, heiße Blicke getauscht. Madeleines geschickte Finger waren weiter seinen Oberschenkel hinaufgeglitten, dann noch ein wenig weiter, bis sie begonnen hatte, den Beweis seiner wachsenden Erregung zu streicheln. Die Kutsche am Straßenrand anzuhalten und Madeleine herauszuheben, war eins gewesen.

Madeleine riss ihn aus seinen Erinnerungen, als sie an ihren Röcken zu zupfen begann, um die Falten zu glätten.

Er räusperte sich vernehmlich. »Ich glaube, Lady Bessett, von allen Straßen Englands ist es jene, an die ich mich am liebsten erinnere«, sagte er ruhig. »Es gibt viele Aussichtspunkte, an denen man anhalten und die – wie nennt man es doch so treffend? – ach ja, die Schönheiten der Natur bewundern kann.«

»Tatsächlich?«, bemerkte Madeleine kühl. »Ich kann mich nicht erinnern.«

Oh doch, sie konnte sich erinnern! Merrick sah es in ihren Augen, die jetzt vor Zorn funkelten. Auch an jenem Abend hatte ein heißes Glühen darin geschimmert, wenn auch ein ganz anderes als jetzt. In der Abenddämmerung waren sie bis zu einer Wiese gegangen, weit genug, um ungestört zu sein. Wenn sie sich liebten, war es noch immer ein schnelles, leidenschaftliches Beisammensein, und das Risiko, dabei überrascht zu werden, wenn sie sich wie wilde Geschöpfe unter dem weiten, mondhellen Himmel vereinten, hatte wie ein Aphrodisiakum gewirkt. Auch wenn keiner von ihnen beiden eines gebraucht hatte.

Mit zitternden Händen hatte Merrick Madeleine entkleidet, Stück um Stück, mit nichts als den Sternen über ihnen, und der alten Wolldecke, die sie auf dem üppigen Gras ausgebreitet hatten, unter ihren erhitzten Körpern.

»Ich glaube, in Cumbria gibt es viele weiche Wiesen«, bemerkte er.

»Ja«, erwiderte sie angespannt. »Und auch dort regnet es von Zeit zu Zeit.«

In jener Nacht hatte er keinen Gedanken an das Wetter verschwendet. Der Boden war hart und das Gras feucht gewesen, als er sich ausgestreckt und die Hände um Madeleines schmale Taille gelegt hatte. Sie hatte gelacht und um ihr Gleichgewicht gekämpft, als er sie auf sich gezogen hatte. Ihre Augen waren groß vor Entzücken gewesen. Sie hatte ihre neu entdeckte Macht genossen, hatte rasch gelernt, wie sie ihn reiten konnte. Wie sie ihn quälen konnte. Wie sie ihre Muskeln fest um seine pochende Männlichkeit schließen und sich langsam auf und nieder bewegen musste, um sein Verlangen anzufachen und ins Unerträgliche zu steigern. Selbst jetzt, nach all den bitteren Jahren, sah er noch immer ihre kleinen, runden Brüste vor sich, auf denen der blasse Schein des Mondes schimmerte. Auf den festen, rosafarbenen Spitzen, die sich hart und stolz aufgerichtet hatten. Und er sah noch immer ihr Gesicht vor sich – wunderschön und erfüllt vom Wissen der nahenden Ekstase.

Ihre Brüste sind voller geworden, dachte er und starrte auf ihr Mieder. Er fragte sich, wie sie aussehen mochten. Waren ihre Knospen noch immer so köstlich empfindsam und rosafarben? Wie mochte es sich anfühlen, wenn sie sich in die großen Hände eines Mannes schmiegten? Würden sie seinen Mund füllen und ihn in den Wahnsinn treiben? Aber vielleicht war das schon längst geschehen.

»Lady Bessett, wussten Sie, dass es in Cumbria sehr heiß werden kann?«, fragte er. »Offen gestanden wird mir ganz warm, wenn ich an diesen besonderen Abend denke.«

Sie war zu zornig, um zu antworten. Merrick wusste nicht einmal genau, warum es ihn danach verlangte, sie zu quälen – oder sich. Aber in jener Nacht, die so lange Zeit zurücklag, war Madeleine es gewesen, der es danach verlangt hatte zu quälen.

Ihre schlanken, milchweißen Schenkel hatten im Mondlicht hell geglänzt, als sie sich auf ihm bewegt hatte, auf und ab geglitten war, ihn bis an den Rand der Ekstase getrieben und ihn dort in sich festgehalten hatte, bis ihr eigener Höhepunkt nahte. Sie hatte aufgeschrien und den Kopf in den Nacken geworfen, im blassen Mondlicht waren ihre Hände über ihren Körper geglitten, über ihren Bauch und ihre Brüste. Sie hatte sich selbst gestreichelt und ihre Lust weiter angestachelt, bis sie sich in der Erlösung verloren hatte. Er hatte ihr zugesehen und sich wie ein Voyeur gefühlt, während ein unbezähmbares Verlangen ihn mit ihr fortriss. Damals, als er sich mit all seiner lustvollen, jugendlichen Leidenschaft in ihr verströmt hatte, hatte er geglaubt, der glücklichste Mann auf Gottes Erdboden zu sein.

Merrick beugte sich weit zu ihr vor. »Ich kann Ihnen mit Gewissheit sagen, Lady Bessett, dass mich kaum ein anderer harter Ritt mehr befriedigt hat«, murmelte er. »Diese vollkommenen Formen und diese sanft geschwungenen Hügel. Die verborgenen Schätze. Die unbeschreibliche Üppigkeit dieser Schönheit. All das lässt einen wünschen, einfach die Hand auszustrecken und es ... nun, es zu berühren.«

Sie zuckte so heftig zurück, dass sie sich fast den Kopf stieß.

Er grinste sie an.

»Es tut mir leid«, sagte sie. »Ich fürchte, ich habe Kopfschmerzen. Würde es Ihnen etwas ausmachen?«

»Ausmachen ... was?«, fragte er eifrig. »Still zu sein? Nun, ganz und gar nicht, meine Liebe. Ich werde einfach hier sitzen und in meinen Erinnerungen schwelgen, in jedem noch so kleinen Detail. Und meinen Gedanken nachhängen. Still und stumm.«

»Wie rücksichtsvoll von Ihnen«, fauchte sie.

Ihr Gesicht hat sich mit einer feinen Röte überzogen. Als würde es ihr plötzlich bewusst werden, wandte Madeleine den Kopf ab. Der flackernde Schein der Kutschenlampe warf Licht und Schatten auf ihr Profil. Vollkommene Schönheit. Vollkommene Grausamkeit. Manchmal glaubte er, dass Madeleine der Inbegriff von beidem war. Und obwohl er wusste, was sie war, begehrte er sie. Verdammt!

Er ließ den Blick über ihr einfaches, aber gut gearbeitetes Kleid wandern. Er hatte genügend weiblichen Putz gekauft, um zu wissen, dass solche Eleganz ihren Preis hatte. Auch ihr Schmuck war teuer. Der verstorbene Lord Bessett, so schien es, hatte seine Witwe gut versorgt hinterlassen.

Aber vielleicht ist es nicht das Geld ihres Ehemannes, das Madeleine diesen Lebensstil ermöglicht, dachte er, während die Kutsche um die erste Ecke bog. Vielleicht war es das dieses Bastards Jessup. Oder vielleicht das enorme Vermögen, das nach dem Tod ihrer Mutter an sie gefallen war. Madeleine war eine reiche Erbin gewesen – eine Tatsache, von der er erst erfahren hatte, nachdem er sich Hals über Kopf in sie verliebt hatte.

Aber welchen Unterschied hätte das gemacht? Er hatte es sich nicht ausgesucht, sie zu lieben – genau genommen, war es ihm sogar verdammt ungelegen gekommen. Er war zu jung und zu arm, um sich eine Ehefrau zu nehmen, und sie – nun, sie war einfach zu jung gewesen. Wie viele Mädchen ihres gesellschaftlichen Ranges und ihres Alters war Madeleine, das hatte er inzwischen begriffen, nur in die *Vorstellung* von Liebe verliebt gewesen. Nachdem sie das langweilige Leben eines kleinen reichen Mädchens auf dem Lande gelebt hatte, war sie, bereit für ein wenig Dramatik, nach London gekommen. Sie hatte sich gewünscht, im Sturm erobert zu werden. Und dummerweise war er dieser Sturm gewesen.

Merrick war fast dankbar, als der Junge etwas sagte, seine Stimme klang zögernd, als er zu Madeleine hochschaute. »Mummy, bist du böse auf mich?«

Merrick schaute auf Madeleines Hände, die sie zu Fäusten geballt auf dem Schoß hielt. »Geoffrey, ich bin dir nicht böse«, sagte sie. »Ich bin es *nicht.* Aber du darfst wirklich nicht derart verletzende Dinge sagen. Und wie um alles in der Welt bist du überhaupt auf so etwas Dummes gekommen?«

Merrick fragte sich, worüber zum Teufel sie sprachen, aber es ging ihn ohnehin nichts an. Madeleine schien seine Anwesenheit vergessen zu haben, und der Junge wand sich jetzt buchstäblich. »Ich *weiß* es nicht!«, rief er. »Es ist mir einfach so in den Sinn gekommen, das ist alles. Eben hatte ich mir noch die Karten angesehen, und dann ihre Hand, sie war ... sie war plötzlich in meiner. Und dann sind die Worte einfach aus mir herausgekommen.«

Madeleines Verzweiflung war offensichtlich. »Mein Liebling, du musst damit aufhören, mit solch unsinnigen Gedanken herauszuplatzen, wenn sie dir in den Sinn kommen«, tadelte sie ihn. »Habe ich dich nicht wieder und wieder ermahnt, diese Angewohnheit abzulegen?«

»Es ist keine Angewohnheit«, sagte der Junge.

»Nun, wie würdest du es denn nennen?«

»Ich *weiß* es nicht«, flüsterte er. »Ich hasse es! Ich hasse mich! Ich wünschte bei Gott, es würde aufhören.«

»Ich glaube, das ist genug des Selbsthasses für einen Abend, Geoffrey«, mischte sich jetzt Merrick ein. »Ich weiß nicht, wessen du angeklagt wirst, aber ...«

»Nein, das wissen Sie nicht«, sagte Madeleine schroff.

»... aber da ich gezwungen bin, dieses Gespräch mitanzuhören«, fuhr Merrick fort, »fühle ich mich verpflichtet, dir zu sagen, Geoff, dass ein Mann sich nicht seinem Selbstmitleid ergibt. Wenn er sich geirrt hat oder ihm ein gesellschaftlicher Fauxpas unterlaufen ist, dann schreibt er am nächsten Morgen einen Entschuldigungsbrief an seine Gastgeberin.«

Madeleines Augen sprühten von wütendem Feuer, aber der Junge wirkte jetzt nachdenklich. »Das könnte ich tun, denke ich«, entgegnete er, und in seiner Stimme schwang ein wenig Hoffnung mit. »Meinen Sie, das würde helfen?«

»Das kann ich nicht sagen«, erwiderte Merrick. »Aber darauf kommt es auch gar nicht an. Ein Mann tut seine Pflicht – trotz allem.«

»Tut er das wirklich, Mr. MacLachlan?« Madeleine klang bitter. »Ich kannte leider einige Männer, die in dieser Hinsicht versagt haben. Wie *freundlich* von Ihnen zu erklären, wie die Dinge eigentlich ablaufen sollten!«

»Bitterkeit steht dir nicht, meine Liebe«, entgegnete er halblaut.

Aber die Wahrheit war, dass es ihr stand. Selbst im spärlichen Licht der Kutschenlampe funkelten Madeleines Augen vor Zorn. Ihre gerade, aufrechte Haltung drückte Hochmut aus. *Das ist das Mädchen, an das ich mich erinnere,* dachte er. Da war seine Madeleine. Die alte Madeleine, nicht die neue, eiskalte, herzlose Ausgabe.

Gott, ihre Schönheit war nicht zu leugnen. War es nie gewesen – damals nicht und ganz gewiss auch jetzt nicht. Madeleine hatte immer alle Blicke auf sich gezogen. Aber irgendwann in den vergangenen dreizehn Jahren hatte sich die großäugige Unschuld mit der fohlenhaften Anmut zu einer wunderschönen Frau gewandelt. Sie war mehr als atemberaubend, mit ihrem blonden Haar und den lebhaften grünen Augen. Die Nase war schmal und hatte eine kaum merklich nach oben gebogene Spitze, während ihre Lippen üppig und voll waren, vor allem ihre Unterlippe. Ihr Teint war noch immer so makellos wie früher. Nicht eine einzige Sommersprosse zeigte sich auf ihrer milchweißen Haut. Wie eine nordische Prinzessin, fand er einst, und das war noch immer ein passendes Bild.

Aber wie immer verhielt sich Madeleine, als wäre sie sich ihrer Schönheit nicht bewusst. Er fragte sich, warum das so war. Vielleicht war sie aber auch nur besonders clever. Sie schaute ihn an, während die Kutsche die Straße entlangrollte, die in weitem Bogen unterhalb des Hyde Parks verlief. In ihren Augen spiegelte sich noch immer ihr Zorn wider. Warum um alles in der Welt hatte er sie heute Abend so sehr provoziert? Es wäre ganz einfach gewesen zu sagen, sie wäre eine flüchtige Bekannte. Stattdessen hatte er behauptet, sie gut zu kennen, und seine Augen hatten vielleicht noch sehr viel mehr von seinen Gefühlen verraten.

Die Tatsache, dass seine Ansprüche, sowohl die ausgesprochenen als auch die unausgesprochenen, absolut begründet waren, entschuldigte ihn nicht. Er hatte Madeleine einst so gut gekannt, wie er sich selbst gekannt hatte – zumindest hatte er das geglaubt. Ohne Zweifel hatte er jeden Zentimeter ihres warmen, weichen Körpers gekannt. Selbst jetzt, wenn er an ihre langen nackten Schenkel dachte, fühlte er das Verlangen in seinen Lenden. Und er verdammte sich dafür.

Warum ließ er es überhaupt zu, es sich vorzustellen? Unschuld übte schon seit Langem keine sexuelle Anziehungskraft mehr auf ihn aus. Je härter und erfahrener eine Frau war, desto befriedigender war der Akt für ihn. Was er brauchte, war eine Geliebte. Eine reifere Frau. Eine Geliebte, die vielleicht nicht ganz so verdorben war wie Bess Bromley, aber über ähnliche Fertigkeiten verfügte. Eine dunkelhaarige Frau mit üppiger Figur und ausreichend zügellos, um die spezielleren Wünsche eines Mannes ohne viele Fragen zu erfüllen. Mrs. Farnham kannte seine Vorlieben; er würde sie bitten, jemanden für ihn zu engagieren.

Merrick wünschte, der Junge würde etwas sagen. Aber Geoff schien vergessen zu haben, dass Merrick in der Kutsche saß. In dem spärlich erleuchteten Fahrzeug wirkte der Blick des Jungen in die Ferne gerichtet. Er saß zusammengesunken gegen die Wand der Kutsche gelehnt, und sein Gesicht sah plötzlich alterslos und abgespannt aus. Merrick vermutete, dass der Junge müde war. Bei Kindern kam das wohl des Öfteren vor.

Er sah wieder Madeleine an. Der Zorn war aus ihren Augen verschwunden, stattdessen schaute sie fast beschützend auf ihren Sohn und strich ihm über das Haar. Es war eine sehr zärtliche, mütterliche Geste. Sie liebte das Kind. Zumindest auf diese Weise war sie fähig, aufrichtig zu lieben. *Das ist besser als nichts,* dachte Merrick.

Ich wünschte, ich könnte nur noch einmal mit ihr schlafen.

Der Gedanke war zurückgekehrt, ungewollt und aufwühlend. Lieber Gott! Madeleine war kalt wie Eis. Bestenfalls war sie ein verzogenes und verwöhntes reiches Mädchen. Schlimmstenfalls eine manipulierende Hexe. Aber als er sah, wie ihre Hand wieder über den Kopf des Jungen strich, wurde ihm klar, dass er einiges dafür geben würde, sie noch ein letztes Mal unter sich zu spüren. Noch einmal in diesem weichen Körper mit der cremefarbenen Haut zu versinken und sie zu reiten, bis seine verdammten Dämonen für immer von ihm ablassen würden.

Die Lebendigkeit seiner Fantasie war beunruhigend. Lieber Gott im Himmel, hatte er denn nicht genau das schon ein Mal zu oft getan? Oder mehr als fünfzehn oder zwanzig Mal zu oft. Ja, schon bevor es sein Recht als Ehemann gewesen war, hatte er Madeleine mit in sein Bett genommen und sie auf eine Weise besessen, die nicht mehr rückgängig zu machen gewesen war.

Damals jedoch waren seine Absichten ehrenhaft gewesen. Vom ersten Augenblick an, in dem er das Mädchen gesehen hatte, war er entschlossen gewesen, sie zu heiraten – oder sich bei der Verwirklichung dieses Vorhabens zu ruinieren. In dem unwiderstehlichen Wunsch, sie haben zu wollen, hatte er das Unaussprechliche getan. Weil er dummerweise gedacht hatte, dass es kein Zurück mehr geben würde, wäre es erst geschehen. Weil er geglaubt hatte, hätte Madeleine ihm erst gehört, würde niemand sie mehr aufhalten können. Dieselbe verrückte Logik hatte ihn auch dazu gebracht, mit ihr durchzubrennen.

Nun, Jessup hatte ihm den Fehler in dieser Rechnung klargemacht, und das drastischer, als Merrick es sich je hätte vorstellen können. Ein gebrochenes Herz war das eine. Ein gebrochenes Bein, eine ausgekugelte Hüfte und ein zertrümmerter Schädel – nun, das alles zusammen war das andere. Nein, diese Dinge schmerzten überhaupt nicht – nicht, bis man unglücklich genug war, sie zu überleben und wieder zu Bewusstsein zu kommen.

Er musste sie zu lange angestarrt haben. Madeleine sah ihn mit fast spöttischem Bedauern an.

»Ich fürchte, Ihr großzügiges Opfer war vergebens, Mr. MacLachlan«, sagte sie mit ruhiger, kehliger Stimme. »Wie es scheint, ist mein Sohn eingeschlafen.«

Doch der Junge war nicht eingeschlafen. Er starrte, fast wie benommen, auf den Boden der Kutsche. Aber Merrick hielt es nicht für nötig, Madeleine zu korrigieren. Er wusste so gut wie gar nichts über Windmühlen, und hätte nicht weniger Lust als in diesem Moment haben können, darüber zu reden. Oh, er mochte den Jungen durchaus – genau genommen, sogar sehr. Aber Merricks harte Erektion pochte, als hätte er sich mit einem Hammer auf den Daumen geschlagen, und der abscheuliche Geschmack der Selbstverachtung lag ihm bitter auf der Zunge. Er riss den Blick von Madeleine los und sah sie nicht wieder an. Stattdessen starrte er aus dem Fenster auf die letzten Ausläufer Belgravias, an denen sie jetzt vorbeifuhren. *Ein Mann ergibt sich nicht seinem Selbstmitleid.* Der Regen hatte wieder eingesetzt und glitzerte im Schein der Gaslaternen wie Öl und Diamanten. Hier und dort waren Fußgänger auf den Bürgersteigen zu sehen, unter großen schwarzen Regenschirmen, einige lachend und zu zweit, andere allein und finster dreinschauend. *Und das spiegelt wider, wie die Welt aufgeteilt ist,* dachte Merrick. Er wusste, zu welcher Kategorie er gehörte.

Bald darauf näherten sie sich dem Dorf. Vor ihnen lag jetzt noch das letzte, fast leere Stück Straße bis dorthin, das zu beiden Seiten von Steinwällen begrenzt wurde. Sie bildeten den letzten Übergang zwischen Chelsea und der noch ländlichen Umgebung Walham Greens. Der Regen lief in kleinen Bächen an den Fenstern der Kutsche herunter, vernebelte die Welt draußen und schuf in dem Gefährt einen falschen Anschein von Intimität. Als würde es sie beunruhigen, räusperte Madeleine sich.

In diesem Augenblick zerriss so etwas wie ein Schuss das eintönige Fahrtgeräusch. Die Kutsche machte einen scharfen Ruck nach links.

»Du lieber Gott!« Madeleine richtete sich kerzengerade auf. »Straßenräuber?«

»Unsinn!«, winkte Merrick ab. »Nicht in Walham Green.«

Aber die Kutsche wurde langsamer, und Madeleines Kutscher rief den Pferden den Befehl zum Stehenbleiben zu. Merrick drehte sich auf seinem Platz um und sah, dass seine Kutsche, die vor ihnen hergefahren war, stehen geblieben war. Schräg vor ihr stand ein offener Landauer, der fast die ganze Straße blockierte.

»Ich glaube, vor uns hat es einen Unfall gegeben«, vermutete er. »Und irgendein verdammter Narr ist bei diesem Regen in einem offenen Landauer gefahren.«

Aber er konnte weder eine umgestürzte Kutsche noch ein lahmendes Pferd entdecken. Madeleines Kutsche hatte inzwischen ebenfalls angehalten. Ungeduldig setzte sich Merrick seinen Hut auf und öffnete die Tür.

»Nein!«, rief Geoff scharf. »Das dürfen Sie nicht! Machen Sie die Tür zu!«

Das Entsetzen in der Stimme des Jungen klang echt. Merrick tat, was der Junge verlangt hatte. Die Kutscher riefen sich jetzt etwas zu, sie schienen beunruhigt zu sein. Madeleine griff unter ihren Sitz. »Hier«, sagte sie, nachdem sie einen langen sperrigen Gegenstand darunter hervorgezogen hatte.

»Guter Gott!«, sagte Merrick und schob die Pistole beiseite. »Ist das Ding etwa geladen?«

»Eine alleinstehende Frau muss sich selbst schützen.«

Merrick hatte keine Zeit, darüber zu diskutieren, denn Madeleines Kutscher sprang jetzt vom Kutschbock herunter auf die Straße. »Aber, Sir!«, hörten sie ihn rufen. »Was soll denn das? Nicht doch! Legen Sie das Ding weg, sage ich!«

»Was zum Teufel ist denn da los?« Merrick streckte wieder die Hand nach der Tür aus, aber Geoffreys Finger schlossen sich blitzschnell um sein Handgelenk und drückten es mit erstaunlicher Kraft. »Bleiben Sie bei uns«, wisperte er. »Bitte, Sir! *Sie müssen hierbleiben!*«

Über das Durcheinander hinweg erhob sich die verzerrt klingende Stimme eines Mannes. »Komm raus, MacLachlan!«, rief ein Mann lallend. »Steig aus deiner hübschen, feinen Kutsche und mach dich bereit für deinen Schöpfer, du elender schottischer Bastard!«

Plötzlich wurde es ihm klar. »Guter Gott!«, sagte Merrick. »Chutley?«

Madeleine beugte sich näher. »Wer?«

Merrick verzog das Gesicht. »Ein Mann, der mir nichts Gutes wünscht.«

»Na so was«, sagte Madeleine.

Der Mann rief noch immer nach Merrick. »Komm raus, sage ich!«, wiederholte er. »Ich werde dich Mores lehren, du gottverdammter betrügerischer Viehdieb! Für einen von uns ist es heute vorbei!«

»In der Kutsche ist niemand, Sir!«, rief Grimes vom Kutschbock herunter. »Machen Sie bitte den Weg frei, damit ich passieren kann.«

»Den Weg frei machen!«, brüllte Chutley. »Ich werde dir den Weg gleich frei machen! Den Weg zur Hölle!«

»Grimes!«, rief Merrick. Dieser betrunkene Verrückte würde seinen Kutscher *nicht* umbringen! Dieses Mal schnappte sich Merrick Madeleines Pistole und sprang aus der Kutsche, wobei er darauf achtete, auf seinem gesunden Bein zu landen. »Grimes, kommen Sie runter! Und laufen Sie!«

Aber Grimes war kein Narr. Er hatte den Kutschbock bereits verlassen. Schwere Schritte erklangen in Richtung der Hecke. Die Tür von Merricks Kutsche stand offen und schwang heftig in ihren Angeln hin und her. Er hatte sie fast erreicht, als ein zweiter Schuss aufpeitschte. Geoffreys markerschütternder Schrei durchschnitt die Luft. Sofort brach Chaos aus. Madeleines Pferde wieherten und gingen durch, stürmten auf den Graben zu und zogen die Kutsche holpernd mit sich. Merrick hörte das laute Klappern der Hufe und das Krachen von Holz. Er wagte nicht, sich umzudrehen. Chutley hatte offensichtlich den Verstand verloren, und war darauf aus, zu töten. Merrick griff nach dem Kutschenschlag, hob die Pistole und stieß die Tür weit auf.

Und Chutley *hatte* jemanden getötet.

Sich selbst. Zusammengesunken lag er auf der Bank, seine Hand umklammerte noch die Pistole. Ein heller Blutfleck breitete sich auf seinem Mantel aus und drang in schneeweißes Leinen ein. Seine Augen waren noch geöffnet, und aus seiner Kehle drang ein letztes schreckliches Röcheln. Dann entglitt die Waffe seiner Hand, schlug dumpf auf dem Boden der Kutsche auf und fiel von dort auf das regennasse Kopfsteinpflaster.

Merrick presste zwei Finger auf die Halsschlagader des Mannes und wandte sich zu Madeleine, um ihr etwas zuzurufen. Erst jetzt sah er, dass ihre Kutsche auf der Seite lag und nur noch von der hohen Steinmauer davor bewahrt wurde, ganz umzustürzen. Die Deichsel war verdreht. Grimes und der andere Kutscher taten ihr Bestes, die Pferde zu beruhigen.

Er rannte sofort los. Die Tür auf der Seite der Kutsche, auf der Madeleine gesessen hatte, hing in ihren Angeln. Madeleine kniete auf dem jetzt schräg geneigten Boden und hielt Geoffrey in den Armen. Die Stirn des Jungen blutete, und seine Augen waren geschlossen.

»Um Gottes willen!« Merrick nahm den Jungen in seine Arme und hob ihn aus der Kutsche. Er kniete sich hin, um ihn auf die Straße zu legen, und begann, ihn rasch zu untersuchen.

»Geoff!«, rief Madeleine und kroch aus Kutsche. »Geoff, sag doch etwas!«

Geoff war bewusstlos. »Sein Puls ist in Ordnung«, sagte Merrick, während er rasch die Kleidung des Jungen lockerte. »Er braucht nur Luft.«

Binnen Sekunden gab der Junge ein schwaches Seufzen von sich. Madeleine kniete jetzt neben ihm, Regen und Tränen strömten über ihr Gesicht. »Das ist deine Schuld!«, schrie sie und ballte die Fäuste, als wollte sie ihn schlagen. »Deine Schuld, Merrick! Deine! Hörst du!«

»Aye, das ist es«, sagte er ernst. »Geoff? Geoff! Kannst du mich hören, Junge?«

Grimes kam zurück und kniete sich auf ein Bein auf das Kopfsteinpflaster. »Armer kleiner Bursche!«, sagte er. »Hat es ihn am Kopf erwischt?«

»Aye, und das ziemlich hart, wie es aussieht«, sagte Merrick.

»Er ist noch bewusstlos, aber er kriegt schon wieder etwas Farbe.«

»Was ist mit dem anderen Burschen?« Grimes wies mit dem Kopf auf Merricks Kutsche.

»Seine Farbe wird nicht wiederkommen«, sagte Merrick grimmig. »Nicht in diesem Leben. Aber Sie holen am besten einen Doktor, Grimes, und den Constable aus dem Dorf, wenn Sie ihn finden können. Der Name des Toten ist Chutley. Jim Chutley aus Camden Town. Er ... er hat dort Familie.«

»Jawohl, Sir.«

Merrick berührte mit dem Handrücken die Wange des Jungen. Geoff war jetzt weniger als eine Minute bewusstlos, aber es fühlte sich an wie eine Ewigkeit. Genau in diesem Augenblick gab Geoff ein leises Wimmern von sich, und seine Augenlider flatterten. Merrick empfand eine unbeschreibliche Erleichterung.

»Mummy?« Geoffs Stimme wurde von dem stärker gewordenen Regen fast übertönt. »Mummy, was ...?«

Madeleine warf sich über ihr Kind. »Ich bin hier, Geoffrey!«, rief sie. »Mummy ist hier! O Gott! Oh, ich danke dir!«

Merrick schickte sich an, den Jungen hochzuheben. »Mach Platz, Madeleine«, sagte er, während er aufstand, Geoff in seinen Armen.

Madeleine sprang auf. »Was tust du?«, rief sie. »Wohin bringst du ihn?«

»Nach Hause«, sagte Merrick. »Die Wunde muss versorgt werden. Und was er jetzt absolut nicht brauchen kann, ist eine Lungenentzündung, weil er zu lange im Regen gelegen hat. Um den Rest hier können sich die Kutscher kümmern.«

Madeleine folgte ihm auf den Fersen, ihre Stimme bebte vor kaum unterdrückter Wut. »Du hättest uns alle töten können!«, sagte sie. »Wenn Geoffrey ernstlich verletzt ist, Merrick, werde ich dir das nie vergeben! Nie!«

»Du hast mir noch nie etwas vergeben, Madeleine«, stieß er hervor und ging etwas schneller. »Ein Leopard ändert seine Flecken nun mal nicht.«

»Du unerträgliches Scheusal!«, sagte sie. »Du und dieser ... dieser Wahnsinnige! Wer war das? Wie konntest zulassen, dass so etwas mit Geoff geschieht?«

Merrick unterließ es, darauf hinzuweisen, dass es Geoffrey gewesen war, der darauf beharrt hatte, dass sie zusammen fuhren, auch wenn er mit dieser Tatsache im Moment nichts anzufangen wusste. Und hätte der Gedanke an Chutleys Witwe nicht diese starken Schuldgefühle in ihm geweckt, hätte Geoffs seltsames Verhalten in der Mortimer Street jetzt vermutlich Vorrang in seinen Gedanken gehabt.

»Wo geht es lang?«, wollte er wissen. Sie hatten inzwischen die Hauptstraße erreicht. Der Regen hatte seine Kleidung durchnässt, und die Feuchtigkeit bereitete seiner Hüfte bei jedem Schritt einen teuflischen Schmerz.

»Weiter geradeaus«, sagte Madeleine und wies die Richtung. »Am Postamt vorbei und bis zum Ende des Weges.«

»Ich denke, ich kann gehen, Sir«, sagte Geoff. Sein Kopf ruhte an Merricks Schulter, und seine Stimme klang gedämpft. »Bitte, lassen Sie mich herunter.«

»Nein!«, sagte seine Mutter fest. »Geoffrey, du bist verletzt. Wir können von Glück sagen, dass du nicht getötet worden bist.«

»Nun überdramatisiere die Situation nicht, Madeleine«, wies Merrick sie zurecht. »So, wie es aussieht, hat der Junge schon genug Fantasie. Wenn du dir über etwas Sorgen machen willst, dann über Jim Chutleys Kinder.«

Madeleine machte große Schritte, um mit Merrick mithalten zu können. »Ja, vermutlich hat er ein ganzes Dutzend davon, dieser arme verrückte Mann!«, erwiderte sie. »Was hast du getan, Merrick, dass ein Mann wie er deinen Tod will?«

»Er war nicht der Erste«, stieß Merrick hervor. »Und er hatte dabei bemerkenswert weniger Erfolg als ein anderer, der es vor ihm versucht hat.«

»Ja, du hinkst«, sagte sie, als wäre es Anklage.

»Glaub mir, Madeleine, dessen bin ich mir sehr bewusst«, gab er zurück. »Ist das dein Cottage, dort am Ende des Weges? Wenn ja, dann geh bitte vor und öffne die Tür.«

»Warum um alles in der Welt bist du wütend auf mich?«, knurrte sie, während sie in ihrem jetzt nassen Ridikül kramte. »Es war dieser Mr. Chutley, der auf dich schießen wollte, nicht ich.«

»Bist du dir dessen ganz sicher, meine Liebe?«, erwiderte er.

»Ja, ganz sicher.« Madeleine zog endlich ihren Schlüssel hervor. »Hätte ich dich erschießen wollen, Merrick, hätte ich dich nicht verfehlt.«

Er wollte ihr sagen, dass er ihr nicht glaubte; dass er nicht glaubte, dass sie jemanden töten könnte. Aber in Anbetracht ihrer gegenwärtigen Stimmung war er sich dessen gar nicht mehr so sicher.

Sie war so ganz anders heute Abend. Es war, als wäre die alte Madeleine wieder zum Leben erwacht – aber nicht das junge, naive Mädchen, das er geheiratet hatte, sondern die Madeleine, wie er sich vorgestellt hatte, die sie eines Tages sein würde. Voller Selbstbewusstsein und Tatkraft und schlichter, unbeinflussbarer Entschlossenheit.

Die Familien MacGregor und MacLachlan hatten viele

starke Frauen hervorgebracht; Frauen, die für den Lebensunterhalt ihrer Familie gesorgt hatten und deren Rückgrat gewesen waren. Frauen, die die Wiege wiegten, den Haushalt führten und die Felder bestellten – und alles ohne ein Jammern. Merrick kannte den Wert einer solchen Ehefrau sehr gut, und er hatte in Madeleine die Anlagen dazu erkannt. Er hatte nie erwartet, dass sein Leben einfach sein würde, und er war erleichtert gewesen, eine Frau gefunden zu haben, die es mit ihm schultern und durchstehen konnte. Was ihre feige Kapitulation umso bitterer zu ertragen machte.

Sie hatten den Eingang des Cottages erreicht. Madeleine steckte den Schlüssel ins Schloss, aber die Tür wurde aufgerissen, bevor sie ihn herumdrehen konnte. Eine Hausangestellte stand im Schatten des Eingangs und hielt eine Lampe hoch. Hinter ihr stand ein sehr korrekt gekleideter junger Mann.

Madeleine stürmte ins Haus. »Oh, Eliza!«, rief sie. »Und Mr. Frost! Gott sei dank, dass Sie wieder da sind. Geoffrey hatte einen Unfall.«

Merrick konnte Geoffs Verlegenheit spüren. Vorsichtig stellte er den Jungen auf die Füße, wobei er ihn mit einer Hand am Ellbogen fest stützte. »Unsere Kutsche hat sich fast überschlagen«, sagte der Junge. »Ich habe mir den Kopf gestoßen. Aber es geht mir jetzt wieder gut.«

Der junge Mann war vorgetreten, um die Verletzung in Augenschein zu nehmen. »Nun, das ist ja eine recht große Beule, mein Junge!«, sagte er, und es klang fast bewundernd. »Sieht aus, als hättest du einen Kricketschläger gegen den Kopf bekommen.«

»Hallo, Mr. Frost.« Der Junge wirkte traurig und, seltsamerweise, ein wenig schuldbewusst. »Ich habe es nicht einmal gemerkt.«

»Weil du das Bewusstsein verloren hattest«, sagte seine Mutter. Sie trat ein Stück zur Seite, um ihren nassen Mantel auszuziehen. Merrick bemerkte, dass sie versuchte, nicht zu schwanken. Aber es war ein harter Kampf.

Der junge Mann richtetet sich auf und bot Merrick die Hand. »Jacob Frost«, stellte er sich vor. »Ich bin Geoffs Lehrer.«

»MacLachlan«, erwiderte er. »Merrick MacLachlan.«

Ihm entging nicht, dass Eliza hörbar einatmete. Als er sie ansah, bemerkte er, dass sie ihn mit so etwas wie Hass in ihren Augen anstarrte.

Madeleine tat, als bemerkte sie es nicht. »Wir müssen in den Salon und alle Lampen anzünden, Eliza«, sagte sie, ihre Stimme klang vollkommen ruhig. »Ich möchte mir Geoffs Kopf genauer ansehen.«

»Ich bin so müde, Mummy«, sagte der Junge. »Darf ich jetzt nach oben gehen?«

Madeleine warf ihm einen ermahnenden Blick zu. »Sind Sie so gut und bitten Clara, uns eine Kanne Kaffee zu bringen, ehe sie schlafen geht, Eliza? Und bitte nehmen Sie Mr. MacLachlans nassen Mantel mit und trocknen ihn.«

Merrick legte das durchnässte Kleidungsstück bereitwillig ab, und die Angestellte verschwand damit in den Tiefen des kleinen Hauses – aber nicht, ohne Merrick zuvor noch einen finsteren Blick zugeworfen zu haben. Madeleine führte die beiden Herren in den Salon, und der junge Mann begann, die Lampen anzuzünden.

»Danke, Mr. Frost.« Madeleine setzte sich in einen großen, altmodischen Lehnstuhl. »Ich hoffe, Sie haben Ihre Familie bei Ihrem Besuch wohlauf vorgefunden?«

»Ja, danke, Mylady«, erwiderte er und stellte die Kerze ab. »Nun, wie sieht die Verletzung aus?«

Madeleine zog Geoff zu sich. »Grässlich«, sagte sie, während sie ihm das Haar zurückstrich. »Auf jeden Fall für ein paar Tage. Aber wenigstens wird sie wohl nicht genäht werden müssen.«

Mr. Frost ging neben Madeleines Stuhl in die Hocke. »Ich habe Bonbons aus Norfolk mitgebracht, Geoff. Von meiner Mutter«, sagte er. »Wir werden sie holen, wenn du dich besser fühlst.«

»Ich *fühle* mich aber besser«, behauptete der Junge. Aber auf seinem Gesicht lag noch immer der seltsame, erschrockene Ausdruck.

Madeleine nahm seine Hände. »Aber sicherlich ist dir doch kalt? Vielleicht solltest du ein warmes Bad nehmen?«

Geoff schüttelte den Kopf. »Ich bin zu müde, Mummy. Ich will nur meine nassen Kleider ausziehen.«

In diesem Augenblick war von der Tür her ein leises Geräusch zu hören. Ein stämmiges kleines Hausmädchen brachte auf einem Tablett den Kaffee. Sie stellte es ab und knickste. »Wünschen Sie sonst noch etwas, Mylady?«

Madeleine atmete aus und ließ die Schultern sacken, als fühlte sie sich plötzlich erschöpft. »Nein danke, Clara«, sagte sie. »Gehen Sie schlafen. Und Eliza auch. Es ist schon spät.«

Das Mädchen sah erleichtert aus und ging sofort.

Mr. Frost erhob sich jetzt. »Ich kann Geoff doch auch nach oben bringen, Ma'am«, schlug er vor. »Ich habe ein paar Skizzen von meiner Reise, die ich ihm zeigen kann. Ich werde heute Nacht auf der Liege schlafen.«

Madeleine sah ihn mit einem dankbaren Lächeln an. »Sie sind sehr freundlich, Mr. Frost. Ich denke, genau so sollten wir es machen.«

Aber auf der Türschwelle zögerte Geoff und wandte sich zu

Merrick um. »Danke, dass Sie mich getragen haben, Sir«, sagte er ruhig. »Es tut mir leid, dass der andere Mann tot ist. Wirklich sehr leid.«

Merrick fühlte, wie sich seine Kehle verengte. »Mir tut es auch leid, Geoff«, gestand er. »Ich wünschte, es wäre nicht geschehen.«

Und so war es. Er konnte den Gedanken an Chutleys Familie einfach nicht aus dem Kopf bekommen. Merrick hatte in vollem Recht gehandelt, als er die Ziegelei des Mannes für sich beansprucht hatte – er hatte sogar alle Arbeiter behalten –, aber er hatte bei allem nicht ein Mal an Chutleys Familie gedacht. Nicht, bis der Mann, seinen letzten Atemzug tuend, vor ihm gelegen hatte. Nun, es nützte nichts, sich jetzt darüber den Kopf zu zerbrechen. Reue brachte ihnen weder das Essen auf den Tisch noch bewahrte es ihnen das Dach über dem Kopf.

Merrick hatte vergessen, wo er war, als er den Kopf neigte und seinen Nasenrücken zwischen Daumen und Zeigefinger drückte, bis es wehtat. Morgen würde er Rosenberg nach Camden Town schicken, damit dieser der Witwe eine Zahlung aussetzte. Er bedauerte es nicht, dem Mann die Ziegelei genommen zu haben. Nein, das tat er nicht. Die Geschäfte mussten weitergehen, und Chutleys Hang zum Alkohol hatte ihn unfähig gemacht, seinen Aufgaben nachzukommen. Aber vielleicht könnte er etwas für dessen Familie tun. Vielleicht hätte er den Selbstmord verhindern können, wenn er einen Augenblick lang an die Familie gedacht hätte.

Bis er den Brandy roch, hatte Merrick nicht einmal bemerkt, dass Madeleine vor ihm stand. Sein Kopf fuhr hoch. Sie hielt zwei Gläser in den Händen und bot ihm eines an. »Ich dachte, ich brauche etwas Stärkeres als Kaffee«, sagte sie. »Ich möchte etwas über den Mann erfahren, Merrick. Wie hast du ihn kennengelernt?«

Merrick nahm das Glas und nahm einen langsamen, nachdenklichen Schluck. »Ich habe ihm Geld geliehen, damit er seine Ziegelei modernisieren kann«, antwortete er. »Er konnte es weder zurückzahlen noch konnte er die Ziegel liefern. Deshalb habe ich das Darlehen zurückgefordert.«

»Du hast dafür seine Ziegelei genommen?«

»Ich habe Baustellen in Wapping, Southwark und Walham, die ich hätte stilllegen müssen. Ich brauchte die Steine«, sagte er angespannt. »So ist das Geschäft, Madeleine.«

»Oh, mir gegenüber musst du dich nicht rechtfertigen.« Mit dem Glas in der Hand ging sie durch das Zimmer. »Aber der Witwe Chutleys gegenüber.«

Er stellte sein Glas so heftig ab, dass es klirrte. »Verdammt, Madeleine, meinst du, ich wüsste das nicht? Denkst du, mir macht Freude, was ich tun musste?«

Sie sah ihn an, ihre Augen wirkten im Lampenschein sehr schmal. »Das halte ich ganz und gar für möglich, ja.«

Er holte tief Luft, wusste aber nicht, was er sagen sollte. Er wurde von einem plötzlichen, lauten Klopfen an die Tür gerettet. Madeleines Augen weiteten sich erschreckt.

Merrick war schon halb an der Tür zum Flur. »Ich werde mich darum kümmern.«

Madeleine stellte ihr Glas ab. »Das wirst du ganz sicher nicht«, sagte sie. »Ich glaube, du hast vergessen, wem dieses Haus gehört.«

Er blieb auf der Schwelle zum Salon stehen und ging zu ihr zurück. »Und ich denke, du hast vergessen, was das englische Recht sagt, meine Liebe. Vom juristischen Standpunkt her kann man sagen, das dies *mein* Haus ist.«

»Wie bitte?«

»Du bist meine Frau, Madeleine«, stieß er grimmig hervor. »Das Gesetz gesteht mir alles zu, was du besitzt oder mietest oder dir erschaffst – bis der Tod uns scheidet. Und wie du heute Abend gesehen hast, bin ich Bastard verdammt schwer umzubringen.«

»Großer Gott, du bist verrückt!«, sagte sie. »Du bedeutest mir gar nichts.«

»Zu unserer beider Bedauern bin ich dein Mann, Madeleine«, entgegnete er. »Und ich kann es beweisen. Oder hältst du mich für einen solchen Dummkopf, unseren Ehevertrag wegzuwerfen?«

»Du … hast ihn noch?«, wisperte sie. »Und jetzt drohst du mir damit? Oh, du bist abscheulich!«

Das Klopfen ertönte wieder, noch lauter.

Merrick atmete erschöpft aus. »Um Himmels willen, setz dich endlich, Madeleine!«, sagte er. »Ich kann dir versichern, dass das nur der Constable des Dorfes ist. Möchtest du wirklich noch weiter in diese elende Sache verwickelt werden? Falls ja – bitteschön! Dann hole ich meinen Mantel.«

Madeleine zuckte zusammen. Gewiss wünschte sie nicht, die schrecklichen Ereignisse des Abends in der Gegenwart eines Polizisten noch einmal zu durchleben. Mit einem letzten warnenden Blick setzte sie sich in ihren Lehnstuhl.

Kapitel 10

Stolz ist ein schlechter Ratgeber.

Merrick kannte den jungen Mann, der vor der Tür stand. Er hieß Wade, und sein Vater war der Schlachter des Dorfes.

»Guten Abend, Mr. MacLachlan.« Wade tippte höflich an die Krempe seines Hutes. »Mr. Grimes sagt, dass die Lady und der junge Mann, die in den Unfall verwickelt waren, hier wohnen?«

»Ja, Lady Bessett und ihr Sohn«, entgegnete Merrick ruhig. »Aber der Junge ist schon zu Bett gebracht worden, und Ihre Ladyschaft ist indisponiert, wie Sie gewiss verstehen werden. Warum kommen Sie nicht morgen in mein Büro? Ich werde Ihnen dann alles darlegen.«

Der Constable zuckte die Schultern. »Nun, die beiden sind Zeugen«, sagte er zögernd. »Auch wenn die Sachlage recht klar zu sein scheint. Dieser Mann, Chutley, er war betrunken und hat versucht, Sie zu töten, nicht wahr?«

»O Gott, nein!«, erwiderte Merrick.

Der Constable zog eine Augenbraue hoch. »Ihre Angestellten waren also nicht richtig informiert?«

»Ich hatte keine Zeit, die Sache zu erklären«, beantwortete Merrick die Frage. »Mr. Chutley war ein Geschäftspartner. Er hat meine Kutsche erkannt und wollte lediglich mit mir reden.«

»Ich verstehe«, sagte der Constable. »Er hat heute Abend also Ihre Kutsche abgepasst, um einige Worte mit Ihnen zu wechseln?«

»Genau das«, bestätigte Merrick. »Er hatte ganz offensichtlich nicht bemerkt, dass ich nicht *in* meiner Kutsche gesessen habe. Ich vermute, dass er bei dem Versuch, einzusteigen, ausgerutscht sein muss.«

»Und ganz zufällig trug er eine geladene Pistole bei sich?«

»Dumm von ihm, nicht wahr?«, sagte Merrick. »Nun, der arme Chutley hatte eine irrationale Angst vor Straßenräubern. Er hatte sie nachts oft bei sich.«

»*Straßenräuber?*«, wiederholte der Constable. »In Walham Green? Nicht in diesem Jahrhundert, Sir. Zudem hatten Ihre Angestellten den Eindruck, dass der Bursche sich in seiner betrunkenen Verzweiflung selbst getötet hat, nachdem er sein mutmaßliches Opfer nicht angetroffen hatte.«

Merrick täuschte Überraschung vor. »Hatten sie diesen Eindruck?«

»Ja.« Der Constable wirkte unerbittlich. »Den hatten sie.«

Nun, dann blieb jetzt nichts anderes mehr übrig. Merrick legte dem jungen Mann die Hand auf die Schulter. »Mr. Wade, es ist doch so«, sagte er ruhig. »Der arme Kerl ist tot, oder nicht? Und er hinterlässt eine trauernde Witwe und eine Familie. Nun, wen bestrafen wir denn wirklich, wenn wir diese schreckliche Sache weiterverfolgen? Und welche Version des Geschehens wird für seine Familie tröstlicher sein, was denken Sie?«

Wade zögerte eine Minute, offensichtlich ging ihm dabei das ganze hässliche Szenario durch den Sinn. Die Schande des Selbstmordes – noch dazu eines so dramatischen unter Alkoholeinfluss. Die schmachvolle Bestattung außerhalb des Kirchhofes. Der Papierkram. Die Gerüchte. Die Armut, die für die Familie vielleicht daraus entstand.

Wade lüftete seinen Hut und kratzte sich den Kopf. »Aye,

vielleicht haben Sie letzten Endes recht«, sagte er schließlich. »Vielleicht sollten Sie mit den Dienstboten sprechen und ihnen sagen, wie die Dinge stehen?«

Dieses Mal klopfte Merrick ihm auf die Schulter. »Sobald ich die Gelegenheit dazu habe, Wade«, versicherte er ihm. »Sie werden kein Wort mehr darüber verlieren. Bringen Sie morgen alle Papiere vorbei und ich werde alles unterzeichnen, wie Sie es wünschen.«

Constable Wade verbeugte sich und ging. Merrick kehrte in den Salon zurück und blieb an der Tür stehen. Madeleine ging im Zimmer hin und her, das Brandyglas noch immer in der Hand. Sie hatte gut die Hälfte vom Brandy getrunken. Wie überaus überraschend. Er hatte von ihr nie gedacht, dass ihr nach Alkohol zumute sein könnte.

Über die Schulter warf sie ihm einen seltsamen Blick zu. »Was für ein versierter Lügner du doch bist, Merrick«, sagte sie kalt. »Man könnte fast meinen, du hättest sehr große Erfahrung darin.«

Er lächelte angespannt. »Du bist ja selbst recht geübt darin, Menschen zu täuschen, meine Liebe«, hielt er dagegen. »Ist dir klar, was du deinem Kutscher sagen sollst?«

»Ich denke, das schaffe ich, ja«, entgegnete sie. Einen langen, schweigsamen Moment lang sah sie ihn über den Rand ihres Glases an. »Du hast dich verändert, Merrick. Oder vielleicht auch nicht. Ich habe dich nie wirklich gekannt, nicht wahr?«

Er betrat das Zimmer. »Nun, ganz gewiss kennst du mich jetzt nicht, Madeleine«, erwiderte er. »Und wag es nicht, weiterhin auf deine Moral zu pochen und dich aufs hohe Ross zu setzen, mein Liebe! Nicht in Anbetracht dessen, was du all diese Jahre getan hast.«

»Fang nicht wieder mit diesem Unsinn an!«, warnte sie ihn. »Ich habe wirklich genug davon, danke.«

»Guter Gott, ich bin nicht hergekommen, um mit dir herumzuzanken, Madeleine«, sagte er. »Offen gesagt wäre es mir verdammt lieber gewesen, du wärst in Athen oder auf Borneo oder in der Schweiz geblieben. Oder wo immer sonst du dich die ganze Zeit über aufgehalten hast.«

Madeleine wandte sich ab, nahm in ihrem Lehnsessel Platz und sackte fast darin zusammen. »Neapel«, erwiderte sie ruhig. »Zuletzt haben wir in Neapel gelebt, mein Mann und ich. Aber seit vier Jahren bin ich wieder in England, Merrick. Ich frage mich, warum du nicht nach Yorkshire gekommen bist, wenn du doch so entschlossen warst, mir das Leben zur Hölle zu machen.«

»Genauso gut, hättest du dir die Mühe machen können, mich ausfindig zu machen, Madeleine«, sagte er mit einem tiefen Unterton. »Hast du nie einen Gedanken an mich verschwendet? Hast du dich nicht einmal gefragt, ob ich überlebt habe?«

Bei diesen Worten lachte sie, aber es klang nicht fröhlich. »Ach Merrick, du bist doch der geborene Überlebenskünstler! Du bist stark. Selbstbewusst. Und arrogant, in der Tat. Und ich war einmal dumm genug, das verführerisch zu finden.«

Merrick lächelte, aber es war ein bitteres Lächeln. Er hatte seine Frage ganz wörtlich gemeint. Er war sehr nahe daran gewesen, die Schläge, die ihm die Handlanger ihres Vaters damals zugefügt hatten, nicht zu überleben. Genau genommen hatte Jessup ihm einen langsamen und schmerzvollen Tod versprochen. Aber nicht, weil Merrick seine geliebte Tochter verführt hatte, ein Grund, den Merrick vielleicht hätte nachvollziehen können. Nein, er hatte ihm das angedroht, weil

Merrick es gewagt hatte, seine politischen Ambitionen zu vereiteln.

Merrick hatte fünf Wochen in einem Zimmer des Gasthofes gelegen, bewusstlos. Niemand hatte gewusst, woher er gekommen war, noch, wie man seine Familie hätte ausfindig machen können. Und als er schließlich aufgewacht war, hatte der Schmerz ihn bei Gott wünschen lassen, er hätte das Bewusstsein nicht wiedererlangt.

Aber vielleicht wusste Madeleine nichts davon. In den verzweifelten Briefen, die er ihr geschrieben hatte, hatte er nur gesagt, dass er verletzt war; dass er zu ihr kommen würde, sobald er dazu in der Lage wäre. Oder hatte sie es doch gewusst, aber es war ihr egal gewesen?

Nein. Nein, das nicht. Madeleine mochte verzogen und treulos gewesen sein, aber niemals war sie absichtlich grausam gewesen. Wahrscheinlich hatte sie diese Brief nie gelesen und keine Ahnung von der wahren Natur ihres Vater gehabt. Nun gut. Es war nicht seine Aufgabe, diese Frau über ihre falschen Fantasien aufzuklären.

Madeleines Stimme brachte ihn zurück in die Gegenwart. »Du hast Glück, Merrick«, sagte sie ruhig. »Glück, dass es diesem bedauernswerten Wahnsinnigen nicht gelungen ist, dich zu töten.«

Bis zu dieser Bemerkung Madeleines hatte ihn seine jüngste Begegnung mit dem Tod nicht sonderlich erschreckt. Und im Nachhinein war sein Denken von Geoffs Verletzung und Chutleys Familie beherrscht gewesen. Aber Madeleine hatte in einem Punkt durchaus recht: Hätte Geoff ihn nicht so sehr gebeten, sich ihnen anzuschließen, hätte Merrick heute Abend in seiner eigenen Kutsche gesessen. Eine Kutsche, die Chutley ein Dutzend Mal oder öfter gesehen hatte. Ganz offensichtlich hatte ihm der arme Kerl an der Straße nach Walham aufgelauert.

»Chutley hat mich aus demselben Grund nicht getötet, aus dem er auch seine Ziegelei nicht hat halten oder seine Rechnungen bezahlen können, Madeleine«, sagte Merrick kühl. »Weil er ein unfähiger Trunkenbold war.«

Ihre Miene verfinsterte sich. »Du empfindest nicht die leiseste Spur von Reue, nicht wahr? Und Chutley war nicht der Erste, wenn das stimmt, was man sich über dein Geschäftsgebaren erzählt. Du bist herzlos, Merrick. Und das führt zu solch schrecklichen Dingen wie heute Abend.«

»Aye, gesprochen wie eine, die weiß, was Herzlossein bedeutet, meine Liebe.« Merrick stürzte den letzten Schluck Brandy herunter und stellte das Glas mit einem vernehmlichen Knall auf den Tisch. »Du liebst niemanden außer dich selbst – und den Jungen, nehme ich an. Gott weiß, dass du mich nie geliebt hast. Jedenfalls nicht genug, um vor aller Welt dazu zu stehen.«

»Oh, dann ist dies alles also meine Schuld!« Sie sprang wütend auf. »Du hast dich all diese Jahre in deinem Zorn und deiner Bitterkeit gesuhlt – und es ist *meine* Schuld?«

»Sei still, Madeleine!«, rief er. »Sei einfach still, um Gottes willen! Ja, es tut mir leid, dass der Mann tot ist. Ja, ich würde manches anders machen, wenn ich es könnte. Und ja, ich bin herzlos. Weil mir jemand vor Jahren das Herz aus dem Leib gerissen hat. Aber ich übernehme die volle Verantwortung für meine Fehler, Madam, und ich wünschte bei Gott, du würdest das auch tun.«

»Lieber Gott!« Madeleine setzte sich abrupt hin und schlug die Hände vors Gesicht. »Vielleicht hast du recht. Vielleicht sind wir noch verheiratet. Der Himmel weiß, dass wir uns so anhören.«

Merrick starrte sie ungläubig an. »Ist es das, was eine Ehe für dich bedeutet, Madeleine? Ein immerwährender Streit? Ein unaufhörlicher Versuch, den anderen zu verletzen? Wie war dieser Lord Bessett eigentlich? Ich würde wirklich gern wissen, worin seine Anziehungskraft lag.«

Madeleine sah Merrick an und fragte sich, ob sie den Verstand verloren hatte. Sie wollte seine Frage beantworten. Sie wollte es wirklich. Und das wäre Wahnsinn gewesen. *Seine Anziehungskraft?* Wie konnte er es wagen!

Die Anziehungskraft hatte darin bestanden, dass Bessett der einzige Mann gewesen war, der sie hatte nehmen wollen. Die Anziehungskraft hatte in der Notwendigkeit bestanden, dass ein siebzehnjähriges Mädchen mit einem Kind im Bauch den Namen eines Ehemannes brauchte. Die Anziehungskraft war, dass sie, würde sie vor dem Altar einfach Ja sagen, bald tausend Meilen entfernt sein würde von ihren Erinnerungen, von ihrem Vater und seinem Streichriemen.

Ja, sie wollte Merrick die Wahrheit entgegenschleudern. Doch stattdessen sprang sie auf und ging zur Anrichte. Sie stellte ihr Glas ab, bemerkte schockiert, dass sie die Tränen zurückdrängen musste. Sie fühlte, wie ihre Schande und ihre Fehler von Neuem begannen, sie zu ersticken. Sie bemerkte nicht einmal, dass Merrick neben ihr stand, bis er sie leicht am Ellbogen berührte.

Madeleine wandte sich um und sah ihn an, und wünschte sofort, sie hätte es nicht getan. Seine Augen waren noch dunkel von zügellosem Gefühl, aber es war kein Zorn. Und es war nicht Mitleid. Genau genommen dachte sie noch darüber nach und fragte sich, warum ihr die Knie zitterten, als er die Hände auf ihre Arme legte, sich zu ihr beugte und sie küsste.

Madeleine wollte ihn wegschieben. Sie wollte es wirklich.

Sie stemmte sich fest gegen seine Brust, um es zu tun, aber ihre ungehorsamen Hände hatten anderes vor. Sie gruben sich in die weiche, feine Wolle seines Mantels, während Merricks Mund ihren berührte. Sie spürte Kummer und Einsamkeit, und als sein Arm heruntersank, um ihren Körper fest an seinen zu ziehen, genoss sie es. Seine andere Hand glitt höher und legte sich stark und warm zwischen ihre Schultern, glitt dann höher, grub sich in ihr Haar.

Sie fühlte, wie ihr Seidenkleid sich raschelnd an ihn schmiegte, fühlte den Schlag seines Herzens auf ihrer Wange. Er hielt sie fast verzweifelt an sich gedrückt, und in einer närrischen Erwiderung ließ sie ihren Körper sich gegen die starke, feste Wand seiner Brust schmiegen. Irgendwie fanden ihre Hände den Weg unter seine Jacke und legten sich auf um seine Taille. Merrick gab einen sanften Laut von sich, und ohne weitere Ermutigung öffnete Madeleine ihm ihren Mund.

Sie wusste, dass es Wahnsinn war; wusste absolut, dass sie es bereuen würde. Aber in diesem Augenblick, als seine Zunge in ihren Mund eindrang, stürmte die Erinnerung an hundert solcher Küsse auf sie ein. Ihr schwindelte von dem Duft zorniger, erregter Männlichkeit. Und Närrin, die sie war, küsste Madeleine ihn wieder, heiß und mit geöffneten Lippen, ohne eine Spur von Zögern oder Zweifel. Sie vereinte ihre Zunge mit seiner und stellte sich auf die Zehenspitzen. Er schmeckte nach Wein und Rauch und nach ihm selbst, etwas Einzigartiges und doch auf so süße Weise vertraut. Etwas, was auf ewig unvergesslich war.

Plötzlich drang das Klirren von Glas in ihr Bewusstsein. Sie waren gegen die Anrichte gestoßen, hätten fast die Gläser und Flaschen umgeworfen. Als wäre er aus einem Traum erwacht, löste sich Merrick von ihren Lippen. »Guter Gott«, wisperte er. »Maddie.«

Madeleine hielt seinem Blick stand und schob ihn von sich. Er protestierte nicht. Stattdessen wandte er sich abrupt ab und ging zum Fenster. Er ließ eine schreckliche Kälte dort zurück, wo noch vor einem Moment sein Körper sie gewärmt hatte. Sie fühlte sich leer. Betrogen. Und sie war wütend auf sich selbst.

»Ich konnte es nie ertragen, dich traurig zu sehen, Maddie«, sagte er ruhig. Er hatte ihr noch immer den Rücken zugewandt, die Hände fest ineinander verschränkt, als müsste er sich selbst bändigen.

Sie hob die Finger und berührte ihre geschwollenen Lippen. »War es ... war es nur das?«, fragte sie. »Nur Mitleid?«

Er schüttelte den Kopf. »Nein, es war auch ... Dummheit«, gab er zu. »Ich kann nicht anders. Ich denke manchmal an dich, Maddie, daran, was wir einmal hatten, und ich ... ich ...«

Seine Worte erstarben für einen langen, stillen Moment. Madeleine rührte sich nicht. Wagte nicht einmal zu atmen, auch wenn sie kaum wusste, warum.

Er unterbrach das Schweigen, indem er sich laut räusperte. »Es tut mir leid, Madeleine«, brachte er fertig zu sagen. »Das war nicht klug – für keinen von uns.«

Sie stieß ein scharfes, bitteres Lachen aus. »Zurückhaltung war nie unsere Sache«, stimmte sie zu. »Besonders nicht, wenn wir ... o Gott, lassen wir das jetzt!«

»Wir hatten von Lord Bessett gesprochen«, sagte er ruhig. Wieder räusperte er sich. »Madeleine, war er grausam zu dir? Ich habe das niemals gewollt, musst du wissen.«

Dieses Mal würden sie also so tun, als wäre nichts geschehen. Vielleicht war es so am besten.

»Er war nicht grausam«, erwiderte sie und wandte sich um, sich von dem Brandy nachzuschenken, den sie jetzt so sehr brauchte. »Bessett hatte mich gern, auf seine Weise.«

»Und auf welche Weise war das?« Merricks Stimme klang jetzt rau.

Sie zuckte mit den Schultern. »Wie – eine verständnisvolle, verwandtschaftliche Beziehung …«, erwiderte sie vage. »Was es natürlich auch war.«

»Er glaubte, du seist seine Frau.«

Sie stellte die Flasche achtlos zur Seite. »Ich *war* seine Frau«, sagte sie erschöpft. »Aber wir waren auch Cousin und Cousine. Wusstest du das nicht?«

»Nein.« Er wandte sich langsam vom Fenster ab und zu ihr um. »Nein, das wusste ich nicht.«

Sie strich sich mit der Hand verstohlen über die Augen, und sie war feucht, als sie sie wieder sinken ließ. »Er und meine Mutter standen sich sehr nahe«, sagte sie. »Bessett mochte Dad nicht, das habe ich immer geahnt. Ich denke, er wollte mich … wollte mich fortbringen, vielleicht? Und er hatte einen Sohn – Alvin, mein Stiefsohn –, der eine Mutter brauchte. Er war ein guter Junge. Ich mochte ihn sehr.«

»Oh, Madeleine«, sagte er fast tadelnd. »Das klingt nach einem jämmerlichen Dasein.«

In ihren Augen lag Schmerz, als sie ihn ansah. »Es war nicht jämmerlich«, widersprach sie. »Es war sicher. Und ja, ein wenig langweilig. Aber ich bereue es nicht.«

»Du hast dich von mir abgewandt, Madeleine, damit du es *sicher* und *langweilig* haben konntest?« Seine Stimme klang ungläubig. »Ich hätte dich nie für ein derart feiges Geschöpf gehalten!«

»*Ich* habe mich von niemandem abgewandt«, sagte sie heftig. »*Du* hast Dads Geld genommen und unsere Ehe annulliert.«

»Madeleine!« Der tadelnde Ton war wieder da. »Wusstest du überhaupt, was eine Annullierung bedeutet?«

Madeleine ließ das Kinn sinken. »Nein, damals nicht.«

Damals nicht – und heute nicht. Nicht wirklich. Sie hatte die meiste Zeit ihrer Ehe abgeschnitten von der Welt im Ausland verbracht. Nach ihrer Rückkehr auf Bessetts Landsitz in Yorkshire hatte sie mit dem Gedanken gespielt, einen Anwalt aufzusuchen, um zu erfahren, was so etwas bedeutete. Aber es war ihr zu peinlich gewesen. Und welchem Zweck hätte das dienen sollen? Merrick war fort. Geoff trug Bassetts Namen. Er war ein Archard, wie ihre Mutter es gewesen war, es war ein alter und guter Name, den die Normannen vor Generationen nach England gebracht hatten.

»Eine Annullierung ist nur schwer zu erreichen«, erklärte Merrick. »Es gibt nur sehr wenige Gründe für einen solchen Schritt und die sind ziemlich festgeschrieben.«

»Ich weiß nicht, wie mein Vater sie bekommen hat, aber er hat mir die Dokumente gezeigt«, beharrte sie. Guter Gott, warum sprachen sie jetzt schon wieder darüber? »Und ich hatte seit Wochen nichts von dir gehört, Merrick. Deshalb habe ich Bessett geheiratet. Ich wollte fort. Ich – ich dachte, es wäre abenteuerlich, durch Europa zu reisen.«

»Du hattest nichts von mir gehört«, wiederholte er und begann, langsam im Zimmer hin und her zu gehen. »Und obwohl du wusstest, wie sehr dein Vater unsere Beziehung missbilligte, ist es dir nie in den Sinn gekommen, Madeleine, dass es einen Grund für mein Schweigen gegeben haben könnte?«

Madeleine biss sich auf die Lippen und schwieg. Sie hatte nicht den Luxus genossen, eine Entscheidung ihres Vaters anzweifeln oder seine Motive hinterfragen zu dürfen. Und damals hatte sie ihre eigenen Beweggründe gehabt. Ihr Vater hatte gewusst, dass sie ein Kind erwartete. Sein großer Plan, sie zurück nach London zu bringen und sie dort zu verheiraten, war unwiederbringlich zunichte gemacht worden, und sie deshalb für ihn nicht weiter von Nutzen. Genau genommen hatte er nach dem für ihn vorteilhaftesten Weg gesucht, sie loszuwerden, sie so weit wie menschenmöglich fort zu wissen, von England und von seiner kostbaren Karriere.

Merrick schien für sie verloren gewesen zu sein. Und sie konnte nur noch an ihr Kind denken, nur noch daran, es um jeden Preis vor Schaden zu bewahren. Und der Preis war ihre Heirat gewesen.

Madeleine hatte sich damals um ihren Verlust so gegrämt, wie sie sich jetzt darüber grämte. Die Zeit hatte Merrick verändert, aber ihre körperliche Reaktion auf ihn bedauerlicherweise nicht. Sein Geruch. Seine Berührung. Der sinnliche Klang seiner Stimme, mit diesem leichten schottischen Akzent und der rauen Tiefe. Es war eine Grausamkeit, die es zu ertragen galt. Sie wünschte, sie wäre eine stärkere Frau.

Madeleine ging von der Anrichte fort und trat ans Fenster. »Das zählt doch jetzt kaum noch«, sagte sie, zog den Vorhang zurück und starrte in die Schwärze der Nacht. »Ich habe geglaubt, was Dad gesagt hat.«

Sie fühlte seine Hitze hinter sich und schaute auf. Sie sah sein Spiegelbild in der Fensterscheibe, genau hinter sich. »Wie es scheint, warst du schrecklich leicht zu überzeugen«, entgegnete er. »Du hattest Zweifel, was uns anging. Streite das nicht ab.«

»Doch, das streite ich ab«, sagte sie heftig.

Er lachte. »Kurz bevor wir Schottland erreichten, warst du das reinste Nervenbündel, Madeleine«, sagte er. »Du hast mit jedem Atemzug Fragen gestellt. Wo werden wir wohnen? Wie werden wir unsere Rechnungen bezahlen? Können wir uns Dienstboten leisten? Werden unsere Freunde uns noch empfangen?«

»Natürlich habe ich Fragen gestellt!«, rief sie. »Aber Fragen sind nicht dasselbe wie Zweifel. Ich war *siebzehn,* Merrick! Ich hatte von nichts eine Ahnung.«

»Du hattest dir eine feine Zeit ausgesucht, mit dem Fragen anzufangen«, stieß er hervor. »Auf dem halben Weg zwischen York und Darlington, als es zu spät dazu war, umzukehren.«

Madeleine wandte sich um. Er stand viel zu nah bei ihr. »Oh, Merrick, es war schon viel zu spät, um umzukehren!«, wisperte sie und hielt seinem wütenden Blick stand. »Ich hatte mich dir Wochen vorher hingegeben. Selbst wenn ich hätte umzukehren wollen, hätte ich das nicht tun können.«

Sie sah ein Aufblitzen von unverhülltem Gefühl, sein Gesicht erstarrte, als litte er Schmerzen. »Ich kann mir nicht denken, was dich zurückgehalten hat«, sagte er und packte sie an den Oberarmen. »Nur zwei Monate später warst du bereit, England mit einem anderen Mann zu verlassen.«

Madeleine ließ den Kopf hängen und antwortete nicht. Sie traute sich nicht, Merrick die Wahrheit zu sagen. Gott allein wusste, was er sagen oder tun würde. Er war halb wie von Sinnen, begann sie zu befürchten, aber faszinierend in seinem Zorn. Die Leidenschaft, die er in seine Arbeit, in seine Entwürfe einbrachte, quoll über in jede Facette seines Lebens, das sie vor langer Zeit kennengelernt hatte. Aber heute Abend war ein schlechter Zeitpunkt für diese Leidenschaft.

Sie erinnerte sich plötzlich an die Frau, die sie an jenem Tag in seinem Büro gesehen hatte. In ihrem Ärger war sie rasch an ihr vorbeigegangen, aber an der Profession der Frau hatte es keinen Zweifel gegeben. »Und was ist mit dir, Merrick?«, fragte sie ruhig. »Du hast wohl kaum das Leben eines Mönchs geführt, oder? Ich habe sie gesehen. Diese – diese Dirne, die vor deinem Büro gewartet hat.«

»Ich habe nicht das Leben eines Mönchs geführt, nein«, gab er zu. »Ich habe Bedürfnisse, Madeleine.«

»Ja«, sagte sie. »Ich erinnere mich.« Ja, sie erinnerte sich. Es war nicht möglich, das zu vergessen.

Sein Griff um ihre Arme wurde fester. »Und falls ich meine Bedürfnisse von Zeit zu Zeit mit Frauen befriedigt habe, die wussten, um was es geht, soll ich dafür verdammt sein?«

Madeleine hielt seinem eisblauen Blick stand. »Es ist nicht an mir, über dich zu urteilen«, sagte sie und meinte es auch so. »Unsere Wege haben uns in verschiedene Richtungen geführt. Wir bedeuten einander nichts mehr. Aber diese Frau … sie sah … sie sah gefährlich aus. Verderbt.«

Er wandte den Blick ab. »Vielleicht ist sie beides«, sagte er rau. »Vielleicht hat sie sie überschritten, diese feine Grenze zwischen – ach, ich weiß auch nicht. Ich sollte mit dir nicht über solche Dinge reden, Madeleine.«

»Macht sie … macht sie Dinge, die dir gefallen?«, flüsterte Madeleine. »Dinge, die dir angenehm sind? Bist du glücklich mit ihr?« Sie berührte leicht sein Gesicht, damit er sie wieder ansah. *Sag etwas*, flehte sie stumm. *Sag irgendetwas, das macht, dass ich dich nicht will.*

Er schloss die Augen. Sein Kehlkopf bewegte sich auf und ab. »Ich – ich weiß es nicht«, bekannte er mit ruhiger Stimme. »Es ist keine Frage des Glücklichseins. Ich habe einige Frauen wie sie gekannt. Und ich bin nicht sicher, dass ich weiß, was Freude ist.«

»Ich auch nicht«, flüsterte sie.

Plötzlich und ein wenig traurig erkannte Madeleine, dass sie sich einsamer denn je fühlte, auch wenn Merricks große starke Hände sie noch immer an den Armen festhielten. Sie fühlte sich, als ob sie nirgendwohin gehörte, und zu niemandem. Er war zu einem Mann geworden, den sie nicht mehr kannte. Und dennoch war da noch genug von dem Mann geblieben, den sie geliebt hatte, der es verstanden hatte, sie zu verführen. Sie wütend zu machen. Ihr eine dumme, dumme Hoffnung zu schenken. Die Hoffnung, bei ihm zu bleiben und allem zu trotzen.

Sie hatte so viel erreicht in den Jahren seit Bessetts Tod. Sie hatte sich verändert, war zu einer starken, selbstsicheren Frau geworden. Zum ersten Mal seit jenen wenigen Wochen der Leidenschaft, in denen Merrick um sie geworben hatte, war sie … fast zufrieden gewesen. Nein, mehr als das. Einzig ihre Sorge um Geoffrey hatte sie davon abgehalten, sich vorbehaltlos glücklich zu fühlen. Sie konnte nicht umkehren. Sie würde es *nicht* tun. Sie würde niemals mehr die Tochter sein, die von ihrem Vater wie ein Fußabtreter behandelt worden war. Die von ihm nach Sheffield zurückgebracht und dann nach Europa abgeschoben worden war.

Sie war hierhergezogen mit einer warmen Hoffnung in ihrem Herzen, aber Merrick wiederzusehen hatte alles kaputt gemacht. Die Sehnsucht war wie ein Messer in ihrem Herzen. Seine Augen. Seine Berührung. Was würde Gott noch von ihr verlangen? Und Geoffrey – nun, für ihn gab es hier keine Hilfe. Dessen war sie sich zunehmend sicher.

Sie spürte Merricks Wärme, auch wenn er nur ihre Arme berührte. Madeleine wich ein wenig zurück. Er ließ es zu, beobachtete sie aber aufmerksam.

»Ich denke, du solltest jetzt gehen«, sagte sie ruhig. »Es ist schon sehr spät.«

Er lächelte leicht. »Ja, ich muss früh aufstehen«, sagte er. »Ich muss Dörfer überfallen und Geschäfte plündern.«

Sie riss den Blick von ihm los, und um sich selbst zu wärmen, legte sie ihre Hände dorthin, wo seine sie berührt hatten. »Mach dich nicht darüber lustig, Merrick«, wisperte sie. »Bitte nicht! Lass mich dich in Erinnerung behalten als den jungen Mann, den ich bewundert habe.«

»Ich bin dieser Mann, Madeleine«, sagte er. »Ich habe mich nicht verändert.«

»Hast du nicht?«, fragte sie ruhig. »Vielleicht muss ich mich dann glücklich schätzen, dir entronnen zu sein.«

»Vielleicht bist du das letzten Endes.«

Sie ließ ihn am Fenster des Salons stehen und ging in die Küche, seinen Mantel zu holen. Als sie zurückkam, stand er an der Haustür, seine Hand lag schon auf dem Türknauf.

Sie legte ihm den Mantel über den Arm. »Ich wollte dir etwas sagen«, begann sie dann unbeholfen. »Ich habe beschlossen …« Sie machte eine Pause und schluckte mühsam, um es noch ein letztes Mal zu überdenken. »Ich habe mich gegen das Haus entschieden. Genau genommen bin ich zu dem Schluss gekommen, dass es ein Fehler von mir war, nach London zu kommen.«

Er hielt ihren Blick fest, seine blauen Augen blickten hart und funkelnd. »Ist dem so?«

Sie nickte und verschränkte die Hände. Als ihr bewusst wurde, wie kindlich diese Geste wirkte, löste sie sie wieder. »Ich habe festgestellt, dass ich mir nichts aus London mache«, sagte sie, während sie an den Schreibtisch ging, der in der Ecke des Zimmers stand. »Und Geoff wird über kurz oder lang zur Universität gehen. Ich – wir – wir haben beschlossen, nach Cambridge zu ziehen, damit ich in seiner Nähe sein kann. Eigentlich hätten wir das von Anfang an tun sollen.«

Sie ging zu ihrem Sekretär, nahm einige Papiere heraus und kehrte zur Tür zurück. »Hier sind Mr. Rosenbergs Papiere«, sagte sie. »Bist du so gut, sie an ihn zurückzuschicken? Oder sie einfach zu verbrennen? Ich habe sie weder unterschrieben noch habe ich das Geld überwiesen. Du wirst nicht darauf bestehen, dass ich den Vertrag einhalte, nicht wahr?«

Er nahm die Papiere und schüttelte den Kopf. Das Feuer war aus seinen Augen verschwunden. »Nur das Herz kann einen Menschen binden, Maddie«, sagte er. »An ein Heim. Oder an etwas anderes, das wirklich wichtig ist. Ein Stück Papier mit einer Unterschrift ist dagegen bedeutungslos.«

Sie schaute zu Boden. »Ja, vielleicht«, sagte sie. »Dann … dann war es das also?«

Merrick nickte. »Ja, Madeleine«, erwiderte er. »Das war es.«

Er steckte die Papiere in seine Manteltasche und nahm seinen Hut vom Haken an der Wand. Sie hielt die Tür weit für ihn auf, und er hinkte, ohne noch etwas zu sagen, hinaus in die Nacht. Sie sah ihm nach, bis er die Straße hinuntergegangen war, bis der Wind und der Regen ihren Rocksaum durchnässten. Bis ihr Gesicht von Tränen überströmt war.

Merrick MacLachlan wandte sich kein einziges Mal um.

Kapitel 11

Heiraten in Eile, bereut man in Weile.

Wie es aussieht, mein Lieber, hast du Glück«, sagte Merrick eine Woche darauf zu Lord Wynwood, als er bei einem Bier mit ihm zusammensaß. »Wenn du die beiden Häuser oben auf dem Walham Hill noch haben möchtest, dann gehören sie dir.«

Der Earl sah ihn ungläubig an. »Ich dachte, solche Machenschaften wären unter deinem Niveau, alter Freund«, sagte er. »Du wirst doch wohl nicht den Vertrag gebrochen haben? Den mit deiner … deiner … nun, du weißt schon, wen ich meine …«

»Ja.« Merrick lächelte bitter und schob mit dem Handrücken sein leeres Glas zur Seite. »Aber sie, die namenlos bleiben wird, hat ihre Meinung geändert. Und ich habe ihr zugesichert, dass ich nicht auf der Erfüllung des Vertrages bestehen werde.«

»Du lieber Gott! Der berüchtigte Black MacLachlan verzichtet auf Geld *und* zeigt Gnade?« Der Earl schob seinen Stuhl ein Stück vom Tisch zurück und starrte auf den mit Steinplatten ausgelegten Boden. »Ich will mich nur schnell überzeugen, dass die Erde sich nicht auftun und uns verschlucken wird.«

»Danach schaust du vergebens, denn ich verzichte auf niemandes Geld«, sagte Merrick. »Ich werde das Haus verkaufen – und das, das sich daran anschließt. An dich, Quin. Und das gegen Aufpreis, wenn meine Schreiner und Zimmerleute all die Umbauten abgeschlossen haben, die wegen deiner größer werdenden Brut erforderlich sind.«

Wynwood grinste. »Das verlangt nach noch zwei Bieren«, sagte er und winkte dem Schankmädchen. »Vivie wird entzückt sein! Mit ein bisschen Glück können wir einziehen, bevor das Kind geboren wird – oder was denkst du?«

»Das könnte durchaus sein«, stimmte Merrick in gleichmütigem Ton zu. »Lass mich überlegen! Deine Hochzeit war Mitte Januar, wann wäre es also so weit? Ungefähr Ende Oktober?«

In den Augen des Earls blitzte Verdruss auf. »Du Schuft!«, sagte er. »Du bist noch schlimmer als die alten Klatschbasen in Buckinghamshire.«

»Ach!«, sagte Merrick wissend. »Das Kind hat vor, ein wenig früher zu kommen, ist es das? Nun ... wann denn, alter Junge? Ich möchte nur wissen, gegen welche Naturgewalt meine Zimmerleute anarbeiten müssen.«

»Eher Ende September, schätze ich.« Da lag nur ein leiser Hauch von Röte auf Wynwoods Wangen. »Wann immer es kommt – für mich kann es gar nicht früh genug sein. Zum Teufel mit den alten Klatschweibern! Aber dennoch kann ein Mann von meinem Rang nun mal nicht vorsichtig genug sein.«

»September kann ich schaffen«, sagte Merrick, während das Schankmädchen zwei mit Schaum gekrönte Biere vor sie hinstellte und die leeren Gläser abräumte. »Allerdings werden diese Eile und diese Mühen den Preis ein wenig in die Höhe treiben.«

Wynwood verzog dem Mund zu einem trockenen Lächeln. »Das habe ich befürchtet. Ein Mann muss immer für sein Vergnügen bezahlen, nicht wahr?«

Merrick versuchte zu lachen. »Das ist meine Erfahrung, ja.«

Plötzlich wurde Wynwoods Miene ernst. »Was ist passiert, Merrick?«, fragte er ruhig. »Mit Madeleine, meine ich.«

Merrick räusperte sich ein wenig heiser. »Es sieht so aus, als habe die Lady einen Sinneswandel ...«

»Ja, das ist damals passiert, nicht wahr?«, unterbrach Wynwood ihn säuerlich. »Ich gebe allerdings zu, dass sie auf mich nicht ganz so flatterhaft gewirkt hat, wie ich sie mir vorgestellt hatte. Aber vor Überraschungen ist man ja nie gefeit.«

»Vielleicht nicht«, sagte Merrick ausweichend.

Wynwood schien über das Verhalten seines Freundes ungehalten zu sein. »Was hat sie sich denn überhaupt gedacht?«, fragte er und lehnte sich auf seinem Stuhl ein Stück zurück. »Hat sie gedacht, sie könnte einfach nach London zurückkommen, wie es ihr gefällt, ohne für ihr Tun je zur Rechenschaft gezogen zu werden?«

»Davon kann sie ausgehen«, entgegnete Merrick. »Ich habe nicht vor, sie zur Rechenschaft zu ziehen. Was genau würde man denn tun, wenn man das wollte?«

Wynwoods Augen flammten vor Empörung. »Nun, auf die Erfüllung ehelicher Rechte klagen!«, rief er. »Frauen tun das die ganze Zeit.«

»Ja, wenn sie verlassen worden sind und mit dem zu verhungern drohen, was ihnen geblieben ist.«

»Deine Lage ist rechtlich gesehen prekär, Merrick«, erklärte sein Freund. »Ihre Schulden sind deine Schulden. Ihre Verträge sind deine Verträge. Genau genommen könnte ihr Kind vom Gesetz her als das deine gelten. Du hast keine offizielle Trennungsurkunde. Denk doch nur an die finanziellen Verpflichtungen! Was, wenn sie herausfindet, wie reich du geworden bist, und sie beschließt, dass du letztlich doch ihr Mann bist?«

»Ich würde sie nicht wollen.«

»Nein, aber ihre Schulden hättest du dann am Hals«, warnte der Earl. »Du könntest verpflichtet sein, ihr ein Haus einzurichten. Genau genommen kannst du dich glücklich schätzen, dass du jetzt nicht in der Situation bist, auf Einhaltung deines Kaufvertrages drängen und selbst für dein eigenes verdammtes Haus zahlen zu müssen.«

»Quin, hast du eine Ahnung, wie idiotisch sich das anhört?«, fragte Merrick. »Du kannst doch gar nicht wissen, ob ich mich von dieser Frau zu trennen wünsche oder sie zwingen will, unter meinem Dach zu wohnen. Und jetzt tu mir den Gefallen und lass dieses Thema fallen! Ich will die Frau nicht, und sie will mich nicht. Und es gibt keine Schulden oder Verträge, die mir Probleme machen könnten.«

»Dann bist du vertrauensseliger als ich.«

»Ich vertraue niemandem«, erwiderte Merrick grimmig. »Aber Madeleine glaubt, dass unsere Ehe annulliert worden ist.«

»*Was?*«

»Sie behauptet, ihr Vater habe ihr einige Dokumente gezeigt, die bestätigt haben, dass die Ehe aufgelöst wurde«, sagte er. »Sie glaubt, es gibt eine Annullierung.«

»Aber ... aber ... das ist doch gar nicht möglich. Oder doch?«

»Ich sehe das nicht«, stimmte Merrick zu. »Höchstwahrscheinlich war das eine von Jessups ausgefeilten Machenschaften. Aber mag es sein, wie es will: Sie sieht sich nicht als Bigamistin. Und weil mir das völlig egal ist, Quinten, wo also sollte da der Nachteil sein?«

Lord Wynwood sah ihn eine Weile skeptisch an. »Bei diesem ›weil mir das völlig egal ist‹, alter Freund«, sagte er schließlich. »Warum habe ich nur manchmal das Gefühl, dass es dir sehr viel mehr ausmacht, als du mir weismachen willst?«

»Einst habe ich mich unklugerweise verliebt, Quin«, sagte er ruhig. »Und ich habe den Preis dafür bezahlt. Und ich habe nicht den Wunsch, darüber zu reden.«

»Das Problem ist«, beharrte der Earl, »dass du mit deinem Leben weder vor noch zurück kannst. Sie hält dich in einer Art Fegefeuer gefangen. Du könntest inzwischen eine Frau haben – eine richtige Ehefrau – und Kinder.«

Merrick schnaubte. »So etwas kann auch nur von einem frisch verheirateten Mann kommen!«, sagte er. »Lass uns in zehn Jahren noch einmal vom Fegefeuer reden, alter Freund.«

Wynwood nahm ihm diese Bemerkung nicht krumm. »In zehn, zwanzig oder fünfzig Jahren wird sich für mich nichts geändert haben«, sagte er. »Bei einigen Menschen weiß man einfach, dass das so sein wird.«

Wie seltsam es schien, diese Worte von einem anderen zu hören! Merrick hatte einmal etwas Ähnliches zu Alasdair gesagt, als sein Bruder ihm von dem Versuch abgeraten hatte, Madeleine zurückzuholen. Aber wie Wynwood hatte auch er, Merrick, es einfach *gewusst*. Madeleine war die Frau für ihn gewesen, die Einzige. Und sie war es noch. Besser gesagt, er wusste, dass es mit keiner anderen je so sein würde, wie es mit ihr gewesen war.

Er war nicht Narr genug, so wie Quin es einst gewesen war, um sich selbst einzureden, dass ihm auch eine andere Ehefrau genügen könnte, zumindest in gewissem Maße. In seinem Herzen war dort, wo seine Liebe für Madeleine gewesen war, ein großes Loch. Und sein Leben jetzt zu verändern wäre so, als würde er versuchen, einen eckigen Holzpflock in das sprichwörtliche runde Loch zu stecken. Er liebte Madeleine nicht mehr, aber er konnte auch keine andere lieben. Er wusste es instinktiv, so wie er es schon immer gewusst hatte. Dass sie ihn verlassen hatte, hatte einen großen Teil seines Wesens zerstört. Den besten Teil vielleicht. Er wusste es wirklich nicht.

In einem seiner wütenden Briefe hatte Chutley ihn einmal einen seelenlosen Bastard genannt. Diese Beleidigung hatte Merrick nicht sonderlich getroffen. Er fühlte sich seelenlos. Und er hatte die Erfahrung gemacht, dass der einzige Weg zu überleben darin bestand, sich Frauen zu nehmen, die ihm sehr ähnlich waren. Frauen, die innerlich abgestumpft waren. Frauen, bei denen sich nicht ein klaffender schwarzer Abgrund dort widerspiegelte, wo eigentlich das Gute sein sollte. Auch deshalb war er froh gewesen war, Kitty Coates loszuwerden. Sie war zu freundlich und zu unschuldig gewesen, auf eine Weise, die er nicht erklären konnte.

Wynwood hatte seine silberne Streichholzschachtel hervorgeholt, öffnete sie und schloss sie wieder. Er wirkte plötzlich nervös. »Ich musste wieder an etwas denken, Merrick«, sagte er. Seine Stimme klang seltsam beklommen. »An etwas – aus der Vergangenheit.«

»Aus der Vergangenheit?« Merrick schnaubte missbilligend. »Gott steh uns bei!«

»Ich meine die jüngere Vergangenheit«, erklärte Wynwood. »Erinnerst du dich daran, wie wir alle zu diesem Boxkampf nach Surrey gefahren sind? Und an die Zigeunerin, die uns die Zukunft vorausgesagt hat?«

»Sie hat überhaupt nichts darüber gesagt«, erklärte Merrick. »Sie hat unser Geld genommen und eine Menge Unsinn erzählt.«

»Ja, das dachte ich auch«, sagte Wynwood nachdenklich. »Aber weißt du noch, dass sie mir gesagt hat, ich hätte mein Leben ruiniert, weil ich überstürzt gehandelt habe? Und dass sie behauptet hat ... nun, sie hat behauptet, daraus, dass ich so gehandelt hatte, habe sich ein Unrecht ergeben, und dass ich versuchen muss, dieses Unrecht wiedergutzumachen, um glücklich werden zu können. Merrick, ich glaube, dass sie damit gemeint hat, wie ich Vivie behandelt hatte.«

»Wohl kaum eine Überraschung, alter Freund«, sagte Merrick. »Welcher Mann hätte noch nicht übereilt gehandelt, wenn eine Frau im Spiel war?«

Quin fluchte leise. »Nein, Merrick, ehrlich«, sagte er drängend. »Ich habe mich damals Vivie gegenüber sehr schäbig verhalten. Und ich *habe* ihr unrecht getan. Sehr unrecht. Ich will nicht in die Details gehen, aber ...«

»Ja, erspar mir das!«, unterbrach Merrick ihn. »Und komm zur Sache, Mann!«

»Nun, erinnerst du dich, dass diese Zigeunerin sagte, wir alle hätten unser Leben verschwendet?«, fragte Quin. »Ich will sagen, ich *wusste,* dass Alasdair und ich unser Leben verschwendeten. Wir haben es mit Absicht gemacht und uns verdammt ausgiebig amüsiert. Aber du – nun, von *dir* hätte ich das nie gedacht.«

»Was nicht gedacht?« Merrick wurde immer ungeduldiger.

Quin runzelte die Stirn. »Dass du dein Leben verschwendest«, sagte er. »Ich meine, es sieht doch so aus, als würdest du beeindruckende Dinge tun. Aber was, wenn du es trotz allem letztlich doch verschwendest? Die Zigeunerin hat gesagt, du seist ein großer Künstler, aber übermäßiger Stolz und ein verbittertes Herz hätten dich hart gemacht.«

»Oh, vielen Dank, Reverend Wynwood!«, knurrte Merrick. »Das hat mir heute noch gefehlt – eine hübsche kleine Lektion darüber, dass ich mein Leben vergeude.« Er schob seinen Stuhl zurück und stand auf. »Wenn du mich jetzt entschuldigst – ich muss nach Wapping, um mein Leben dort damit zu verschwenden, weitere zwölftausend Quadratfuß Lagerhallen am Hafen fertigzustellen. Oder ist das vielleicht auch nur eines meiner Hirngespinste?«

»Es gibt viele Arten, auf die ein Mann sein Leben vergeuden kann, Merrick.« Quin sah gekränkt aus. »Setz dich um Himmels willen wieder hin!«

Um des lieben Friedens willen folgte Merrick der Aufforderung. »Quin, ich kann mich nicht einmal mehr daran erinnern, was diese Frau zu mir gesagt hat«, sagte er, wobei sein Ton versöhnlicher klang. »Was immer es war, es kann unmöglich irgendeine Bedeutung für die Wirklichkeit haben.«

Quin beugte sich zu ihm vor. »Merrick«, sagte er eindringlich, »glaubst du denn nur an das, was du siehst und hörst? Kannst du nicht akzeptieren, dass es ... dass es Dinge geben *könnte*, die wir nicht begreifen? Dass es vielleicht einige Menschen gibt, die Dinge wissen, die wir anderen nicht wissen?«

Merrick zögerte. Er empfand ein merkwürdiges Unbehagen bei dieser Frage. *Es ist der Fluch,* dachte er, *die schottische Erziehung.* Er war mit den unumstößlichen schottischen Leitsätzen von harter Arbeit, Pragmatismus und Sparsamkeit aufgewachsen, die sich unauslöschlich in sein junges Bewusstsein eingeprägt hatten. Und auf der anderen Seite waren da die Highlands mit ihren Sagen und Mythen gewesen, die alles andere als pragmatisch waren. Seine Großmutter MacGregor war ein perfektes Beispiel für diese bizarre Gegensätzlichkeit. Aber er wollte mit Quin jetzt nicht über Granny MacGregor reden.

»Ich weiß es nicht, Quin«, erwiderte er schließlich. »Solche Überlegungen sind etwas für klügere Köpfe als mich. Ich bin ein einfacher Mann. Ich baue Dinge. Ich glaube nur an Stein und Eisen und an harte, gerade Holzbalken. Das sind die Dinge, aus denen meine Welt gebaut ist.«

Quin wirkte resigniert und schob seinen Stuhl zurück. »Nun, wie dem auch sei, Merrick, du solltest über die Sache mit dem Stolz nachdenken«, mahnte er, während sie beide vom Tisch aufstanden. »Du solltest dich zumindest fragen, ob der Stolz bei dir die Oberhand gewonnen hat, und darüber nachdenken, ob du es zulässt, dass er zwischen dir und dem steht, was deine … nun, was deine *Seele* brauchen könnte. Ich weiß nicht, was – ich kann nicht so tun, als wüsste ich, wie es in dir aussieht – aber … nun, du solltest einfach mal darüber nachdenken.«

Um ihn zu beschwichtigen, nickte Merrick und legte dem Freund die Hand auf die Schulter. »Das ist ein guter Rat, denke ich, für jeden Menschen«, stimmte er zu. »Ja, Quin. Ich werde versuchen zu tun, worum du mich gebeten hast. Ich werde versuchen, ein wenig über diese ernsten Dinge nachzudenken. Danke.«

Quin stieß einen skeptischen Ton aus und warf ein paar Münzen auf den Tisch. »Ich denke, damit muss ich mich zufrieden geben«, brummte er. »Nun, dann komm! Geh mit mir den Hügel hinauf und lass uns über aufregendere Dinge sprechen – zum Beispiel über Teppiche und Vorhänge.«

Madeleine war im Garten und versuchte, eine besonders widerspenstige Rose zu überreden, etwas ordentlicher an ihrem Rankgerüst emporzuwachsen, als sie das Pochen des Türklopfers hörte. In ihrer Eile zu öffnen, stach sie sich in den Finger und stieß einen leisen Schrei aus. Sie wickelte sich einen Zipfel ihres Kittels um die Fingerspitze, während sie durch das Haus zur Tür eilte. Mrs. Drexel hatte noch einmal unerwartet zum Schlachter gehen müssen, und Clara hatte ihren halben freien Tag.

Sie war überrascht, Lady Treyhern vor ihrer Tür zu sehen. Sie trug ein rotes Reitkostüm. Hinter ihr stand ein Pferdeknecht und hielt zwei rassige graue Pferde am Zügel.

»Helene!«, sagte sie, während sie den staubigen Kittel ablegte. »Was für ein unerwartetes Vergnügen!«

Genau genommen war es eher eine Erleichterung als ein Vergnügen. In der Woche seit ihrem unglücklichen Abendessen in der Mortimer Street hatte Madeleine nichts von ihrer neuen Freundin gehört.

Die Komtesse errötete leicht. »Ich dachte, wenn ich so gegen vier Uhr komme, könnte ich Sie und Geoff dazu überreden, Tee mit mir zu trinken.«

»Es tut mir leid«, antwortete Madeleine. »Geoff ist nicht hier.«

Lady Treyhern hatte schon begonnen, ihren Hut abzunehmen. »Perfekt. Dann können wir ungehemmt den neuesten Klatsch austauschen.

Madeleine lachte und wies den Pferdeburschen an, die Pferde zum Stall zu führen. »Nun, lassen Sie mich nur noch Eliza bitten, den Tee zu machen.«

Als Madeleine zurückkehrte, war Helene im Wohnzimmer, wo sie ziellos zwischen den bedrohlich wackligen Stapeln aus Büchern und Papieren umherging. »Das sieht genauso aus wie im Arbeitszimmer meines Schwagers Bentley«, bemerkte sie neckend. »Ist hier jemandes Schreibtisch explodiert?«

Madeleine errötete. »Es sind einige der Unterlagen meines Vaters. Ich habe mir vor einigen Tagen eine ganze Wagenladung davon aus Sheffield bringen lassen. Ich hielt es für an der Zeit, dass ich damit beginne, sie durchzusehen.«

Helene lächelte mitfühlend. »Oh, das ist eine so schwere Aufgabe, nicht wahr? Die Sachen meiner Mutter liegen noch immer in einer Kiste in Hampstead. Wann ist Ihr Vater gestorben?«

»Vor einigen Jahren«, antwortete Madeleine. Seltsamerweise fühlte sie kaum Kummer. »Er starb, während ich im Ausland war, und mein Mann starb gleich nach unserer Rückkehr.«

Auf Helenes Gesicht spiegelte sich Mitleid wider. »Wie sehr traurig für Sie, meine Liebe!«

Madeleine zuckte mit den Schultern. »Ich habe mein Erwachsenenleben im Ausland verbracht. Geoff ist seinem Großvater nie begegnet.« Hastig nahm sie den Dokumentenstapel, den sie am Morgen zu sortieren begonnen hatte, von einem Stuhl. »Bitte nehmen Sie Platz«, sagte sie und legte die Papiere auf dem Schreibtisch ab. »Das ist der bequemste Stuhl.«

Helene setzte sich mit einem dankbaren Lächeln. »Was für ein hübsches kleines Cottage«, sagte sie, während sie ihre Handschuhe abstreifte. »Haben Sie es möbliert gemietet?«

»Zum größten Teil, ja«, räumte Madeleine ein. »Es ist ein wenig abgenutzt in den Ecken, aber bequem.«

»Sie werden sehr viele Einkäufe für das neue Haus zu machen haben, nicht wahr?«, sagte Helene. »Und Möbeltischler brauchen ewig lange.«

Madeleine kehrte zu ihrem Stuhl zurück und setzte sich. »Ich habe meine Absicht geändert, Helene«, sagte sie ruhig. »Ich denke, ich werde das Haus doch nicht nehmen. Genau genommen glaube ich nicht, dass wir noch länger hier in London bleiben werden.«

»Aber warum nicht, Madeleine?« Helene war überrascht. »Ich dachte, Sie wären so erpicht auf dieses Haus.«

Madeleine zuckte mit der Schulter und wandte den Blick ab. »Ich sehe jetzt keinen Sinn mehr darin«, sagte sie. »Schließlich kann hier, wie Sie sagten, nur wenig für Geoff getan werden. Und das war der Grund für mich, hierherzukommen.«

»Werden Sie dann zu Ihrem Stiefsohn ziehen? Oder zu Ihrem Cousin Lord Jessup vielleicht?« Helene verstummte und runzelte die Stirn. »Meine Liebe, ich glaube, Sie würden sowohl mit der einen als auch der anderen Alternative unglücklich sein. Sie sind noch so jung!«

»Ich denke, ich werde nach Cambridge gehen«, sagte Madeleine vage. »Vielleicht werde ich auch ein Haus an der Küste kaufen. Ich habe mir immer gewünscht, am Meer zu wohnen.«

»Nun, es gefällt mir gar nicht, eine liebe neue Freundin schon so bald wieder zu verlieren«, sagte Helene traurig. »Aber die Wahrheit ist: Mein Mann hasst London, und wir sind selbst immer nur wenige Wochen im Jahr hier. Ich weiß! Lyme Regis!«

»Lyme Regis?«, wiederholte Madeleine. »Ich habe gehört, dass es dort sehr schön ist.«

»Mein Mann und Mr. MacLachlan werden dort in der Nähe einige Häuser bauen«, erklärte Helene. »Voraussichtlich gegen Ende des Jahres. Ich bin sicher, Mr. MacLachlan würde Ihnen genau das bauen, was Sie sich wünschen.«

Madeleine spürte, wie ihr Gesicht sich rötete. »Nein«, sagte sie fest. »Nein, das denke ich nicht.«

Helene verzog das Gesicht. »Ach je!«

»Was?«, fragte Madeleine.

Helene zuckte leicht mit den Schultern. »Mein Mann befürchtete, dass Mr. MacLachlan sich Ihnen genähert haben könnte, letzten Freitag in unserem Haus«, gestand sie. »Und er hatte den Eindruck, dass der Gentleman sich den Weg in Ihre Kutsche erschlichen haben könnte.«

»Nein, ganz und gar nicht«, entgegnete Madeleine sofort,

und war sich ganz und gar nicht sicher, warum sie ihn zu verteidigen wünschte. »Geoff hatte ihn eingeladen.«

»Ich verstehe«, sagte Helene. »Mein Mann wird darüber beruhigt sein. Mr. MacLachlan hat, trotz seines guten Aussehens, keinen makellosen Ruf.«

»Hat er nicht?« Madeleine täuschte Überraschung vor. »Hält man ihn für einen Schürzenjäger?«

Helene lachte. »Oh, nicht, wenn es um Frauen von Stand geht. Und das sehr zu deren Bedauern, ohne Zweifel.«

»Tatsächlich?«, sagte Madeleine. »Man hat mir zu verstehen gegeben, dass sich die Gesellschaft ihm gegenüber zwiespältig verhält.«

»Sicherlich ist das einmal so gewesen«, räumte Helene ein. »Vielleicht sind die Tugendwächterinnen das immer noch. Aber die Frauen lieben schwarzhaarige, gefährlich aussehende Männer. Je verruchter der Ruf, desto besser – solange er Geld hat. MacLachlan ist jetzt so reich wie Krösus, und für das Herz der Gesellschaft gibt es keinen wirksameren Balsam als einen Kübel voller glänzender Münzen.«

»Sie scheinen sehr viel über ihn zu wissen.«

Helene sah sie aufmerksam an. »Mein Mann hat es sich zum Grundsatz gemacht, solche Dinge in Erfahrung zu bringen, bevor er Geschäfte mit jemandem macht«, verriet sie. »Mr. MacLachlan gibt sich mit der Sorte Frau ab, über die wir in der guten Gesellschaft nicht sprechen. Ich bin sicher, Sie verstehen, was ich meine?«

»Ich weiß, dass es solche Frauen gibt«, gestand Madeleine. »Auch wenn wir in Yorkshire nicht unbedingt von ihnen überschwemmt wurden.«

Helene brach in Lachen aus. »Oh, Madeleine! Sie sind so erfrischend ehrlich!«

»Ich wünschte manchmal, ich wäre es nicht«, gestand sie. »Was Mr. MacLachlan angeht ... Was ist die Wahrheit über sein Geschäftsgebaren? Hält man ihn für unehrlich?«

»Nein, das nicht.« Helene schüttelte den Kopf. »Er scheint gleichermaßen gehasst wie bewundert zu werden. Man sagt ihm nach, hart zu verhandeln und auf jeden Cent zu achten. Er ist dafür bekannt, dass er seine Konkurrenten vernichtet. Und ich weiß, dass er in London sehr viel Grundbesitz hat, und dass er in der ganzen Stadt seine Geschäftsinteressen verfolgt.«

»Wirklich?« Davon hatte Madeleine noch nichts gehört. »Welcher Art?«

Helene blinzelte unsicher. »Mein Mann sagt, er baut Straßen und Bürgersteige und Brücken«, antwortete sie. »Und Lagerhäuser, von denen einige jetzt ihm gehören. Und letztes Jahr hat er die Beteiligung an einem Unternehmen erworben, welches anfängt, Eisenbahnschienen zu bauen. Mein Schwager Bentley hat mir erzählt, dass die Eisenbahn die Zukunft ist, und dass jeder, der in sie investiert, bald reich sein wird.«

»Aber Mr. MacLachlan ist bereits reich.«

Helene sah sie merkwürdig an. »Ja, aber offensichtlich hat er nicht vor, sich auf seinen Lorbeeren auszuruhen«, antwortete sie. »Nun, genug davon. Sagen Sie mir, meine Liebe, wie geht es Geoffrey?«

Madeleine ließ das Kinn sinken. »Er ist nicht er selbst«, gestand sie. »Obwohl sein Lehrer wieder da ist, und das ein wenig geholfen hat. Aber die Schwermut hat ihn wieder gepackt, und dieses Mal sehr schwer. Er sieht aus, als würde er nicht schlafen.«

»Ach je!«, sagte Helene. »Ich hoffe, er grämt sich nicht mehr über diesen dummen Streit mit Ariane?«

»Doch, ein wenig«, gestand Madeleine. »Was nicht schlimm wäre, ginge es ihm ansonsten gut.«

Helene lächelte leicht. »Nun, seien Sie nicht zu hart mit dem Jungen«, sagte sie. »Aber ich frage mich, Madeleine – was denken Sie, worum es ging? Was hat ihn nur auf diesen Gedanken gebracht? Ich würde wirklich gern wissen, warum er so etwas sagt.«

Madeleine zuckte die Schultern. »Ich weiß es wirklich nicht. Und ich denke, er weiß es auch nicht. Es tut mir sehr leid. Unglücklicherweise war es nicht das erste Mal, dass er mit etwas so Bizarrem herausgeplatzt ist. Manchmal … nun, manchmal *denkt* er diese Dinge nur. Ich kann es ihm ansehen, wenn ihm irgendein verrückter Gedanke durch den Sinn geht. Aber je häufiger es geschieht, desto verschlossener wird er. Doch ich weiß, dass es schrecklich war, so etwas zu Lady Ariane zu sagen.«

Helene schien sich etwas entspannt zu haben. »Nun, das ist nicht von Bedeutung«, sagte sie. »Aber wenn es nicht Ariane ist, was denken Sie, was es denn ist, was ihn bekümmert?«

»Ich denke, es ist mehr der Tod dieses armen Mr. Chutley«, gestand Madeleine. »Er hat es ungewöhnlich schwer aufgenommen.«

»Das klingt ja schrecklich!« Helene drückte die Hand auf ihr Herz. »Aber wer bitte ist Mr. Chutley?«

Madeleine sah sie nicht wenig überrascht an. Aber dann wiederum – wie sollte Helene von Mr. Chutleys Selbstmord wissen? Merrick hatte ein skandalträchtiges Ereignis geschickt zu einem bedauerlichen Unfall heruntergespielt. Tragisch, das ja, aber vermutlich war es nicht einmal eine Zeile in der Zeitung wert gewesen. Madeleine schilderte die Situation so, wie Merrick sie Constable Wade erklärt und Chutleys wahre Absicht verschleiert hatte.

Helene hatte ein wenig von ihrer Farbe verloren. »Ach herrje!«, sagte sie ein wenig atemlos. »Wie schrecklich traurig. Ich hoffe, der arme Geoffrey hat es nicht wirklich mitangesehen?«

Madeleine schüttelte den Kopf. »Nein, unsere Pferde sind bei dem Schuss durchgegangen. Der arme Geoff hat sich dabei den Kopf gestoßen und das Bewusstsein verloren.«

»Wie entsetzlich!«, sagte Helene. »Was haben Sie gemacht?«

»Mr. MacLachlan war so freundlich, ihn nach Hause zu tragen.«

Helene lächelte blass. »Tatsächlich? Wie fürsorglich von ihm.«

»Ja, das kann man sagen.«

In diesem Augenblick brachte Eliza das Tablett mit dem Tee und einem kleinen Teller mit Keksen. Madeleine war froh über diese Ablenkung. Sie beschäftigten sich einige Augenblicke damit, sich Tee einzuschenken, aber sobald es im Zimmer wieder still geworden war, formte sich Helenes Mund zu einem leicht mutwilligen Lächeln, das Madeleine inzwischen so gut von ihr kannte.

»Ich hoffe, meine Liebe, dass Sie unsere kleine Dinnerparty am Dienstag nicht vergessen?«, bemerkte sie und nahm sich zwei Biskuitplätzchen vom Teller. »Oh, Mandeln! Die liebe ich!«

»Entschuldigung«, sagte Madeleine ruhig. »Eine Dinnerparty?«

In Helenes Augen blitzte der Schalk. »Ja, wegen Arianes Geburtstag«, erklärte sie. »Die, die ich am Freitagabend erwähnte?«

»Oh. Oh ja.«

»Natürlich ist es ein paar Wochen zu früh«, sprach Helene

weiter. »Aber sie hat uns geradezu angefleht, eine kleine Feier zu veranstalten, solange wir noch in London sind. Ich weiß, dass sie noch nicht in die Gesellschaft eingeführt ist, aber wie ich ihrem Vater versichert habe, wird es nichts Großes werden. Nur die Familie und ein paar enge Freunde. Das Abendessen und danach vielleicht noch ein wenig Tanz. Bitte sagen Sie jetzt nicht, dass Sie Ihre Meinung geändert haben!«

Madeleine konnte sich nicht erinnern, davon gehört zu haben, ganz zu schweigen davon, die Einladung angenommen zu haben. Aber sie hatte sich so sehr auf Geoffreys verzweifelten Ausbruch am Kartentisch konzentriert, dass sie nicht mehr wusste, ob sie eine Zusage gemacht hatte oder nicht. »Nein, natürlich werde ich kommen«, murmelte sie.

»Es wird Ihnen guttun«, sagte Helene. »Auch wenn Sie vorhaben, London zu verlassen, meine Liebe, sollten Sie ein bisschen ausgehen. Ich weiß, dass Sie mich für recht aufdringlich halten, aber in Ihrem Alter sollten Sie wirklich daran denken, wieder zu heiraten.«

»Nein. Niemals.« Einen Moment lang empfand Madeleine Panik.

»Oh, man soll nie nie sagen, meine Liebe!«

»Nein«, wiederholte Madeleine. »Ich bin überzeugt, Sie wollen freundlich sein. Aber ich kann nicht wieder heiraten.«

»Sie können nicht?« Helene sah sie tadelnd an. »Kommen Sie, Madeleine, das ist recht übertrieben. Man weiß nie, wann der richtige Mann auftaucht. Nun, lassen Sie mich nachdenken, wen ich kenne, der vernünftig und ungebunden ist.«

»Nein. Nein, bitte tun Sie das nicht!« Madeleine stellte ihre Tasse so hastig ab, dass heißer Tee auf ihr Handgelenk spritzte.

Helene sprang auf und griff nach einer Serviette. »Oh Madeleine!«, rief sie, und tupfte ihr das Handgelenk und die Manschette des Ärmels trocken. »Oh, Sie armes Ding. Ich wollte Sie nicht aufregen.«

Es geht mir gut«, widersprach Madeleine. »Ich … die Tasse … Sie ist nur aus dem Gleichgewicht geraten.«

»Und sehen Sie doch nur hier!«, sagte Helene und drehte Madeleines Hand herum. »Sie bluten.«

»Ich habe mich gestochen«, erklärte Madeleine. »Vorhin, am Rosenbusch. Es ist nichts von Bedeutung.«

Helene drückte Madeleines Finger sanft zusammen und tätschelte dann ihre Faust. »Sie hatten einen anstrengenden Tag«, sagte sie mit neckendem Unterton. »Erst wendet sich der Rosenbusch gegen Sie, und dann Ihre Freundin. Ich wollte mich nicht in Ihre Angelegenheiten einmischen, meine Liebe. Ich werde es nicht wieder tun.«

»Ich war gar nicht betrübt«, erwiderte Madeleine, aber die Tränen liefen ihr schon über die Wangen.

Helene kniete sich hin und drückte ihre Hand. »Oh, *ma foi!* Genau jetzt wünsche ich mich selbst zum Teufel!«

»Es … es ist nichts.« Madeleine versuchte, ihr Schluchzen zu unterdrücken. »Ich bin nur … Nun, es war eine anstrengende Woche. Mir geht so vieles durch den Kopf. Es lag nicht an Ihnen, Helene.«

Helene hatte ein Taschentuch hervorgezogen und drückte es Madeleine in die Hand. »Und dann komme ich noch daher, und stecke meine Nase in Ihre Angelegenheiten«, sagte sie. »Es tut mir schrecklich leid, meine Liebe! Ich hasse es, Sie so außer sich zu sehen. Bitte, können Sie mir denn nicht sagen, was Sie bekümmert?«

Irgendwie schaffte Madeleine es, zu lachen. »Sie müssen schwören, sich aus meinen Angelegenheiten herauszuhalten, Helene.«

»Ja, ganz richtig.« Helene biss sich auf die Unterlippe und ging zu ihrem Stuhl zurück. »Ich werde mich bemühen, das zu tun. Vielleicht sollte ich einfach gehen und aufhören, Sie zu belästigen?«

»Nein, bitte nicht.« Madeleine putzte sich die Nase und steckte das Taschentuch weg. »Lassen Sie uns von angenehmeren Dingen sprechen. Welche Art Kleid soll ich zu Lady Arianes Dinnerparty wählen? Ich habe ein dunkelgrünes, das ich zu Alvins Verlobung habe machen lassen. Es ist schulterfrei, aber sehr dezent. Wäre das geeignet?«

»Perfekt!«, sagte Helene. »Sie müssen in Dunkelgrün hinreißend aussehen.«

Während die Unterhaltung sich wieder alltäglicheren Dingen zuwandte, zwang Madeleine sich zur Ruhe. Helene sprach über ihre Stieftochter, und Madeleines Tränen trockneten langsam. Genau genommen vermochte sie nicht einmal zu sagen, was eben mit ihr geschehen war. Sie neigte eigentlich nicht zu Tränenausbrüchen – nun, zumindest nicht, seit sie Merrick verloren hatte. Danach hatte es nur wenig gegeben, was Tränen wert gewesen wäre. Also warum jetzt?

Es war Helenes direkte Frage nach einer Wiederheirat gewesen. Es hatte sie auf eine Weise erschreckt, die sie nicht für möglich gehalten hatte. Aber sie hatte recht ehrlich geantwortet. Sie konnte nicht wieder heiraten. Niemals. Dads Dokumente lagen jetzt seit zwei Tagen überall im Wohnzimmer verteilt, und Madeleine hatte wie eine Wahnsinnige in ihnen geblättert und sie durchgesehen. Doch was sie suchte, hatte sie nicht gefunden.

Cousin Gerald hatte acht Kisten mit Akten, Kalendarien und Korrespondenz geschickt. Drei davon schienen nur persönliche Papiere zu enthalten, die übrigen fünf Kisten, die größeren, bezogen sich auf seine Arbeit in der Regierung. Madeleine hatte zuerst die kleineren geöffnet. Aber sie hatte keinen Hinweis auf ihre Eheschließung gefunden, keinen einzigen – weder über ihre Mitgift noch über die Annullierung. Nichts. Genau genommen wurde in den Papieren ihres Vaters nicht einmal ihr Name erwähnt.

Es war eine schreckliche, erschütternde Erkenntnis gewesen – nicht nur eine Erinnerung an ihre fehlgeschlagene Ehe, obwohl das schon schlimm genug war. Es hatte sie auch mit der schmerzlichen Wahrheit konfrontiert, der sie sich ihr ganzes bewusstes Leben lang nicht hatte stellen wollen: dass sie für ihren Vater so gut wie nicht existiert hatte.

Helene räusperte sich vernehmlich und brachte Madeleine damit in die Gegenwart zurück. »Deshalb werde ich, wie ich schon sagte, ein dunkles Lila wählen, weil Sie Dunkelgrün tragen werden«, erklärte sie. »Wir werden ein faszinierendes Paar abgeben, Sie mit ihrem hellblonden Haar und ich mit meinen tintenschwarzen Locken, was meinen Sie?

Madeleine brachte ein Lächeln zustande. »Das werden wir«, erwiderte sie und griff nach dem Teller mit den Plätzchen. »Ich freue mich schon sehr darauf. Bitte, Helene, darf ich Ihnen noch einen Keks anbieten?«

Kapitel 12

Das Feuer fängt vom Funken an,
vom Funken brennt das Haus.

Phipps zupfte noch einmal die Jackenaufschläge seines Arbeitgebers zurecht. »Sehr gut!«, sagte er dann mit unüberhörbarer Befriedigung. »Sie sehen vortrefflich aus, Sir.«

Merrick schaute in den Wandspiegel und betrachtete sich darin. Er sah nichts als die Narbe. Gegen seine schwarze Abendkleidung hob sie sich besonders lebhaft ab wand sich wie eine dünne, blasse Schlange von seinem Kinn herunter zu seinem Nacken, wo sie unter dem gestärkten weißen Kragen verschwand.

»Welche Art Narr bin ich, Phipps, dass ich diese Einladung angenommen habe?«, fragte er.

»Die Art Narr, die als sehr reicher Mann sterben wird«, murmelte Phipps und richtete noch einmal Merricks Krawattenknoten.

»Aber eine Geburtstagsfeier«, brummte Merrick. »Für ein junges Ding, das noch nicht einmal dem Schulzimmer entwachsen ist.«

»Eine schwere Aufgabe, ohne Frage«, bemerkte Phipps pragmatisch. »Aber wenn man bedenkt, wer ihr Vater ist, darf man vermuten, zumindest einige Banker dort anzutreffen. Abgesehen davon ist es kein großes gesellschaftliches Ereignis.«

»Ich will verdammt sein, wenn ich mir aus solchen Dingen etwas mache, ob es nun ein gesellschaftliches Ereignis ist oder nicht!« Merrick steckte einen Finger in seinen Kragen und zerrte ein wenig daran. »Aber wenn einer einen direkt ansieht und geradeheraus fragt, ist es verteufelt schwer, einen Vorwand zu finden, die Einladung auszuschlagen.«

Phipps hatte sich heruntergebeugt, um mit einem Stofflappen Merricks Abendschuhe ein letztes Mal zu polieren. »Aber es ist doch eine recht angenehme Familie, Sir, oder nicht?«

»Schrecklich fröhlich«, erklärte Merrick. »Überall nur eitel Sonnenschein. Man könnte denken, dass zwischen Lord und Lady Treyhern niemals ein böses Wort fällt.«

Phipps erhob sich und bewunderte sein Werk. »Vielleicht ist es ja tatsächlich so«, gab er zu bedenken. »Idealerweise sollte es in allen Ehen so sein. Warum sollte man sonst denn heiraten?«

Merrick stieß einen seiner sarkastischen Seufzer aus. »Ihre Naivität schockiert mich, alter Knabe«, sagte er. »Solche Leute heiraten, um Erben in die Welt zu setzen.«

»Einige tun das, das ist wohl wahr.« Phipps öffnete Merricks silbernes Zigarrenetui und kontrollierte, ob alles in Ordnung war, ehe er es in die Tasche von Merricks Mantel steckte. »Aber Lord Treyhern nicht, wie ich hörte.«

Merricks Augen weiteten sich überrascht. Treyhern schien ihm genau der Mann zu sein, der allein aus praktischen Erwägungen heraus heiratete. »Eine Liebesheirat?«

»Oh ja, durchaus.«

Merrick war skeptisch. »Woher zum Teufel wissen Sie das?«

Phipps lächelte milde. »Dienstbotengeschwätz, Sir«, sagte er. »Die verlässlichste Quelle auf Erden. Treyherns Haushälterin, Mrs. Trinkle, ist die Stiefschwester von Mrs. Barney – Agnes' Mutter, die in Stepney lebt.«

»Agnes?«

»Agnes Barney, die in der Küche arbeitet, Sir.«

»Ah, ja, die dünne, flinke«, erinnerte er sich.

»Ja, sie ist sehr fleißig«, pflichtete Phipps bei. »Und Agnes sagt, dass ihre Tante Trinkle behauptet, dass Lord und Lady Treyhern eine skandalträchtige Vergangenheit haben.«

Merrick grinste. »Eine *Vergangenheit?*«

»Eine Jugendliebe«, führte Phipps näher aus. »Aber das Mädchen war arm – und Französin – und wurde als weit unter ihm stehend angesehen. Deshalb hat die Familie die beiden getrennt und das Mädchen in die Schweiz geschickt, damit es dort zur Gouvernante ausgebildet wurde. Der Earl ist eine Geldheirat eingegangen, aber es war eine unglückselige Verbindung. Die Frau galt als ...« Hier stockte Phipps, um sich heftig zu räuspern, »... nun, als von fragwürdiger Beständigkeit, Sir, wenn Sie verstehen, was ich meine?«

»Aye, ich habe eine leise Vermutung.«

Phipps lächelte angespannt. »Nun, wie auch immer, sie starb, und Treyhern hat dann doch noch Ihre Ladyschaft geheiratet.«

»Interessant!«, sagte Merrick. »Aber lassen Sie uns auf den Teil mit der Geldheirat zurückkommen, Phipps.«

Phipps zog eine Augenbraue hoch. »Welch ein Zynismus, Sir!«

»Närrisches Geschwätz über Liebe und Romantik ist ja ganz schön, Phipps«, sagte Merrick und zerrte dabei erneut an seinem Kragen. »Aber irgendjemand muss dabei die verdammte Zeche zahlen. Und die Frauen, nicht wahr, wissen das. Vielleicht war Lady Treyhern klug genug, ihre Zeit abzuwarten.«

Phipps seufzte tief. »Das mag durchaus sein, Sir«, sagte er und reichte Merrick Geldbeutel und Taschenuhr. »Soll ich jetzt die Kutsche vorfahren lassen?«

»Nun, das ist eine Art, einen Disput zu gewinnen.« Merrick

grinste. »Dann schaffen Sie mich mal in diese Hölle, die sich gute Gesellschaft nennt.«

Die Hölle, die man die »gute Gesellschaft« nannte, stand acht Kutschen hintereinander aufgereiht in der Mortimer Street, als Merrick bei Treyherns Stadthaus ankam. Freunde und Familie, also wirklich! Das Ganze erweckte eher den Anschein eines kleinen Getümmels. Mit einem wachsenden Gefühl der Frustration steckte er den Kopf zum Fenster heraus und fragte sich, ob es nicht vielleicht doch irgendeine Entschuldigung gäbe, zu der er in letzter Minute greifen könnte. Bedauerlicherweise tat ihm weder ein Blitzschlag noch ein Erdbeben diesen Gefallen. Natürlich könnte er einfach die Pistole nehmen, die in seiner Kutsche stets griffbereit lag, und sich aus Frust erschießen – so wie der arme Chutley es getan hatte.

In diesem Moment bewegte sich die Kavalkade der Kutschen ein Stück weiter, und die nächste in der Reihe fuhr vor Lord Treyherns Tür vor. *Zum Teufel noch mal!* Ein perfekt geformter Knöchel wurde herausgestreckt, dann glitt eine Woge dunkelgrüner Röcke hinterher und bedeckte ihn sittsam. Vielleicht wäre es letztlich doch an der Zeit, nach besagter Pistole zu greifen.

Es war die Kutsche, die sein Unterbewusstsein wiedererkannt hatte. Oder vielleicht, Gott helfe ihm, war es in der Tat der Anblick dieses Knöchels gewesen. Selbst auf die Entfernung kam er Merrick kaum verändert vor. Lady Bessett hatte die Hand eines der Diener Treyherns ergriffen und entstieg jetzt der Kutsche mit einer Anmut, die einer Operndiva würdig gewesen wäre. Ihr hellblondes Haar war zu einer eleganten, aber nicht der Mode entsprechenden lockeren Frisur hochgesteckt, und schimmerte im letzten Licht des Tages wie flüssiges Feuer.

Als bewegte sie sich in Zeitlupe, schaute Madeleine zu dem Diener auf und lächelte. Der zum Kleid passende Kaschmirschal glitt ihr von der Schulter und ein kleines Ridikül hing an ihrem Handgelenk. Auf der Treppe und auf der Straße wandten sich die Menschen nach ihr um. Merrick wunderte sich nicht darüber. Madeleine war von einer alterslosen Eleganz und selbst mit dreißig die Verkörperung vollkommener Schönheit. Und für eine kurze Zeit hatte sie ihm gehört. Sie hatte ihm zwölf herrliche Wochen voller Euphorie geschenkt. Und das zu einer Zeit, als er nicht daran geglaubt hatte, dass es so etwas wie Euphorie gab. Er glaubte es noch immer nicht. Es war, in der Rückschau, ein surreales Intermezzo in seinem Leben gewesen.

Lord Treyhern kam die Treppe heruntergeeilt, um Madeleine persönlich zu begrüßen. Er bot ihr seinen Arm, und sie gingen die Stufen hinauf, um in den Tiefen des Hauses zu verschwinden. Merrick ließ sich auf seinen Sitz zurückfallen. Was er fühlte, war keine Bewunderung, sondern Wut. Keine selbstgerechte Empörung, sondern Verbitterung. Verdammt, er hätte ahnen müssen, dass diese Frau hier sein würde! Vielleicht hatte sein Unterbewusstsein das auch vermutet.

Nein. Das war einfach nicht wahr. Außerdem hatte er die Macht und den Willen, seine Reaktionen zu kontrollieren. Er war lediglich aus geschäftlichen Interessen hier. Wenn dieses Geschäft es erforderte, höflich zu dieser Frau zu sein, dann würde er das sein. Für die richtige Summe würde Merrick auch mit dem Teufel zu Abend essen, wenn es sein musste.

Andererseits könnte er es sich aber auch leisten, nicht zu dieser Abendgesellschaft zu gehen. Er brauchte Treyherns Geld und Grundstücke nicht. Das Leben war kurz. Er klopfte hart gegen das Dach der Kutsche. Sein livrierter Diener sprang herunter und öffnete die Tür. »Ja, Sir?«

Merrick öffnete den Mund und schloss ihn wieder, ohne etwas zu sagen. Einen Moment lang war er unschlüssig. Dann nahm seine gute Erziehung seine Menschenfeindlichkeit in den Würgegriff und zwang sie zu Boden. »Nichts«, sagte er barsch. »Gar nichts. Nein – halt. Lassen Sie mich hier aussteigen. Drehen Sie um und kehren Sie solange im *Blue Posts* ein.«

»Jawohl, Sir.«

Merrick kletterte aus der Kutsche und suchte in seiner Tasche nach ein paar Münzen. »Sie und Grimes können ein Bier trinken und etwas essen«, sagte er. »Ich werde dorthin kommen, sobald ich kann.«

Der Diener steckte die Münzen stillvergnügt ein. Er sah nicht überrascht aus. Er war sich der Vorliebe seines Herrn, schnell die Flucht zu ergreifen, durchaus bewusst. Merrick holte seinen Stock aus der Kutsche und ging den Bürgersteig hinunter auf Treyherns Haus zu.

Er wurde sehr zuvorkommend vom Earl und dessen Frau begrüßt. Die Tochter – Arabelle oder Marianne oder Maribelle oder sonst einer dieser hellen, klirrenden Namen – knickste sehr anmutig. Er beugte sich tief über ihre Hand und wünschte ihr einen glücklichen siebzehnten Geburtstag, eine Bemerkung, die das Mädchen erröten ließ und stammeln machte und bei ihm das Gefühl zurückließ, so alt wie Methusalems Großonkel zu sein.

Er ging rasch weiter, wobei er sich verwundert nach der Empfindsamkeit der heutigen Jugend fragte. Dabei erinnerte er sich mit einigem Unbehagen, dass siebzehn – gerade erst siebzehn – das Alter war, in dem Madeleine eingewilligt hatte, ihn zu heiraten. Merrick wandte sich um und betrachtete das junge Mädchen noch einmal. Guter Gott, sie war ein *Kind!* Und er wollte verdammt sein, wenn er da nicht eine leichte Ähnlichkeit mit Madeleine entdeckte. Treyherns Tochter war ein bezauberndes kleines Ding – hochgewachsen und schlank, mit Haaren, die so golden glänzten wie sonnenreifer Mais. Ihre Gesichtszüge waren fein geschnitten, und sie war hübsch anzusehen, mit dieser vollen Unterlippe, die sinnlich und unschuldig zugleich wirkte.

Herrgott, vermutlich würde sie so manchem eine Sünde wert sein. Aber heiraten? Dazu war sie doch sicherlich noch viel zu jung, nicht wahr? Sie konnte unmöglich die volle Bedeutung des Ehegelübdes und der Pflicht verstehen, die eine Heirat mit sich brachte. Mit siebzehn konnte sie weder den Ernst des Lebens begreifen noch die Zwänge und Herausforderungen verstehen, die das Erwachsensein einer Person abverlangte.

Was ihn veranlasste, sich etwas zu fragen: Warum hatte er erwartet, dass Madeleine das alles verstand?

Aber es war zu spät, damit zu beginnen, Entschuldigungen für Madeleine Treulosigkeit zu suchen. Sie *hatte* ihn geheiratet. Und sie hatte ihn aufgegeben, ohne einen zweiten Gedanken daran zu verschwenden.

In diesem Augenblick ertappte Maribelle-Arabelle ihn dabei, dass er sie anstarrte. Die feinen Gesichtszüge wurden um drei Nuancen röter, dann drohte ihm das Mädchen neckisch mit dem Finger und begann zu kichern. Zu *kichern.* Großer Gott! Es war Zeit für ihn, sich in irgendeine verborgene Ecke zurückzuziehen, so wie die anderen Herren ohne Begleitung.

Zumindest waren es weniger Gäste, als man nach der Zahl

der Kutschen vor dem Haus hätte vermuten können, und niemand schien auf Förmlichkeiten zu bestehen. Treyhern ist klug, dachte Merrick, das Mädchen auf diese zurückhaltende Weise in die Gesellschaft einzuführen, statt sie mit einem teuren Debütantinnen-Ball oder ähnlichem Unsinn mitten ins Rampenlicht zu stoßen.

Treyherns Diener glitten durch den Salon und bedienten unauffällig die Gäste. Sie balancierten Tabletts, auf denen Gläser mit Sherry und Orgeat standen, einem Getränk aus Mandelsirup, Zucker und Rosenblütenwasser. Merrick kannte die meisten der Anwesenden und einige davon sogar recht gut.

»MacLachlan!« Jemand schlug ihm herzhaft auf die Schulter. »Ich hoffe, Sie sind gesund und munter?«

Merrick wandte sich um und sah einen der Direktoren der Bank vor sich stehen, der ihn anstrahlte.

Das ist, rief er sich in Erinnerung, einer der Gründe, hier zu sein. »Durchaus, Sir. Und selbst?«

Und damit begann eine Reihe jener bedeutungslosen kleinen Gespräche, die zu überstehen man während gesellschaftlicher Anlässe gezwungen war. Während er seinen Weg durch den Salon machte, war Merrick gezwungen, sich zweimal über das Alter und die Gesundheit Queen Adelaides zu äußern – die ganz entschieden *nicht* guter Hoffnung war –, dreimal über die Frage, ob das Oberhaus die Reformakte in die Länge ziehen würde – ganz gewiss würde es das – und fünfmal über das Wetter, welches im Allgemeinen für schön empfunden wurde. Oder als zu feucht. Oder zu warm. Oder zu regnerisch. Abhängend davon, mit wem man sich unterhielt.

Mithilfe seiner Entschlossenheit, derartige Belanglosigkeiten zu ertragen, und einiger geografisch-strategischer Ausweichmanöver gelang es Merrick, sich stets auf der Madeleine entgegengesetzt gelegenen Seite des Salons aufzuhalten. Bis sie zu Tisch gebeten wurden und er feststellte, dass Lady Treyhern sie als Tischnachbarn vorgesehen hatte.

Madeleine wirkte ein wenig angegriffen. Er verbeugte sich höflich und zog ihren Stuhl zurück. »Lady Bessett«, sagte er. »Guten Abend.«

»Mr. MacLachlan«, murmelte sie, »welch eine Überraschung.« In ihren Augen glomm ein Feuer.

»Nun erdolche mich nicht mit deinen Blicken, meine Liebe«, sagte er leise. »Ich habe die Gästeliste nicht gemacht. Du etwa?«

Sie erwiderte nichts und nahm auf ihrem Stuhl Platz, wobei sie sich bemühte, ihm nicht zu nahe zu kommen. Ihr Duft hüllte ihn ein wie eine Wolke. Es war der leichte Duft nach Seife und Jasmin und nach etwas anderem, das er nicht benennen konnte. Es war der kaum wahrnehmbare Duft nach etwas schmerzlich Vertrautem.

Das Dunkelgrün ihres Seidenkleides, bemerkte er, passte genau zu ihren funkelnden Augen und sah zu ihrer blassen Haut herrlich aus. Das Kleid war schlicht, gemessen an Londoner Maßstäben, aber es enthüllte auf verführerische Weise ihre Schultern.

Merrick zwang seine Aufmerksamkeit auf die anderen Gäste, die am Tisch Platz nahmen. Dem Anlass entsprechend war das Dinner weder besonders formell noch das Essen besonders aufwändig. Zuerst gab es viel Lachen und gutmütige Neckereien, die der Tochter des Hauses galten, deren Namen, wie er sich schließlich erinnerte, Ariane war, nicht Arabelle. Die meisten der Neckereien kamen von einem gut aussehenden jungen Mann, der als der Onkel des Mädchens vorgestellt worden war, also Treyherns Bruder, dessen Augen vor reinem Übermut funkelten und den das Mädchen zu verehren schien.

Merrick und Madeleine saßen in der Nähe von Lady Treyhern, die entschlossen zu sein schien, dafür zu sorgen, dass alle es bequem hatten und alle in ihrer Nähe unbeschwert miteinander plauderten. Treyhern selbst gab sich eher wortkarg, beteiligte sich aber ausreichend an der Unterhaltung. Als sein Blick über die Gäste glitt und an Merrick hängen blieb, wirkte er, als würde ihn etwas beunruhigen. Zum Teufel mit der ganzen »guten« Gesellschaft. Zwischen seinem Gastgeber und seiner Tischdame begann Merrick, sich ein wenig unerwünscht zu fühlen.

Madeleine hatte sich dem Gentleman zu ihrer Rechten zugewandt. Ihr weiches, butterfarbenes Haar tanzte in feinen Locken auf ihrem Rücken, und der perfekte Schwung ihres Nackens wurde nur von einer Perlenkette geschmückt. Genau genommen brauchte er gar keine Verzierung. Einen Moment lang war Merrick unfähig, den Blick abzuwenden. Da gab es eine Stelle – ja, genau dort, wo er ihren Puls schlagen sah –, die ihn einmal einen ganzen Abend lang fasziniert hatte. Ihre Haut dort war warm und besonders weich. Es war die Art von Stelle, die er gut kannte, die ein Mann mit seinen Lippen streichelte und dafür mit kleinen entzückten Schaudern belohnt werden würde.

Er hatte sich immer vorgestellt, dass Madeleine, sollte er sie jemals wiedersehen, völlig verändert sein würde: dass die Sonne Italiens sie hätte altern lassen, dass die Jahre der Ehe Spuren zurückgelassen hätten, Falten auf der Stirn oder ein Doppelkinn. Aber da war nichts. Nichts bis auf ein paar feine Fältchen um ihre Augen und eine Art vorsichtiger Skepsis in ihrem Blick. Sie war dieselbe, und er fand sie, zu seiner ewigen Frustration, noch immer hinreißend.

Sie musste die Wärme seines Blickes gespürt haben. Als sie sich ihm zuwandte, blickten ihre Augen für einen Moment feindselig. Er fühlte sich plötzlich wie ein ungeschlachter Bursche und wandte den Blick ab. Doch nur für einen kurzen Moment. Das ging einfach nicht. Gute Manieren, heute Abend der Fluch seiner Existenz, verpflichteten ihn, sich mit ihr zu unterhalten. Die Tafel hoch und herunter plauderten alle wie alte Freunde miteinander. Gewiss würden er und Madeleine das doch auch zustande bringen?

»Wie geht es Ihrem Sohn, Lady Bessett?«, fragte er, als die Diener unauffällig begannen, um den Tisch herum zu gehen und den nächsten Gang aufzutragen. »Ich hoffe, er hat sich erholt?«

»Wie freundlich von Ihnen, nach ihm zu fragen.« Ihre Stimme war so kühl, dass sie Fremde hätten sein können. »Es geht ihm recht gut.«

»›Recht gut‹ klingt ein wenig dürftig für einen so aufgeweckten, lebhaften Jungen wie Geoff«, erwiderte Merrick.

»Ich wusste nicht, dass Sie sich etwas aus Kindern machen, Mr. MacLachlan.«

»Ich mache mir etwas aus Geoff«, entgegnete er und zwang sich zu einem höflichen Ton. »Er ist ein ganz bemerkenswerter Junge.«

Sie wandte sich ihm zu und sah ihn aus großen Augen offen an. »Bemerkenswert?«, wiederholte sie. »Wie bitte meinen Sie das?«

»Er ist neugierig«, sagte Merrick. »Und er hat künstlerisches Talent. Zudem scheint er sehr klug für einen Jungen seines Alters. Ach, das wollte ich noch fragen – wie alt ist Geoff? Ich glaube nicht, dass er es je erwähnt hat.«

Einen langen Moment schien Madeleine durch ihn hindurchzustarren und vor Empörung fast zu zittern. »Würden Sie freundlicherweise …« Sie verstummte, blinzelte rasch einige Male und setzte neu an. »Würden Sie freundlicherweise Ihren Stuhl ein wenig zur Seite rücken, Mr. MacLachlan. Ich glaube, er steht auf meinem Kleid.«

»Ach Gott, tatsächlich?« Instinktiv hob er den Stuhl ein wenig an und schob ihn ein kleines Stück von ihr weg.

Sie wandte sich sofort ab und nahm die Unterhaltung mit dem Gentleman zu ihrer Rechten wieder auf. Merrick blieb zurück, um wieder auf ihren Nacken zu starren.

Aber er wusste, was sich gehörte, und wandte sich deshalb an die Dame zu seiner Linken, um ein Gespräch mit ihr zu beginnen. Sie war eine dunkelhaarige Schönheit mit fast schwarzen Augen und hieß Frederica Rutledge. Sie war die Frau von Treyherns Bruder und stammte aus einer Familie von Malern, von denen einige sehr berühmt waren. Sie erwies sich als außerordentlich bewandert in der Welt der Kunst, und sie plauderten angeregt über die jüngste Ausstellung in der Royal Academy und über die Parallelen zwischen Kunst und Architektur. Er war überrascht festzustellen, dass er dieses Gespräch tatsächlich genoss.

Weiter unten an der Tafel gratulierte Lady Treyhern einem der etwas älteren Gäste zur bevorstehenden Vermählung seines Sohnes. Die jüngeren Damen waren in heller Aufregung, und ohne Zweifel wurde die geplante Hochzeit von ihnen in allen Einzelheiten erörtert.

»Und wird die Heirat Ihres Sohnes ein neues Haus erforderlich machen, Mr. Wagstaff?« Lady Treyherns weiche Stimme schwebte die Tafel herunter. »Wenn ja, dann müssen Sie mit Mr. MacLachlan sprechen und ihn um eines seiner Häuser bitten. Ich habe gehört, dass er einige herrliche Villen in Walham hat.«

Merrick lächelte höflich. »Sie sind zu freundlich, Ma'am. Es sind sehr schöne Stadthäuser, aber keine Villen.«

»Glücklicherweise bringt meine künftige Schwiegertochter ein Haus mit in die Ehe«, sagte der Gentleman, ein korpulenter, wohlhabender Besitzer eines Versicherungsunternehmens, den Merrick flüchtig kannte. »Aber MacLachlans Arbeit ist uns allen gut bekannt. Man kann es kaum besser machen.«

Merrick lächelte leicht. »Das hoffe ich nicht, Mr. Wagstaff. Mein Geschäft hängt davon ab.«

»Eine gute Einstellung!«, erwiderte der korpulente Mann und wandte seine Aufmerksamkeit dann Madeleine zu. »Übrigens, Lady Bessett, Sie kommen mir so bekannt vor. Sind wir uns schon einmal begegnet?«

»Ich glaube nicht, Mr. Wagstaff.«

Die rote Falte auf der Stirn des Gentlemans vertiefte sich außerordentlich. »Wer sind Ihre Eltern, meine Liebe? Ich bemühe mich sehr, Sie unterzubringen.«

Madeleine schien zu zögern. »Mein Vater war Jessup of Sheffield«, sagte sie schließlich. »Und meine Mutter war eine Archard aus West Yorkshire.«

»Oh, ja, ja natürlich!«, sagte Wagstaff und deutete mit seiner Fischgabel auf Madeleine. »Ich erinnere mich an Ihre Mutter und deren Debüt. Was für ein hübsches Ding sie war! Und ich erinnere mich auch an *Ihres*, meine Liebe! Sie haben genau wie sie ausgesehen.«

»Danke, Sir«, sagte Madeleine ruhig. »Ich halte das wirklich für ein sehr großes Kompliment.«

Wagstaffs Gesicht nahm einen übermütigen Ausdruck an. Madeleine wirkte äußerlich gefasst, aber Merrick spürte ihre größer werdende Nervosität. Und seine eigene. Ihm gefiel die Sache nicht, und Wagstaff war – nun, er war ein alter Schwätzer.

»Ja, Miss Archard war ein wunderschönes Mädchen«, fuhr der Gentleman fort. »Und ich erinnere mich auch ...«, seine Gabel deutete auf Merrick, dann wieder auf Madeleine, und das übermütige Funkeln in seinen Augen verstärkte sich, »ja, ich erinnere mich gut ... dass Sie beide ...?«

Merrick wollte die Sache ein für alle Mal hinter sich bringen. »Dass wir beide was, Wagstaff?«

Ein breites Lächeln folgte. »Ja, ich sehe, dass ich recht habe, MacLachlan!«, zog Wagstaff ihn auf. »Sie und die hübsche kleine Lady hier waren wochenlang *das* Gesprächsthema, wenn ich mich recht erinnere. Man hatte in der ganzen Stadt Wetten abgeschlossen.«

Mit einem unschuldigen Gesichtsausdruck beugte sich Ariane vor. »Worauf wurde denn gewettet, Mr. Wagstaff?«

»Ariane!«, mahnte Lady Treyhern scharf.

Zu Merricks Schrecken legte Madeleine die Hand auf seinen Oberschenkel und ihre Nägel gruben sich in ihn hinein. Wagstaff strahlte noch immer wie ein Narr über das ganze Gesicht.

»Nun, Lady Ariane, man hat gewettet, ob Lady Madeleine diesen aufstrebenden Schotten heiraten würde oder« – die Gabel zeigte wieder auf Merrick – »ob sie ihre Hand Lord Nortings Sohn Henry reichen würde.«

Merrick legte seine Hand auf Madeleines und drückte sie beruhigend. »Auf wen haben Sie gewettet, Wagstaff?«, erkundigte er sich kühl.

Der Gentleman wäre höchstwahrscheinlich errötet, wenn seine übliche Gesichtsfarbe es zugelassen hätte. »Ich ... nun, ich habe auf Nortings Jungen gesetzt«, gestand er. »Ich glaubte nicht, dass Sie die gesellschaftliche Kluft würden überwinden können, MacLachlan.«

»Dann haben wir alle drei verloren, nicht wahr?« Merricks Stimme war jetzt eiskalt. »Die Lady war klug genug, London zu verlassen und zu Hause zu heiraten, wo die Menschen zweifellos sensibler waren.«

Die Finger in seinem Oberschenkel entspannten sich. Madeleine zog die Hand weg, ließ nichts zurück als Wärme.

»Nun, wie schön ist es doch, über alte Zeiten zu sprechen«, mischte sich Lady Treyhern ein. »Möchte jetzt jemand gern von der Crème brulée?«

»Gebrannte Creme, Maman«, wurde sie von Lady Ariane korrigiert.

»Ja, ganz richtig!« Lady Treyhern sprach schnell weiter. »Wir haben eine wundervolle Auswahl! Die Köchin hat sie im Wasserbad gegart und mit einem heißen Karamellisiereisen flambiert. Es gibt eine mit Orangen, eine mit Zitronen und eine mit Mandeln – meine Lieblingscreme – und sogar eine Sorte mit Zimt und Kürbis darin.«

»Kürbis«, sagte Madeleine rasch. »Ich würde gern die mit Kürbis probieren.«

Und ich würde gern einen Drink nehmen, dachte Merrick. *Einen großen.*

Aus Rücksicht auf den Geburtstag des Mädchens saßen die Herren nicht lange beim Port zusammen. Sie kehrten in den Salon zurück und sahen, dass der kleine Ballsaal, der ihm gegenüber lag, geöffnet worden war. Mrs. Rutledge hatte sich an das Piano gesetzt. Einige jüngere Gäste hatten sich um sie geschart und blätterten in Notenblättern oder riefen ihr Vorschläge zu, was sie spielen sollte.

Bald war der Tanz in vollem Gange, und die großen Flügeltüren nach draußen wurden geöffnet. Merrick nutzte die Gelegenheit, in die kühle Dunkelheit zu entkommen. Eine schmale

Terrasse erstreckte sich über die Länge des Hauses. Es waren keine Lampen angezündet worden, und ihm leuchtete nur das Licht aus dem Ballsaal. Ein paar Schritte weiter stand sich eine Säule, um die sich einige in Töpfen wachsende hohe Palmen gruppierten. Merrick umrundete die Baumgruppe und zog eine Zigarre aus seiner Schachtel. Das Feuerzeug flammte beim ersten Streich auf.

Durch die offen stehende Tür drangen fröhliches Lachen und die Musik zu ihm heraus. Die Diener waren zurückgekommen, dieses Mal mit Tabletts, auf denen champagnergefüllte Gläser standen. Merrick trank keinen Champagner. Genau genommen hätte er gerade jetzt eine Menge für ein Glas guten schottischen Whisky gegeben. Er spürte noch immer den Druck von Madeleines Hand auf seinem Schenkel. Spürte noch die Wärme ihrer Finger, die durch seine Hosen an seine Haut gedrungen war.

Er schloss die Augen und dachte daran zurück. Er wünschte, sie hätte sich in diesem Moment der Beunruhigung nicht an ihn gewandt. Und er wünschte, er hätte es nicht begrüßt. Doch er hatte getan, was jeder aufrechte Gentleman unter diesen Umständen getan hätte. Er hatte Wagstaff scharf gestoppt und ihm die klare Botschaft übermittelt, dass seine intimen Enthüllungen unerwünscht waren. Aber der Schaden war angerichtet, und Madeleine würde jetzt die Neugier der anderen zu befriedigen haben – oder zumindest die Lady Treyherns. Merrick war weder deren leichtes Stocken des Atems noch der überraschte Ausdruck in ihren Augen entgangen.

Seinen Grübeleien wurde ein Ende gemacht, als eine laute Frauenstimme in der Nähe der Fenster zum Ballraum erklang. »Bentley, *ma foi!*«, sagte sie. »Lass meinen Arm los. Du tust mir weh.«

Lady Treyhern erschien auf der Terrasse, geführt vom Bruder ihres Mannes, der sie entschlossen am Oberarm gepackt hielt. »Helene«, sagte Rutledge leise. »Ich muss mit dir reden. Allein.«

»In welcher Angelegenheit bitte? Bentley, ich habe Gäste.«

Sie blieben auf der anderen Seite der Säule stehen, jenseits der Gruppe der Palmen. Noch gefangen in seinen eigenen Grübeleien, machte sich Merrick nicht, wie er es hätte tun sollen, bemerkbar.

»Mir ist zu Ohren gekommen, dass es Gerede gibt, Helene.« Seine geflüsterten Worte klangen grimmig. »Gerede über Thomas Lowe. Großer Gott! Warum nach all diesen Jahren?«

»Dein Bruder hat überreagiert.« Lady Treyherns Stimme klang beruhigend. »Ich hätte es niemals erwähnen sollen. Es war nur der Archard-Junge, der Ariane geneckt hat. Er hat sich nichts dabei gedacht. Er weiß gar nichts über Lowe.«

»Verdammt noch mal, ich habe gehört, was gesagt worden ist«, entgegnete Treyherns Bruder. »Das hat er sich nicht zusammengeträumt, Helene. Irgendjemandem hat es gefallen, Gerüchte zu verbreiten – sehr *gefährliche* Gerüchte –, und wir müssen dem ein Ende machen. Es war einer der Dienstboten, denke ich. Wer ist von Gloucestershire mit hierhergekommen?«

»Keiner«, entgegnete Lady Treyhern mit harter Stimme. »Niemand außer der Gouvernante, und die ist erst seit sechs Monaten bei uns. Und achte bitte auf deine Sprache!«

»Entschuldigung«, sagte Treyherns Bruder angespannt. »Aber ich denke, dass meine Sorge verständlich ist, oder nicht? Dieser Junge – woher kommt er? Wie alt ist er?«

»Er kommt aus Yorkshire und ist seit zwei Monaten in London«, erwiderte sie gereizt. »Er ist erst zwölf Jahre alt – und das ist wohl kaum das Alter, um heimtückisch zu sein. Zudem hat er die meiste Zeit seines Lebens im Ausland verbracht. Glaub mir, es war nur das dumme Gerede eines Kindes. Der Junge ist dafür bekannt, dass er – nun ja, seltsame Gedanken hat. Und falls du darauf bestehst, weiterhin in dieser Skandalbrühe herumzurühren, wirst du nichts anderes damit erreichen als alles noch schlimmer zu machen.«

»Großer Gott!«, sagte Rutledge wieder und schlug mit der Faust gegen die Hauswand. »Arme Ariane! Dieser Bastard Lowe hätte einen langsameren Tod verdient. Und könnte ich ihn noch einmal erschießen, würde ich ein gutes Stück tiefer zielen, um sicherzugehen.«

Merrick hatte genug gehört. Genau genommen hatte er nicht gewünscht, zuzuhören, aber er hatte es getan. Er hatte keine Ahnung, worüber die beiden gesprochen hatten, aber er kannte die Natur der Menschen gut genug, um zu wissen, dass Treyherns Bruder voller Wut war.

Aber es war Geoffrey gewesen, über den sie gesprochen hatten. Verdammte Hölle! Es musste so sein. Merrick gefiel der Gedanke nicht, dass der Junge in Schwierigkeiten steckte. Aber dann wiederum war das schließlich nicht seine Sache – oder? Nach einem letzten Zug an seiner Zigarre ging Merrick so leise und so weit er konnte die Terrasse hinunter, dort räusperte er sich laut und warf den Stumpen auf den Rasen. Dann ging er die Terrasse wieder zurück, pfiff dabei »God Save the King« und machte dabei einen solchen Lärm wie es menschenmöglich war, ohne über den Terrassenrand in das Gebüsch zu fallen.

Als er auf Lady Treyhern stieß, täuschte er Überraschung vor und schüttelte ihrem Schwager die Hand, als hätte er den Gentleman erst jetzt bemerkt.

»Mr. Rutledge«, sagte Merrick glattzüngig. »Was für ein Vergnügen.«

Lady Treyhern lächelte und machte ein paar unwichtige Bemerkungen über das Wetter. Sie schienen unbekümmert ob seiner Anwesenheit. Nach einer Weile verbeugte Merrick sich vor der Komtesse und ging weiter. Unter den funkelnden Kandelabern vergnügte sich ein halbes Dutzend Paare bei einem lebhaften Rundtanz, einige von ihnen waren schon ziemlich außer Atem geraten, andere lachten ausgelassen.

Er sah Madeleine, die ohne Begleitung war und auf das Klavier zuging. Er nahm sie leicht am Arm. Sie wandte sich um, ihr heiterer Gesichtsausdruck zerfiel, als sie ihn sah. Mrs. Rutledge hatte einen Walzer angestimmt.

»Tanz mit mir«, sagte er.

Sie zögerte unmerklich.

»Es ist zu spät, Madeleine«, sagte er grimmig und nahm ihre Hand. »Unsere Katze ist jetzt aus dem Sack.«

»Ja, und wessen Schuld ist das?«, fragte sie, während er sie mit sich auf den Tanzboden zog.

»Nicht meine, bei Gott!«, stieß er hervor. »Du bist es doch, die es nach all diesen Jahren für richtig gehalten hat, nach London zurückzukehren.«

»Ich verstehe«, sagte sie angespannt. »Und das ist deine Vorstellung davon, dass es zu Ende ist? Davon, mich nie wieder anzusehen?«

»Madeleine, die Hexe zu spielen, steht dir nicht«, erwiderte er und zog sie an sich. »Dies ist nur eine Dinnerparty. Ein einziger Tanz. Hätte ich gewusst, dass du hier bist, wäre ich weggeblieben. Aber ich wusste es nicht, und wenn wir jetzt umeinander herumschleichen und nicht einfach höflich miteinander umgehen, wird das nur noch mehr Gerede verursachen.«

Er spürte es in dem Moment, in dem sie nachgab. Sie erlaubte ihm, sie an sich zu ziehen, und sie tanzten schweigend eine Weile, die Seide ihres Kleides streifte seine Kleidung jedes Mal, wenn sie eine Drehung ausführten. *Es ist lange her,* dachte Merrick, *seit ich mit einer Frau getanzt habe.* Bis auf Madeleine erinnerte er sich an keine davon. Ihre Hand war klein und warm in seiner, und ihr Duft nach Seife und Jasmin neckte seine Nase.

Unerklärlicherweise wollte er das Gespräch weiterführen, das sie in der vorigen Woche gehabt hatten. Er wollte sie fragen, *warum* sie ihre Beziehung so schnell aufgegeben hatte. Und während er auf sie herunterschaute, war da auf einmal eine tiefe und plötzliche Sehnsucht in ihm, eine Art von Schwäche und ein schmerzendes Gefühl von Verlust. Er wollte sie enger an sich ziehen, um seine Hand zwischen ihre Schulterblätter zu legen statt auf ach so anständige Weise auf ihre Taille. Er wollte seinen Körper mit ihrem verschmelzen lassen. Und obwohl es klang, als wäre es eine rein körperliche Sache, so war es das nicht. Es war mehr als das. Es waren sein Herz und sein Körper, die sich an diese süße, kurze Zeit erinnerten, als sie eins gewesen waren.

Dreizehn lange Jahre. Und nur für sich konnte er eingestehen, dass er sie vermisst hatte. Sogar jetzt, da er wusste, dass sie nicht mehr die Frau war, die er einst geliebt hatte, vermisste er sie. Er vermisste das Mädchen, das sie gewesen war, nicht die spröde, kalte Frau, zu der sie geworden war. Er vermisste die Hoffnung auf ein glückliches Leben, das kommen würde, und eine verlässliche Partnerin, mit der er es teilen konnte. Und selbst für diese kleine Schwäche verachtete er sich. Herrgott, er musste einen Ausweg finden, einen Weg, das auszuschließen, oder der Schmerz würde ihn bei lebendigem Leib auffressen.

Er zwang ihn fort und wandte sich wieder seiner ursprünglichen Sorge zu. »Ich muss mit dir reden, Madeleine«, sagte er, seine Lippen an ihrem Ohr. »Es geht um Geoffrey.«

Sie versteifte sich in seiner Umarmung. Nur seine Hand, fest auf ihrer Taille, hielt sie davon ab, zurückzuweichen. »Ich habe kein Interesse, mit dir über meinen Sohn zu reden, Merrick«, sagte sie. »Lass uns bitte in Ruhe.«

Er ignorierte ihre Worte. »Was hat Geoff gesagt, Madeleine? Zu Treyherns Tochter?«

Irgendetwas in ihr schien sich zu bewegen. Sie warf ihm einen abschätzenden Blick zu, als er sie in die nächste Drehung führte. »Wovon sprichst du?«

»Ich weiß es nicht genau«, bekannte er. »Aber ich hasse den Gedanken, dass Geoffrey in Schwierigkeiten ist.«

»In … Schwierigkeiten?« Ihr Griff um seine Hand spannte sich an, und er spürte mehr, dass sie schwankte, als dass er es sah. Ihr Fuß blieb an etwas hängen. Sie strauchelte. Er stützte sie und hielt sie, richtete sie wieder auf.

»Es tut mir leid«, sagte Merrick, als sie sich wieder gefasst hatte. »Ich bewerte die Sache wohl über. Ich habe zufällig eine kurze Unterhaltung zwischen Lady Treyhern und dem Bruder ihres Mannes mitangehört, das ist alles. Aber er schien sich große Sorgen über etwas zu machen, was Geoff zu dem Mädchen gesagt hat. Ich weiß nicht, was es war – oder warum er sich überhaupt darüber Gedanken macht. Aber … aber er tut es. Und ich habe mich nur gefragt, was gesagt worden ist.«

Madeleine schwieg einen Moment.

»Maddie, ich will dem Jungen doch nicht schaden«, sagte er schließlich. »Du hast ganz recht: Es geht mich nichts an. Aber denk über das nach, was ich gesagt habe, und tu, was du für das

Beste hältst. Wenn er das Mädchen gequält hat, dann sorg dafür, dass er damit aufhört.«

»Das ist es nicht«, sagte sie. »Geoff würde niemals jemanden quälen. Er ist sehr feinfühlig.«

»Das weiß ich, Madeleine«, beruhigte er sie.

Er sah, dass sie sich unsicher die Lippen befeuchtete. »Das Problem ist«, sagte sie, »dass Geoffrey nicht … nicht ganz in Ordnung ist.«

»Was?« Auf ihn wirkte der Junge gesund und stark wie ein Pferd. »Madeleine, mit Geoffrey *ist* alles in Ordnung.«

»Nein«, widersprach sie. »Es … es ist nur etwas, was man nicht auf den ersten Blick bemerkt.«

»Madeleine, rede dem Jungen nichts ein.«

Sie schürzte für einen Moment die Lippen und in ihren Augen spiegelte sich ihr Kummer wider. »Oh, du kannst das doch überhaupt nicht verstehen!«

»Bevor du das entscheidest, gestatte mir, im Zweifel für den Angeklagten zu sprechen, Madeleine.«

»Ich bin eine *gute* Mutter, Merrick«, erwiderte sie indigniert. »Und ich *kenne* meinen Sohn. Ich habe ihm mein ganzes Leben gewidmet. Und ich weiß, dass etwas nicht in Ordnung ist, und dass es schlimmer wird.«

»Es tut mir leid«, sagte er. »Du hast recht. Ich kenne den Jungen kaum. Sag mir, was mit ihm ist, und ich werde zuhören.«

Plötzlich wurde ihr Gesichtsausdruck sturer Entschlossenheit zu einem voller Unsicherheit. »Es ist nur, dass Geoff sich Dinge einbildet und dass er seltsame Gedanken hat.« Madeleine war blass geworden. »Und er leidet an Schwermut, sein Zustand ist oft sehr ernst. Das ist der Grund dafür, dass wir nach London gekommen sind. Ich bin nicht zurückgekommen, damit wir uns streiten können, Merrick. Ich hätte mir nie träumen lassen, dass wir uns je wiedersehen. Ich habe nur verzweifelt versucht, jemanden zu finden, der meinem Sohn helfen kann, aber … aber in dieser Beziehung habe ich versagt.«

Es hätte keinen ungeeigneteren Zeitpunkt für seine Hüfte geben können, sich zu krampfen. Doch die Ausfallschritte, die der Walzer erforderte, forderten ihren Preis. Der Schmerz kam plötzlich und heftig. Madeleine konnte die Veränderung in seinen Bewegungen nicht entgangen sein.

»Merrick?« Ihre Stimme klang scharf. »Was ist los?«

»Ich muss aufhören«, stieß er hervor, ein Eingeständnis, das überflüssig war, weil er bereits stehen geblieben war.

Er führte sie an der Hand von der Tanzfläche. »Ich muss mit dir sprechen, wo wir ungestört sind«, sagte er. »Irgendwo anders als in diesem Ballsaal.«

Es war vielleicht ein Hinweis auf den Grad ihrer Verzweiflung, dass sie zustimmte. »Im gelben Salon?«

Er schloss die Augen gegen den Schmerz und schüttelte den Kopf. »Keine Treppen. Nicht … für eine Weile.«

Sie nickte und verließ den Saal. Merrick folgte ihr hinaus auf den Korridor und bemühte sich, nicht zu hinken. Gegenüber der Treppe befand sich eine schmale Tür. Keine breite, wie sie zu einem Zimmer führte, in dem Besucher empfangen wurden, sondern eine schmale, ganz gewöhnliche. Madeleine öffnete sie. Dahinter verbarg sich eine kleine Kammer, mit Geschirrschränken an den Wänden und einem schlichten Arbeitstisch mit vier rustikalen Stühlen in der Mitte. Es gab keine Fenster, aber in der Nähe des Tisches brannte ein Wandleuchter, und auf den Abstellflächen der Schränke stand das Geschirr, das beim Abendessen benutzt worden war, aufgetürmt zu ordentlichen Stapeln, bereits abgewaschen, getrocknet und bereit, weggeschlossen zu werden.

Madeleine betrat das Zimmer und zog zwei Stühle zu sich heran. »Ich denke, du solltest dich setzen«, sagte sie.

Merrick widersprach nicht. Er stützte sich mit der Hand auf dem Tisch ab und setzte sich. Die Erleichterung kam sofort. Madeleine ging zur Tür, drehte den Schlüssel im Schloss herum und kehrte zu Merrick zurück. Dann saßen sie sich gegenüber, in dem schmalen Raum waren ihre Knie nur Zentimeter voneinander entfernt.

»Mit meinem Bein ist es selten so schlimm«, begann er. »Aber manchmal packt es mich. Ich entschuldige mich dafür.«

»Du tanzt nicht oft.« Es war keine Frage.

»Es sieht so aus, nicht wahr?« Er lächelte bedauernd. »Nein, fast nie. Meine Art zu leben erfordert das nicht.«

Sie sah ihn ernst an. »Welche Art Leben ist das, Merrick? Ich – ich bin einfach neugierig, verstehst du.«

Er schwieg für einen Moment. »Es ist die Art von Leben, die zu führen ich immer erwartet habe«, sagte er schließlich. »Mehr oder weniger. Es ist ein Leben voller Arbeit und Pflichten, kein Leben mit gesellschaftlichen Verpflichtungen – oder nur sehr seltenen jedenfalls.«

»Ich verstehe.« Sie schwieg, als hoffte sie, er würde noch mehr sagen. Er tat es nicht.

Sie sah sich nervös um und verschränkte die Hände in ihrem Schoß. »Vielleicht sollten wir nicht hier sein.«

»Wir sind inzwischen wohl kaum mehr die zwei jungen Unschuldigen, Maddie«, sagte er. »Außerdem – was würden sie tun, wenn sie uns erwischen? Uns zwingen, zu heiraten?«

Sie lachte nervös auf, aber es klang nicht fröhlich. Ein lastendes Schweigen senkte sich über das kleine Zimmer.

»Du wolltest mich etwas über Geoff fragen«, erinnerte sie ihn. »Es tut mir leid, dass ich so heftig reagiert habe, aber ich habe dir alles gesagt, was ich weiß. Ich denke, je eher wir London verlassen, desto besser wird es vielleicht für ihn sein. Ich denke, er war ausgeglichener, als wir noch auf dem Lande gewohnt haben.«

»Aber was hast du damit gemeint, Madeleine, als du von *Schwermut* gesprochen hast?«, drängte er sie behutsam. »Ist er manchmal einfach nur unglücklich? In einem gewissen Alter leiden Jungen unter Stimmungsschwankungen.«

Sie erwiderte seinen Blick, ihre Augen waren groß und offen. »Das weiß ich, Merrick«, sagte sie. »Aber das ist eine Traurigkeit, die über das hinausgeht. Und es ist so schwer zu erklären. Er scheint zu denken, dass er – nun, dass er dafür *verantwortlich* ist. Für alles, scheint es manchmal.«

Merrick klopfte einen Augenblick lang mit den Fingern auf den Tisch. »Nenn mir ein Beispiel«, sagte er.

Madeleine wandte den Blick ab. »Nun – dieser arme Mr. Chutley«, sagte sie. »Geoff scheint es sich in den Kopf gesetzt zu haben, dass ihm irgendwie die Schuld an dessen Tod zu geben ist.«

»Guter Gott!«, sagte Merrick. »Nichts könnte weiter von der Wahrheit entfernt sein! Wenn überhaupt, so hat er mich davor bewahrt, eine Kugel in den Kopf zu bekommen.«

»Genau das habe ich ihm zu sagen versucht«, erklärte sie. »Wohlgemerkt, er hat es nicht direkt *gesagt*, dass er sich verantwortlich fühlt. Es ist eben nur, weil ich weiß, wie sein Verstand arbeitet. Ich habe es wieder und wieder gesehen. Und ... nun ja, er *weint*. Sehr oft – obwohl er es zu verbergen sucht. Merrick, weißt du, wie demütigend es für einen zwölf Jahre alten Jungen ist, zu weinen? Es ist eine Schwäche, die ihn beschämt.«

Merrick sagte nichts. Er wusste gut, wie es für einen zweiundzwanzig Jahre alten Mann war, zu weinen. Er würde nicht zu schnell damit sein, zu sagen, dass es den armen Geoff beschämte. Und der Junge würde bald genug lernen, dass seine Tränen ihm keinen Trost brachten.

»Sehnt er sich nach jemandem?«, fragte er. »Vielleicht nach seinem Vater?«

Madeleine zögerte, dann schüttelte sie den Kopf. Eine Locke ihres blonden Haars löste sich aus ihrer Frisur und fiel ihr bis auf die nackte Schulter. »Sie standen sich nicht übermäßig nah«, sagte sie und hielt noch immer ihre Hände im Schoß verschränkt. »Mein verstorbener Mann war sehr mit seiner Forschungsarbeit beschäftigt. Geoff und sein Halbbruder Alvin mochten sich, aber Geoff war schon in Yorkshire so wie jetzt. Genau genommen zeigte er diese Anzeichen schon als kleiner Junge in Italien. Ich habe immer gewusst, dass Geoff ... anders ist. Ich dachte, er würde sozusagen herauswachsen, aber es wurde nicht besser. Im Gegenteil – es wurde schlimmer.«

Merrick war verwirrt. Er glaubte ihr. Sicher, Madeleine mochte den Jungen ein bisschen zu sehr verhätscheln, aber das löste nicht die Dinge aus, die sie beschrieb. »Er macht auf mich einfach nicht den Eindruck eines übermäßig emotionalen Jungen«, bemerkte er.

Aber was zur Hölle wusste er denn schon? Er hatte in seinen ganzen fünfunddreißig Lebensjahren nur ein Kind gekannt.

»Was hat er zu dem Mädchen gesagt?«, fragte er. »Wenn du es mir sagen willst.«

Madeleine zuckte leicht mit den Schulter. »Es war nichts, wirklich«, sagte sie. »Vermutlich wollte er sie nur necken? Sie haben Karten gespielt, und er hat plötzlich etwas über ihren

Vater gesagt ... dass er tot sei. Er hat das sicherlich nur als Scherz gemeint, aber es hat eben nicht so geklungen. Seitdem ist er wütend auf sich selbst.«

»Kinder haben seltsame Gedanken«, erwiderte Merrick. »Alasdair und ich haben mehr als eine Abreibung dafür bekommen, Dinge gesagt zu haben, die wir lustig fanden, die für unsere Mutter aber nicht annähernd so unterhaltsam waren.«

Der Schmerz in seinem Bein war jetzt fort, aber da war noch ein seltsamer Schmerz in seinem Herzen. Er empfand Mitleid mit Madeleine. Trotz alledem, was die Jahre gebracht hatten, trotz der Art, wie sie ihn verlassen hatte, schien es, dass er ihr nicht länger Böses wünschte. Und ganz gewiss wünschte er dem Jungen nichts Böses. Er mochte Geoff. Sie teilten so viele derselben Interessen. Bisher hatte er für Kinder nichts übrig gehabt

Er nahm ihre Hand und beugte sich vor. »Maddie, es tut mir sehr leid«, sagte er und rieb ihre Hand leicht in seiner. »Ich würde dir nie wünschen, unglücklich zu sein. Es gab vielleicht eine Zeit, als ich dachte, ich würde es tun. Doch jetzt, da ich dich so sehe, weiß ich, dass mir das keine Freude macht. Aber ich weiß verdammt noch mal nicht, wie ich dem Jungen helfen könnte. Falls du irgendetwas weißt – egal was –, du musst es mich nur wissen lassen.«

»Es gibt nichts«, sagte sie niedergeschlagen. »Und du bist nicht für Geoff verantwortlich.«

Er lächelte leicht. »Nun, wie dem auch sei – du musst nur fragen.«

Sie presste die Lippen zusammen, als versuchte sie, nicht zu weinen. Es brach ihm fast das Herz. Es war Zeit, dieses enge Zimmer zu verlassen, bevor er noch etwas unglaublich Dummes tun würde. Wenn er für Geoff nicht verantwortlich war, dann war er es für Madeleine weiß Gott erst recht nicht. Er stand auf, hielt noch immer ihre Hände und zog sie leicht auf die Füße.

»Ich denke, ich werde jetzt nach Hause fahren«, murmelte sie. »Ich werde mich nur noch von Helene verabschieden.«

»Ich werde auch bald aufbrechen«, sagte er. »Ich weiß gar nicht, warum ich überhaupt hergekommen bin.«

Er drückte noch einmal aufmunternd ihre Hände und ließ sie dann los. Madeleine wandte sich ab, um an ihm vorbeizugehen. Ohne darüber nachzudenken, legte er die Hand auf ihre Schulter.

Ihr Blick fuhr zu ihm. Für einen Augenblick standen sie wie erstarrt in der Zeit, und die Jahre zählten nicht mehr. Irgendwie fand er seine Stimme. »Maddie, ich ...« Er schüttelte den Kopf und versuchte es erneut. »Guter Gott, Maddie. Ich wünschte, du wärst nie zurückgekommen!«

Sie schaute noch immer zu ihm hoch und wirkte dabei schrecklich allein. Ihr Porzellanteint schimmerte leicht im Lampenschein. »Und ich wünschte, du wärst heute Abend nicht so nett zu mir gewesen«, erwiderte sie. »Irgendwie, Merrick, ist es leichter, dich aus der Ferne zu hassen.«

»Verdammt«, murmelte er. Plötzlich wünschte er sich, die Welt würde zerbersten.

Ihr unschuldiger Blick hielt seinen noch immer gefangen. »Gott, was haben wir nur angerichtet, Merrick?«

Narr, der er war, ging er einen Schritt auf sie zu. Sie waren nur noch Zentimeter voneinander getrennt. Ihre Augen waren groß, voller Schmerz und Bedauern und einem anderen Gefühl, das er nicht benennen konnte. Schockiert erkannte er, dass er sie wieder küssen wollte, und seltsamerweise spürte er, dass sie sich ihm nicht entziehen würde.

Lieber Gott, es wäre so falsch, so grausam, ihren Kummer auszunutzen! Aber Merrick war noch nie für seine Menschenfreundlichkeit bekannt gewesen. Er hob die Hand und berührte ihr Gesicht. Sie schloss die Augen; ihre Wimpern warfen federleichte Schatten über ihre Wangen. Mit einem atemlosen Laut wandte sie das Gesicht und presste es gegen seine Hand.

»Oh, *nicht!*«, wisperte sie, und ihre Lippen streiften so leicht wie eine Feder über seinen Daumen. »Oh, Merrick! Bitte!«

Bitte was? O Gott, er würde es bedauern! Aber er sehnte sich danach zu wissen, wie es sein würde, sie wieder zu berühren. Die erlittene Kränkung, das Verlangen und die unbezähmbare Lust wanden sich in seinem Leib wie ein lebendes Tier. Von ihnen getrieben verdrängte Merrick jeden anderen Gedanken und beugte sich über Madeleine, nahm sanft ihren Mund in Besitz.

Es war, als würde eine Öllampe in schwelende Glut geworfen. Hitze und Flammen explodierten, erwachten brüllend zum Leben, verschlangen sie. Ihre Lippen schienen zu schwellen und weicher zu werden unter seinen, als er von ihr kostete, seine Hände und sein Mund waren gierig und drängend. Sie stieß einen hungrigen, verzweifelten Ton aus.

Er hatte Angst, etwas zu sagen. Hatte Angst, aufzuhören, sie zu küssen, aus Furcht, einer von ihnen könnte zur Vernunft kommen. Stattdessen ließ er zu, dass dieser Kuss sie weiter trieb, als er sanft den Saum ihrer Lippen erforschte. Mit einem leisen Stöhnen öffnete sie sich ihm, bog den Kopf zurück und ergab sich. Heiß, begierig tauchte seine Zunge tiefer, ohne sie zu schonen, ohne sie zu warnen. Aber Madeleine zuckte nicht zurück. Dreizehn Jahre gingen in Flammen auf.

Er drängte tiefer hinein, und ein Beben erfasste ihn. Madeleine schmiegte sich an ihn, unmissverständlich, hungrig, als seine Zunge sinnlich an ihrer entlangstrich, als er die Tiefen kostete und eroberte, an die er sich so gut erinnerte. Sie öffnete sich ihm ohne zu zögern. Mochte Gott ihnen beiden beistehen!

In seinen Träumen, wenn er sie geküsst hatte, war es ein fast gewaltsamer Kuss gewesen; als könnte es die Dämonen freilassen, die ihn so viele Jahre beherrscht hatten, wenn er sie hart nahm. Doch dieser Kuss war wütend und wild, voller Bedauern, sinnlich sogar in seiner Traurigkeit. Er schloss die Hände um ihr Gesicht und küsste sie wieder, wandte sein Gesicht, um seinen Mund über ihren zu streifen, während er sich an die heiße Flut ihrer jungen Liebe erinnerte.

Madeleines Augen waren noch immer geschlossen, aber sie erwiderte seine Küsse mit größer werdendem Verlangen. Sie hatte danach gehungert; er spürte es, und sie drängte darauf. Sie presste ihre Brüste an ihn und ließ ihre Hand unter seine Jacke gleiten, unter seine Weste, bis er die Wärme ihrer Hand durch den dünnen Stoff seines Hemdes spüren konnte.

»Maddie«, flüsterte er, und sein Mund hauchte Küsse unter ihr Auge.

Ihre Hand krampfte sich um seinen Jackenaufschlag. »Sag nichts«, wisperte sie. »Sei nur ... o Gott. Hör nicht auf!«

Merrick schloss die Hand um ihre Brust und lauschte mit Befriedigung auf Madeleines leises lustvolles Keuchen. Ganz leicht strich er mit dem Daumen über die Knospe. Madeleine forderte das Schicksal heraus, als sie sich gegen seine Handfläche drängte. Irgendwie schob er den Stoff ihres Kleides von ihrer Schulter um ihre Brust zu enthüllen, so rund und perfekt, dass er seine Knie schwach werden fühlte. Die süße Spitze jedoch war noch vor seinem Blick verborgen. Er zerrte an dem Kleid und wurde belohnt.

Sie stieß einen Schrei der Lust aus, als sein Mund sie bedeckte. »O Gott«, hauchte sie.

Bei ihren Worten rauschte das Blut in seine Lenden. Ihre Knospe wurde zwischen seinen Lippen hart wie eine kostbare Perle. Wieder und wieder saugte er daran, umschloss er sie mit der Wärme seines Mundes. Madeleine lehnte sich gegen die Wand, bot sich ihm dar. Es war die totale Kapitulation.

Er würde ihr geben, worum sie ihn anflehte – hier und jetzt, in dieser kleinen Kammer, und zum Teufel mit den Konsequenzen. Merricks Hände glitten herunter, umfassten durch die glatte Seide ihres Kleides die Rundung ihres Pos. Sie stöhnte leise, als er sie streichelte. Er hob sie hoch und presste sie an sich, ließ sie das drängende Begehren seines Körpers spüren.

Madeleine ließ den Kopf in den Nacken fallen, ihr Mund war geöffnet, ihr Atem ging schnell und flach. »Oh«, wisperte sie. »O Gott, Merrick, *bitte* ...«

Merrick spürte ihren Körper schwach werden, als sie sich in seine Hände und gegen seinen Körper schmiegte. Sie zitterte jetzt vor Lust, so absolut war ihre Kapitulation. Die würdevolle, perfekte kleine Madeleine – sie tat nicht einmal so, als würde sie sich zurückzuziehen. So war es immer gewesen. Madeleine hatte ihn immer begehrt, körperlich zumindest, und sie hatte nie die Gabe besessen, etwas anderes vorzugeben.

Halbherzig versuchte er, über das Für und Wider dieser Sache nachzudenken. Sie war verwitwet. Sie musste einsam sein. Sie würde ihm vielleicht nie vergeben.

Und wenn er sie jetzt nicht nehmen würde, würde er sich selbst niemals vergeben.

Seine Ungeduld, sein Mangel an Selbstbeherrschung, wenn es um Maddie ging, waren es in erster Linie gewesen, was sie dazu gebracht hatte, nach Gretna Green zu fahren. Es war nicht der schnelle, harte Akt der Vereinigung, den er von ihr gewollt hatte. Aber jetzt, in diesem Moment, war es das, wonach sein Körper verlangte. Es musste so sein.

Ihre Hand hatte sich unter sein Hemd geschoben, und ihre Fingernägel gruben sich in seinen Rücken, bettelten ihn an. Die Vernunft verließ ihn, und er begann, ihre Röcke hochzuschieben.

Madeleine erbebte in seiner Umarmung, als seine Hand um ihren nackten Po glitt. Sie öffnete die Augen, in denen die Flamme der Lust brannte, aber in denen auch noch Fragen zu lesen waren. Ihre Handflächen pressten sich gegen seine Schultern, aber es war eine halbherzige Abwehr. »O Gott«, wisperte sie. »Was tun wir?«

»Was wir tun müssen«, murmelte er und presste seinen Mund an ihre Kehle.

Madeleine wusste, dass sie sich ihm widersetzen musste, aber sie konnte sich nicht mehr erinnern, warum. Seit so langer Zeit hatte ihr Körper sich nach dem hier gesehnt. Sie wollte sich dieser Sehnsucht ergeben. Wollte diesen langsamen süßen Schmerz spüren, der sich in ihrem Schoß sammelte. Seine Hände waren heiß und fordernd, sein Körper stark. Sie ließ den Kopf gegen seine Schulter sinken und küsste ihn in die Schulterbeuge.

Der Duft seiner Männlichkeit mischte sich mit dem seines Rasierwassers und hüllte sie wie in einer Wolke ein. Sie hörte wie im Nebel, wie Stoff zerriss, und sie fragte sich, welcher unbekümmerte Narr ein derartiges Risiko eingehen würde. Aber es war genau dieses Risiko, das sie so übermütig machte. Das Risiko eines Skandals. Das Risiko, überrascht zu werden. Und vielleicht das Risiko, wieder ihr Herz zu verlieren.

Sie küsste seinen Hals und arbeitete sich hinauf zu seinem

Kinn. Merricks Atem ging rau, als seine Hand sich zwischen ihre Körper schob. Seine warmen geschickten Finger glitten über ihren Bauch und noch tiefer. Zwei Finger reizten ihren Schoß, glitten mit jedem sanften Streicheln tiefer hinein in die Hitze. Sein Atem streifte warm ihre Kehle. *Guter Gott, sie musste ihn haben!*

Schamlos ritt Madeleine auf seiner Hand. Als wollte er alle Lust aus ihr herausziehen, wurde sein Streicheln leichter, und sein Mund kehrte zu ihrer Brust zurück.

»Ohh«, wisperte sie. Es war ein Flehen. Es war ihre Niederlage.

Sein Mund kehrte mit neuem Drängen zu ihrem zurück, seine Hände streichelten ihren Körper fast verzweifelt, als seine Zunge wieder und wieder mit hungrigen Stößen in ihren Mund eindrang. Sein Mund glitt über ihre Kehle, und Madeleine hörte sich ihn um etwas anflehen; etwas Süßes und Langerinnertes.

Merrick drängte sie fort von der Wand. Madeleine spürte die Tischkante an ihren Beinen. Das flackernde Lampenlicht hüllte die Kammer in ein warmes goldenes Licht, das sie unausweichlich tiefer zog. Sie ließ ihre Hände wieder unter seine Jacke gleiten, hinauf über die harten Muskeln seines Rückens. Die Wärme seines Körpers umgab sie wie eine Hülle.

Ich mache mich wieder zur Närrin, dachte sie verschwommen. Seine Finger streichelten sich tiefer in ihren Schoß, reizten ihren empfindsamsten Punkt und ließen sie zitternd zurück. *Er will nur das Eine.* Aber der Gedanke störte sie nicht. Denn auch sie wollte nur das.

Merrick atmete schwer. Ihre Brüste warteten entblößt auf seine Berührung. Er umschloss sie mit den Händen, strich mit den Daumen leicht über ihre harten, sich sehnenden Spitzen.

Das Licht des Wandleuchters war genug, die Intensität zu zeigen, die in seinen Augen brannte. »Madeleine«, sagte er rau. »Lieber Gott, Maddie!«

Er beugte sich über sie und ließ eine Hand wieder auf ihre Hüfte gleiten. Ein wenig grob drückte er sie herunter auf den Tisch. Er stand zwischen ihren Beinen, eine Hand unter ihren hochgeschobenen Röcken, während seine Augen sich an ihr satt aßen, an ihrem Gesicht, ihrer Kehle, ihren nackten Brüsten. Die Tischplatte unter ihr fühlte sich hart und kühl an. Das warme Gewicht seiner Hand unter ihren Röcken, das Streicheln zwischen ihren Beinen trieb ihr Verlangen zu einer fiebrigen Steigung.

»Oh, Merrick!« Ihr Kopf fiel zurück auf den Tisch, und ihr Körper bog sich hart gegen seine Hand. »Merrick, bitte! *Bitte!*«

»Bitte *was*, meine Liebe?« Er keuchte die Worte heraus. »Sag es mir.«

Sie richtete sich auf und streckte die Hände nach ihm aus. Er kniete sich auf sein kräftigeres Bein und folgte ihr auf den Tisch, stieg auf sie. Er nahm wieder ihren Mund in Besitz, stützte sich über sie, küsste sie tief. »Was?«, fragte er. »Was willst du, Maddie, Liebes?«

»Dich. In mir.« Ihre Hände glitten zu seinen Hosen, streichelten gierig die harte Schwellung, das Versprechen irdischer Freuden. »*Jetzt.*«

Er stöhnte und ließ seinen Körper gegen ihren sinken. Ungeduldig ließ sie die Hand tiefer gleiten, fand einen Knopf, und öffnete ihn. Ein weiterer und noch einer folgten. Seine kraftvolle Erektion sprang hervor, als sie mit einer Hand die Hose beiseite schob. Verlangend schloss sie die Hand um den heißen Schaft.

Er löste seinen Mund von ihrem und fluchte leise. »Du wirst

es nicht bereuen?«, keuchte er. »Du wirst nicht mir die Schuld geben?«

Sie schüttelte den Kopf, ihr Haar glitt über den Tisch. »Nein«, wisperte sie. »Bitte. Nur dieses eine Mal.«

Merrick stützte sich auf eine Hand, erhob sich und schob sein Hemd zur Seite. Sie konnte seine pralle Männlichkeit sehen. Mein Gott! Sie hatte fast vergessen, wie großzügig die Natur ihn ausgestattet hatte. Madeleine stemmte einen Fuß gegen den Tisch, schlang ihr anderes Bein um seine Taille und zog ihn an sich.

Sie fühlte, wie sein hartes Glied ihre pochende Mitte erforschte und dann die warme Feuchtigkeit ihrer Lust berührte. Gierig bog Madeleine ihm die Hüften entgegen. Noch ein glühender Zentimeter, und er war in ihr. O Gott! Es fühlte sich so gut an, ihn in sich zu spüren! Erfüllt zu werden fast über das Erträgliche hinaus. Sich zu weigern, vernünftig zu sein.

Drängend zog sie ihn zu sich herunter, zog sie ihn tiefer in sich hinein und presste ihren Körper an seinen. Merricks Atem beschleunigte sich. Noch immer spürte sie Sehnsucht. Da war ein Schrei, ein rauer Ton in ihrer Stimme. »Mehr«, bettelte sie. »Merrick, lass mich ...«

Er hob die Hüften und stieß mit einem triumphierenden Stöhnen tief in sie hinein. Madeleine fühlte bei der plötzlichen Invasion ihren Körper zucken, und dann war es keine Invasion mehr, sondern nur noch süße Qual. Begierig drängte sie sich ihm entgegen.

»Heiliger Gott, Maddie«, stöhnte er, als er sich mit beiden Hände auf den Tisch stützte. Langsam begann er, sie zu reiten. Seine pulsierende Lanze entzündete eine Flamme der Lust. Oh, sie war so nah ... Noch ein, zwei Stöße, und sie wand sich seufzend unter ihm. Merrick stieß tiefer in sie, seine Bewegungen waren vollkommen, seine Härte köstlich, während sein Körper ihren Hunger stillte.

Plötzlich versteifte sich jeder seiner Muskeln, und sein Gesicht erstarrte. Er zog sich zurück, bevor er zu einem letzten süßen Stoß tief in sie eindrang. Seine Kehle arbeitete lautlos, die Sehnen seines Nackens spannten sich an, als seine Wärme tief in sie flutete. Und dann folgte sie ihm, der kleine Raum schien vor Lust und Licht zu bersten. Merrick verschloss ihren Mund mit seinem Kuss und trank ihren Schrei der Erfüllung.

Als sie wieder zur Besinnung kamen, war er noch immer über sie gebeugt, hielt er sie noch immer fest an sich gepresst. Er küsste sie wieder, tief und voller Sehnsucht, als könnte er es nicht ertragen, sie loszulassen. Für einen langen Moment hielten sie sich schweigend umschlungen. »Großer Gott!«, sagte er, als sein Atem wieder ruhiger ging.

Als Madeleine langsam in die Realität zurückkehrte, dachte sie vage daran, dass sie dies hier bedauern würde. Aber genau jetzt schien das Risiko es wert gewesen zu sein.

Merricks Blick war reuevoll, als er sich schließlich von ihr erhob. »Es wird verdammt hart werden, Maddie, so zu tun, als wäre *das hier* nicht geschehen.«

Sie wusste nichts darauf zu sagen. Ihr dämmerte langsam, welch schreckliches Risiko sie eingegangen waren. Ihre Hand glitt zu ihrem Ärmel und begann, ihn wieder an seinen Platz zu ziehen. »Es war nur dieses Mal, Merrick«, erinnerte sie ihn. »Das war es, was wir gesagt hatten, nicht wahr? Ich – ich werde schon bald fortgehen, und … und dann können wir wieder vergessen. Wir können vergessen, dass dies jemals geschehen ist, wenn du es wünschst.«

Merrick richtete sich auf und erhob sich. Sanft half er ihr vom Tisch herunter und begann, ihre Kleider zu richten. »Ich würde sagen, es wird so sein«, stimmte er ruhig zu, aber nicht bereit, ihren Blick zu halten. »Ich würde meinen, wir beide sollten besser morgen darüber nachdenken, Maddie.«

Sie fühlte, wie ihr Gesicht errötete. »Ob man uns vermisst hat, was meinst du?«

Er zuckte mit den Schultern. »Höchstwahrscheinlich«, sagte er. »Vermutlich ... vermutlich gehst du am besten in den Ballsaal zurück. Ohne mich.«

Irgendwie fand Madeleine die Geistesgegenwart, zu nicken. Sie sah ihm zu, wie er sein Hemd zurück in seine Hosen steckte. »Sind wir verrückt, Merrick?«, wisperte sie. »Haben wir denn damals nichts gelernt?«

Merrick ließ die Hände sinken und trat zur Seite. »Oh, ich habe sehr viel gelernt«, sagte er.

Er beugte sich herunter und hob den Schal aus gestrickter Spitze auf, der ihr von den Armen geglitten war. »Hier. Leg ihn wieder um. Jetzt geh – ohne mich.«

Geh ohne mich.

Guter Gott, war das nicht genau das, was sie getan hatte? Und es hatte ihr keine Freude gebracht. Aber dies hier – diese schnelle, verzweifelte Vereinigung ihrer Körper und ihrer Seelen – brachte ihr Herz zum Flattern.

Madeleine legte sich den Schal um, wobei sie überrascht feststellte, dass ihre Hände zitterten. Merrick sah aus, als wäre er wütend auf sich und vielleicht auch auf sie. Wenn ihr Zusammensein ein Fehler gewesen war, ja, dann war er das wert gewesen. Und der Ausdruck auf seinem Gesicht ließ vermuten, dass es ihr Herz für eine sehr lange Zeit würde wärmen müssen.

Mit einem letzten unsicheren Blick wandte sie sich ab und verließ die kleine Kammer.

Kapitel 13

Erst denken, dann handeln.

Merrick wartete noch zehn Minuten im Dämmerlicht der Kammer. Lange genug, dachte er, damit Madeleine sich von der Gastgeberin verabschieden konnte. *Nur dieses eine Mal.* Guter Gott, sein Herz konnte auch nicht mehr als das ertragen. Er betete, dass er Madeleine nie wiedersehen würde. Sie würde London verlassen, hatte sie gesagt. Gott sei Dank! Es wäre klug von ihm, nichts zu tun, was diese Abreise aufschieben würde.

Aber gerade jetzt konnte er es nicht ertragen, daran zu denken. Was gerade zwischen ihnen geschehen war ... Du lieber Gott, es war gefährlich und dumm und seelenzerreißend gewesen, und dennoch sinnlich auf eine Weise, wie er es noch nie erlebt hatte – auch nicht mit der fähigsten der Prostituierten. Es war wieder ... sein Traum gewesen. Zumindest ein kurzer Moment davon.

Merrick fühlte sich ausgelaugt und lehnte sich gegen die Wand, um seine Hüfte zu entlasten. Jetzt, da das blindmachende Begehren vorüber war, spürte er, dass der Muskelkrampf zurückgekehrt war, wenn auch nicht mehr so heftig wie zuvor. Als er glaubte, gehen zu können, ohne dass man ihm ein Hinken ansah, verließ er die Kammer und schloss die Tür fest hinter sich.

Im Ballsaal spielte noch immer die Musik. Lady Ariane tanzte mit ihrem Onkel, dem Gentleman, den er zuvor auf der Terrasse so wütend erlebt hatte.

»*Bon soir,* Mr. MacLachlan«, sagte eine sanfte Stimme neben ihm. »Sie sind ein Mann der Überraschungen.«

Er wandte sich um und sah sich Lady Treyhern gegenüber, die ihn anstarrte. Ihre Miene war offen, dennoch lag ein leichtes Misstrauen in ihrem Blick, das ihm nicht entging.

»Ich bezweifele, dass es irgendetwas Überraschendes über mich gibt, Ma'am«, entgegnete er. »Ich bin genau das, was Sie vor sich sehen.«

Sie klopfte mit ihrem Fächer leicht auf seinen Arm. »Ah, aber Ihre Vergangenheit!«, sagte sie ruhig. »Ach übrigens, die liebe Madeleine ist gegangen, wenn es Sie interessiert.«

»Wann sie kommt oder geht, ist nicht meine Angelegenheit«, entgegnete Merrick.

»Nein?«, fragte sie. »Nun, wie auch immer, auf jeden Fall würde ich sehr gern mehr Details über diese Jugendtändelei zwischen Ihnen beiden hören.«

Merrick zog die Augenbrauen hoch und bedachte seine Gastgeberin mit seinem finstersten Blick. »Dann werden Sie sich die bei Lady Bessett holen müssen, Ma'am.«

»Ah, ein Mann von Diskretion.« Lady Treyhern schloss ihren Fächer und sah Merrick abschätzend an. »Das weiß man zu schätzen. Kommen Sie, und gehen Sie ein paar Schritte mit mir. Es gibt da etwas, worüber ich gern mit Ihnen sprechen möchte.«

Merrick wollte ihre Bitte ablehnen. Seine Gedanken waren ganz entschieden woanders. Aber schließlich war er Gast der Lady und zudem von Natur aus nicht unhöflich. Widerstrebend bot er ihr seinen Arm und dankte Gott dafür, dass der Krampf in seiner Hüfte nachgelassen hatte.

Lady Treyhern lächelte zu ihm hoch. »Übrigens«, sagte sie leise. »Ich wollte Sie schon lange nach ihrem hübschen Siegelring fragen. Er zeigt den Apostel Thomas, nicht wahr?«

»Ja, den Schutzpatron der Bauleute.« Der verschnörkelte Ring blinkte im Kerzenschein, als Merrick die Hand ausstreckte. »Der Ring ist ein Familienerbstück und stammt ursprünglich von einem vor langer Zeit verstorbenen katholischen Vorfahren.«

Lady Treyhern lächelte. »Sind Sie Katholik, Mr. MacLachlan?«

Er lächelte ein wenig. »Nein, obwohl ich mich dessen nicht schämen würde, wäre ich es.«

Sie sah ihn beifällig an. »Mein Vater war katholisch«, bemerkte sie. »Es war schade, dass er nicht das Zeichen irgendeines Schutzheiligen getragen hat. Es hätte ihn vielleicht vor der Guillotine bewahren können.«

»Mein Beileid«, murmelte er.

Sie neigte den Kopf. »Ich hoffe, der heilige Thomas beschützt Sie gut?«

»Ich bin zufrieden«, erwiderte er.

Die Komtesse plauderte freundlich weiter, bis sie die gegenüberliegende Seite des Saales erreichten. An einer der Türen, die hinaus auf die Terrasse führten, blieb sie stehen und wandte sich Merrick zu. Dabei warf sie ihm wieder einen seltsam abschätzenden Blick zu.

»Sie müssen meinem Schwager verzeihen, Mr. MacLachlan«, sagte sie unvermittelt. »Bentley lässt oft sein Temperament über seine Vernunft siegen.«

Merrick schaute zu ihr herunter. »Mr. Rutledge scheint allem Anschein nach sehr freundlich zu sein, Ma'am. Ich habe keinen Streit mit diesem Gentleman.«

»Aber leider redet Bentley manchmal auch dann, wenn er lieber zuhören sollte«, fuhr Lady Treyhern fort, scheinbar ganz nebenbei. »Was mich angeht, so sage ich wenig und sehe dafür sehr viel mehr.«

Merrick war nicht in der Stimmung für Spielchen. »Worauf genau wollen Sie hinaus, Lady Treyhern?«

Sie besaß den Anstand, zu erröten, wenn auch nicht sehr. »Ich hatte zu spät bemerkt, dass Sie auf der Terrasse waren«, sagte sie. »Bentley hatte mich überrumpelt.«

Jetzt war es an Merrick, verlegen zu sein. Ein Gentleman hätte sich sofort bemerkbar gemacht. Als Zeichen dieses Eingeständnisses verbeugte er sich förmlich. »Ich bitte um Entschuldigung. Ich gestehe, dass ich mit meinen Gedanken woanders war.«

»Und Sie hofften, wir würden wieder gehen und Sie in Frieden lassen, ich bin sicher«, sagte sie leichthin. »Doch wir sind nicht gegangen. Und jetzt befinde ich mich in einer höchst unangenehmen Lage, Mr. MacLachlan.«

»Und welche Lage sollte das sein?«

Sie zuckte mit der Schulter, diese Geste wirkte weitaus lässiger als ihre Worte. »Ich bin in Ihrer Hand«, antwortete sie. »Sie sind jetzt in Besitz von gewissen Informationen. Informationen, die, wenn sie wiederholt werden, jemanden verletzen könnten, der sehr jung und sehr unschuldig ist.«

»Ihre Stieftochter, vermute ich.«

»Ja, meine Stieftochter.« In Lady Treyherns Augen lag jetzt ein flehender Ausdruck.

»Dann können Sie sich glücklich schätzen, Madam«, sagte Merrick. »Es gehört nicht zu meinen Gewohnheiten, Kindern Schlechtes zu wünschen.«

»Sie müssen das verstehen«, beharrte Lady Treyhern. »Sie ist ein gutes Kind. Ich liebe sie so, wie ich meine eigenen drei liebe – und auf gewisse Weise sogar mehr. Ariane hatte eine tragische Kindheit. Ich hatte gehofft, dass die Tragödie vorbei wäre. Und jetzt liegt es bei Ihnen.«

»Bei mir?« Merrick zog sich ein kleines Stück zurück. »Das ist eine verdammt große Last.«

Lady Treyhern schürzte die Lippen und schüttelte den Kopf. »Nein, ich meine nur, dass Arianes künftiges Glück von Ihrer Diskretion abhängt – in einem gewissen Maße.«

Merrick verzog ein wenig bitter den Mund. »Nun, ich bin, wie man sagt, ein Ausbund an Diskretion, Ma'am«, erwiderte er. »Und offen gesagt halte ich nicht viel von Klatsch. Ich habe genug eigene Probleme.«

Lady Treyhern lächelte schwach. »Habe ich also Ihr Wort, dass Sie das, was Sie gehört haben, äußerst vertraulich behandeln werden?«, fragte sie. »Es tut mir leid. Ich weiß, ich habe kein Recht, Sie darum zu bitten, aber ...«

»Sie müssen nichts mehr sagen«, sagte Merrick. »Ich denke, Sie möchten es am liebsten vergessen. Ich für meinen Teil habe das schon.«

Das Lächeln der Lady wurde um einige Grade wärmer, aber sie war noch immer besorgt. Es schien Merrick eine günstige Gelegenheit zu sein, sich zu empfehlen. Mit einer weiteren Verbeugung, dieses Mal über ihrer Hand, verabschiedete er sich.

Die Uhr auf dem Korridor schlug halb elf, als Madeleine nach Hause zurückkehrte. Clara ließ sie herein und nahm ihr ihre Sachen ab. Madeleine ging ins Wohnzimmer, um sich ein Glas Wein einzuschenken und über die überwältigenden Gefühle nachzudenken, die durch das Zusammensein mit Merrick auf sie einstürmten. Aber das Alleinsein war ihr nicht vergönnt. Mr. Frost saß mit einem abgegriffenen Buch am Fenster. Er sah jedoch nicht aus, als habe er darin gelesen, denn sein Blick war verschwommen und ein wenig bedrückt.

Als er Madeleine sah, stand er sofort auf. »Mylady. Guten Abend.«

»Guten Abend, Mr. Frost«, sagte sie. »Bitte nehmen Sie doch wieder Platz. Möchten Sie etwas Wein?«

»Danke«, erwiderte er. »Sehr gern. Sie kommen früh nach Hause, nicht wahr?«

»Ja, und ich bin froh, dass es so ist.« Sie brachte ihm das Glas und nahm in seiner Nähe Platz. »Sagen Sie mir, wie es Geoffrey heute Abend ging?«

Mr. Frost legte sein Buch zur Seite. »Er war nicht er selbst«, gestand er. »Ich gestehe, Ma'am, dass der Junge mich dieses Mal ein wenig beunruhigt hat.«

Madeleine nickte traurig. »Er ist wirklich sehr niedergeschlagen«, antwortete sie. »Dies ist der schlimmste Anfall überhaupt, glaube ich.«

»Ich frage mich, ob Sie nicht recht haben«, stimmte Frost zu. »Darf ich etwas fragen, Mylady? Der Mann ... der Bursche, der sich erschossen hat – kannte Geoffrey ihn?«

Sie hob kraftlos die Hand. »Nein, so weit ich es weiß. Wie sollte er?«

»Ich denke, er kannte ihn nicht«, sagte Mr. Frost nachdenklich. »Und doch scheint er den Kummer sehr tief zu empfinden. Er ist sogar so weit gegangen zu sagen, er hätte gefühlt, dass er etwas hätte tun müssen. Aber was hätte das sein können? Ich kann es mir nicht erklären. Und wenn ich Geoffrey frage, antwortet er mir nicht.«

Madeleine saß schweigend eine Weile da. Mr. Frosts Sorgen waren ihren eigenen zu ähnlich, um trösten zu können. Geoffs größer werdende Verzweiflung, zusammen mit den Ereignissen heute Abend, ließen in ihr das Gefühl aufkommen, dass die Flucht aus London zwingend nötig war.

Sie setzte ihr Glas mit einem lauten Klirren ab. »Ich denke, Mr. Frost, dass es Geoff eher geschadet als geholfen hat, dass ich ihn nach London gebracht habe«, bekannte sie. »Hier geht einfach zu viel vor.«

»Es geht zu viel vor?« Er klang verwirrt.

»Ich drücke mich nicht sehr klar aus, nicht wahr?« Madeleine schüttelte den Kopf, als müsste sie ihre Gedanken ordnen. »Es ist nur, dass ... nun, manchmal fühle ich, dass hier zu viele Menschen sind, zu viel Aktivität. Es ist, als ob ... als ob das alles irgendwie auf Geoff einwirkt, wenn das einen Sinn macht?«

»Nichts an Geoffs Ängsten macht Sinn«, räumte der junge Mann ein. »Aber was London angeht, denke ich, dass Sie recht haben könnten.«

»Vielleicht sollte man einen Ortswechsel in Betracht ziehen«, sagte sie ruhig. »Sind Sie bereit, sich erneut entwurzeln zu lassen, Mr. Frost? Ich dachte, wir sollten London verlassen und stattdessen nach Cambridge ziehen.«

»Cambridge ist mir der liebste Ort auf der Welt, Ma'am«, entgegnete er. »Ich würde sehr gern dorthin gehen. Ich hoffe nur, wir werden nicht feststellen müssen, dass Geoffs Probleme uns folgen.«

Mit diesen Worten legte der junge Mann sein Buch aus der Hand, trank sein Glas aus und entschuldigte sich.

Madeleine hielt ihr Glas in beiden Händen und schaute deprimiert auf die Stapel mit Dokumenten und Briefen. Es würde eine lange Nacht werden. Sie wusste schon jetzt, dass sie keinen Schlaf finden würde. Heute Nacht würde sie ein paar Stunden damit verbringen, die nächste Kiste mit den Unterlagen ihres Vater durchzusehen.

Sie war entschlossener denn je, etwas zu finden – irgendetwas –, das mit der Auflösung ihrer ersten Ehe zu tun hatte. Sie *musste* etwas finden. Der Zweifel begann sie zu erdrücken. Ihre Reaktionen auf Merrick gerieten offensichtlich außer Kontrolle. Das war noch ein weiterer Grund, warum sie heute Nacht nicht schlafen gehen wollte. Träume von ihm – emotionale, ruhelose Fantasien – hatten begonnen, sie zu quälen. In diesen Träumen war sie wieder siebzehn und erfüllt von einer wilden, leichtsinnigen Leidenschaft. Und Merrick – o Gott! Er kam zu ihrem einsamen Bett, gehüllt in Schatten und Geheimnis. Nicht der Merrick ihrer Vergangenheit, sondern der Mann, der er jetzt war.

Das war es, was sie am meisten von allem erschreckte. Sie konnte sich einreden, dass er nicht mehr der Mann war, in den sie sich verliebt hatte, aber sie war nicht länger sicher, ob das die Wahrheit war. Seine Berührung heute Abend hatte sie bis zum Wahnsinn entflammt, genau, wie sie es immer getan hatte. In dieser engen, einfachen Kammer hatte sie sich wie eine Dirne benommen, wollüstig und unbesonnen. Sie hatte ihm Intimitäten gestattet, die sie vor Scham erröten ließen. Selbst jetzt sehnte sich ihr Körper nach seiner rauen, gierigen Berührung.

Lieber Gott! Wenn sie doch nur diese Papiere finden könnte, die Dad ihr gezeigt hatte! Wenn sie sich doch nur beweisen könnte, dass es vorbei war, dass es, genau genommen, schon vor langer Zeit geendet hatte, irgendwie würde das alles für sie so viel klarer machen.

Leider blieben ihr nur noch die Unterlagen ihres Vaters, die mit seiner Arbeit zu tun hatten. Alle anderen waren genau durchgesehen worden und hatten nichts erbracht. Aber alles war vielleicht noch nicht verloren. Vielleicht hatte ihr Vater ihre für unpassend gehaltene Heirat als etwas betrachtet, das eher zu seinen politischen Bestrebungen zu zählen war als zu seinen persönlichen Angelegenheiten? Vielleicht war das alles, was sie je für ihn gewesen war – nur eine Schachfigur, die verheiratet wurde, um eine politische Allianz zu begründen. Cousine Imogene hatte damals so etwas gesagt.

Mit schwerem Herzen ging Madeleine nach oben, um sich Nachtgewand und Morgenrock anzuziehen und Eliza ins Bett zu schicken. Es machte keinen Sinn, dass sie beide eine schlaflose Nacht verbrachten.

Vier Stunden, nachdem Merrick Lord Treyherns Haus betreten hatte, verließ er es wieder, wobei ihm wieder einfiel, dass er seine Kutsche fortgeschickt hatte. Also machte er sich, sein Innerstes wegen Madeleine in Aufruhr, auf den Weg zum Blue Posts. Er betete darum, dass Grimes und der Diener noch nüchtern waren. Er hatte den Weg zur Hälfte zurückgelegt, ehe er begann, das zusammenzusetzen, was Lady Treyhern so beunruhigt hatte.

Thomas Lowe. Der Name sagte ihm nichts. Und der arme Teufel war tot, wer immer er auch gewesen sein mochte.

Könnte ich ihn noch einmal erschießen, dann würde ich dieses Mal ein gutes Stück tiefer zielen, hatte Mr. Rutledge gesagt. Sehr interessant das alles. Und Mr. Rutledge hatte durchaus so ausgesehen, als sei er fähig, einen Mann niederzuschießen – in den Rücken oder sonst wie. Aber was hatte der Tod eines Mannes namens Lowe mit Ariane Treyhern zu tun? Irgendetwas begann jetzt, sich in den Winkeln seines Bewusstseins zu rühren und ihn zur Verzweiflung zu bringen.

Vor dem Blue Post drängte er sich durch die Menschenmenge, die aus dem hell erleuchteten Gastraum aus der Tür quoll. Im Schankraum konnte er nichts von Grimes entdecken. Er warf dem vorübergehenden Kellner eine Münze zu und fragte nach seinem Kutscher.

»Die sind hinterm Haus, Sir«, sagte der Junge, während der das Geldstück wegsteckte. »Die schlafen, so wie sich das anhört.«

Sie lagen ausgestreckt in der Kutsche, wie Merrick feststellte, und schnarchten so laut, dass es über den Hof des Gasthauses schallte. Bei seinem energischen Klopfen an die Tür fuhren die beiden hoch, stiegen aus der Kutsche und schüttelten den Schlaf ab. Beide wirkten ein wenig verlegen. Zumindest waren sie nüchtern.

»Nach Hause, Grimes«, befahl Merrick und stieg ein.

Die Fahrt durch West-London verlief ereignislos. Dieses Mal versuchte niemand, auf ihn zu schießen. Zu Hause angekommen, stieg Merrick die Treppe zu seinem Büro hinauf, zerrte sich das Krawattentuch herunter und schenkte sich ein Schlückchen von Schottlands flüssigem Glanz und Ruhm ein. Dann, nachdem er beschlossen hatte, dass alles noch nicht glänzend und rühmlich genug aussah, schenkte er sich noch ein Quantum davon ein und ließ sich in seinen Lieblingssessel fallen. Er öffnete seine Weste, streifte die Abendschuhe ab und legte die Füße hoch auf den Teetisch.

Nun, was war das für ein nagender Gedanke in seinem Hinterkopf? Und was hatte er mit dem Treyhern-Mädchen zu tun? Oder mit Geoff? Oder gar mit Madeleine? Irgendetwas, verdammt. Irgendetwas. Was hatte Geoff zu dem Mädchen gesagt, um diese Reaktionen auszulösen?

Dass ihr Vater tot ist. So etwas zu sagen war makaber, besonders wenn jemand es ohne erkennbaren Grund sagte. Madeleine hatte gesagt, zu hoffnungsvoll, dass es vielleicht einfach eine Neckerei gewesen war. Lady Treyhern hatte behauptet, dass Geoff dafür bekannt sei, »seltsame Gedanken« zu haben. Treyherns Bruder hatte auf einen Mann namens Thomas Lowe geschossen. Und ihn offensichtlich getötet. Und jetzt war die Rutledge-Familie äußerst besorgt, dass darüber geklatscht werden könnte.

Es schien, dass dieses besondere Problem, das die Treyherns hatten, nicht nur vorübergehender Natur war. Und irgendwo in all diesem Durcheinander verbarg sich ein Faden der Wahrheit, der ihn unerklärlich quälte.

Treyherns erste Ehe war ein Fiasko gewesen, wie es schien. Und seine erste Frau war, wie Phipps es so diskret umschrieben hatte, von *»fragwürdiger Beständigkeit«*, sprich ihrem Mann untreu gewesen. In diesem hässlichen Licht betrachtet, begann Lady Treyherns Sorge einen Sinn zu ergeben. Es hörte sich an, als wäre dieser mysteriöse Mr. Lowe aus einem verdammt guten Grund erschossen worden. Und die simple Schlussfolgerung lautete, dass Treyherns Tochter vielleicht gar nicht ... nun, dass sie gar nicht *seine* Tochter war. Ihre Ladyschaft wusste das – ebenso wie der Earl, dessen Bruder und, höchstwahrscheinlich, einige der Dienstboten. Lady Ariane jedoch wusste es offensichtlich nicht.

Verdammt! *Das* war die Art von Klatsch, die die Zukunftsaussichten eines jungen Mädchens zerstören konnte, ganz zu schweigen von ihrem Herzen. Kein Wunder, dass sie alle es zu verbergen suchten. Und dann war der arme kleine Geoff gekommen und hatte dem Mädchen die Wahrheit mitten ins Gesicht gesagt – oder einen Teil davon.

Nun, so viel zu dem, was einen Sinn ergab.

In diesem Augenblick betrat Phipps das Zimmer. »Guten Abend, Sir. Wünschen Sie Hilfe beim Auskleiden?«

»Nein.« Merrick setzte sein Glas ab. »Ich habe eine meiner düsteren Stimmungen, alter Knabe. Ich glaube, ich werde mich sinnlos betrinken und in meinen Kleidern schlafen.«

»Sehr wohl, Sir«, sagte Phipps und ging zum Schreibtisch. »Ich werde es in Ihrem Kalender eintragen. Heute Abend wurde übrigens ein Paket für Sie abgegeben. Mr. Harbury hat es persönlich gebracht.«

»Harbury? Das ging schnell.«

Phipps wickelte eine schmale Lederschatulle aus. Er öffnete sie und präsentierte sie mit einer Verbeugung seinem Arbeitgeber. »Ihre neue Brille, Sir«, verkündete er dabei. »Möge sie Ihnen im Alter eine Hilfe sein.«

»Sie werden zunehmend impertinent, Phipps«, sagte Merrick und klappte die seltsamen Teile aus Draht und Glas auseinander. Vorsichtig setzte er die Brille auf seine Nase und hakte die Drahtbügel hinter die Ohren. Aber nichts veränderte sich.

»Verdammt, Mann, Sie sehen ja noch genauso aus wie vorher!«, sagte er. »Habe ich viel Geld dafür bezahlt?«

»Ja, Sir.«

»Nun, was zum Teufel soll damit besser sein?«

»Nicht viel, nehme ich an«, sagte Phipps. »Die Linsen sind sehr dünn. Genau genommen hat Harbury gesagt, dass er keinen Grund gesehen hat, Ihnen überhaupt eine Brille anzupassen, aber dass Sie darauf bestanden hätten, nicht richtig sehen zu können.«

Merrick schaute finster zu ihm hoch. »Geben Sie mir ein Buch, verdammt.«

Phipps holte ein Buch über modernen Straßenbau von Merricks Schreibtisch. Merrick drehte den Lampendocht höher und schlug das Buch auf. Das Gedruckte innen sah so klein und eng aus wie immer. »Verdammt!«, sagte er und schloss das Buch mit einem vernehmlichen Knall. »Wieso habe ich angenommen, ich bräuchte eine Brille?«

»Diese Frage stellt sich in der Tat, Sir«, entgegnete der Diener über die Schulter. »Harbury behauptet, Sie haben die Sehstärke eines Mannes, der halb so alt ist, wie Sie es sind.«

Phipps war ins Schlafzimmer gegangen und schlug Merricks Bett auf, und, obwohl Merrick angekündigt hatte, in seinen Kleidern schlafen zu wollen, legte der unverschämte Kerl ein Nachthemd heraus. Merrick klappte die zerbrechlich aussehenden Drähte zusammen und verstaute die Brille in ihrer Lederschatulle. Dann stand er auf und ging an seinen Schreibtisch, damit er sie in eine der Seitenschubladen legen konnte.

Dabei stieß er Geoffs Opernglas. Er hatte es zurückgeben wollen, aber Geoff war nicht mehr zur Baustelle gekommen, und Merrick hatte es deshalb vergessen. Er nahm es aus der Schublade und betrachtete es einen Moment lang. Unter der Regulierschraube für die Sehschärfe steckte ein Stück getrockneter Sauerampfer. Er zog es heraus und hielt das Glas in der Hand. Wie seltsam ihm das alles jetzt vorkam

An jenem Tag am alten Brunnen hatte Geoffrey behauptet, durch das Opernglas gesehen zu haben, dass der Kran schwankte. Dann hatte er behauptet, *vergessen* zu haben, dass er es gesehen hatte. Das ergab heute ebenso wenig Sinn wie damals. Aber in all der Eile und Gefahr hatte Merrick nicht weiter darüber nachgedacht. Später jedoch, als Merrick das Fernglas im Gras gefunden und hindurchgesehen hatte, um den Ort des Unfalls zu betrachten . . .

Großer Gott! Das war äußerst merkwürdig.

Und da waren auch noch andere Dinge – Dinge, die, wenn sein Verstand frei von der Lust auf Geoffreys Mutter war, keinen Sinn machten, wie er jetzt erkannte. Da war, jetzt, da er darüber nachdachte, die Nacht von Chutleys Unfall. Die Art, wie der Junge ihn angefleht hatte, mit ihnen zu fahren, wie er Merrick an der Hand festgehalten hatte, als dieser aus der Kutsche hatte aussteigen wollen. Und dann war da das, was danach geschehen war.

»Danke, dass Sie mich getragen haben, Sir. Es tut mir so leid, dass der andere Mann gestorben ist.«

Das waren Geoffs Worte gewesen, bevor er nach oben ins Bett gegangen war. Wieder hatte etwas daran seine Neugier geweckt, aber dann hatten er und Maddie miteinander gestritten und wegen all dem hatte er es versäumt, weiter darüber nachzudenken. Merrick griff nach seinem Glas und trank den Rest Whisky mit einem Schluck aus. Verdammt, warum hatte er nicht früher darüber nachgedacht? Eine unbeschreiblich große Bedeutung lag in diesem einen, einfachen Satz. *Es tut mir so leid, dass der andere Mann gestorben ist.*

Merrick strich sich mit den Händen durchs Haar. Ja, es hatte einen Schuss aus einer Pistole gegeben. Die Pferde hatten gescheut, und die Kutsche war gegen die Steinmauer gefahren. Aber Geoff war bewusstlos gewesen, als Chutleys Leiche gefunden wurde. Merrick hatte den Jungen im Regen nach Hause getragen, und Madeleine war ihm auf dem Fuße gefolgt. Er erinnerte sich auch an jedes Wort, das sie miteinander gewechselt hatten. *Aber sie hatten nicht ein einziges Mal erwähnt, dass es einen Toten gegeben hatte.*

Er war sich dessen gewiss, jetzt, da er darüber nachdachte. In der Tat war er besonders vorsichtig gewesen, dieses Thema nicht anzuschneiden. Ein Kind in Geoffs Alter musste nicht sofort allen Hässlichkeiten der Welt ausgesetzt werden. Aber

Geoff, begann Merrick zu befürchten, wusste von der Wahrheit dieser Welt mehr, als man es sich wünschte.

Eine kalte, schreckliche Angst begann ihn zu ergreifen. Eine Wahrheit, die erschreckender war, als er es je zu vermuten gewagt hätte. Nein! Nein, das *war einfach nicht möglich.* Quin war daran schuld, hatte er doch seine Gedanken mit diesem Gerede über den Fluch der Zigeunerin vergiftet.

Aber Madeleine hatte heute Abend behauptet, sie hätte immer gewusst, dass Geoff »anders« war. Wo hatte er das schon einmal gehört?

»Weißt du, Merrick, wie demütigend es für einen zwölfjährigen Jungen ist, zu weinen?«

Jesus Christus! Er hatte heute Abend Mitleid für Madeleine empfunden. Doch jetzt war es mit seinem Mitleid – und seiner Geduld – auf einen Schlag vorbei. Lieber Gott, dieser arme, arme Junge! Zweimal hatte er sie nach dem Alter ihres Sohnes gefragt. Und zweimal hatte sie das Thema gewechselt. Es hatte ihn nicht wirklich gestört; er hatte lediglich höfliche Konversation betrieben. Jetzt aber begann er, sich durchaus dafür zu interessieren.

»Die schottische Gabe«, so nannte Granny MacGregor es. Nun, es war keine Gabe. Es war ein gottverdammter Fluch, und er ruinierte das Leben des Jungen. Madeleine sollte verdammt sein, von hier bis zur Hölle und zurück! Das Begreifen verwirrte ihn. Warum hatte er es nie in Betracht gezogen? Alle Anzeichen waren vorhanden. Herrgott, und er hatte wieder mit ihr geschlafen. Und danach hatte es ihn seine ganze Selbstbeherrschung gekostet, nicht auf die Knie zu fallen und ihr zu schwören, dass er sie immer …

Lieber Gott! Mit zitternden Händen schloss Merrick die Schublade und steckte das Opernglas in seine Tasche. Er hatte seine Schuhe schon fast wieder an, bevor ihm bewusst wurde, was er tat.

Phipps stand in der Tür zum Schlafzimmer. »Sie gehen noch einmal aus, Sir?«

»Das tue ich, Sie haben verdammt recht«, erwiderte Merrick scharf. »Ich werde durch das ganze Dorf laufen, um den letzten Atemzug aus Lady Bessett zu schütteln – und auch *das* können Sie in meinem gottverdammten Kalender notieren.«

»Jawohl, Sir.«

Merrick riss die Tür auf und drehte sich noch einmal um. »Und zwar mit Tinte, Phipps – mit *schwarzer* Tinte.«

Kapitel 14

Lügen haben kurze Beine.

Madeleine hatte die erste Kiste mit Dokumenten fast durchgesehen, als ein Klopfen an der Tür sie fast aus dem Stuhl aufspringen ließ. Grundgütiger Himmel, es war doch schon nach Mitternacht! Doch als das Mädchen vom Lande, das sie war, ging sie zur Tür und öffnete sie, ohne zu fragen, wer Einlass begehrte. Sie erkannte ihren Fehler sofort.

Merrick MacLachlan stand auf ihrer Türschwelle und sah aus, als wäre er soeben aus dem Schlund der Hölle zurückgekehrt. Sein Haar war zersaust, und seine blauen Augen waren dunkel vor Wut. Sein Hemd stand am Hals offen, die Hemdschöße hingen halb aus dem Hosenbund heraus, und seine Weste war nicht zugeknöpft. Einen Augenblick lang hielt Madeleine ihn für betrunken, doch seine Hand – er trug keine Handschuhe – war felsenfest, als er sie gegen die Tür schmetterte. Sie schwang weit auf, und er betrat ohne Aufforderung das Haus.

Madeleine konnte ihn nur anstarren. »Du meine Güte! Weißt du, wie spät es ist?«

Er erwiderte ihren Blick aus wutsprühenden Augen. »Aye, es ist die Geisterstunde«, sagte er. »Diese kurze Zeit zwischen Leben und Tod, dieser Spalt greifbarer Ungewissheit, wenn die Toten umherirren und die Gräber ihre Geheimnisse preisgeben.«

Madeleine sah ihn verständnislos an. »Du bist betrunken, Merrick«, sagte sie. »Bitte geh nach Hause.«

Er kam wie ein Raubtier auf sie zu. Er roch nach Whisky, aber sein Blick war klar. Ärgerlich wich sie einen Schritt zurück, aber er griff in ihr Haar, wickelte es um seine Hand und zog sie zu sich. Er presste seine Wange gegen ihre und flüsterte ihr ins Ohr. »Sag mir eines, Maddie – hast *du* auch Geheimnisse?«

Sie begann, sich zu fürchten. »Ich – ich weiß nicht, was du meinst.«

Er zog sie hart zu sich heran. »*Versuch es noch einmal*«, knurrte er, und seine Stimme klang beängstigend ruhig. »Nur heraus damit, meine kleines Frauchen! Zu beichten tut der Seele doch gut, nicht wahr?«

Am oberen Treppenabsatz tauchte ein Schatten auf, verharrte dort. »Ist etwas nicht in Ordnung, Mylady?«, fragte Madeleines Hausangestellte.

Merrick wandte den Kopf nicht um einen Zentimeter. »Verschwinden Sie und kümmern Sie sich um Ihre eigenen Angelegenheiten«, fauchte er.

»Es ist alles in Ordnung, Eliza«, sagte Madeleine. Ihre Stimme klang überraschend fest. »Gehen Sie wieder ins Bett. Ich werde auch gleich hinaufkommen.«

Der Schatten zögerte, dann verschwand er. Madeleine legte ihre Hand auf Merricks. »Bitte lass mein Haar los«, sagte sie kalt. »Dann setz dich hin und sag, was du zu sagen hast, um Himmels willen.«

»Oh, dafür würden uns nicht genug Jahre bleiben, Maddie, um dir alles zu sagen, was ich dir zu sagen habe.« Er stieß die Worte dicht an ihrem Ohr hervor. »Und nichts davon, meine Liebe, wird angenehm sein.« Aber zu ihrer Überraschung ließ er sie los.

Sie wich zurück, aber der Anblick seines wutverzerrten

Gesichts war erschreckender als der Klang seiner Stimme. »Ist es wegen dem, was heute Abend geschehen ist?«

Er schnaubte verächtlich. Madeleine beschlich eine Ahnung, die ihr Übelkeit bereitete. Sie schluckte mühsam und machte noch einen Schritt rückwärts.

»Wann wolltest du es mir sagen, Maddie?« Zum ersten Mal konnte sie den Schmerz hören, der in seinen Worten mitschwang. »Nein, lass mich antworten. *Niemals. Nie.* Du wolltest mich unwissend in mein Grab fahren lassen, nicht wahr? Du wolltest mich sterben lassen, ohne mir zu sagen, dass der Junge von mir ist.«

Lieber Gott. Ihr schlimmster Albtraum war Wirklichkeit geworden, und es war nichts mehr zu tun, als es frei heraus zu sagen. »Du bist wahnsinnig!«, fauchte sie. »Was macht dich glauben, dass du mitten in der Nacht in mein Haus kommen kannst, um derart abscheuliche Dinge zu mir zu sagen?«

Sein Mund verzog sich bitter, während er eine kleine Ledertasche aus seiner Manteltasche zog. »Das hier«, sagte er und faltete ein Blatt Papier auseinander, dessen Ränder vergilbt und dessen Ecken vom vielen Herumtragen abgestoßen waren.

Er öffnete die obere Hälfte gerade so weit, dass Madeleine ihren Namen darauf geschrieben sah – in kühnen Buchstaben. Sie schloss die Augen und schüttelte den Kopf. »Das ist nichts als ein Stück Papier, Merrick.«

»Oh, wenn du das glaubst, meine Liebe, brauchst du eine Lektion in englischem Recht.«

Er meinte es tödlich ernst. Flüchtig dachte sie daran, nach dem Papier zu greifen und es an eine der Kerzen zu halten. Sie musste mit der Hand gezuckt haben.

Er riss das Papier fort und lachte grimmig. »Oh, nein, Maddie!« Er steckte das Papier zurück in das Etui und schob es zurück in seine Tasche. »Ich habe dieses kleine Dokument nicht fast dreizehn Jahre lang aufbewahrt, um es mir jetzt aus der Hand reißen zu lassen.«

»Es ist nur ein Stück Papier«, wiederholte sie. »Um Gottes willen, Merrick! Wir sind praktisch auf einem Amboss aneinandergeschmiedet worden! Es bedeutet nichts!«

»Bist du bereit, darauf zu wetten, meine Liebe?«, knurrte er. »Lass uns morgen zum Gericht gehen und hören, wie unsere gelehrten Juristen darüber denken. Und während wir dort sind, können wir vielleicht auch gleich herausfinden, welche Strafe auf Bigamie steht. Immer noch die Deportation, oder nicht? Wie ich hörte, soll es um diese Jahreszeit sehr schön in New South Wales sein.«

»Du Bastard!«, flüsterte sie. »Nur zu. Aber wenn es einen Gott im Himmel gibt, Merrick, dann wirst du verlieren.«

»Ich glaube, du verstehst nicht.« Seine Stimme klang tödlich sanft. »Ich *habe* nichts zu verlieren. Ich *habe* schon alles verloren, Madeleine. Du hast es mir genommen, gnadenlos und im wahrsten Sinne des Wortes.«

Sie presste die Lippen zu einem dünnen festen Strich zusammen und wappnete sich. »Unsere Ehe wurde annulliert, Merrick«, sagte sie.

»Aye, jetzt also wieder zurück zu diesem Punkt?« Mit einer weit ausholenden Geste wies er auf das Zimmer, in dem die Unterlagen und Dokumente verstreut lagen. »Hast du die Urkunde übrigens gefunden? Dieses ominöse Dokument, das dein Vater dir gezeigt hat? Ein Fälscher aus dem East End macht so etwas für fast umsonst, falls du das nicht gewusst haben solltest.«

»Sei still, Merrick!«, fauchte sie. »Sei einfach still und geh.«

Stattdessen hatte Merrick die Dreistigkeit, zu der kleinen

Anrichte zu gehen und sich einen Drink einzuschenken. »Weißt du, was ich mich frage, Madeleine?« Seine Hand war ganz ruhig. »Ich frage mich, was dein Vater Lord Bessett erzählt hat. Wusste der arme Teufel, dass du noch verheiratet warst? Und wusste er, dass man ihm den Abkömmling eines anderen Mannes unterschieben wollte?«

Madeleine fuhr sich durchs Haar. »Du wirst erst zufrieden sein, wenn du mich in den Wahnsinn getrieben hast«, wisperte sie. »Ja, Besset wurden dieselben Papiere gezeigt wie mir. Und ja, Merrick, er wusste, dass ich ein Kind erwartete.«

Merrick schnaubte. »Und er hat dich trotzdem geheiratet?«

»Ja«, sagte sie ruhig. »Er hat mich trotzdem geheiratet. Weil ihm nicht egal war, was aus mir werden sollte, was mehr ist, als ich von dir sagen kann. Wo warst du, Merrick, als es mir drei Monate lang jeden Morgen schlecht ging? Wo warst du, als das Kind kam und ich zwei Tage in den Wehen gelegen habe? Oder als Geoffrey zu gehen gelernt hat? Oder als sein Pony ihn abgeworfen hat und er mit sechs Stichen genäht werden musste?«

»Du herzlose Hexe!«

Madeleine ignorierte seine Bemerkung. »Nein, Bessett war nicht der Ehemann meiner Träume«, zischte sie. »Aber bei Gott, er war *da,* und er tat sein Bestes. Und das war das, was ich eigentlich von dir hätte erwarten können.«

»Du hast mich verlassen, Maddie.«

»Ich wurde fortgebracht, Merrick!«, rief sie. »Das ist etwas anderes. Was sollte ich denn tun? Mein Vater sagte, du hättest das Geld genommen. Du hast es nie abgestritten. Du hast, um es deutlicher zu sagen, nicht einmal Lebewohl gesagt! Und doch habe ich *zehn Wochen lang* in Sheffield auf dich gewartet, habe darum gebetet, du würdest deine Meinung ändern und zu mir kommen. Aber du bist nicht gekommen, Merrick. Nie mehr. Und ich brauchte einen Ehemann. Ich hatte verdammtes Glück, dass Bessett mich nehmen wollte.«

Seine Augen wurden schmal. »Nun, das ist eine neue Wende in einer alten Geschichte«, sagte er. »Und ich konnte nicht zu dir kommen, Madeleine. Ich war verletzt. Ich habe dir geschrieben, kaum dass ich dazu in der Lage war.«

»Oh, jetzt blutet mir aber das Herz!«, erwiderte sie sarkastisch. »Ich habe keine Briefe von dir bekommen. Aber guter Gott, welchen Unterschied macht das jetzt noch, Merrick? Wir waren fast dreizehn Jahre getrennt. Im Grunde kannte wir einander doch überhaupt nicht.«

»Ich kannte mein Herz«, sagte er hohl. »Und ich dachte, ich würde auch deines kennen.«

»Nun, dem war nicht so«, fauchte sie. »Und jetzt sei so freundlich und verlass mein Haus, Merrick! Ich habe mein eigenes Leben zu leben. Ich habe ein Kind, dem es nicht gut geht und das mich verzweifelt braucht.«

Er stürzte die Hälfte des Brandys hinunter und stellte das Glas ab. »Was für ein Zufall!«, sagte er. »Das habe ich auch.«

Sie sah ihn entsetzt an, als sie zu begreifen begann. »Nein!«, flüsterte sie. »Nein, Merrick! Das hast du nicht! Das kannst du mir nicht antun. Ich – ich werde bald von hier fortgehen, hörst du? Ich werde weit weg gehen, wo niemand mich finden kann.«

»Ein großer Gedanke«, sagte er kalt. »Und einer, den ich zur Sprache bringen wollte. Du gehst am besten packen, meine Liebe. Geoff und ich werden morgen um zehn abreisen.«

»Abreisen?«, keuchte sie. »Guter Gott, du bist wirklich verrückt! Du bringst den Jungen nicht einen Schritt weit aus diesem Haus.«

»Aber, aber, Madeleine!«, erwiderte er spöttisch. »Hatte ich dir nicht schon einmal erklärt, dass dies mein Haus ist?«

»Fahr zur Hölle, du arroganter Mistkerl!«

Merrick zuckte mit den Schultern. »Wenn du mir nicht glaubst, meine Liebe, geh zu einem guten Anwalt. Und bitte vergiss nicht, ihm gegenüber die ärgerliche kleine Tatsache zu erwähnen, dass wir Mann und Frau sind. Wenn er sein Geld wert ist, wird er dir einige in der Tat schlechte Neuigkeiten unterbreiten. Nämlich, dass dein Haus mir gehört. Dass dein Kind mir gehört. Kurz gesagt, Madeleine, dass *du* mir gehörst, so sehr mich das auch bekümmern mag. Und wenn du ein sehr, sehr braves Mädchen bist, meine Liebe, vielleicht werde ich mich dann nicht daran erinnern, dass ich vor Gericht gehen wollte, um dich wegen Bigamie verurteilen zu lassen.«

Sie stürzte sich auf ihn. Der erste Schlag landete mitten auf seiner Wange. Sie schlug blindlings auf ihn ein, wieder und wieder, bis Merrick ihre Hände packte und sie an sich zog. »Du bist immer noch eine Wildkatze, nicht wahr, Maddie? Verborgen unter dieser sittsamen Maske«, sagte er und starrte auf sie herunter. »Vielleicht werde ich mich gar nicht weiter um diese Bigamie-Sache scheren. Vielleicht werde ich dich einfach festhalten und auf die Erfüllung meiner ehelichen Rechte bestehen. Was zu tun mir das Gesetz voll zugesteht.«

Noch immer nach Atem ringend, versuchte Madeleine, mit dem Knie nach ihm zu stoßen, aber er wehrte sie geschickt ab. Der arrogante Teufel zog lediglich seine Augenbrauen hoch. »Vielleicht ist es dir entgangen, meine Liebe, aber dein Körper reibt sich höchst herausfordernd an meinem – jedes Mal, wenn du ausholst«, murmelte er. »Aber ich werde dich jetzt nicht bedrängen und darauf bestehen, dass du mir ein Bett für die Nacht zurechtmachst. Stattdessen werde ich dir die Höflichkeit erweisen, zu gehen – für den Moment. Ich komme morgen um zehn Uhr, um den Jungen abzuholen. Du kannst mitkommen oder hierbleiben, ganz wie du willst.«

Jetzt kamen ihr die Tränen. »Oh, du bist wirklich so grausam, wie alle sagen!«, rief sie. »Guter Gott, Merrick! Denk doch an Geoff! Bedenke doch, was das bei ihm anrichten wird!«

Er ließ sie nicht los, sondern zog sie noch enger an sich, bis sie wieder Auge in Auge voreinander standen. »Ich denke an Geoff«, sagte er und betonte dabei jedes Wort. »Der Junge ist ein gottverdammtes emotionales Wrack, und das hat er seiner Mutter zu verdanken.«

»Wie kannst du es wagen zu behaupten, es wäre meine Schuld!«, erwiderte sie empört. »Und wohin gedenkst du ihn eigentlich zu bringen?«

»Nach Schottland«, beschied er sie knapp. »Wo seine Familie sich um ihn kümmern kann – sein *Fleisch und Blut*, Maddie. Glaubst du denn, du bist die einzige Frau mit einem Kind, das die Gabe hat?«

Sie sah ihn verständnislos an. »Die *was?*«

»Das zweite Gesicht«, stieß er hervor. »Die *Gabe*. Die Fähigkeit zu sehen, was geschehen wird. Nenn es, wie du willst.«

Sie versuchte, zurückzuweichen. »Oh, du – du bist wirklich wahnsinnig«, flüsterte sie. »Du kannst unmöglich glauben, was du da sagst. Um Gottes willen, Merrick, wir leben im neunzehnten Jahrhundert, nicht im Mittelalter.«

»Maddie, der Junge kann hellsehen, und jeder Narr kann das erkennen«, erklärte er ruhig. »Also – sei um zehn Uhr fertig, und wir drei können in relativem Frieden abreisen. Du kannst dich aber auch weiterhin so aufführen wie jetzt, aber dann wird um elf der Friedensrichter hier sein. Was willst du?«

Sie riss sich los. »Ich hoffe, du schmorst in der Hölle!«

Merrick zuckte mit den Schultern und füllte sein Glas ein

weiteres Mal nach. »Dann also um zehn«, sagte er und ging zur Tür, das Brandyglas in der Hand. »Ich sehe dich morgen.«

Madeleine stand nur da und blinzelte. »Du bist ein Schwein«, sagte sie. »Und du … du stiehlt gerade mein Glas! Das war ein Hochzeitsgeschenk!«

Er hob das Glas zu einem letzten Abschiedsgruß. »Nun, dann also auf dein Wohl, Maddie!«, sagte er und es hörte sich fast unbekümmert an. »Es ist an der Zeit, dass ich mich daran gewöhne, meinst du nicht auch?«

Er ist betrunken gewesen. Madeleine saß auf der Bettkante, als die Morgendämmerung den Himmel zu erhellen begann, ihn zu einer seltsamen Mischung aus Blau und Rosa verwandelte. Er ist betrunken gewesen und heute Morgen, wenn er mit schlimmem Kopfweh und brennenden Magenschmerzen aufwacht, wird er anders über diesen Unsinn denken. Ohne Zweifel würde er beschämt sein. Vielleicht würde er sich nicht einmal mehr daran erinnern. Er konnte sich unmöglich wünschen, ein Kind aufgebürdet zu bekommen.

Überhaupt – nach Schottland zu wollen! Nun, Merrick MacLachlan hatte gewiss nicht vor, das zu tun. Sie und Eliza hatten zusammengesessen bis – nun, mehr oder weniger bis eben, um diese Möglichkeit zu diskutieren. Es war Eliza gewesen, die den Nagel auf den Kopf getroffen hatte: Ein Perfektionist wie Merrick würde ebenso wenig seine Geschäfte unerledigt zurücklassen wie er auf den Mond fliegen würde. Er liebte das Geld und die Macht, die es ihm einbrachte, viel zu sehr.

Und deshalb hatte sie nicht gepackt. Deshalb hatte sie Geoff nichts gesagt. Hatte nichts getan, sich nicht einmal angekleidet. Stattdessen hatte Madeleine stocksteif auf der Kante ihres Bettes gesessen und auf die Geräusche des Hauses gelauscht, während es langsam zum Leben erwacht war. Sie hörte die Hintertür quietschen, als die Asche hinaus- und neue Kohlen hereingetragen wurden. Vorhänge wurden aufgezogen und Fenster geöffnet. Mülleimer klapperten und ein Straßenhändler zog vorbei, sein Karren rumpelte über das Kopfsteinpflaster. Bald drang unüberhörbar der Klang der Schritte Mr. Frosts an ihr Ohr, der in dem Zimmer über ihr hin und her ging. Er würde Geoff wecken und zusammen würden sie zum Frühstück herunterkommen.

Es war ein normaler Tag. *Ein ganz normaler Tag.* Und Merrick MacLachlan würde *nicht* kommen und ihr Leben noch einmal ruinieren.

Dann bemerkte sie, dass sie wieder weinte, und dachte, dass es vielleicht doch möglich wäre. Dass Merrick tun würde, was er gesagt hatte. Er würde es tun. Und dann war da das Gefühl der Scham über das, was sie gestern Abend getan hatten. Oh, mochte Gott ihr beistehen! Warum hatte sie nicht ihren Stolz heruntergeschluckt und sofort einen Anwalt aufgesucht? Oder hätte ihr das die schlechten Nachrichten nur früher beschert? Sie schaute auf ihre Hände, die in ihrem Schoß ruhten. Ihre Finger waren bläulich verfärbt, so fest hielt sie sie ineinander verschränkt.

Jetzt kam Eliza herein und runzelte die Stirn. »Sie müssen sich ankleiden, Mylady«, drängte sie sanft. »Sollte er kommen – und ich wage zu vermuten, dass er das nicht tun wird, dann würden Sie nicht wollen, dass er Sie so sieht.«

Madeleine nickte und begann, sich zu waschen und anzuziehen. Nach einer Weile hörte sie Geoff und Mr. Frost die Treppe zum behelfsmäßigen Schulzimmer in der Mansarde hinaufpoltern. Nach Frühstück stand ihr nicht der Sinn, deshalb schickte sie Clara nur nach Kaffee und ging zurück in das Wohnzimmer, um in den Unterlagen ihres Vaters ihre bis jetzt so erfolglose Suche fortzusetzen.

Im Licht der Morgensonne sah Madeleine sich in dem Zimmer um. Es sah nicht vielversprechend aus. Dennoch setzte sie sich und gab sich zumindest den Anschein, zu suchen, während sie auf das Ticken der Uhr lauschte.

Es war viertel vor zehn, als sie lauten Hufschlag die Straße herunterkommen hörte. Von vielen Pferden, nicht von einer nur vorüberfahrenden leichten Kutsche. Das Herz klopfte Madeleine bis zum Hals, als sie aufstand und zum Fenster hinausspähte. Sie wusste, was sie draußen sehen würde. Merrick MacLachlan stieg aus einer glänzenden roten Stadtkutsche, einem Gefährt, größer und eleganter als alles, was sie bisher gesehen hatte. Er hob seinen Spazierstock mit dem Goldknauf und klopfte laut an die Tür des Hauses.

Sie ging, ihm zu öffnen.

Er verschwendete keine Worte. »Bist du fertig? Du siehst nicht so aus.«

»Ich kann nicht glauben, dass du es ernst meinst«, sagte sie. »Du … du warst betrunken, Merrick. Vielleicht haben wir beide Dinge gesagt, die wir nicht so gemeint haben. Aber das Geoff anzutun – oh, bitte nicht.«

Er schob sie zur Seite und trat ein. »Ich weiß, dass du mir nicht glaubst, Madeleine«, sagte er und legte seinen eleganten Zylinder zur Seite, »und mir ist das verdammt egal. Ich denke dabei an Geoff.«

Sie folgte ihm ins Wohnzimmer. »Wie?«, wisperte sie. »Wie sollte ihm das helfen? Der Junge hält Bessett für seinen Vater. Er denkt, dass Alvin sein Bruder ist. Und jetzt, zu allem, was ihn bekümmert, hast du vor, ihm zu sagen, dass sein ganzes Leben eine Lüge ist? Bitte, Merrick, sag mir, wie ihm das helfen soll! Und falls es ihm helfen wird, dann ja, dann werde ich gehen und das bereitwillig.«

Er streifte seine Handschuhe ab und legte sie zur Seite. »Der Junge gehört mir, Madeleine.« Es lag kein Mitgefühl in seiner Stimme. »Er hat ein Recht, das zu erfahren. Er hat ein Recht, sein wahres Erbe zu kennen.«

»Ich denke, hier geht es mehr darum, was du willst«, sagte sie. »Und es geht darum, mich zu bestrafen.«

Er schlug den zweiten Handschuh glatt. »Verdammt, Maddie, was glaubst du denn, wie der Junge sich jetzt fühlt?«, fragte er herausfordernd. »Wie? Er kommt sich vor wie eine Art Ungeheuer – so fühlt er sich. Wie eine bizarre Laune der Natur, nicht wie ein normales Kind.«

Eine Missgeburt. Madeleine zuckte innerlich zusammen. Bei mehr als einer Gelegenheit hatte Geoff dieses Wort benutzt, um sich selbst zu beschreiben. »Und was wird sich in Schottland ändern, Merrick?«, wisperte sie. »Was? Sag mir das.«

Er hatte seine Handschuhe wieder aufgenommen und betrachtete eingehend deren Nähte. »In Schottland wird er nicht allein sein«, erwiderte Merrick schließlich. »Er wird sich nicht wie ein Ungeheuer fühlen. Er wird sich einfügen und sich zu Hause fühlen – zumindest ein wenig. Und für einen Jungen seines Alters ist das das Wichtigste auf der Welt. Warum, Maddie, glaubst du wohl, bin ich so sicher, dass der Junge von mir ist?«

»Ich ...« Sie verstummte und schüttelte den Kopf. »Ich weiß es nicht.«

»Es ist ein Fluch in meiner Familie«, sagte er ruhig. »Oder ein Segen, das hängt vom jeweiligen Standpunkt ab. Meine Großmutter. Ein Großonkel. Eine Cousine zweiten Grades.

Und ein Dutzend mehr, sowohl väterlicher- als auch mütterlicherseits, die inzwischen allerdings tot auf dem Friedhof liegen.«

»Das ist doch ... ein Scherz, nicht wahr?«

»Du glaubst mir nicht?« Seine Stimme klang tonlos.

»Nein, und ich kann nicht glauben, dass du es tust.«

Er zuckte mit den Schultern. »Ich habe eigentlich nie richtig darüber nachgedacht«, gestand er. »Gott weiß, dass es keine Fähigkeit ist, über die ich verfüge. Aber in Teilen Schottlands betrachtet man das als ... nun, vielleicht nicht als normal, das wohl nicht. Aber es wird im Allgemeinen von mehr als nur einigen akzeptiert – was mehr ist, als worauf man hoffen kann.«

»Ich wüsste nicht, wie ihm das helfen soll«, flüsterte sie. »Seine ganze Welt wird auf den Kopf gestellt!«

»Nein, *deine* ganze Welt wird auf den Kopf gestellt«, widersprach Merrick. »Es wird verdammt unbequem für dich, dass ein Ehemann und eine Ehe, die du so zweckmäßig vergessen hast, plötzlich wieder eine Rolle spielen. Und es wird ebenso unbequem für mich werden. Die nächste Zeit nicht in London zu sein, wird vermutlich das Ende für die Hälfte meiner Geschäfte bedeuten. Aber dafür wird Geoffs Welt in Ordnung sein – vielleicht zum ersten Mal in seinem Leben.«

Sie berührte mit den Fingerspitzen ihre Stirn. »O Gott! Ich kann das nicht glauben.«

»Maddie, *irgendjemand* muss dem Jungen helfen«, sagte er und legte die Hände auf ihre Unterarme. »Kannst du es? Ich denke, wir haben bereits gesehen, dass du es nicht kannst. Und Gott weiß, dass ich es auch nicht besser könnte. Aber jemand könnte dazu in der Lage sein. Und ich denke, dieser Jemand ist meine Großmutter MacGregor.«

Madeleine rang die Hände. In seinen Worten lag so viel

Wahres. Geoff *war* seltsam. Sie hatte es immer gewusst. Und Geoff selbst wusste es jetzt auch – und es brachte ihn um. »Wie kann sie ihm helfen, Merrick?«, fragte Madeleine leise. »Kann sie … kann sie bewirken, dass es weggeht?«

Er schüttelte den Kopf. »Das glaube ich nicht«, räumte er ein. »Aber ich weiß, dass jemand den Jungen lehren muss, dass es zwei verschiedene Dinge sind – Ereignisse vorherzusehen und für etwas verantwortlich zu sein. Jemand muss ihm erklären, dass Künftiges vorauszusehen nicht bedeutet, dass man es ändern kann – oder es ändern *sollte.* Und jemand muss ihm zeigen, wie er sie beherrschen kann – diese Sinneseindrücke. Guter Gott, man kann nur ahnen, was alles in diesen letzten Jahren auf das Bewusstsein des Jungen eingestürmt ist.«

Madeleine schloss die Augen. Lieber Gott! Was Merrick da beschrieb, war so nahe an der Wahrheit – an der Wahrheit, soweit sie sie kannte –, dass es ihr das Blut in den Adern stocken ließ. Und er hatte recht: Sie wusste nicht, was zu tun war. *Die schottische Gabe.* Madeleine war noch nicht bereit zu akzeptieren, dass so etwas überhaupt existierte. Aber wenn es sie gab … Wenn sie existierte und sie nichts unternahm, ihm zu helfen …

»Wie lange«, fragte sie leise. »Wie lange werden wir fort sein?«

»Das kann ich nicht sagen«, räumte er ein. »Vermutlich Wochen.«

Madeleine fuhr sich mit der Hand durch das Haar und löste dabei einige Strähnen aus ihrer Frisur. »Geoffs Unterricht – er kann nicht einfach aussetzen …«

»Frost muss mitkommen«, unterbrach Merrick. »Etwas anderes bleibt uns nicht übrig.«

»Du lässt mir kaum eine andere Wahl, nicht wahr?«, sagte sie leise.

»Nein, keine«, erwiderte er grimmig. »Weil Geoff keine Wahl hat. Und auf diese geringe Weise kann ich ihm vielleicht helfen. Du hast mich bis jetzt um das Recht betrogen, ihm zu helfen, wie jeder Vater seinem Sohn helfen würde.«

Sie hob den Blick zu seinem und hielt ihn fest. »Ich werde mitgehen«, sagte sie. »Aber nur, weil ich alles tun würde, um meinem Sohn zu helfen. Und ich stelle eine Bedingung.«

Er verengte die Augen. »Und wie lautet diese Bedingung?«

»Beweise mir, dass es wirklich nur darum geht, Geoff zu helfen, Merrick. Dass es nicht darum geht, mich zu bestrafen. Sag ihm nicht die Wahrheit über Bessett.«

Er warf ihr einen langen dunklen Seitenblick zu. »Die Wahrheit über *mich*, meinst du«, korrigierte er sie. »Du möchtest nicht, dass er erfährt, dass ich sein Vater bin.«

Sie nickte. »Ich bitte dich nicht darum, dich nicht mit ihm anzufreunden oder keine Zeit mit ihm zu verbringen. Ich bitte nur darum – für jetzt, jedenfalls –, dass wir in seinem Leben kein Chaos anrichten.«

Er presste die Lippen zusammen, als müsste er bittere Worte zurückhalten, und ohne Zweifel tat er das. »Ich kann es nicht versprechen«, sagte er schließlich. »Es könnte vielleicht nicht möglich sein. Wenn wir in Argyllshire sind, wird es Fragen geben, Madeleine. Vielleicht sogar Gerede.«

Sie wandte sich ab und ging zum Fenster. Der Gedanke, Merrick nachzugeben, verletzte ihren Stolz. Der Gedanke, Hunderte von Meilen in seiner Gesellschaft zu reisen, war noch schlimmer. Aber welche Wahl hatte sie? Oh, sie war darüber hinaus, sich um Gerichte oder Magistrate zu sorgen. Sie war sogar darüber hinaus, sich dessen zu schämen, was sie gestern Abend mit ihm getan hatte. Schließlich und endlich bot Merrick ihr einen Weg – wenn auch einen dornigen –, Geoff zu helfen.

Madeleine ließ die Schultern sinken. »Ich werde mitgehen«, sagte sie ruhig. »Aber ich werde es nicht tun, weil ich Angst vor dir habe, Merrick. Ich werde mitgehen, weil … weil so haarsträubend deine Erklärung auch klingt, ich keine bessere habe. Genau genommen habe ich überhaupt keine.«

»Nun, zumindest bist zu ehrlich, Madeleine«, sagte er schroff. »Und jetzt geh bitte packen. Wir haben eine lange und beschwerliche Reise vor uns.«

Kapitel 15

Schlimmer Anfang bringt wohl gut Ende.

Die Reise nach Norden war keine angenehme. Fast eine Woche voller Wind und Regen hatte selbst die gepflasterten Straßen in Matsch verwandelt und ließ die Stimmung auf einen Tiefpunkt sinken. Madeleine verbrachte die Tage damit, auf die regengetränkte Landschaft zu starren und sich zu fragen, ob sie den Verstand verloren hatte. Das Schlimmste daran war der Anblick der idyllischen kleinen Gasthäuser, in denen sie und Merrick einst Rast gemacht hatten – und sich geliebt hatten – auf ihrer tollkühnen, romantischen Flucht. Jede Kreuzung, jedes Dorf brachte eine kleine Erinnerung daran zurück, wie hoffnungsvoll jene Tage gewesen waren.

Über die Breite der Kutsche hinweg schaute sie zu Merrick hinüber, betrachtete ihn, wie sie es mindestens ein Dutzend Mal getan hatte, seit sie London verlassen hatten. Das Haar war ihm in die Stirn gefallen, beschattete seine Augen und verdeckte teilweise die grausame Narbe und sein Gesicht. Die Narbe erschreckte sie nicht. Es war seine Arroganz, seine Willkür, die sie wütend machte und ein wenig erschütterte. Die schroffen Worte, die er ihr in Walham Green entgegengeschleudert hatte, klangen ihr noch in den Ohren. Vielleicht hatte sie Glück gehabt, der leichtsinnig geschlossenen Ehe mit ihm entronnen zu sein. Vielleicht war das, dem sie all diese Jahre nachgetrauert hatte, ihre Tränen nicht wert gewesen.

Madeleine hoffte, dass er seine Drohungen nicht in die Tat umsetzen würde. Merrick war in jener Nacht unglaublich wütend gewesen, und er hatte gewiss nicht alles gemeint, was er gesagt hatte. Abgesehen von der Drohung in Bezug auf Geoff. Die hatte er ernst gemeint, davon war sie überzeugt.

Es war wirklich demütigend, wenn sie daran dachte, was alles in diesen letzten Wochen zwischen ihnen vorgefallen war. Und besonders entsetzte sie die Erinnerung an das, was sie in Lord Treyherns Kammer getan hatten. Sogar jetzt errötete sie bei dem Gedanken daran.

Aber warum? War es ihr peinlich, die Bedürfnisse einer Frau zu haben? War es eine Sünde, einsam zu sein? Die schreckliche Wahrheit war, dass das, was sie getan hatten, in den Augen Gottes vermutlich gar keine Sünde gewesen war, weil sie befürchtete, dass sie noch immer mit diesem Mann verheiratet war. Jetzt, nachdem sie eine Woche in fast völliger Abgeschiedenheit verbracht hatte, in der sie darüber hatte nachdenken können, musste sie sich eingestehen, dass ihr Vater sie über die Annullierung höchstwahrscheinlich angelogen hatte. Weil er sie dann zu einer Ehe hatte überreden können, die seinen politischen Interessen entsprochen hätte.

Es war *verrückt!* Es hätte niemals funktioniert. Und warum hatte er sich die Mühe gemacht, den Anschein aufrecht zu erhalten? Nachdem ihr Vater erfahren hatte, dass sie Merricks Kind unter dem Herzen trug – warum hatte er sie nicht einfach zu ihm gehen lassen, als sie bereit war, ihren Stolz herunterzuschlucken und genau das zu tun? Sie war für die Karriere ihres Vaters nicht mehr von Nutzen, da sie schwanger war. Aber sein Hass auf Merrick war doch gewiss nicht so tief gewesen?

Aber vielleicht doch. Sie war seit damals erwachsen geworden und hatte sich einigen schonungslosen Realitäten stellen müssen. Und jetzt, da sie sich ihnen gestellt hatte, jetzt, da sie akzeptiert hatte, dass das, was Merrick gesagt hatte, durchaus wahr sein könnte – zu was machte sie das? Nicht zu einer Ehefrau. Nicht zu einer Witwe. Wahrscheinlich nicht einmal zu Lady Bessett. War sie eine Ehebrecherin? Eine Bigamistin? Und wie wirkte sich das auf Geoff aus? Sie betete darum, dass Merrick ihr Geheimnis bewahren würde. Denn sie hatte keine Ahnung, wie sie diese schreckliche Zwangslage jemals erklären könnte.

Ein kleiner Teil von ihr wünschte, sie hätte den Mut aufgebracht, Merrick die Wahrheit über Geoff zu sagen, sobald sie begonnen hatte zu ahnen, dass ihr Vater gelogen hatte. Dann hätte er ihr vielleicht vergeben. Jetzt würde er das niemals mehr tun. Und doch waren sie verheiratet. Sie würden Mann und Frau sein, bis einer von ihnen starb. Keiner von ihnen konnte sein Leben allein weiterführen, selbst wenn sie es gewollt hätten.

Lady Madeleine MacLachlan.

Lieber Gott. Nach all diesen Jahren!

Merrick musste ihren Blick gespürt haben. Er schaute von den Papieren auf, in denen er sich etwas notierte, seine Augen waren dunkel und skeptisch. Er war noch immer wütend auf sie. Sehr wütend, obwohl er versuchte, und das sprach für ihn, sich das vor Mr. Frost und Geoff nicht anmerken zu lassen. Madeleine biss sich auf die Lippen und wandte den Blick ab. Vielleicht verdiente sie nicht einmal dieses kleine bisschen an Höflichkeit. Sie war sich nicht mehr sicher.

Sie reisten in zwei Kutschen und hatten ihr Gepäck dort verstaut, wo immer sich Platz geboten hatte. Sie vier teilten sich Merricks große Stadtkutsche, während Eliza, Merricks Kammerdiener und ein Pferdeknecht in Madeleines kleinerer Kalesche hinter ihnen fuhren. Madeleine hatte des Öfteren daran gedacht, mit Phipps den Platz zu tauschen, aber sie war nicht sicher, ob sie Geoff von der Seite weichen sollte.

Der Grund war nicht der, dass Madeleine Merrick im Umgang mit Geoff nicht traute. Trotz seiner Drohungen hatte sie ihm geglaubt, als er versichert hatte, nur Geoffs Bestes zu wollen. Aber sie war die Mutter des Kindes. Sie war seit so langer Zeit daran gewöhnt, ihn zu behüten und ständig auf jede kleine Veränderung in seiner Stimmung zu achten, dass sie ihn einfach nicht allein lassen konnte. Und in ihrem Hinterkopf lauerte die Angst, dass Merrick vielleicht recht hatte. Vielleicht war sie wirklich irgendwie an Geoffs düsteren Stimmungen und seltsamen Gedanken schuld.

Während der ersten Tage unternahm Mr. Frost den heroischen Versuch, Geoffs Unterricht fortzusetzen. Sie hatten jeder einen Reisesekretär dabei und zudem eine Tasche mit Büchern, aus denen Mr. Frost jeden Tag Abschnitte zum Lesen bestimmte. Aber das unaufhörliche Schwanken der Kutsche machte die Sache schwierig, und die wechselnde Landschaft war eine beständige Ablenkung für den Jungen. Seine Fragen hörten nicht auf, und es war den Dingen auch nicht dienlich, als Geoff, östlich der Yorkshire Dales, etwas Vertrautes erblickte.

»Schaut!«, rief er und zeigte aus dem Fenster. »Mummy! Mr. Frost! Da ist die Straße nach Ripon! Und nach Loughton!«

Mr. Frost schob seine Brille ein Stück seine Nase herunter und spähte auf den Wegweiser. »Ja, das stimmt, Geoff.«

»Loughton?«, wiederholte Merrick.

»Wir haben in Loughton gewohnt«, erwiderte Geoff eifrig. »Bevor wir nach Walham gezogen sind.«

Merrick sah Madeleine an.

»Loughton Manor gehörte meinem verstorbenen Mann«, sagte sie ruhig. »Jetzt gehört es Alvin, Geoffs Bruder.«

Sie beobachtete, wie Merrick sich anspannte. »Ich verstehe«, erwiderte er zögernd. »Nun – wenn Geoff es wünscht, können wir kurz dort halten.«

»Nein«, reagierte Madeleine rasch. »Wir müssen weiter.«

Geoffs Gesicht verdüsterte sich. Madeleine verstand seine Enttäuschung, aber sie wusste nicht, wie sie Alvin Merricks Anwesenheit oder den Grund für diese Reise erklären sollte. Und ganz gewiss hatte sie nicht den Wunsch, es der neuen Lady Bessett zu erklären.

Mr. Frost beugte sich vor und tätschelte dem Jungen das Knie. »Loughton liegt viele Meilen ab von unserem Weg, Sir«, sagte er zu Merrick. »Ich bin sicher, dass Geoff seinen Bruder ein anderes Mal besuchen kann.«

Merrick schien sich zu entspannen, aber Madeleine spürte seinen heißen Blick, der sich noch in sie brannte. Um das Kind abzulenken, zog Mr. Frost ein Buch über die Geschichte Englands aus der Ledertasche und öffnete es dort, wo sie am vorigen Tag ein Lesezeichen eingelegt hatten.

»Wo sind Sie gerade?«, fragte Merrick und schaute auf das offene Buch.

»Bei den Aufständen der Jakobiten«, antwortete Frost ein wenig schüchtern. »Es scheint der passende Moment dafür zu sein.«

»Hm«, sagte Merrick. »Das sind zwei Aussagen, die man gewöhnlich selten in ein und demselben Satz zusammen hört.«

Mr. Frost blinzelte nervös. »Ich bitte um Verzeihung?«

»›Jakobiten‹ und ›passender Moment‹.« Merrick lächelte ein wenig. »Historisch passt das nicht zusammen.«

Geoff lachte, aber Mr. Frost fühlte sich sichtlich unbehaglich. »Ich könnte mir denken, dass Familienangehörige von Ihnen in die Aufstände verwickelt waren, Sir.«

Bei diesen Worten beugte sich Geoff vor und sah Merrick mit großen Augen an. »Toll!«, sagte er. »Stimmt das, Sir?«

Merrick nickte. »Aye, in den letzten. Mein Großvater war dabei, der erste Baronet. Es gab aber auch andere. Zumeist jakobitische Katholiken, weil wir aus der Gegend nördlich des Tay stammen – aber die Familie war gespalten, politisch und, in gewissem Maße, auch religiös.«

»In der Tat«, sagte Frost und schob seine Brille mit einem Finger wieder hoch. »Ich nehme an, Familienzwistigkeiten waren nicht unüblich.«

»Nein, nicht in Schottland«, murmelte Merrick.

»Was hat Ihr Großvater während des Aufstandes gemacht, Sir?«, fragte Geoff eifrig. »Ist er in der Schlacht von Culloden von Cumberland getötet worden?«

Merrick hatte seine Taschenuhr hervorgezogen und begann, sie mit seinem Taschentuch zu polieren. »Nein, er ist sehr alt geworden«, erwiderte er. »Weil er mit Cumberland gekämpft hat, nicht gegen ihn.«

»Tatsächlich?« Mr. Frost schien sich zu entspannen. »Welch ein Glück für Ihre Familie.«

»Glück für jene, die aufseiten des Königs waren, ja«, sagte Merrick. »Aber wie ich schon sagte, waren viele andere das nicht, und die meisten von ihnen starben.«

»Das klingt traurig«, sagte Geoff. »War Ihr Großvater sehr traurig darüber?«

»Mehr, als man je wissen wird, Geoff«, sagte Merrick ruhig. »Eine Zeit lang war er ein gequälter Mann.«

Geoffs verzog nachdenklich das Gesicht. »Warum war er gequält, Sir?«

Merrick schob endlich die blank polierte Uhr zurück in seine Westentasche und steckte das Taschentuch weg. »Nun, Geoff, das werde ich dir sagen«, erwiderte er und sah dabei wie ein Mann aus, der soeben eine ernste Entscheidung getroffen hatte. »Er wusste, was viele nicht wahrhaben wollten: dass die Sache der Jakobiten verloren war. Er hatte in den Monaten vor der Rückkehr des Prinzen versucht, seine Clanangehörigen von dieser Tatsache zu überzeugen, aber bei den meisten gelang ihm das nicht. Und als es zum Schlimmsten kam, fühlte er sich, als hätte er bei ihnen versagt.«

Geoffs Augen waren jetzt groß wie Untertassen, und Mr. Frost beugte sich aufmerksam vor. »Er konnte es nicht mit Sicherheit gewusst haben, Sir«, wandte der Lehrer ein. »Er hätte sich nicht die Schuld geben dürfen.«

Merrick neigte ein wenig den Kopf auf die Seite. »Aber er hat es gewusst«, versicherte er. »Er hatte die Gabe, verstehen Sie. Aber niemand glaubte ihm.«

»Die Gabe, Sir?« Mr. Frost schien verwirrt.

»Oder den Fluch, wenn Sie so wollen.« Merrick wandte sich zu Geoff und schaute ihn an. »Hast du schon die Sage von Kassandra gelesen?«

Der Junge schüttelte den Kopf.

Frost sah Merrick seltsam an. »Kassandra war die Tochter des Königs von Troja«, erklärte der Lehrer. »Apollon verliebte sich in sie und verlieh ihr die Gabe der Vorhersehung. Aber als sie seine Zuneigung nicht erwiderte, belegte Apollon sie mit einem Fluch, der bewirkte, dass sie zwar die Zukunft sehen konnte, aber niemand ihr ihre Prophezeiungen je glauben würde.«

Geoff war totenblass geworden. »Was ist mit Kassandra passiert?«

Mit einem finsteren Blick in Merricks Richtung, legte Madeleine den Arm um das Kind. »Nichts«, mischte sie sich scharf ein. »Auch wenn ich sicher bin, dass sie ein sehr unglückliches Leben gehabt hat.«

»Ganz recht«, nickte Merrick, und sein Ton klang lässig. »Ein sehr unglückliches, in der Tat.«

Geoffs Farbe war noch nicht zurückgekehrt. Mr. Frost lachte nervös. »Aber gewiss, Sir ... gewiss glauben Sie nicht ...?«

Merrick zog eine seiner scharf gezeichneten schwarzen Augenbrauen hoch. »Tue ich das nicht?«, fragte er.

Frosts Wangen färbten sich rosa. »Aber in die Zukunft sehen zu können ...«

Merrick zuckte mit den Schultern. »In Schottland ist das nichts Ungewöhnliches.«

»Aber Sie sind ein Mann der Wissenschaft.«

»Richtig«, stimmte Merrick zu. »Und deshalb bin ich überzeugt, dass es eine absolut vernünftige Erklärung dafür gibt. Schließlich, Frost, haben die Menschen auch einst geglaubt, die Welt sei eine Scheibe. Und keiner von uns wusste irgendetwas über Gravitation, bis dieser berühmte Apfel dem armen Newton auf den Kopf gefallen ist.«

»Nun, das ist wohl wahr.« Frost schien darüber nachzudenken. »Haben Sie eine Theorie, Sir?«

Merrick starrte aus dem Fenster, seine Miene wirkte nachdenklich. »Ich denke, dass das zweite Gesicht so etwas wie Intuition ist«, sagte er. »Aber stärker, und ... ich weiß es nicht ... sehr viel weiter entwickelt vielleicht?«

»Mummy sagt, dass sie weibliche Intuition hat«, sagte Geoff hoffnungsvoll. »Meinen Sie so etwas, Sir?«

Merrick nickte. »Ja, Frauen haben im Allgemeinen mehr Intuition als Männer«, stimmte er zu. »Ich denke, in die Zukunft sehen zu können ist so etwas Ähnliches, und kein Mensch, der über diese Gabe verfügt, ist ganz genau so wie ein anderer. Einige Menschen sehen die Zukunft in ihren Träumen, und sie sehen sie abstrakt. Andere sagen, sie fühlen etwas in ihren Knochen, oder sie sehen Bruchstücke und Stücke aufblitzen. Andere können es ganz und gar verdrängen oder ihre Wahrnehmung verschärfen, wenn sie es wollen.«

»Sie haben sehr viel darüber nachgedacht.« Mr. Frost lehnte sich entspannt auf seinem Sitz zurück. »Kennen Sie jemanden, der diese Gabe besitzt, Mr. MacLachlan?«

»Meine Großmutter«, sagte Merrick. »Aber es ist etwas, worüber sie nicht besonders gern spricht. Sie werden feststellen, dass das bei allen so ist, die tatsächlich die Gabe des Hellsehens haben. Wenn sie aber ein Geschäft daraus machen und für zwei Pence aus den Teeblättern lesen, dann können Sie mit Sicherheit davon ausgehen, dass es Scharlatane sind.«

Geoff stand der Mund vor Staunen offen, als er all das in sich aufnahm. Merrick beugte sich vor und tätschelte ihm das Knie, so wie es zuvor Mr. Frost getan hatte. »Nun aber genug damit«, sagte er. »Dieser Bursche hier muss noch lernen, oder?«

In diesem Moment verlangsamte die Kutsche ihre Fahrt.

»Ah, ich nehme an, dass wir Bedale erreicht haben«, sagte Merrick und schaute durch das Fenster zum Himmel hinauf. »Und ich glaube, wir werden noch mehr Regen bekommen. Vielleicht sollten wir hier Rast machen.«

Das Gasthaus, an dem sie hielten, war perfekt auf Reisende eingestellt. Merrick arrangierte, dass das Dinner in einem Privatzimmer neben der Schankstube serviert wurde. Ein Serviermädchen mit rosa Wangen trug Tabletts mit Hammelbraten, gebratenem Merlan und eine Terrine Erbsensuppe auf, aber Madeleine hatte keinen Appetit. Danach äußerte Geoff den

Wunsch, sich das Dorf ansehen zu wollen. Es war Markttag gewesen, und obwohl das Ereignis schon lange vorüber war, ging es im Ort noch recht lebhaft zu.

Merrick erhob sich. »Ich denke, ein Spaziergang würde uns allen guttun«, sagte er. »Du machst die Vorhut, Geoff.«

Am Fuß der Treppe trennte sich Madeleine von ihnen, um nach oben zu gehen.

Geoff zögerte. »Du kommst nicht mit, Mummy?«

Ihre Hand lag schon auf der Spindel des Treppenpfostens, als sie sich umwandte und alle ansah. »Ich wollte eigentlich nicht, nein.«

Merrick warf einen unergründlichen Blick in ihre Richtung. »Wir werden nicht lange unterwegs sein«, versprach er und bot ihr seinen Arm.

Mit ernstem Widerstreben legte sie die Hand auf seinen Arm, und sie gingen hinaus in die einsetzende Abenddämmerung. Die Gefahr eines Regenschauers schien vorüber zu sein. Geoff und Mr. Frost legten ein schnelles Tempo vor und blieben ein- oder zweimal stehen, um in Schaufenster zu schauen, auch wenn die Läden inzwischen alle geschlossen waren und im Dunkel lagen.

Merrick schien es vorzuziehen, zu schlendern. Es war das erste Mal, dass sie während der ganzen Reise allein waren. »Du hast nichts gegessen«, murmelte er, während sie gingen. »War die Auswahl nicht nach deinem Geschmack?«

»Ich hatte keinen Hunger«, erwiderte sie.

Er ließ seinen Blick über ihre Figur gleiten. »Du hast Gewicht verloren«, bemerkte er. »Es steht dir nicht, so dünn zu sein.«

Sie versuchte, ihren auflodernden Zorn zu unterdrücken. »Hat dir noch nie jemand gesagt, dass du bevormundend und aufdringlich bist, Merrick?«, fragte sie. »Ich bin kaum in der Gefahr, vom Wind davongepustet zu werden, so sehr dir das vielleicht auch gefallen würde.«

Er verwirrte sie noch mehr, als er diesen Happen nicht aufnahm, sondern stattdessen seine Hand auf ihre legte, wo sie auf seinem Mantelärmel ruhte. »Es ist nicht gut für den Jungen, deine Beunruhigung zu sehen«, erwiderte er. »Er bemerkt es, wenn du nichts isst oder wenn du dich in dich zurückziehst.«

»Um Himmels willen, Merrick!«, widersprach sie müde. »Ich bin nicht beunruhigt. Und Kinder bemerken solche Dinge nicht.«

»Oh, Geoff schon«, sagte er warnend. »Genau genommen, Madeleine, haben wir keine Ahnung, was er tatsächlich *weiß*. Ich bitte dich, das zu berücksichtigen.«

»Ich sehe, dass du noch immer an diesem hellseherischen Unsinn festhältst«, erwiderte sie säuerlich. »Ich bete, dass du Geoff nicht noch mehr über das grässliche Geschäft dieser Kassandra erzählen wirst.«

»Es ist ein wichtiger Mythos«, entgegnete Merrick.

»Es ist nichts als Unsinn«, sagte Madeleine. »Herrgott! Die arme Frau wurde vergewaltigt, als Liebessklavin missbraucht und dann umgebracht. Ich denke nicht, dass Geoff ihre Geschichte besonders erbaulich finden würde.«

»Die arme Frau?« Merrick besaß die Unverfrorenheit, sie anzugrinsen. »Glaubst du an Kassandra oder nicht? Du scheinst gewillt, ihr mit deinen flammenden Worten zu Hilfe zu eilen.«

Ganz unrecht hatte er damit nicht. Madeleine war gezwungen, sich abzuwenden und einen Anflug von Lachen zu unterdrücken. »Es ist eine schreckliche Geschichte, mag sie wahr oder falsch sein«, sagte sie schließlich. »Ich vermute, du versuchst, Geoff zu trösten, und ich bin nicht undankbar, aber hast du nicht etwas Fröhlicheres in deinem Repertoire?«

Merrick schien darüber nachzudenken. »Ich könnte ihm vielleicht von meinem verstorbenen Onkel erzählen, der seine hellseherischen Fähigkeiten dazu genutzt hat, beim Glücksspiel zu betrügen«, schlug er vor. »Er hat vier Ehefrauen überlebt und starb fett, reich und glücklich mit zweiundneunzig Jahren – und soweit ich weiß, war er niemals ein Sexsklave. Auch wenn er vermutlich nichts dagegen gehabt hätte.«

Sie musste lachen. Ihre Finger flogen an ihre Lippen; zu spät. »Bitte sag mir, dass du dir das gerade ausgedacht hast brachte sie heraus.

»Es ist sehr schwer geworden, es dir auf deine alten Tage recht zu machen«, entgegnete er. »Dir scheint keine meiner Geschichten zu gefallen. Ja, ich habe gelogen.«

»Und ich bin *nicht* alt«, setzte sie hinzu. »Ich bin erst dreißig.«

»Aber du wirst am 6. März einunddreißig«, sagte er. »Du bist gewiss nicht mehr jung.«

»Ich glaube, wir sollten besser weiter über mein Gewicht sprechen«, entgegnete sie schroff, auch wenn sie kaum glauben konnte, dass der Mann nach so vielen Jahren noch wusste, wann sie Geburtstag hatte.

Eine Weile gingen sie schweigend nebeneinander her. »Ich war nie besonders charmant, nicht wahr, Madeleine?«, fragte er plötzlich wie aus dem Nichts. »Ich habe mich immer gefragt ... ich habe mich immer gefragt, was du eigentlich in mir gesehen hast.«

»Du warst zu ungeduldig, um charmant zu sein«, antwortete sie. »Außerdem konntest du Dummköpfe nicht ausstehen. Ich denke, mir hat gefallen, dass du so selbstbewusst warst.«

Er sah sie an, eine dunkle Augenbraue hochgezogen. »Selbstbewusst? Oder arrogant?«

Sie schürzte für einen Moment die Lippen. »Damals schien es Selbstbewusstsein zu sein.«

»Und jetzt?«

Madeleine fröstelte; es war plötzlich kühl geworden. »Frag mich nicht nach dem Jetzt, Merrick«, sagte sie ruhig. »Ich kenne mich ja kaum noch. Und ganz sicher kenne ich dich nicht.«

Er schwieg für eine Weile. Sie spürte, dass er über etwas nachdachte. Zumindest waren sie fähig, zusammen spazieren zu gehen und sich relativ zivilisiert miteinander zu unterhalten. *Das ist,* dachte sie, *eine Verbesserung*.

Sie gingen noch immer Arm in Arm, und sie spürte die Wärme, die von ihm ausstrahlte. Sie warf ihm von der Seite einen Blick zu und fragte sich, was sie vermisst hatte. Wie wäre es gewesen, hätte sie die letzten zwölf Jahre mit ihm gelebt? Wenn sie miterlebt hätte, wie aus dem schönen jungen Künstler, der er damals gewesen war, dieser ernste, faszinierende und sehr hartherzige Geschäftsmann wurde? Hätte sie besänftigend auf ihn einwirken können? Ihn formen können? Ihn vor sich selbst retten können?

Vielleicht wäre es gar nicht so schlimm gewesen. Sicherlich hätte es … anderes gegeben. Das Bild von sich und Merrick, der auf ihr lag, kam ihr plötzlich und rasch in den Sinn. Einen Moment lang schloss sie die Augen und war dankbar für das schwächer werdende Tageslicht. Lieber Gott, was sie miteinander getan hatten, war schlichtweg … *schamlos*. Wunderbar sündhaft. Und überaus befriedigend. In dieser kleinen engen Kammer hatte Merrick ihr auf eine Weise Lust bereitet, die sie nicht für möglich gehalten hatte.

Als junger Mann war Merrick ein zärtlicher und aufmerksamer Liebhaber gewesen. Aber an diesem Abend – oh, da war ganz und gar nichts Zärtliches gewesen. Es hatte sich angefühlt, als wären ihrer beider aufgestauten Bedürfnisse in einem Feuersturm der Leidenschaft urplötzlich explodiert.

Sie musste wieder gezittert haben.

Merrick blieb stehen, wandte sich zu ihr und legte eine warme, feste Hand zwischen ihre Schulterblätter. Er war so nah, dass sein Atem ihr Haar streifte. »Ist dir kalt, Maddie?«

Maddie. Oh, sie wünschte, er würde sie nicht so nennen. Jedes Mal schien dabei ein Stück ihrer Entschlossenheit zu schmelzen. »Ein wenig«, sagte sie mit einem verhaltenen Lächeln. »Das liegt ohne Zweifel an meiner ausgezehrten Konstitution.«

Er sah sie mit einem zweifelnden kleinen Lächeln an. Sie hatten jetzt den Marktplatz umrundet und setzten ihren Spaziergang fort, indem sie eine hübsche kleine Gasse hinuntergingen. Mr. Frost und Geoff waren ein Stück vorausgegangen und schauten sich jetzt die Dorfkirche an. Merrick wandte sich um und rief ihnen zu, auf sie zu warten.

»Haben Sie die Freundlichkeit, Ihre Ladyschaft zurück zum Gasthof zu begleiten, Frost?«, sagte er, als sie an der Kirche ankamen. »Geoff und ich werden noch ein Stück gehen. Ich möchte mit ihm reden.«

Madeleine sah unsicher zwischen den beiden hin und her. Sie wünschte nicht, die beiden allein zu lassen.

»Diese Kirche ist von der Architektur her sehr interessant«, sagte Merrick zu dem Jungen. »Ich dachte, wir könnten sie uns einmal von innen ansehen, da du doch an solchen Dingen interessiert bist?«

Geoffs Augen leuchteten auf, aber Madeleine zögerte. Doch

welche Wahl hatte sie? Was war das Richtige? »Ja, natürlich«, sagte sie und nahm Mr. Frosts Arm. »Ihr bleibt aber nicht so lange, nicht wahr?«

»Wir bleiben nicht lange«, versprach Merrick ernst.

Madeleine lächelte Geoff warm an. »Klopf an meine Tür, wenn du zurück bist, Geoff«, sagte sie. »Vielleicht musst du mich zudecken.«

Er lachte bei diesen Worten, und sie wandte sich ab. Es war sehr schwer, jemand anderem Zutritt zu Geoffs Leben zu erlauben, aber es musste sein. Nicht weil Merrick ihr gedroht hatte, sondern weil ihr langsam klar wurde, dass es das Richtige war. Sie schlug mit Mr. Frost den Weg zum Gasthof ein und schaffte es, nicht zurückzuschauen.

Merrick sah auf den Jungen herunter, der die Kirche in der sich herabsenkenden Dämmerung aufmerksam betrachtete. »Sie ist schön, nicht wahr, Geoff?«, sagte er. »St. Gregory stammt überwiegend aus dem späten Mittelalter, aber das Kirchenschiff weist einige charakteristische Reste aus der Zeit der Sachsen auf. Wenn wir uns beeilen, können wir es uns vielleicht noch ansehen, bevor es zu dunkel dafür ist. Ich werde dir zeigen, wie du die Elemente aus dieser Zeit bestimmen kannst.«

In der Kirche herrschte diffuses Dämmerlicht. Sie waren die einzigen Besucher, als sie das Kirchenschiff hinuntergingen. Merrick wies Geoff auf die ältesten Teile hin, darunter der Säulengang. »Und jetzt sieh dir einmal den Glockenturm genauer an«, forderte Merrick den Jungen auf, als sie wieder draußen vor der Kirche standen. »Er hat eine seltene Form. Erkennst du, warum?«

Geoff kniff die Augen zusammen, um in der Dämmerung etwas zu erkennen. »Ich finde, er sieht eher aus wie der Turm einer Burg, nicht wie der einer Kirche.«

Merrick empfand bei dieser Antwort eine seltsame Freude. »Ganz richtig, Geoff«, sagte er. »Weil dies ein Glockenturm ist, der für den Kriegsfall befestigt wurde.«

Der Junge machte wieder große Augen. »Wirklich, Sir?«

»Mitte des 14. Jahrhunderts«, sagte Merrick. »Weil wir hier, musst du wissen, sehr nahe bei jenen bösen, rauflustigen Schotten sind. Ich denke, die braven Bürger von Bedale müssen sich vor ihnen gefürchtet haben, deshalb haben sie sich gegen Invasionen geschützt.«

Der Junge lachte.

»Oh, du hast jetzt gut lachen«, sagte Merrick, während sie sich auf den Rückweg zum Gasthaus machten. »Aber wir Schotten waren damals ein kühner, tapferer Haufen. Die Engländer haben sich sehr vor uns gefürchtet.«

Geoff schaute zu ihm hoch. »Haben die Schotten Bedale jemals erobert, Sir?«

Merrick schüttelte den Kopf. »Nicht, soweit ich weiß«, gab er zu. »Obwohl sie viele Male sehr nah herangekommen sind.«

Sie schwiegen eine Weile beim Gehen. »Wie denkst du über die Geschichte, die ich dir heute Nachmittag über meinen Großvater erzählt habe, Geoff?«, fragte er und schlug bei dieser Frage einen absichtlich leichten Ton an.

»Sie war traurig.« Geoff blieb stehen und stieß mit der Schuhspitze einen kleinen Stein aus dem Weg. »Und ich verstehe nicht, warum niemand auf ihn gehört hat.«

Merrick legte dem Jungen die Hand auf die Schulter. »So geht es in der Welt zu, Geoff«, sagte er ruhig. »Die Menschen haben ein Problem damit, Dinge zu verstehen oder zu glauben, die über die Grenze ihres Verstandes hinausgehen. Es ist eine Art von … harmloser Ignoranz, würde ich sagen.«

Der Junge schaute mit gerunzelter Stirn zu ihm hoch. »Aber

die Menschen glauben an Gott«, sagte Geoff. »Und er ist jenseits unserer ... Grenze. Oder?«

Merrick nickte. »Richtig, aber die Menschen haben die Bibel und den Pfarrer, um sie zu führen«, sagte er. »Hast du viel aus dem Alten Testament gelesen, Geoff?«

Der Junge sah ein wenig bedrückt aus. »Etwas«, sagte er. »Mummy wollte es.«

»So wie sie es auch sollte«, bemerkte Merrick. Sie bogen um die Ecke und befanden sich wieder auf dem Marktplatz. »Kennst du das Buch Joel? Ich frage das, weil es von einigen erstaunlichen Dingen berichtet.«

»Welche Art von erstaunlichen Dingen?«

»Nun, einige Leute glauben, dass es von Menschen wie meinem Großvater erzählt.«

Schweigen lastete einen langen Moment zwischen ihnen. »Was steht darin, Sir?«, fragte Geoff schließlich.

Merrick versuchte, sich an den genauen Wortlaut zu erinnern und zitierte dann: »*Und nach diesem will ich meinen Geist ausgießen über alles Fleisch, und eure Söhne und Töchter sollen weissagen, eure Alten sollen Träume haben, und eure Jünglinge sollen Gesichte sehen.*«

Geoff blieb in der Mitte des Marktplatzes stehen. »Steht das wirklich in der Bibel, Sir?«

Merrick nickte. »Ich habe es viele Male gelesen.«

Der Junge starrte zu Boden, als dächte er über etwas nach.

Merrick legte ihm die Hand auf den Rücken. »Geoff, wenn es jemals etwas gibt ... ich meine, wenn es irgendetwas gibt, was du gern wissen möchtest ... Ich hoffe, dass du dann mich danach fragen wirst«, sagte er. »Wirst du daran denken? Dass du mit mir reden und mir alles sagen kannst? Mich alles fragen kannst, was du willst? Und ich werde niemals etwas abtun oder über etwas lachen, was dich beunruhigt.«

Geoff blinzelte, dann nickte er. »Danke, Sir«, sagte er. »Ich werde daran denken.«

Merrick lächelte. »Nun, das sind genug ernste Gespräche für einen Tag«, sagte er. »Es ist nicht gut, den Kopf eines Jungen mit zu vielen schweren Gedanken zu füllen, hab ich recht?«

»Mein Kopf fühlt sich schon ein wenig vollgestopft an«, gestand Geoff ein.

Merrick schlug ihm aufmunternd auf die Schulter. »Dann also auf zum Gasthaus«, befahl er. »Morgen ist auch noch ein Tag. Und es wird ein sehr langer werden.«

Kapitel 16

Die Wahrheit kommt immer ans Licht.

Am Nachmittag eines sonnigen Donnerstags erreichten sie die Abzweigung nach Gretna Green. Madeleine hatte die Wegweiser schon gut zwanzig Meilen vorher gesehen und gebetet, dass sie an dem Ort vorbeifahren würden. In Anbetracht des herrlichen Wetters gab es gewiss keine Veranlassung, jetzt schon Rast zu machen. Als sie sich dem Dorf näherten, sah die Straße nicht mehr so aus, wie in Madeleines Erinnerung. Man schien den Verlauf geändert zu haben, denn sie führte jetzt um das Dorf herum.

Madeleine wertete dies als glücklichen Zufall und entspannte sich ein wenig, während sie weiterhin aus dem Fenster schaute.

Merrick räusperte sich plötzlich und klopfte vernehmlich an das Dach der Kutsche. Der Kutscher ließ die Pferde anhalten, und der Pferdeknecht sprang von der Kutsche herunter. Merrick öffnete den Schlag und lehnte sich hinaus in den hellen Schein der Nachmittagssonne. »Fahren Sie nach Gretna Green«, gab er Anweisung. »Wir werden uns dort für die Nacht ein Quartier nehmen.«

»Für die Nacht ein Quartier nehmen?«, wiederholte Madeleine, als die Tür wieder geschlossen war. »Es ist halb vier. Warum fahren wir nicht bis Einbruch der Dämmerung weiter?«

»Ich muss einige Briefe schreiben.« Merrick sah entschlossen aus. »Geschäftsbriefe. Die sollte ich nicht in einer schwankenden Kutsche schreiben.«

Mit schwerem Herzen schaute Madeleine aus dem Fenster, als sie langsam in das Dorf fuhren, vorbei an der alten Dorfschmiede. Auch wenn sie es gut verbarg, so ließ der Anblick dieses Ortes, an dem sie und Merrick vor so vielen Jahren überstürzt ihr Ehegelübde abgelegt hatten, sie doch unerklärlich beunruhigt zurück. Bis auf einen neuen Kalkanstrich sah die Schmiede unverändert aus. Auch das Dorf war noch genauso klein und sauber, wie sie es in Erinnerung hatte, und die Auswahl an Gasthäusern war noch immer beklagenswert klein.

Zu ihrer Bestürzung ließ Merrick am anderen Ende des Dorfes halten, im Hof genau jener Kutschenstation, in der sie jene erste schicksalhafte Nacht ihrer Ehe verbracht hatten. Nachdem er dem Kutscher befohlen hatte, sich um die Pferde zu kümmern, ging er in das Haus, als gehörte es ihm. Als der Gastwirt ihn mit Namen begrüßte und sich nach seinem Wohlergehen und seinen Geschäften erkundigte, gab Merrick bereitwillig Auskunft. Falls es ihn auch nur im Mindesten belastete, diesen kleinen Ort wieder aufzusuchen, so merkte man das seinem Verhalten nicht an. Ohne Zweifel hatte er hier im Laufe der Jahre, wenn er von London zu seiner Familie und zurück gefahren war, viele Male Station gemacht.

Wie sie es in allen vorigen Gasthäusern gehalten hatten, bestand Madeleine auch in diesem darauf, sich getrennt einzuschreiben und für die Zimmer zu bezahlen, die ihre Begleitung und sie bewohnen würden. Sobald ihr Handkoffer in das Zimmer gebracht worden war, das sie und Eliza sich teilten, öffnete Madeleine ihn und nahm ihren Schal heraus.

Eliza schaute sie über das Bett an. »Sie gehen aus, Ma'am?«

»Ja, ich mache einen Spaziergang«, nickte Madeleine. »Ich brauche frische Luft.«

Eliza sah sie fragend an. »Wünschen Sie, dass ich Sie begleite?«

Madeleine schüttelte den Kopf. Sie brauchte niemanden bei sich zu haben, nicht einmal Eliza, um zu wissen, was für eine dumme, sentimentale Närrin sie im Grunde war. »Danke«, sagte sie. »Aber ich werde nicht lange fortbleiben. Warum packen Sie nicht den Rest aus und ruhen sich dann aus?«

Der Empfang war leer, als Madeleine die Treppe herunterkam. Nur eine rundliche Frau in einem grauen Kleid und mit einer weißen Haube war zu sehen, die mit einem Staubwedel nicht besonders gründlich über die Lampen und Türstürze fuhr. Madeleine nickte ihr höflich zu, als sie vorbeiging und schlüpfte zur Tür hinaus. Sie fühlte sich von einer unruhigen Energie erfüllt und machte sich mit einer seltsamen Entschlossenheit auf den Weg zu ihrem Ziel. Sie war wirklich erzürnt. Warum hatte Merrick nur verlangt, ausgerechnet in diesem Dorf Halt zu machen? Sie hätten doch sicherlich noch über den Sark fahren und in einem der neueren, besseren Gasthäuser an der Hauptstraße übernachten können?

Natürlich war ihr die Ironie des Ganzen nicht entgangen. Nicht einmal während ihrer ersten schicksalhaften Fahrt nach Gretna Green hatte sie die Klugheit der Entscheidungen Merricks infrage gestellt. Sie hatte auch nicht ihre impulsive Entscheidung bereut, davonzulaufen, oder die Hoffnung und die Freude, mit der diese Wahl ihr Herz erfüllt hatte. In dieser Hinsicht hatte sie Merrick die Wahrheit gesagt. Aber jetzt stellte sie das alles rückhaltlos infrage. Sie waren so jung gewesen, und die ganze Welt, so hatte es den Anschein gehabt, war gegen sie gewesen. Und jetzt waren ihr diese Hoffnung und Freude vom unerbittlichen Mahlstrom des alltäglichen Lebens ausgetrieben worden.

Ihr Vater hatte behauptet, Merrick dreißigtausend Pfund gezahlt zu haben, damit dieser fortging. Daran dachte Madeleine, als sie die schmale Straße herunterging. Sie glaubte das jetzt nicht mehr. Rosenberg hatte ihr versichert, Merrick habe sein Unternehmen mit finanzieller Hilfe seiner Großmutter gegründet, der Frau, zu der sie auf den Weg waren. Es wäre ganz einfach, sie zu fragen, ob das stimmte.

Die Werkstatt des Schmieds tauchte jetzt auf. Aus der Ferne hörte Madeleine schon den rhythmischen Schlag des Hammers auf Metall. Sie war nicht einmal sicher, warum sie hier war; vielleicht war sie nach all dem Kummer bereit, einige wenige Momente dieser verlorenen Freude wiederzufinden. Sie wartete ab, bis ein Bauernkarren an ihr vorbeigerumpelt war, und überquerte dann, nachdem sie tief durchgeatmet hatte, die Straße.

Auf dem mit Kies bestreuten Hof der Schmiede stand ein nach vorn auf seine Deichsel gekippter Karren, moderndes Stroh stach zwischen seinen Brettern hindurch, und seine Achse war offensichtlich gebrochen. Unter einer alten schmiedeeisernen Bank lag ein schlafender Hund, der ihre Ankunft kaum zur Kenntnis nahm. Der leichte Wind trug den Geruch nach heißer Asche und verbrannter Kohle zu ihr. Der Haupteingang zur Schmiede war deutlich ausgewiesen, und Madeleine trat ein, ohne sich die Zeit zu geben, noch einmal darüber nachzudenken.

Sie schloss die Tür hinter sich, wandte sich um – und fiel fast in Ohnmacht.

Merrick stand vor ihr. Er stand an dem grob gezimmerten Tisch, die Hände auf dem Rücken fest verschränkt. Es war die ihr vertraute Haltung unbeugsamer Entschlossenheit. Er wirkte besonders groß in diesem kleinen, kargen Raum, als er sich umwandte und eine Augenbrauen hob.

»Suchst du etwas, Madeleine?«

Sie stand noch wie erstarrt an der Tür und öffnete den Mund, aber es kam kein Wort heraus. Die Hitze, die vom Schmiedefeuer ausging, schien sie plötzlich fast zu ersticken. Sie dachte, sie wäre vielleicht vor ihrer Torheit gerettet, als ein gedrungener, kahlköpfiger Mann im Lederwams durch eine Tür hinter dem Tisch den Raum betrat. Aber leider sollte es nicht so sein.

»Hier ist es, Sir«, sagte der Mann und legte ein in Leder gebundenes Buch auf den Tisch. »Das sind alle Eheschließungen seit 1818. In welchem Monat, sagten sie, ist es gewesen?«

Merrick streckte einen Arm aus, als wollte er Madeleine einladen, an den Tisch zu treten. »Es war Juli, nicht wahr, meine Liebe?«, fragte er. »Vielleicht der 24.?«

»Der 22.«, platzte sie heraus und ging zu ihm.

Merricks Augen blitzten vor Zufriedenheit. »Ganz recht, meine Liebste!«, sagte er. »Ich wollte nur wissen, ob du dich erinnerst.«

Madeleine kniff die Augen zusammen.

Der Mann war unempfindlich gegen die plötzliche Spannung und lächelte. »Aye, glücklich ist der Mann, der sich immer an seinen Hochzeitstag erinnert!«, bemerkte er und blinzelte Madeleine zu, während er das Buch öffnete.

»Oh, ich habe ihn nie vergessen«, sagte Merrick trocken. »Ich feiere ihn ausnahmslos jedes Jahr mit einem oder zwei Drinks – oder auch mit zwanzig.«

Der Mann sah ihn neugierig an, dann wandte er sich wieder dem Buch zu. »Juli, Juli, Juli«, murmelte er vor sich hin, während er mit der Spitze seines dicken Fingers durch die Seiten blätterte. »Aye, Juli! Och, war nicht viel los in diesem Monat. Und Mr. und Mrs. MacLachlan, richtig?«

Merrick lächelte auf Madeleine herunter, legte einen Arm um ihre Taille und zog sie an sich. »Bis dass der Tod uns scheidet«, sagte er.

Der Mann räusperte sich und blätterte in den wenigen Seiten hin und her. »Also der 22.?«, sagte er. »Könnte es auch im Juni gewesen sei? Der Juni ist ein sehr beliebter Monat zum Heiraten!«

Merrick schüttelte den Kopf. »Ganz sicher nicht.«

Madeleine gefiel die leichte Ratlosigkeit nicht, die sich über das Gesicht des kahlköpfigen Mannes zu legen begann. »Es war der 22.«, sagte sie und beugte sich vor. Sie sah, dass er schon bis zum August vorgeblättert hatte. »Nein, das ist zu weit. Blättern Sie eine Seite zurück.«

Er tat es, dann hob er den Kopf und sah Merrick und Madeleine verblüfft an. »Hier steht nichts von einem MacLachlan«, sagte er. »Nicht im Juni, Juli oder August.«

Merricks Miene sackte herunter, genau wie sein Arm. »Aber das ist unmöglich«, sagte er finster. »Geben Sie mir das Buch.« Verärgert schlug er Seite um Seite um.

Madeleine wandte sich an den kahlköpfigen Mann. »Es muss doch noch ein Register geben«, sagte sie.

Der Mann schüttelte den Kopf. »Nicht hier, Ma'am«, sagte er und rieb sich die Hände ein wenig verlegen an seiner Jacke. »Vielleicht ist die Eheschließung drüben in Gretna Hall gewesen? Vor einigen Jahren haben dort auch Trauungen stattgefunden.«

Madeleine schaute sich in dem kleinen Raum um. »Nein, es war *hier«*, beharrte sie. »Ich erinnere mich genau.«

Der Mann hob die Hände und versuchte zu grinsen. »Aye, nun, wenn *er* sich daran erinnert, und wenn *Sie* sich daran erinnern, dann hat der Rest ja nicht viel zu sagen, richtig?«

Merrick beugte sich fast über den ganzen Tisch, als wollte er den Burschen darüber ziehen. »Nennen Sie mich sentimental«, schnarrte er. »Aber ich will diesen verdammten Eintrag *sehen.*«

Der Mann zuckte verständlicherweise zurück. »Aber gewiss! Aber gewiss doch!«, sagte er. »Wir haben nur irgendeinen Fehler gemacht. Haben Sie noch die Heiratsurkunde, Sir? Alles hat seine Ordnung, vom Gesetz her gesehen, solange Sie die richtigen Papiere haben, ob Ihr Name nun in diesem Buch steht oder nicht.«

Madeleine hatte das Buch genommen und zu sich gedreht. Merrick zog die Heiratsurkunde aus seiner Brieftasche und wedelte damit vor dem Gesicht des Kahlköpfigen hin und her. Während deren Gespräch immer hitziger wurde, blätterte Madeleine etwas aufmerksamer durch die Seiten.

»Nun, das ist sehr seltsam«, sagte sie scharf.

Beide Männer verstummten und schauten zu ihr.

Madeleine zeigte auf das Buch. »Es gab hier elf Eheschließungen zwischen dem 5. und 21. Juli«, sagte sie. »Und dann keine mehr bis zum 10. August.«

Die Männer sahen sie verständnislos an.

Madeleine zog die Augenbrauen hoch. »Nun, kommt den Herren das nicht seltsam vor?«, fragte sie. »Oder wollen Sie beide sich einfach weiter darüber streiten, bis die Namen auf mysteriöse Weise wieder erscheinen?«

Merrick schnappte sich das Buch. Der kahlköpfige Mann spähte hinein und kratzte sich am Kopf. »Das scheint nicht ganz zu stimmen«, stimmte er zu.

»Wo ist der Bursche, der das hier unterschrieben hat?«, verlangte Merrick zu wissen und zeigte mit Finger auf die Heiratsurkunde. »Lebt er noch? Oder ist er gestorben?«

»Der ist tot«, sagte der Mann finster. Dann ging er zu der Tür und öffnete sie. »Ezekiel!«, rief er in die Dunkelheit. »Ezekiel, du wirst hier gebraucht!«

Merrick und Madeleine schauten sich argwöhnisch an. Aber der Mann, der herbeikam, sah in der Tat zu jung aus, um der Mann sein zu können, der sie getraut hatte. Er sah sie prüfend an und kaute dabei lässig an dem, was von einem grünen Apfel noch übrig war.

»Das ist Ezekiel«, sagte der Kahlköpfige und legte dem Burschen gütig die Hand auf die Schulter. »Die Unterschrift da auf Ihrer Urkunde ist von seinem Vater. Ezekiel kann sich gut an Daten und Zahlen erinnern. Vielleicht erinnert er sich an irgendetwas.«

Ezekiel nickte – seine Bewegungen wirkten seltsam bedächtig – und schluckte seinen Apfelbissen herunter.

»Diese Leute haben hier 1818 geheiratet«, erklärte der Kahlköpfige ihm. »Erinnerst du dich an den Juli 1818, Ezekiel?«

Der junge Mann blinzelte, dann nickte er langsam. »Dr-dreißig Tage hat der September«, sagte er in einer ungewöhnlich monoton klingenden Ton. »April, J-Juni und November. Alle andern haben eindunddreißig.«

»Wir reden vom Juli, um Gottes willen!«, sagte Merrick gereizt.

Madeleine legte besänftigend die Hand auf seinen Arm. Der junge Mann, erkannte sie, war ein wenig langsam im Denken, auch wenn es nicht sofort offensichtlich war. »Ja, Juli 1818, Ezekiel«, sagte sie ruhig. »In dem Register gibt es eine Lücke.«

Ezekiel nickte und begann wieder mit seinem Spruch. »Dreißig Tage hat der September«, intonierte er. Dieses Mal wartete Merrick ab, wenn auch ungeduldig, bis der Junge fertig war. »Außer dem Februar, der hat achtundzwanzig, ist mal klar, und neunundzwanzig im Schaltjahr«, schloss er schließlich.

»Ganz recht, Ezekiel«, lobte Madeleine ihn.

Ezekiel lächelte ein wenig, dann beugte er den Kopf über die Seite und seine breite Stirn legte sich in tiefe Falten. Er begann, vor sich hin zu murmeln, während er mit dem Zeigefinger die Seite herunterfuhr.

Der kahlköpfige Mann sah ihm ein wenig skeptisch dabei zu. Offensichtlich verstand er nicht, welchen Unterschied das Register machen sollte, weil die Tatsache, dass es eine Heirat gegeben hatte, nicht bestritten zu werden schien. Auch Madeleine wunderte sich. Sie hatte Merrick hier geheiratet, und sie brauchte ganz gewiss nicht das Register, um das zu bestätigen – nicht, nachdem sie diesen Tag fast dreizehn Jahre lang bereut hatte. Sie war noch nicht einmal sicher, warum sie sich so sehr gewünscht hatte, diesen Ort noch einmal zu sehen.

»MacLachlan«, sagte Ezekiel und hob abrupt den Kopf. »22. Juli. Capstone, 23. Juli. Hetwell, 23. Juli. Martin, 26. Juli. Anders, 29. Juli.«

Merrick unterbrach ihn, indem er die Hand leicht über Ezekiels legte. »Was liest du?«, fragte er, sein Ton war jetzt sanfter.

Ezekiel zeigte auf die Bindung des Buches. »S-seite ist weg«, sagte er. »Eine Seite. Zehn Namen. Vickers, 30. Juli. Elderwood, 3. August. Pickering, 5. August.«

Der kahlköpfige Mann unterbrach ihn. »Danke, Ezekiel«, sagte er und wandte sich dann an Merrick. »So könnte er den ganzen Tag weitermachen«, sagte er fast entschuldigend. »Er merkt sich diese Dinge, weil es ihm Spaß macht.«

»Aye, und es ist verdammt gut, dass er das getan hat«, sagte Merrick. »Weil Sie so unachtsam waren, eine Seite zu verlieren.«

Ezekiel schüttelte jetzt heftig den Kopf. »N-nicht verloren«, sagte er. »Nicht verloren. Flora hat sie genommen.«

»Flora?« Der Mann sah Ezekiel argwöhnisch an. »Wer zum Teufel ist Flora?«

Ezekiel blinzelte wieder. »Daddys Freundin«, sagte er. »Sie hat ... so *komisch* gesprochen. Und Geld gegeben. Englisches Geld. Für die Seite. U-und sie hat ihn geküsst. Sechzehn Guineas, drei Pfund, v-vier Schillinge.«

Merrick sah den Kahlköpfigen ungläubig an. »Guter Gott, das sind zwanzig Pfund.«

Aber Madeleine hatte sich über das Register gebeugt, um es zu untersuchen. Ezekiel ging zu ihr. »Sehen Sie!«, flüsterte er und zeigte auf die Vertiefung zwischen den Seiten. »Flora hatte ein Rasiermesser.«

Madeleine tätschelte ihm die Hand. »Vielen Dank, Ezekiel«, sagte sie. »Du warst uns eine große Hilfe.«

Merrick wandte sich von dem Kahlköpfigen ab, der ihn so offensichtlich so viel Geduld gekostet hatte, und schüttelte Ezekiel die Hand. »Ja, vielen Dank«, sagte er. »Vielleicht solltest du all diese Namen eines Tages aufschreiben?«

Ezekiel nickte. »In Ordnung«, sagte er. Dann verschwand er nach hinten in die Werkstatt.

»Das Problem ist«, sagte der Kahlköpfige, »dass er nicht schreiben kann. An jede Zahl, jedes Wort und jede Summe kann er sich sofort erinnern, und er kann ein bisschen lesen. Aber er kann gerade mal seinen Vornamen schreiben.«

Merrick musterte den Mann verbittert. »Nun, verdammt, aber *Sie* können doch schreiben, oder etwa nicht?«, knurrte er. »Guter Gott, muss dieser arme Kerl denn alles allein machen?«

Madeleine versuchte zu vermitteln, indem sie Merrick am

Arm nahm und aus der Schmiede führte. Draußen auf dem Hof zögerte er. »Es gibt keine Möglichkeit, dem auf den Grund zu gehen, nicht wahr?«, brummte er. »Diese Seite ist einfach mit dem Wind davongeweht, verschwunden.«

Madeleines Lächeln wirkte ein wenig schief. »Verschwunden in jemandes Tasche, wohl eher«, sagte sie. »Aber in Anbetracht des Zeitraums, für den die Angaben fehlen, wurde die Seite vermutlich zwei Wochen nach unserer Heirat entfernt.«

Merrick sah sie finster an. »Und was folgt daraus?«, fragte er. »Dass dein kostbarer Vater nichts damit zu tun hatte?«

»Merrick, offensichtlich wollte irgendjemand, dass unsere Heirat schwer nachzuweisen ist«, sagte sie kühl. »Und derjenige war bereit, einen Preis dafür zu zahlen. Aber in Anbetracht der Eigenart einer Heirat in Gretna Green könnte es auch einer der zehn anderen wütenden Väter gewesen sein.«

Merrick schnaubte zweifelnd. »Oh, lass uns mal eine Vermutung wagen, wessen Vater!«

Madeleine schaute auf den mit Kies bestreuten Hof. »Ich werde ihn nicht verteidigen, Merrick«, sagte sie mit leiser Stimme. »So schwer es für mich sein mag zu glauben, er könnte so etwas tun, muss ich akzeptieren, dass es möglich ist. Dachtest du, ich würde das nicht akzeptieren?«

Merrick starrte in die Ferne und strich sich mit der Hand durchs Haar. Die Sonnenstrahlen brachen sich in seinem Siegelring und ließen ihn auffunkeln. »Ich weiß kaum noch, was ich überhaupt denken soll.«

»Mein Vater kann es nicht selbst getan haben, denn wir sind überstürzt fortgefahren«, sprach Madeleine weiter. »Aber ist es möglich, dass er jemanden dafür bezahlt hat, es zu tun? Ja, ich würde meinen, das ist es.«

Und Madeleine hatte auch eine vage Vermutung, wer dieser

Jemand gewesen sein könnte. Aber zunächst musste sie mit Eliza reden.

Merrick stand noch immer wie angewurzelt da. »Es tut mir leid, Maddie«, sagte er schließlich. »Es tut mir leid, dass du der Wahrheit ins Gesicht sehen und erkennen musst, was dein Vater war.«

»Mir tut es auch leid«, entgegnete sie ruhig. »Und wenn es dir nichts ausmacht, dann möchte ich jetzt wirklich nicht mehr darüber sprechen.«

»Aye.« Das Wort klang angespannt. »Also gut.«

Sie zwang sich zu einem Lächeln und nahm seinen Arm. »Komm, Merrick. Wollen wir jetzt zurückgehen?«

Einen Moment lang zögerte er. »Hast du es plötzlich eilig?«

»Ich nicht«, erwiderte sie kühl. »Du bist doch derjenige, der all diese dringenden Geschäftsbriefe zu schreiben hat.«

Schweigend gingen sie zu dem alten Gasthaus zurück, ihre Hand lag auf seinem Arm. Seine Schritte, sonst rasch von Ungeduld, waren fast schleppend, als fürchtete er sich davor, zurückzukehren. Sie war sicher, dass irgendetwas ihn zutiefst beschäftigte, aber sie hatte Angst, ihn danach zu fragen.

Der Wirt war an seinen Schreibtisch am Empfang zurückgekehrt und sah die Post durch. Merrick führte Madeleine in einen kleinen Raum in der Nähe der Schankstube. Beide Räume waren leer bis auf den rothaarigen Kellner, der einen Tisch abräumte.

»Du siehst müde aus«, sagte Merrick. »Ich werde nach Tee schicken.«

Madeleine *war* müde – müde von den Ereignissen des Tages und ein wenig müde auch Merricks befehlendem Ton. Doch Tee klang gut. Sie legte ihren Schal über einen Stuhl an dem kleinen Tisch. Der Kellner war mit dem Tablett in die Küche gegangen, deshalb musste Merrick sich auf die Suche nach einer Bedienung machen. Er kam bald zurück, zog ihren Stuhl vor und bat sie mit einem Blick, Platz zu nehmen.

Madeleine setzte sich ohne Widerrede. In ihrem Kopf wirbelten noch Mutmaßungen über eine Verschwörung herum. Sie und Merrick schafften es, sich höflich über Nichtigkeiten zu unterhalten, bis der Tee serviert wurde. Madeleine schenkte zwei Tassen ein, vergaß dann aber völlig, ihren Tee zu trinken.

Merrick sah sie unter seinen dunklen Wimpern hervor an. »Warst du nicht wenigstens ein wenig neugierig auf Gretna Green, Maddie?«, fragte er leise. »Hast du dir nicht gewünscht, dieses kleine Dorf noch ein letztes Mal zu sehen?«

Sie schüttelte den Kopf. »Ich hätte es vorgezogen, wir wären daran vorbeigefahren.«

»Und doch bist du zur Schmiede gegangen.« In seinem Ton lag eine Spur von Herausforderung.

Madeleine zuckte mit der Schulter. »Ich wollte nur sehen ...« Sie zögerte einen Moment und versuchte dann, ihre Worte wieder aufzunehmen. »Ich wollte nur unsere Namen sehen, Merrick. In dem Register. Ich denke ... ich denke, ich wollte irgendetwas selbst überprüfen. Kannst du das nicht verstehen? Kannst du nicht verstehen, dass man etwas sehen möchte und dennoch nicht den Schmerz erfahren möchte, den es macht, es anzusehen?«

»Oh, aye.« Sein intensiver blauer Blick fing ihren auf und hielt ihn fest. »Sehr gut sogar.«

Madeleine beugte sich ein wenig vor. »Ich werde nicht behaupten, dass ich immer geglaubt habe, was mein Vater gesagt hat, Merrick«, flüsterte sie. »Aber dass ich nicht in der Lage bin, diese Annullierungsdokumente zu finden ... Du lieber Himmel! Ich fange an, mich zu fragen, was noch alles nicht so sein könnte, wie er behauptet hat. Dinge, auf die ich mein Leben aufgebaut habe. Großer Gott, ich hätte mir nur nie träumen lassen, dass …«

Er legte die Hand auf ihre und drückte sie fast heftig. »Und ich hätte mir nie träumen lassen, dass du so etwas von mir denken würdest, Maddie«, sagte er rau. »Wie konntest du das denken? Dass ich unsere Ehe annullieren lassen würde – oder dich sogar nur des Geldes wegen geheiratet habe. *Wie?*«

Sie schüttelte den Kopf. »Er hat mir die Papiere gezeigt, Merrick. Sie sahen so echt für mich aus. Aber zuvor … zuvor war da dieser Brief. Ich wollte ihn vergessen.« Sie wandte den Blick ab, unfähig, ihn noch länger anzusehen.

»Ein Brief?«, fragte er schließlich.

Ihre Hand – die auf ihrem Schoß – begann zu zittern. »Du fragst dich vielleicht, warum ich es für möglich halte, dass mein Vater jemanden bestochen hat, diese Seite aus dem Register zu entfernen«, sagte sie. »Der Grund ist, dass ich wusste, dass er so etwas schon einmal getan hatte.«

»Maddie, wovon sprichst du?«

»Ich weiß von deinem Brief an den Architekten in London«, flüsterte sie. »Ich weiß es, weil Dad ihn hierher nach Gretna Green mitbrachte. Er hat jemanden dafür bezahlt, denke ich, ihn aus Mr. Wilkersons Büro zu stehlen.«

»Wilkerson?« Merrick sah aufrichtig verwirrt aus. »Ich muss ihm im Laufe der Jahre Dutzende von Briefen geschickt haben, aber keinen von solcher Bedeutung, dass man jemanden bestechen würde, ihn zu stehlen.«

»Es war dein erster Brief an ihn«, sagte sie. »Der, in dem du ihm die Zahlung von dreißigtausend Pfund zusagst – deine Hälfte an einem neuen Geschäft. Du würdest ihm im August das Geld zukommen lassen, hast du geschrieben, sobald du es hättest.«

»Großer Gott!«, rief Merrick. »Und in welche Art von Geschäft zum Teufel hätte ich mich für diese große Summe einkaufen wollen?«

Sie sah ihn an. »Eine Baufirma, was sonst?«

»Maddie, wenn ein Architekt dreißigtausend Pfund besitzt, muss er wohl kaum noch arbeiten.«

Wieder schüttelte sie den Kopf. »Dad sagte, du würdest sehr viel Geld brauchen«, beharrte sie. »Er sagte, es wäre für – o Gott, ich weiß es nicht! – etwas mit Bürgschaften oder Versicherungen oder so etwas, weil du so prunkvolle Projekte angehen wolltest.«

»Aye, zum Teil ist das richtig«, räumte Merrick ein, aber sein Gesicht war vor Wut finster geworden. »Ein neues Geschäft reißt große Löcher in die Finanzen eines Mannes und bringt lange Zeit nur verdammt wenig ein. Aber was ich Wilkerson versprochen hatte, waren dreitausend Pfund, die ich mir bereits von meiner Großmutter geliehen hatte.«

»Drei?«

»Aye, und wenn du einen Brief gesehen hast, in dem von *dreißig* die Rede war, dann war da, Maddie, und das kannst du mir glauben, wieder der Fälscher deines Vaters am Werk.«

Das kranke, üble Gefühl war in ihren Magen zurückgekehrt, eine Mischung aus Wut und niederschmetterndem Bedauern. Sie zwang es fort. Merricks Augen blitzten jetzt vor Zorn. »Aber Dad hat behauptet, dass das der Grund war, aus dem du mich geheiratet hast, Merrick«, beharrte sie. »Weil du die Chance hattest, in dieses neue Unternehmen einzutreten – eine Chance, deinen Traum zu verwirklichen – und dass du mein Geld gebraucht hast, um das tun zu können.«

»Aber *dreißigtausend Pfund*, Maddie?«, entgegnete er

ungläubig. »Und das hast du geglaubt? Jesus Christus, wie töricht und einfältig muss man sein, um …«

Sie hatte die Tasse in ihrer Hand, bevor sie noch wusste, was sie damit wollte. Der warme Tee traf ihn mitten ins Gesicht. Merrick sagte kein Wort, sondern starrte sie nur an, dann zog er sein Taschentuch hervor und trocknete sich das Gesicht.

»Ich sollte mich dafür wohl entschuldigen«, zischte sie. »Aber das werde ich nicht tun, weil ich fast dreizehn Jahre auf diese Gelegenheit gewartet habe. Jetzt nenn mich noch ein mal töricht und einfältig, und das Nächste, was dich treffen wird, wird um einiges übler sein als lauwarmer Tee.«

Merrick warf sein Taschentuch empört beiseite. »Dann lass es mich anders formulieren! Nein! Weißt du was, Maddie? Es lohnt sich nicht. Lass es uns vergessen!« Er schob seinen Stuhl zurück und stand auf. »Ich habe es gründlich satt zu versuchen, einen Sinn in all dem zu sehen.«

Auch sie schob ihren Stuhl zurück. »Du hast es also satt?«, fragte sie herausfordernd. »Nun, dann bring mich einfach zurück nach London, um Gottes willen! Du bedeutest mir gar nichts mehr, Merrick MacLachlan. Ich will nach Hause.«

Merrick stützte sich mit beiden Händen auf den kleinen Tisch und beugte sich zu ihr vor. »Geh doch, wohin es dir gefällt, du scharfzüngige Hexe«, knurrte er. »Und gehab dich wohl! Das ist dann das gute Ende eines schlechten Handels, mehr gibt es für mich dazu nicht mehr zu sagen.«

Zu ihrer Demütigung schossen ihr die Tränen in die Augen. »Ich kann nicht weggehen!«, schrie sie. »Du und dein verdammtes Stück Papier halten mich gefangen! Ich schätze mich glücklich, dass du mir nicht deine – deine *Aufmerksamkeiten* aufgedrängt hast, wie du es mir angedroht hast!«

»Aye, das hättest du wohl gern!« Seine blauen Augen standen jetzt in Flammen, sein schottischer Akzent wurde mit jeder Sekunde stärker. »Jetzt hör mir zu, Madeleine, hör mir gut zu. Ich würde dich nicht nehmen, selbst wenn man dich mir nackt auf einem Silbertablett servieren würde. Du bedeutest mir gar nichts, und diese verdammte Urkunde – zur Hölle damit. Der Junge ist bei mir gut aufgehoben, und das weißt du verdammt gut!«

»Das weiß ich nicht!«, log sie. »Wie könnte ich das? Hast du dich denn um mich gekümmert? Hast du das, Merrick?«

Er zitterte jetzt buchstäblich vor Wut. »Aye, nur raus damit, du verdammtes Weib«, keuchte er. »Reiß mir die Seele aus dem Leib! Aber ich werde den Jungen bis Allerheiligen bei mir behalten, also schwing dich auf deinen verdammten Besenstiel und …«

»Allerheiligen!«, schrie sie. »Aber … aber das ist ja noch Monate hin!«

»Oh ja, vier, um genau zu sein!«, pflichtete er ihr bei. »Aber da du seine Gesellschaft in den letzten gottverdammten zwölf Jahren hast genießen können, denke ich nicht, dass das zu viel verlangt ist.«

Madeleine stand da, zitternd vor Empörung, und versuchte, sich eine weitere Beleidigung auszudenken, um sie ihm ins Gesicht zu schleudern, als ein leises Kichern das schreckliche Schweigen durchbrach. Ihr Kopf fuhr herum. Sie sah eine weiße Haube um die Ecke verschwinden und den rothaarigen Kellner, der ihr folgte.

Scham und Verlegenheit überfluteten sie. Taumelnd ließ sie sich wieder auf ihren Stuhl sinken.

Merrick schien es nichts auszumachen. Mit einem heftigen Tritt seines Stiefelabsatzes stieß er den Stuhl zurück unter den Tisch und ging dann aus dem Zimmer. Sobald seine Schritte die

Treppe hinauf verklungen waren, ließ Madeleine den Kopf in die Hände sinken.

Lieber Gott! Was hatte sie dieses Mal angerichtet?

Dieser verdammte Merrick MacLachlan mitsamt seinem Temperament und seinem übermächtigen Stolz – sollte er damit zur Hölle fahren! Und zur Hölle auch mit ihr. Denn die schreckliche Wahrheit war, dass es nicht nur Merrick war, auf den sie wütend war. Sie war es auf sich selbst. Sie war eine naive Närrin gewesen. Und sie war schwach gewesen. Sie hatte ihre Ehe aufgegeben.

Seit ihr Vater sie nach Sheffield zurückgebracht hatte, sie abgeschnitten hatte von ihrem Leben in London – ihrem Leben mit Merrick –, war ihr das alles wie eine entfernte Fantasie vorgekommen. Der Mut, der sie dazu gebracht hatte, mit Merrick durchzubrennen, hatte sie völlig verlassen. Ohne ihn war sie zusammengebrochen, war in einen mentalen Abgrund gefallen, der so tief und so hoffnungslos gewesen war, dass es ihr leichter erschienen war, zu schlafen und zu weinen, als aufzustehen und etwas zu unternehmen, um sich aus ihrer Lage zu befreien.

Warum war sie nicht einfach davongegangen? Warum hatte sie nicht versucht, Merrick zu finden und darauf zu bestehen, die Wahrheit aus seinem Mund zu hören? Sie hätte etwas verkaufen können – irgendetwas. Ihren Schmuck? Ihre Kleider? Und sie hätte sich ein Pferd aus dem Stall stehlen und nach London zurückreiten können. Sie hätte an jemanden schreiben können, vielleicht an ihre Tante in London, und um deren Hilfe bitten können.

Aber sie hatte nichts von all dem getan. Weil sie es ihrem Vater gestattet hatte, sie zu überzeugen, dass Merrick sie nicht gewollt hatte. Sie hatte zugelassen, dass er auf raffinierte Weise das untergraben hatte, was sie in ihrem Herzen als Wahrheit gewusst hatte. Sie hatte zugelassen, dass ihr Vater ihr das Gefühl vermittelt hatte, wieder ein kleines Mädchen zu sein. Und sie hatte seine Lügen akzeptiert – Lügen, von denen sie jetzt wusste, dass sie nicht einmal besonders gut gewesen waren. Weil sie dazu erzogen worden war, zu glauben, dass ihrem Vater ihr Wohlergehen am Herzen lag.

Merrick trug seine eigene Schuld, ja. Aber sie hatte versagt, was ihre Ehe anging – und damit auch ihr Kind.

Madeleine drückte die Handballen auf die Augen. Ja, dort, vielleicht, lag die schreckliche Wahrheit. Da war Schuld genug für alle Seiten dieses Durcheinanders, und der Schmerz in ihrem Herzen wurde größer mit jedem Tag, der auf dieser elenden, unüberlegten Reise verging.

Langsam und mit einem tiefen Seufzen stand Madeleine auf, nahm ihren Schal und ging die Treppe hinauf. Morgen würde ein anstrengender Tag sein, und das hatte sie vor allem sich selbst zu verdanken. Nichtsdestotrotz würde sie jetzt nicht umkehren. Welches Schicksal auch immer auf sie und Merrick wartete – und auch auf Geoff –, sie würde irgendwie die Kraft aufbringen, es dieses Mal durchzustehen. Sie würde nicht noch einmal aufgeben, auch wenn sie heute, wie es schien, kaum gewusst hatte, um was sie eigentlich kämpfte.

Kapitel 17

Das Herz lügt nicht.

In der Hoffnung, Merrick so lange wie möglich aus dem Weg gehen zu können, ging Madeleine am nächsten Morgen schon sehr früh nach unten. Schon bald würde sie wieder mit ihm in der Enge einer Kutsche zusammengesperrt sein – mit seinen funkelnden Augen und seinem harten finsteren Blick –, es war eine Qual, die für den Rest des Tages andauern würde. Gestern Abend war er dem Dinner fern geblieben, Gott sei Dank. Und niemand schien gewusst zu haben, warum oder wohin er gegangen war.

An der Rezeption traf Madeleine nicht den Wirt an, sondern die korpulente kleine Frau mit der gestärkten weißen Haube, die sie bereits am Vortag beim Staubwischen gesehen hatte. »Guten Morgen, Ma'am«, grüßte die Frau. »Es ist ein schöner Tag für eine Reise, wenn Sie wirklich schon weiterfahren wollen?«

»Ja, leider muss ich das«, entgegnete Madeleine und zog ihr Portemonnaie hervor. »Ich bin Lady Bessett. Kann ich meine Rechnung begleichen?«

»Aye, gewiss doch.« Die Frau zog ein Buch unter dem Tisch hervor und zählte die Beträge für die Zimmer und das Essen sowie die Kosten für die Unterbringung der Pferde zusammen.

Madeleine zählte ihr das Geld hin, als sie schwere Schritte die Treppe herunterkommen hörte. Sie wandte sich um und sah Merrick, als er die letzte Stufe nahm und das Haus durch den Haupteingang verließ. Seine Miene war grimmig, und jeder Muskel unter seiner elegant geschnittenen Jacke und den eng anliegenden Hosen aus Büffelleder wirkte angespannt. Er musste sie aus dem Augenwinkel gesehen haben, doch wandte er sich weder zu ihr um noch nahm er Notiz von ihrer Anwesenheit, nicht einmal durch einen kurzen Gruß.

Die Frau hinter dem Empfangstresen sah Madeleine an, während diese sein Fortgehen beobachtete. Sie räusperte sich leise. »Es ist schrecklich, nicht wahr?«, sagte sie gedämpft. »Und dabei ist er ein so gut aussehender Gentleman, nicht wahr?«

Madeleine wandte sich zu der Frau um. »Wie bitte?«, fragte sie. »Was ist schrecklich?«

»Oh, ich meine diese fürchterliche Narbe! Es ist natürlich kein Wunder, dass sie Ihnen aufgefallen ist.«

Es lag Madeleine auf der Zunge zu erwidern, dass sie nicht auf die Narbe geachtet hatte – denn sie hatte es wirklich nicht. Sie sah die Narbe gar nicht mehr, denn ihre bewusste Wahrnehmung dieses Mannes als Ganzes hatte vor langer Zeit diese kleine körperliche Unvollkommenheit überlagert.

Die Frau am Empfangstisch wusste ganz offensichtlich nicht, dass sie zusammen angekommen waren. »Ich nehme an, er steigt regelmäßig bei Ihnen ab?«, sagte Madeleine ruhig.

»Oh ja«, bestätigte die Frau. »Er betreibt seine Geschäfte in London. Aber ein- oder zweimal im Jahr kommt er hier vorbei, wenn er zu seiner Familie oben in Argyll fährt.«

Der Teufel musste Madeleine geritten haben, denn es war die beste Erklärung für das, was sie als Nächstes tat. »Seine Familie, sagen Sie«, entgegnete sie gleichmütig und ergriff damit die Chance, die die Frau ihr bot. »Dann ist er also verheiratet?«

Die Frau schloss das Kassenbuch und schüttelte den Kopf. »Jetzt nicht mehr, soweit ich weiß«, sagte sie. »Er war es einmal, und das weiß ich, weil das der Anlass gewesen ist, aus dem er zum ersten Mal hierhergekommen ist, sagt mein Bruder.«

»Ihr Bruder?«

»Der Wirt«, erklärte sie. »Ich bin erst seit ein paar Jahren hier. Bin von Perthshire hergezogen, nachdem ich Witwe geworden war.«

Madeleine hatte sich halb umgewandt, um Merrick durch das Fenster zu beobachten, wie er den beiden Kutschern Anweisungen gab und dann um die Kutschen herumging, um sie zu überprüfen. »Dann war es also eine Heirat hier in Gretna Green?«, murmelte sie, ihr Ton nur leicht empört. »Ein ungünstiger Anfang sicherlich.«

Die Frau zog eine Augenbraue hoch und nickte. »Oh ja, das war es sicherlich«, sagte sie. »Wenn nur die Hälfte von dem wahr ist, was man sich erzählt.«

Madeleine wandte sich zum Tisch. »Es gab einen Skandal?«

Der Blick der Frau huschte nach links, dann nach rechts. Sie wollte ganz offensichtlich loswerden, was sie wusste. »Aye, die Frau ist verschwunden!«, flüsterte sie. »So ein ganz junges Ding – aus England, wie Sie, hat man angenommen – obwohl er natürlich kein Engländer ist. Aber der Vater des Mädchens ist gekommen und hat sich gerächt und hat das Mädchen dann mitgenommen.« Die Frau beugte sich weit vor über den Tisch und sah Madeleine aus großen Augen an. »Und sie wurde nie wieder gesehen!«

»Nein?« Madeleine legte die Hand auf ihr Herz. »Ist das wirklich wahr?«

Die Frau schürzte die Lippen und schüttelte den Kopf.

»Und sie ist von diesem Tag an auch nicht wieder bei ihm gesehen worden, das können Sie wohl glauben.«

»Das tue ich«, sagte Madeleine. »Ich weiß von einer Situation, die dieser sehr ähnlich gewesen ist.«

Die Frau kniff wissend die Augen zusammen. »Ach, tatsächlich?«, fragte sie. »Nun, es war wie in einem dieser Romane, die in der Princess Street verkauft werden, nicht wahr?«

»Und dieser Vater ... dieser gefürchtete Entführer ... wie war sein Name?«

Wieder schüttelte die Frau den Kopf so heftig, dass ihre Haube wackelte. »Das hat man nie erfahren«, gestand sie. »Und er hat große Mühen auf sich genommen, dafür zu sorgen. Er hatte die Wappen auf seinen beiden Kutschen geschwärzt und kam wie ein Wirbelwind ins Dorf – mit seinen vier schwergewichtigen Unmenschen von Dienern – wenn man sie so nennen kann. Und genauso schnell ist er wieder davongefahren. Einer hat bis fast nach Carlisle geblutet, sagt man.«

Der Boden schien plötzlich unter Madeleines Füßen zu schwanken. Aber dann erinnerte sie sich ... da war etwas gewesen. Flüstern. Ungewissheit. Eine der Kutschen war zurückgeblieben, lange bevor sie zu Hause angekommen waren. Diener, die sie nicht gekannt und nie wieder gesehen hatte.

»Wie schrecklich!«, flüsterte sie, den Blick auf das Kassenbuch gerichtet.

»Ja, in der Tat! Aber der junge Mann hat fast so gut ausgeteilt, wie er es hat einstecken müssen, denn man hat angenommen, dass auch der andere Bursche sterben würde.«

»So gut wie er es eingesteckt hat? Was meinen Sie?«

»Hat ihm eine Mistgabel in den Bauch gerammt, dieser MacLachlan«, wisperte sie. Dann schüttelte sie langsam den Kopf. »Dabei ist es passiert, wissen Sie. Daher hat er diese schreckliche Narbe. Einer dieser Kerle hat ihm das Gesicht aufgeschlitzt, von der Schläfe bis zum Kinn.«

Als Madeleine zusammenzuckte, machte sich die Frau mit Genuss an die Schilderung der Details. »Ach, Mylady, das war ja nur ein Teil der Geschichte!«, berichtete sie weiter. »Und das alles ist ein Stück den Weg hinunter bei den Ställen passiert. Der arme Junge war mehr tot als lebendig, als man ihn ins Haus getragen hat, sagt mein Bruder. Und er hat dann hier wochenlang mit seiner eiternden Wunde gelegen, still wie der Tod, bis man dann einen Priester aus Glasgow hergeholt hat, ganz ohne Aufsehen, damit der ihm die letzte Ölung geben könnte.«

»Die letzte Ölung«, flüsterte Madeleine. »Aber … aber er ist nicht katholisch!«

Die Frau sah sie neugierig an und drehte die Rechnung herum, um sie sich anzusehen.

»Ich meine – ist er es?«, sprach Madeleine weiter. »Er sieht nicht aus wie ein Katholik.«

Die Frau zuckte die Schultern, während Madeleine begann, die Münzen auf den Tisch zu legen. »Er trug einen Ring«, sagte sie. »Und er trägt ihn noch, immer an seinem kleinen Finger. Er ist aus Gold, mit einem eingravierten Winkelmaß, und einige lateinische Worte, und irgendjemand hat dann gesagt, dass er wohl Papist sein müsste. Und weil mein Bruder ein gutherziger Mensch ist, hat er nach dem Priester geschickt – der arme Mann hat kaum noch geatmet. Sogar das Mädchen hat ihn im Stich gelassen.«

Gallebitter stieg das Entsetzen in Madeleines Kehle empor. *»Ich war verletzt«,* hatte Merrick gesagt. *»Ich habe dir geschrieben, kaum dass ich dazu in der Lage war.«*

Lieber Gott! Er hatte es wortwörtlich gemeint. »Sie … sie haben ihn geschlagen?«

»Fast zu Tode geprügelt«, berichtete die Frau traurig. »Es war schrecklich anzuhören, was mein Bruder darüber erzählt hat. Man hat den Richter gerufen, aber ach! Was konnte der schon tun? Der Vater dieses Mädchens war offensichtlich ein reicher Mann, und der Bursche war es nicht. Keiner wollte sich einmischen, verstehen Sie?«

Durch das Fenster konnte Madeleine sehen, dass einer der Stallburschen den Kopf eines großen, tänzelnden Kastanienbraunen hielt, der so frisch wie der Morgentau aussah. Mit einem Klopfen auf den Hals des großen Tieres trieb Merrick es von seinem Kutscher fort, wobei er diesem noch die letzten Instruktionen des Morgens zurief. Jeden Augenblick würde er wieder zur Tür hereinkommen.

Mit wackligen Knien wandte sich Madeleine zurück zum Tisch und ergriff die Hand der Frau. »Sie haben ein Mädchen erwähnt. Wer war sie?«

Die Frau zog sich ein Stück zurück. »Nun, es war nur die Zofe der jungen Frau, glaube ich«, sagte sie. »Aber sie war wohl keine Hilfe, sagt mein Bruder. Sie hat behauptet, nichts über den Burschen zu wissen oder wo man seine Familie finden könnte. Ich bin sicher, die haben sich schreckliche Sorgen um ihn gemacht.«

»Mein Gott!« Madeleine schob das Portemonnaie in ihr Ridikül zurück und blickte sich verzweifelt um. »Es … es tut mir sehr leid. Ich muss gehen. Das war … das war schrecklich! Ich danke Ihnen, für … für Ihre Freundlichkeit. Mehr, als Sie je ahnen können.«

Und mit dieser Kette von Bedeutungslosigkeiten lief Madeleine auf die Treppe zu. Sie hatte kaum den ersten Absatz erreicht, als sie Merrick die Tür aufreißen hörte.

Fünfzehn Minuten später, nachdem sie sich genügend beruhigt hatte und ihr die Beine nicht mehr zitterten, kam Madeleine zusammen mit Geoff und Mr. Frost wieder herunter. Der Junge plauderte glücklich über die Fahrt, die vor ihnen lag. Trotz ihrer fast gleichbleibenden Voreingenommenheit gegenüber Merrick, war es Madeleine nicht entgangen, dass das Kind glücklicher und ausgeglichener wirkte in diesen letzten paar Tagen. Auch Mr. Frost sah zufrieden aus. Sein junges Gesicht zeigte keine Sorgenfalten.

Zusammen gingen sie hinaus auf den sonnenbeschienenen Hof, um ihr Handgepäck aufladen zu lassen. Das große kastanienbraune Pferd tänzelte noch immer nervös, und seine Hufe ließen den Kies hochspritzen. Merrick kam um die Kutsche herum, und erst jetzt wurde Madeleine bewusst, dass seine engen Hosen aus Büffelleder und die hohen Reitstiefel bedeuteten, dass er nicht für die Fahrt in der Kutsche, sondern fürs Reiten gekleidet war.

»Guten Morgen, Sir«, begrüßte ihn Mr. Frost. »Das ist aber ein schönes Tier.«

»Danke.« Merricks Augen blickten nicht gerade grimmig, aber müde. »Ich habe ihn vor Kurzem erworben.«

»Er gehört Ihnen, Sir?«, fragte Geoff überrascht.

Merrick schaute auf den Jungen herunter und etwas, das wie Bedauern aussah, glitt über sein Gesicht. »Ja, Geoff, er gehört jetzt mir«, erwiderte er. »Ich habe beschlossen, dass es das Beste ist, wenn ich nach Castle Kerr vorausreite, damit meine Großmutter alles für eure Ankunft vorbereiten kann.«

Madeleine sank das Herz.

Merrick hatte entschieden, dass er es nicht ertragen konnte, noch weitere drei Tage in der Enge der Kutsche mit ihr zu verbringen. Sie hätte froh darüber sein sollen: froh über die Chance, diesem funkelnden, anklagendem Blick und seiner fast überwältigenden Präsenz zu entkommen. Warum also fühlte sie sich so niedergeschlagen? Warum befürchtete sie, dass sich nur ein weiterer unüberwindbarer Abgrund zwischen ihnen auftat? Wenn es so war, dann hoffte sie, dass ihr kleiner Wutanfall die Sache wert gewesen war. Gerade jetzt fühlte es sich nicht so an.

Madeleine öffnete den Mund, um etwas zu sagen, um ihn zu bitten zu warten, oder vielleicht sogar, um sich zu entschuldigen. Aber inzwischen war schon so viel ungesagt geblieben, dass es keinen Sinn mehr zu haben schien. Merrick sah sie an, mit einem flüchtigen, fast hoffnungsvollen Blick. Verwirrt schloss sie den Mund wieder. Und er wandte sich ab.

Mit einigen letzten Anweisungen an seinen Kutscher führte Merrick das große Tier an der Kutsche vorbei, setzte einen Fuß in den Steigbügel und schwang sich geschmeidig in den Sattel. »Phipps wird sich gut um alle kümmern«, sagte er zu niemandem im Besonderen. »Er kennt die besten Gasthäuser und Grimes kennt die Straßen wie seine Westentasche. Das Wetter wird so schön bleiben, denke ich.«

»Auf Wiedersehen, Sir!« Geoffs Stimme klang sehr dünn.

»Ja, auf Wiedersehen, Sir«, ließ sich auch Mr. Frost vernehmen. Er und der Junge winkten. Merrick tippte mit der Reitpeitsche an seine Hutkrempe und gab dem Kastanienbraunen die Sporen. Das große Pferd fiel in den Trab und war binnen weniger Augenblicke mitsamt seinem Reiter fort.

Geoff kletterte in die Kutsche und sah fast untröstlich aus.

Mr. Frost folgte ihm. »Sei nicht traurig, Geoff«, tröstete er den Jungen. »Wir haben viel zu tun.«

Geoff nickte, aber sein Blick war fest auf seine Schuhspitzen gerichtet. Madeleine neigte den Kopf und versuchte, ihm in die Augen zu sehen. Sie strich dem Jungen eine vorwitzige

Haarsträhne aus der Stirn. »Wirst du Mr. MacLachlan vermissen, mein Liebling?«

Geoff schaute noch immer unverwandt auf den Boden der Kutsche und nickte. »Er ist interessant«, sagte der Junge. »Und es gibt ein paar Dinge … einige Dinge, die ich ihn gern fragen möchte. Er hat gesagt, ich darf das. Ihn Dinge fragen, meine ich. Wenn ich Fragen habe.«

»Natürlich darfst du das.« Die Niedergeschlagenheit ihres Sohnes ließ Madeleine sich nur noch bedrückter fühlen. »Was wolltest du ihn denn fragen, mein Liebling?«

Geoff zog die Schultern hoch. »Ich weiß nicht«, murmelte er. »Einfach nur ein paar Dinge. Ich habe es schon wieder vergessen.«

Grimes rief Madeleines Kutscher etwas zu. Peitschenknallen war zu hören. Die große Kutsche wankte, dann fuhr sie an, das Pferdegeschirr klirrte. Im letzten Moment wandte Madeleine sich um und sah das schäbige kleine Gasthaus im Morgendunst verschwinden. *Ein gutes Ende,* dachte sie.

Aber seltsamerweise fühlte es sich nicht an wie ein gutes Ende. In Wahrheit fühlte es sich … nun, ein wenig tragisch an. Als würde sie etwas Wichtiges zurücklassen. Aber vielleicht war es auch nur dieses Gasthaus, dieses Dorf. Es war der Ort, an dem ihre Ehe mit so viel Hoffnung begonnen und viel zu schnell mit einer Tragödie geendet hatte. Ihre Nerven lagen blank, seit sie in Gretna Green angekommen waren. Wieder hier zu sein, hatte so vieles aufgewühlt, an das sie nicht mehr denken wollte. Und sie schämte sich.

Hatte sie wirklich die letzten dreizehn Jahre damit verbracht, Merrick die Schuld zu geben? Die Schuld für etwas, was letztlich ihr gemeinsames Versagen war? Welche Sünden Merrick auch immer auf sich geladen haben mochte – er hatte sie nicht verlassen. Nicht freiwillig. Wenn die letzten Tage das nicht gezeigt hatten, dann hatte die Schwester des Wirts dies umso deutlicher gemacht. Anfangs hatte die Wahrheit Madeleine krank gemacht, dann wütend. *Ihr Vater* hatte ihm das angetan. Und warum? Aus Stolz? Aus einer Laune heraus? Madeleine war plötzlich sehr froh, dass er tot war.

Aber all das ließ bei ihr die Frage entstehen, was sonst noch Merrick ihr nicht gesagt hatte. Und sie fragte sich, *warum*. Warum trug er seine Narbe so gleichmütig? War ihr Vater schuld daran, dass er hinkte? Aber noch wichtiger war die Frage, ob es nur sein starrsinniger Stolz war, der ihn davon abhielt, es ihr zu sagen? Oder suchte auch er nur nach einem Sündenbock, dem er die Schuld in die Schuhe schieben konnte?

Kapitel 18

Verzagtes Herz im schwachen Leib
buhlt nimmermehr ein schönes Weib.

Drei Tage nach dem abrupten und wenig verheißungsvollen Aufbruch seines Bruders aus Gretna Green stand Sir Alasdair MacLachlan hoch oben auf dem nach Südosten gelegenen Erkerturm seiner Burg und schaute über den funkelnden See angestrengt in die Ferne. Er hatte die Arme vor der Brust verschränkt und ließ sich den Wind um die Nase wehen. Bisher war am Horizont keine Kutsche aufgetaucht, um die neu gewonnene Familienharmonie zu stören. Aber sie würde sicherlich kommen, und Sir Alasdair war darüber nicht allzu erfreut.

»Jetzt erklär es mir noch einmal, Merrick«, sagte er zu seinem Bruder. »Was lässt dich glauben, diese Reise sei eine gute Idee?«

Merrick stützte sich mit beiden Händen auf die Steinmauer und lehnte sich in den Wind. Er hoffte, dadurch einen klaren Kopf zu bekommen. »Ich wollte, dass der Junge Schottland kennenlernt«, sagte er vage. »Ich wollte, dass er Granny MacGregor kennenlernt – und dich, natürlich.«

»Natürlich«, wiederholte Alasdair trocken.

Es entstand eine lange Pause, durchbrochen von nichts als dem rauschenden Wind. »Alasdair, er hat die Gabe«, sagte Merrick ruhig. »Er hat sie, und er weiß nicht, warum das so ist.«

»Zum Teufel!«, sagte sein Bruder. »Die Gabe? Bist du dir sicher, Merrick?«

»Oh ja, ich bin mir sicher!«, entgegnete Merrick grimmig.

Alasdair stieß einen leisen Pfiff aus. »Verdammt! Weiß Granny davon?«

»Ich habe es ihr nicht gesagt.« Merricks Fingerknöchel waren weiß geworden, so fest umklammerte er die Mauer. »Ich werde es ihr wahrscheinlich auch gar nicht sagen müssen.«

»Nein, weil sie es ohnehin sofort erkennen wird«, stimmte Alasdair zu. »Aber der Junge weiß noch nicht, dass du sein Vater bist. Wenn das, was du sagst, wahr ist, und wenn du mit der Frau und ihrer unmöglichen Forderung einverstanden bist, dann wird er es vielleicht *nie* erfahren. Was ist denn dann der Zweck des Ganzen?«

»Er wird erfahren, dass er mein Sohn ist«, stieß Merrick hervor. »Bei Gott, eines Tages wird er es erfahren.«

Sein Bruder, ein Bild von einem Mann, wandte sich ihm zu, eine Augenbraue skeptisch hochgezogen. »Diese Frau hat dich noch immer unter dem Pantoffel, Bruderherz«, sagte er. »Das gefällt mir nicht.«

Merrick schob sich von der Mauer fort. »Verdammt, ich dachte, wir wären hier willkommen«, knurrte er. »Ich dachte, ich könnte bei meiner Familie auf Unterstützung hoffen. Möchtest du, dass wir gehen, Alasdair? Wir könnten morgen Nachmittag schon auf dem Weg nach Glasgow sein, wenn du das wünschst.«

Alasdair sah ihn einen Moment lang stumm an. »Du weißt, dass ich nicht möchte, dass du gehst«, antwortete er. »Und dass ich ganz gewiss nicht wünsche, dich wieder leiden zu sehen. Glaubst du, es war für irgendeinen von uns leicht in diesen vielen Jahren? Mitanzusehen, dass du nur halb gelebt hast, zerfressen von Bitterkeit? Und jetzt, da ich weiß, was diese Frau diesem Kind angetan hat – *unserem* Blut?«

Merrick ballte seine Hände zu Fäusten. »Sie war jung, Alasdair«, sagte er ruhig. »Ihr Vater hat sie reingelegt und mit ihrem Pflichtgefühl gespielt. Und wir beide waren damals unsagbar dumm.«

»Ihr Verhalten lässt eine Gerissenheit vermuten, die du ihr nicht zuzutrauen scheinst«, erwiderte sein Bruder. »Sie hat es in den vergangenen zwölf Jahren geschafft, dein Kind als das eines anderen auszugeben, und sie hat ihre Ehe vor dir geheim gehalten, als würde sie sich schämen, eine MacLachlan zu sein.«

»Aye, spiel ruhig den großen Lord, Alasdair«, sagte Merrick säuerlich. »Als ob du die letzten fünfzehn Jahre damit verbracht hättest, unseren guten Namen in respektable Höhen emporzutragen!«

Alasdair sah angemessen beschämt aus. »Nun, was geschieht jetzt?«, fragte er. »Die Lady trifft hier ein, wird von ihrer lange missachteten Familie in die Arme geschlossen und was dann? Ist damit alles vergeben und vergessen?«

»Aye, vielleicht ist es an der Zeit, genau das zu tun«, entgegnete Merrick. »Denn ich habe nicht mehr den Wunsch zu kämpfen, Bruder. Aber Madeleine kommt nicht als meine Frau hierher.«

Alasdair schwieg eine Weile. »Es gibt also keine Hoffnung auf eine Versöhnung?«

»Nein«, antwortete er. »Sie liebt mich nicht. Und ich bin verbittert geworden und klüger.«

»Dann verdammt deine Verbitterung dich zu einem einsamen Leben«, warnte ihn sein Bruder. »Und erinnere dich, wenn du magst, an einen von Grannys Lieblingssprüchen: *Wie man sich bettet, so liegt man.*«

Mit beiden Händen stieß Merrick sich von der Wand des Turmes ab. »Nun, was zum Teufel denkst du, soll ich tun?«, schnappte er. »Vor zwei Minuten hast du noch gedacht, ich würde eine Schlange an meinem Busen nähren. Und jetzt willst du, dass ich mich mit ihr aussöhne?«

Alasdair dachte darüber nach. »Nun, ich würde es vorziehen, sie würde vom Erdboden verschwinden«, sagte er schließlich. »Ich würde es vorziehen, wenn du wieder heiraten könnest. Aber weil das nicht möglich ist und solange sie nicht einer von uns in den Brunnen hinunterstößt – und wir müssen Esmée dazu kriegen; sie ist die Einzige, die den Mut dazu hat –, müssen wir stattdessen an das Kind denken.«

»Was genau das ist, was ich tue«, sagte Merrick und wandte sich von der Mauer ab, wobei er traurig auf seine Hände starrte. »Der Junge ist ein MacLachlan. Er hat ein Recht auf sein Erbe und auf seine Familie.«

»Und ein Recht auf seinen Vater«, fügte Alasdair hinzu. »Aye, du tust alles, was du kannst. Ich war nur so verdammt schockiert, alter Junge, als ich dich gestern über die Brücke habe reiten sehen.«

»Esmée hat mich eingeladen«, sagte Merrick ruhig. »Am Tag eurer Hochzeit.«

Alasdair wirkte ein wenig überrascht, aber keinesfalls unangenehm.

»Ich hoffe nur, sie hat es auch so gemeint«, sprach Merrick weiter. »Ich hoffe, sie hat keine Einwände gegen diese Invasion. Es ist schließlich ihre Hochzeitsreise.«

»Hier ist dein Zuhause, Merrick«, sagte Alasdair und seine Worte klangen aufrichtig. »Wir alle sind glücklich, wenn du herkommst.«

Merrick brachte ein kleines Lächeln zustande. »Sorcha nicht«, sagte er. »Das kleine Biest hat mich gestern gebissen, als ich sie auf den Arm genommen habe.«

Alasdair zuckte zusammen. »Verdammt! Ich dachte, wir hätten ihr diese lästige kleine Angewohnheit abgewöhnt.«

»Nun, dann viel Glück dabei, alter Knabe«, brummelte Merrick. »Ich sollte mich glücklich schätzen, denke ich, dass Geoff schon zwölf Jahre alt ist.«

»Sorcha wird noch beißen, wenn sie zwanzig ist«, vermutete Alasdair grimmig. »Nun, auf jeden Fall ist Granny MacGregor vor Freude über dein Kommen ganz aus dem Häuschen. Ich glaube, du hast meine Rolle als verlorener Sohn übernommen.«

In diesem Augenblick sah Merrick so etwas wie eine Staubwolke, die am Rand des Sees aufwirbelte.

»Verdammt, da kommen sie!« Alasdair versetzte Merrick einen aufmunternden Schlag zwischen die Schulterblätter. »Kopf hoch, alter Junge! Ich gehe am besten hinunter, damit alle sich bereitmachen können.«

Merrick hörte kaum, wie sich die alte Holztür knarrend hinter seinem Bruder öffnete und wieder schloss. Er beobachtete die Staubwolke, die sich immer näher kommend um den Halbkreis des Lochs vorwärts bewegte. Seine Gedanken wandten sich wieder Madeleine zu. Er war ein wenig überrascht, dass sie nicht nach London zurückgefahren war – in Anbetracht des letzten Nachmittags, den sie zusammen verbracht hatten.

Natürlich hatte es ganz unschuldig angefangen. Zuerst war er verwirrt gewesen, dann seltsam erfreut, sie so verunsichert in der Schmiede stehen zu sehen. Sie hatte ihren Schal mit einer unerwartet mädchenhaften Scheu zusammengehalten, ihre Wangen waren von dem raschen Spaziergang gerötet gewesen, ihre Augen groß vor Ungewissheit. Einen Augenblick lang hatte er sich um dreizehn Jahre zurückversetzt gefühlt.

Aber irgendwann war dieses sentimentale Zwischenspiel zum Teufel gegangen, und was er zu Madeleine gesagt hatte, bevor sie auseinandergegangen waren, war hart und hässlich gewesen. Er war, wie gewöhnlich, zu direkt und zu grob gewesen. Und Madeleine hatte auf eine Weise zurückgeschlagen, die genau kalkuliert und dazu gedacht gewesen war, ihn zu verletzen. Nun, verletzt hatte sie ihn. Mit einigen wenigen grausamen Worten war alles wieder hochgespült worden: der Schmerz darüber, etwas verloren zu haben, zurückgewiesen worden zu sein, den er schon als junger Mann empfunden hatte. Er hatte ihn niemals mehr ganz abschütteln können.

Auch jetzt, ganze drei Tage später, konnte er nicht einfach darüber hinweggehen. Und ausnahmsweise einmal war er froh, dass er nicht die Gabe seiner Großmutter teilte. Könnte er in die Zukunft sehen, es könnte gut den Rest seiner Tage zunichte machen. Er begann zu fürchten, es würde in den kommenden Jahren für ihn genau so weitergehen, wie die letzten zwölf vergangen waren. Was vermuten ließ, dass er irgendwann in den letzten Wochen dumm genug gewesen war, wieder Hoffnung in seinem Herzen aufflackern zu lassen. Aber Madeleine hatte diese Hoffnung gründlich zerstört und ihn mit einem Schlag in die Realität zurückgebracht.

Alasdair hatte recht: Er würde kein richtiges Leben führen und keine Gefährtin haben, mit der er es würde teilen können. Er würde keine eigene Familie haben, abgesehen von dem Teil der Zuneigung Geoffs, die er in der Lage sein würde, sie seiner Ehefrau abzuringen.

Es tat ihm jetzt leid, zutiefst leid, dass er Madeleine damit gedroht hatte, vor Gericht zu gehen. Und es tat ihm besonders leid, dass er diese gemeine Bemerkung über seine ehelichen Rechte gemacht hatte. Von den juristischen Gegebenheiten dieser Angelegenheit einmal abgesehen, sah die moralische Wahrheit so aus: Er hatte keinerlei Rechte. Und er würde bis ans Ende seiner Tage eher überhaupt keine Frau mehr haben als die eine, die er wollte, mit Gewalt in sein Bett zu zwingen. Der Whisky und die Wut und sein neu entflammtes Verlangen nach ihr hatten ihn in jener Nacht verleitet, das zu sagen, und er würde diese Worte noch lange bereuen.

Die Wahrheit war, dass er besser zu Frauen wie Bess Bromley passte, einer Frau, die nichts schätzte außer der Lust, dem Schmerz und dem Geld, das sie für harten, leidenschaftslosen Sex bekam. Frauen, die so sehr das Gegenteil von dem waren, wie seine Frau gewesen war, dass sie seine Bedürfnisse befriedigen konnten, ohne dass seine Erinnerungen ihn verhöhnten. Merrick verfügte weder über die Segnung eines so engelsgleichen Aussehens wie sein Bruder noch über dessen Wortgewandtheit. In seiner Seele herrschte eine Finsternis, die er nicht erklären konnte, nicht einmal sich selbst. Nur in jenen kurzen Wochen mit Madeleine schien diese Finsternis von ihm genommen zu sein – wie auch in jenen flüchtigen Minuten in Treyherns kleiner Kammer. Lieber Gott! Dieses Gefühl, dieser unbeschreibliche Moment purer Freude reichte aus, einen Mann dazu zu bringen, sich zum Narren zu machen – wieder und wieder.

Aber für diese Fehleinschätzung hatte Merrick sofort seine Strafe erhalten: Madeleine Tag um Tag in einer engen Kutsche gegenüberzusitzen. Sich Nacht für Nacht vorzustellen, was sie in dieser Sekunde hinter der fest geschlossenen Tür ihres Schlafzimmers tat. Jeden Abend ein halbes Dutzend Mal über den Flur zu gehen, vor ihrer Tür stehen zu bleiben, um die Hand zu heben und bei ihr anzuklopfen – und es dann doch sein zu lassen.

Und jetzt war er hier und versuchte angestrengt, nicht an den Abend bei Treyhern zu denken. Es war schwer. Verdammt schwer. So lange war Madeleine nichts als eine Fantasie gewesen! Aber anders als bei den meisten Fantasien war diese von der Wirklichkeit bei Weitem übertroffen worden. Er zitterte noch, wenn er daran dachte.

Die sich nähernde Kutsche – *seine* Kutsche, die *seine Frau* und *sein Kind* zu ihm brachte – umrundete jetzt den Rest des Sees. Bald würde sie rumpelnd über die Brücke fahren, und dem Weg folgen, der über die steinige schmale Landzunge führte, die einer seiner Vorfahren zur Abwehr seiner Feinde errichtet hatte. Aber Madeleine – ausgerechnet das Gefährlichste, das seinem Herzen je widerfahren war –, würde es gestattet sein, unter den Fallgittern hindurchzufahren und das Haus ungehindert zu betreten.

Plötzlich packte ihn so etwas wie Panik. In London sagte man von ihm, dass *Black MacLachlan* vor nichts Angst hatte, weder vor Menschen noch vor einem Risiko. Aber die Gewissheit, gleich seiner spröden, schönen Frau gegenüberzustehen und in ihrer Nähe zu sein, machte ihn mehr als nervös, denn es war das größte Risiko, das er kannte. Er war dafür bekannt, eine halbe Million Pfund auszugeben, ohne einen zweiten Gedanken daran zu verschwenden, und ganze Häuserblocks im null Komma nichts zu errichten. Aber eine kleine Frau brachte ihn ins Wanken.

Verdammt! Es gab nichts, was er jetzt noch tun konnte. Schließlich hatte er sie gezwungen, hierherzukommen, oder nicht? Merrick riss die schwere Holztür auf, duckte sich unter ihr durch und ging die Wendeltreppe hinunter.

Er begegnete seiner Großmutter im Turmzimmer, das sie seit Langem als ihr privates Wohn- und Arbeitszimmer benutzte. Sie ging mit festen Schritten auf ihn zu.

»Sie ist gekommen, mein Junge«, sagte seine Großmutter, während sie die Hände nach seinem offenen Hemdkragen ausstreckte, um ihn zu schließen. »Willst du kein Krawattentuch umlegen?«

Merrick schüttelte den Kopf.

Seine Großmutter legte ihm die Hände auf die Brust und sah ihn fragend an. »Was willst du, Merrick?«, fragte sie leise.

Er nahm ihre alterswelke Hand, schloss ihre Finger um seine und hob sie an seine Lippen. »Granny, ich weiß es nicht«, sagte er.

»Oh, das glaube ich dir nicht«, entgegnete sie. »Aber was willst du von *mir,* Junge? Noch bevor du hier eingetroffen warst, wusste ich, dass du kommen würdest – und das mit einer bestimmten Absicht.«

Er sah sie einen Augenblick lang nachdenklich an. »Es geht um den Jungen«, sagte er schließlich. »Du wirst es wissen, wenn du ihn siehst.«

Sie schürzte die Lippen und nickte. »Also gut.« Sie legte ihm die Hand auf den Arm. »Wir sollten jetzt wohl hinuntergehen.«

Madeleine schaute aus dem Fenster der Kutsche, als sie die letzte Viertelmeile ihrer Reise zurücklegten. Die Schönheit, die sie umgab, überstieg alles, was sie sich hatte vorstellen können. Der See lag wie ein Tuch aus blauem Glas vor ihnen, herabgefallen vom Himmel und umschlossen von den hoch aufsteigenden grünbewaldeten Bergen. Als dann die Burg vor ihren Augen auftauchte, verschlug es Madeleine erneut den Atem. Aus der Ferne schien das graue prächtige Gebäude auf dem See zu schweben, seine Mauern, Türme und Türmchen schimmerten silbern im Wasser.

Die Kutsche neigte sich leicht nach links, als sie sich der Zufahrt zur Burg näherte. Sogar Geoff stieß einen überraschten Laut aus, als die Brücke auftauchte. Sie war wie das Bild aus einem Märchen mit ihren hohen halbkreisförmigen Bögen, die auf nichts als auf Säulen und Wasser gebaut zu sein schienen.

»Herrlich!«, bemerkte Mr. Frost leise.

Die Kutsche fuhr eine scharfe Wende, um auf die Brücke zu fahren.

»Seht doch!«, rief Geoff aufgeregt. »Wir fahren genau über das Wasser!«

Die Räder der Kutsche rumpelten lauter, als die Kutsche sich rasch dem Haus näherte. Castle Kerr war durchaus keine große Burg, aber sie erhob sich voller Stolz aus der felsigen Landzunge, auf die sie gebaut worden war. Sie war ganz und gar von Steinmauern umgeben, die mindestens zwanzig Fuß hoch waren. Die Fallgitter zwischen den beiden kleinen Türmen waren hochgezogen und sie rollten unter ihnen hindurch auf den Hof, wo sie vor einer breiten Tür aus grob bearbeitetem Holz anhielten, deren beide Flügel weit geöffnet waren.

Eine breite, nur aus wenigen Stufen bestehende Steintreppe führte hinunter auf den Vorplatz. Sir Alasdair stand nahe dem obersten Absatz. Madeleine erkannte ihn sofort; die Jahre hatten seiner Schönheit kaum etwas anhaben können. Er trug ein Kind auf dem Arm, und neben ihm stand eine zierliche junge Lady. Sie trug eine smaragdgrüne Stola über einer Schulter.

In diesem Augenblick trat Merrick in das Sonnenlicht, eine ältere Lady an seinem Arm. Sie war dünn wie Schilfgras und sehr groß, ihre Schultern von der Zeit ungebeugt. Ihr silbergraues Haar war zu einem Nackenknoten frisiert, und, wie die jüngere Frau, trug sie eine leichte Wollstola über der Schulter, ihre war allerdings blutrot.

Es war, ohne Zweifel, die Großmutter. Madeleine fühlte sich unbehaglich beim Anblick der scharfgeschnittenen Nase und der strengen Wangenknochen. Konnte solch eine Frau in die Zukunft eines Menschen sehen? Oder in sein Herz? Das war doch nichts als Unsinn, oder? Wenn es absoluter Unsinn war, dann bedeutete das andererseits, dass sie Geoff diese fürchterliche Reise hatte vergebens machen lassen.

Es waren keine Dienstboten zu sehen. Sir Alasdair kam die Treppe herunter, um ihnen beim Aussteigen behilflich zu sein. Als er Madeleines Hand ergriff, um ihr zu helfen, trafen sich ihre Blicke. Sie sah ein Aufblitzen des Wiedererkennens und, dahinter lauernd, ein kaum verschleiertes Misstrauen.

»Willkommen auf Castle Kerr, Mylady«, begrüßte er sie kühl. »Ich hoffe, Sie werden sich hier wie zu Hause fühlen.«

Es hörte sich nicht so an, als würde er es so meinen.

Merrick sprach mit Phipps wegen des Gepäcks. Madeleine bemerkte, dass sein dichtes, rabenschwarzes Haar lang geworden war, seit sie London verlassen hatten. Er sah heute, dem Landleben entsprechend gekleidet, ganz anders aus als sonst. Unter einer schlichten Weste trug er ein einfaches Hemd aus einem dichtem weichen Stoff. Er hatte weder eine Krawatte noch eine Halsbinde angelegt, stattdessen stand das Hemd am Hals offen. Er trug enge Reithosen und hohe braune Stiefel, und sah jeden Zoll wie ein schottischer Großgrundbesitzer aus.

Phipps nickte jetzt und ging davon. Merrick kam zu ihnen, sprach zuerst mit Geoff, dann mit den anderen. Sie wurden Alasdairs Frau vorgestellt. Die junge Lady sah sehr viel jünger aus als Sir Alasdair, und sie schien ebenfalls Schottin zu sein. Ihr Name war Esmée, und Madeleine war überrascht zu erfahren, dass sie erst seit wenigen Wochen verheiratet waren.

Die Überraschung war vergessen, als die ältere Frau vortrat, um sie zu begrüßen. Lady Annis MacGregor sah aus der Nähe sogar noch strenger aus als aus der Ferne. Ohne die anderen weiter zu beachten, ihre Enkel eingeschlossen, ging sie sofort wie von einem Magneten angezogen auf Geoff zu und beugte sich zu ihm herunter.

»Aye, das ist er also, nicht wahr?«, sagte sie und sah dem Jungen dabei direkt in die Augen.

Merrick trat zu ihnen. »Granny, das ist Geoff«, sagte er. »Geoffrey Archard, der Sohn Ihrer Ladyschaft.«

Die alte Frau legte dem Jungen eine Hand an die Wange und sah ihn aus weit geöffneten Augen an. »*Sac trom air a' chois chaoil!*«, flüsterte sie.

Merrick hüstelte nervös. »Granny, wir sprechen nur wenig Gälisch.«

Die Hand noch an Geoffs Wange, wandte die alte Frau sich um und sah ihren Enkel an. »Es ist, wie du gesagt hast«, sagte sie. »Und eine schwere Last für so zarte Schultern.«

Über den Kopf des Jungen hinweg tauschten Merrick und Madeleine einen Blick. Die alte Frau richtete sich auf. »Dieser junge Mann kommt mit mir«, sagte sie fest und nahm Geoff bei der Hand. »Alasdair, führst du unsere Gäste bitte in die Halle zum Tee?«

Madeleine warf Merrick einen fragenden Blick zu, der ihr daraufhin leicht zunickte. Er hatte natürlich recht. Geoff würde nichts geschehen, wenn er mit der alten Frau mitging. Die beiden waren bereits im schattigen Eingang der Burg verschwunden, als Alasdairs Frau sie leicht am Arm berührte.

»Wünschen Sie zu baden und Ihre Reisekleider zu wechseln, Mylady?«, fragte sie höflich. »Es wäre mir eine Freude, Sie zu Ihren Unterkünften zu führen.«

Madeleine schaute sich um. Phipps half Eliza dabei, das Handgepäck abzuladen. »Ja, danke.« Sie wandte ihren Blick zurück auf Lady MacLachlan. »Das wäre mir sehr angenehm.«

Die junge Frau führte sie die Stufen hinauf und in das Haus. »Ich hoffe, Sie werden mich Esmée nennen«, sagte sie und begann, die Wendeltreppe zur ihrer Linken hinaufzugehen.

»Sie sind sehr freundlich«, entgegnete sie. »Und ich bin Madeleine.«

Madeleine schaute sich um, während sie um Ecken bogen und enge Korridore entlanggingen. »Wissen Sie, wohin Lady Annis meinen Sohn gebracht hat?«

»Hinauf ins Turmzimmer, würde ich meinen«, vermutete Esmée.

»Ist es weit von hier?«, fragte Madeleine weiter und versuchte, nicht zu angespannt zu klingen. »Entweder ist das Haus schrecklich groß oder ich habe die Orientierung verloren.«

»Sie haben die Orientierung verloren.« Esmée lächelte Madeleine über die Schulter an. »Nach englischem Maßstab ist die Burg klein, aber dafür sehr verwinkelt. Es gibt sogar eine Treppe, die nirgendwohin führt, und ein paar Türen, hinter denen nichts als eine Wand ist.«

Sie hatten einen lang gestreckten Raum betreten, an dessen Wänden Porträts hingen. »Du meine Güte, ich habe noch nie so viel Stein an einem Ort gesehen«, sagte Madeleine überrascht. Wie der Rest der Burg sah der Raum aus, als wäre er aus kaum etwas anderem als nur Granit gemacht, einschließlich der hohen, gewölbten Decke.

»Reinstes Mittelalter, nicht wahr?« Esmée lachte. »Dies hier ist die alte Quartiershalle, aber sie wird jetzt mehr als eine Art Salon benutzt. Sie wurde im fünfzehnten Jahrhundert erbaut und seitdem kaum verändert. Ich fürchte, die MacLachlans haben nie viel davon gehalten, Geld an irgendwelchen Zierrat zu verschwenden.«

Das ganze Haus besaß einen gewissen Charme, einen unverfälscht schottischen, vermutete Madeleine. Wäre es ein englisches Haus, wäre es sicherlich schon vor langer Zeit mit Holz und Gips ausgestattet worden, aber bis jetzt hatte Madeleine weder Farbe noch Säulen noch Wandspiegel entdeckt, genau genommen nicht einmal einen Hauch von Vergoldung. Bis auf die kostbaren türkischen Teppiche und die Wandbehänge mit ihren noch immer leuchtenden Farben schien die Burg seit vierhundert Jahren in ihrem Urzustand belassen worden zu sein.

Nachdem sie die Halle durchquert hatten, erreichten sie eine weitere Treppenflucht. Schließlich gelangten sie in einen kurzen, mit Steinplatten gepflasterten Durchgang, der, selbst zu dieser Tageszeit, von flackernden Wandleuchtern erhellt wurde. Esmée blieb vor einer niedrigen, breiten Tür stehen, hob den schmiedeeisernen Riegel hoch und stieß die Tür mit ihrer Hüfte ein Stück weit auf. »Alte Häuser«, sagte sie entschuldigend, als die Tür knarrend aufschwang.

Das Zimmer war nicht groß, aber es war herrlich. Geformt wie ein Halbmond, war es ausgestattet mit einem schönen alten Himmelbett mit gewebten Wollvorhängen und einer passenden Bettdecke. An einer Wand hingen Teppiche, während in die gewölbte Wand ein bis fast zum Boden reichendes Fenster eingelassen war, vor dem eine bestickte Sitzbank stand. Das Fenster war offensichtlich eine kürzlich erfolgte Veränderung.

Madeleine ging zum Fenster, zog die Vorhänge zurück und schaute hinaus. Die Wirkung war schwindelerregend, denn das Zimmer machte den Eindruck, als würde es über dem

See schweben. Esmée trat neben sie. »Atemberaubend, nicht wahr?«

»So etwas habe ich noch nie gesehen«, flüsterte Madeleine.

Der See konnte von diesem Blickpunkt aus in seiner ganzen Ausdehnung überschaut werden. Er bildete ein perfektes Oval, in dessen Mitte eine winzige baumbestandene Insel lag. Sie betrachtete einen Moment lang das schimmernde Wasser und wandte sich dann widerstrebend vom Fenster ab. Esmée starrte sie an.

»Stimmt etwas nicht?«

Ihre Gastgeberin schüttelte den Kopf, als wollte sie einen Traum vertreiben. »Nein, entschuldigen Sie«, sagte sie mit ihrem leichten Hochland-Akzent. »Sie müssen mir verzeihen. Es ist nur ... Nun, es ist nur so seltsam, dass Sie hier sind. Bis gestern hatte ich keine Ahnung davon, dass ... nun, dass Merrick überhaupt eine Ehefrau hat.«

Madeleine öffnete den Mund, um klarzustellen, dass sie nicht seine Ehefrau war, dass ihre Verbindung bereits vor langer Zeit auseinandergegangen war. Aber sie war sich nicht länger sicher, dass das wirklich so war, vom juristischen Standpunkt her – und, was sie betraf, auch vom emotionalen.

Sie wurde davor bewahrt, mit dieser dummen Antwort herauszuplatzen, weil vom Gang her Schritte zu hören waren. Ein Diener in Wollhosen und einer langen Lederweste trug zwei Kannen mit Wasser herein. Eliza folgte ihm mit zwei Koffern.

Esmée ging zur Tür. »Ich lasse Sie jetzt allein«, sagte sie. »Fühlen Sie sich bitte ganz wie zu Hause!«

Das Essen wurde an diesem Abend um sechs Uhr serviert, und für Madeleine war es eine eher unbehagliche Angelegenheit.

Weil das einzige andere Kind im Haus Esmées Schwester war, hatte Lady Annis angeordnet, dass Geoff mit den Erwachsenen essen sollte. Irgendwie eingeschüchtert von den vielen neuen Gesichtern, sagte der Junge nur wenig. Auch Merrick war schweigsam, aber mehr als einmal spürte Madeleine die Hitze seines Blickes auf sich. Zwischen Mr. Frost und Sir Alasdair, der wie üblich überaus charmant war, verlief die Konversation während des Essens annehmbar gut. Lady Annis schien damit zufrieden, alles im Blick zu haben, wenngleich es schien, als beobachtete sie alles mit den Augen eines Adlers.

Madeleine fragte sich, welchen Grund Merrick seiner Familie für ihren unerwarteten Besuch genannt hatte. Natürlich wussten alle bis auf Geoff und dessen Lehrer, dass Madeleine einst Merricks Frau gewesen war. Sir Alasdair war sich dessen nur zu gut bewusst. Obwohl das genaue Gegenteil sowohl im Aussehen als auch im Temperament hatten die Brüder sich immer nahegestanden, und Alasdair gab ganz offensichtlich Madeleine die Schuld für das Scheitern der Ehe.

Nach dem Essen zog sich die Familie in den Salon zurück, um Karten zu spielen. Nur Lady Annis, die die Gebrechen ihres hohen Alters geltend machte, zog sich zurück und ließ sich von Merrick hinausführen. Mr. Frost, Esmée, Alasdair und Geoff bereiteten einen Tisch für eine Partie Whist vor, während Madeleine sich in eine Ecke am Fenster zurückzog.

Über dem See ging die Sonne unter und warf ihren purpurschimmernden Glanz über das Wasser. Als Madeleine auf dieses Schauspiel starrte, wurde sie von dem plötzlichen Wunsch gepackt, draußen sein zu können. Auf dem See zu rudern, oder darin zu schwimmen, oder einfach nur an seinem Ufer spazieren zu gehen. Irgendetwas, das sie näher an seiner Pracht sein ließ, das sie näher zu den amethystfarbenen Bergen brachte, die sich jenseits von ihm erhoben. Sie beugte sich vor, und für einen Augenblick berührte ihre Hand die Fensterscheibe, als könne sie so die Schönheit greifen.

»Er wird Beinn Donachain genannt«, sagte eine ruhige Stimme neben ihr.

Madeleine zuckte zusammen. Merrick war ins Zimmer zurückgekehrt.

»Es ist wunderschön, nicht wahr?« Er beugte sich zu ihr und stützte eine Hand auf ihren Armstuhl.

Sie erwiderte seinen Blick unsicher. Sie entspannte sich, als sie keine Zwietracht darin entdeckte. »Und jener dort?«, fragte sie und zeigte auf den Berg hinter jenem.

»Beinn Eunaich.« Seine Zunge schien die Worte zu streicheln und sie mit einem Hauch der Highlands zu säumen, der sie zittern machte.

»Und dort? Wie heißt der dort?«

»Beinn Larachan.«

»Beinn Larachan«, wiederholte sie, aber von ihren Lippen klangen die Worte nicht so wundervoll. »Ihre Namen sind wunderschön«, bemerkte sie. »Was liegt jenseits der Berge?«

Merrick nahm auf einem Stuhl ihr gegenüber Platz und stützte das Kinn auf seine Faust. »Noch mehr Berge?«, antwortete er, als wäre es eine Frage. »Loch Etive. Loch Linnhe. Bis hin zur Isle of Mull, denke ich.«

Impulsiv beugte sich Madeleine vor. »Und dieser See«, sagte sie, ihre Stimme klang zu weich. »Wie heißt er?«

»Loch Orchy«, sagte er. »Aber wie das mit den Lochs so ist, ist er nur ein Teich.«

»Er scheint verwunschen«, sagte sie. »Genau genommen wirkt dieser ganze Ort verwunschen. Dein Bruder muss sehr glücklich sein.«

»Aye, das ist er«, nickte Merrick mit einem leisen Lächeln. »Und ich denke, dass er vielleicht endlich angefangen hat, das zu erkennen.«

Madeleine sah ihn fragend an. »Ist das denn zuvor nicht der Fall gewesen?«

Merricks Miene wurde ernst. »Ich denke, eine Zeitlang war er geblendet von den Vergnügungen Londons«, entgegnete er. »Meine Großmutter verwaltet seitdem den Besitz – nicht, dass sie etwas dagegen einzuwenden gehabt hätte.«

Lautes Lachen drang vom Spieltisch herüber. Madeleine schaute auf und sah, dass Sir Alasdair seine Karten in die Luft warf und diese sich auf dem Teppich verteilten. Geoff fächelte triumphierend mit dem Kartenblatt auf seiner Hand. Innerlich lächelte Madeleine. Tatsächlich war der Junge schon viel zu erwachsen für sein Alter, und jetzt genoss Geoff seine neue Unbeschwertheit.

Sie wurde in die Gegenwart zurückgeholt, als Merrick sie leicht am Arm berührte. »Meine Großmutter möchte dich sehen«, sagte er ruhig. »Darf ich dich zu ihr führen?«

Madeleine empfand einen Anflug von Verzagtheit. »Ja, natürlich.«

Merrick erhob sich und führte sie aus dem Zimmer. Nachdem sie wieder die Wendeltreppe hinaufgegangen waren, blieb Merrick vor einer anderen, ebenfalls sehr niedrigen Tür stehen und klopfte mit dem Handrücken leise an.

Als Lady Annis sie hereinrief, öffnete er die Tür. Merricks Großmutter saß in einem reich verzierten Armstuhl am Kamin, in dem ein Feuer brannte. Sie winkte Madeleine zu sich. »Kommen Sie, meine Liebe, und setzen Sie sich«, forderte sie Madeleine auf. »Ich hoffe, Ihnen ist nicht zu warm am Feuer. Zu dieser Zeit des Abends fühle ich mein Alter besonders.«

Merrick wollte die Tür schließen. Ihr Kopf fuhr herum. »Bitte bleib bei uns, Merrick«, sagte sie, und es klang ein wenig streng. »Ich möchte auch mit dir sprechen.«

Mit offensichtlichem Widerstreben beugte er sich unter dem Türsturz hindurch und betrat das Zimmer. Er setzte sich nicht hin, sondern stellte sich an den Kamin und verschränkte die Arme vor der Brust, eine Haltung, die Madeleine inzwischen so gut kannte.

Lady Annis wandte ihre Aufmerksamkeit Madeleine zu. »Ich heiße Sie sehr verspätet auf Castle Kerr willkommen, meine Liebe«, sagte sie. »Ich hatte schon lange gehofft, Sie einmal hier begrüßen zu können.«

Es war eine subtile, höflich verpackte Zurechtweisung. Madeleine brachte ein Lächeln zustande. »Ich danke Ihnen, Lady Annis«, erwiderte sie. »Ihr Heim ist sehr schön.«

Die alte Dame klopfte mit einem Finger auf die Lehne ihres Stuhls, die, irgendwie passend, wie eine Adlerklaue geschnitzt war. »Der kleine Geoffrey ist ein lieber braver Bursche«, sagte sie schließlich. »Aber ich fürchte, dass er auch oft sehr unglücklich ist.«

»Hat er Ihnen das gesagt?«

»Aye, im Grunde schon«, antwortete sie. »Obwohl es unnötig war. Die Last – und die Verantwortung –, die er trägt, ist groß.«

»Sie glauben demnach an diese Sache?«, fragte Madeleine. »An diese ... Hellseherei, von der Merrick spricht?«

»Oh ja«, sagte Lady Annis ruhig, und ihr Blick wurde ganz sanft. »Ich habe es zu lange und zu gut gesehen. Es liegt im Blut, bei den MacGregors und den MacLachlans.«

Merrick lachte. »Aye, weil wir alle Cousins und Cousinen und auf die eine oder andere Weise miteinander verwandt und verschwägert sind.«

Die alte Dame neigte fast königlich den Kopf. »Aye, das sind wir.«

Es gelang Madeleine nicht, ihre Skepsis zu verbergen. »Und deshalb können Sie so einfach … in die Zukunft sehen? Wann immer Sie es möchten? Ist es so?«

Die alte Lady schüttelte den Kopf. »Sie missverstehen, was es ist, meine Liebe«, sagte sie. »Es geht nicht um Zigeunerinnen und Kristallkugeln. Es geht um etwas, was schon in der Bibel steht. *Euch ist's gegeben, zu wissen die Geheimnisse des Reiches Gottes, auf dass sie es nicht sehen, ob sie es schon sehen, und nicht verstehen, ob sie es schon hören.* Und es gibt viele, Mädchen, die nicht verstehen.«

»Ich *versuche* ja, es zu verstehen«, erwiderte Madeleine ein wenig gereizt. »Wollen Sie sagen, dass er … dass er die Zukunft vorhersagen kann? Dass er die Gedanken der Menschen lesen kann?«

Die alte Dame schüttelte den Kopf. »Nein, das nicht, meine Liebe«, sagte sie. »Er hat manchmal Visionen von dem, was kommen wird, das schon, aber sie sind wie ein kurzes Aufblitzen. Und der Junge hat ein Gespür für die Gefühle anderer, für die Wahrheit ihrer Natur, und für Dinge, die selbst sie nicht von sich wissen. Aber es ist ganz und gar kein Gedankenlesen.«

»Was ist es dann?«, fragte Madeleine. »Ich möchte es wirklich wissen.«

Die alte Frau kniff ein Auge zusammen und beugte sich in ihrem geschnitzten Stuhl vor. »Wie merken Sie es, Lady Bessett, wenn es in einem Zimmer kalt ist? Erklären Sie es mir.«

Madeleine öffnete den Mund, dann schloss sie ihn wieder, und zog verwirrt die Augenbrauen hoch. »Nun, ich … ich fühle ein Frösteln. Auf meiner Haut.«

»Aye? Und was ist ein Frösteln?«

»Nun, es ist … es ist ein Gefühl von Kälte.«

Die alte Frau hob den Finger und wedelte ihn in Madeleines Richtung hin und her. »Gut und schön, so weit«, sagte sie. »Aber was, ich wäre ein Wesen, das nicht fähig ist, Hitze oder Kälte zu empfinden? Dann würden Ihre Erklärungen für mich nicht einen Funken Sinn machen, nicht wahr? Was der junge Geoffrey fühlt, ist dem vergleichbar. Es ist ein Wissen, das nicht daherrührt, dass man sieht oder schmeckt, riecht oder hört, aber auf gewisse Weise eben durch das alles zusammen. Und wenn man es nicht kennt, dann hat man dafür keine Worte.«

Bereits verwirrt empfand Madeleine jetzt ein Gefühl der Niedergeschlagenheit. Sie wollte verstehen; sie musste in der Lage sein, mit ihrem Kind über das zu sprechen, was ihr wie eine schreckliche Krankheit vorkam. Aber sie fing an zu verstehen, dass das vielleicht niemals möglich sein könnte. »Haben … haben Sie Worte dafür, Lady Annis?«

Die alte Dame lehnte sich wieder zurück. »Aye, einige.«

Madeleine sah die alte Frau bedrückt an. Sie hatte viele Stunden auf ihrer langen Reise in den Norden über Geoffs Kindheit nachgedacht. Seine Gefühlsausbrüche. Seine scheinbar irrationale Angst. Die seltsamen Dinge, die er manchmal sagte. Ihr gefiel Merricks Erklärung nicht, aber sie fürchtete sehr, dass er recht haben könnte. Und so fremd ihr diese Vorstellung auch war, so war es die einzig mögliche Erklärung für die Dinge, die in der Vergangenheit geschehen waren.

»Dieser Gedanke ist sehr schmerzlich für mich, Lady Annis«, gestand sie. »Der Gedanke, dass mein Kind … nicht wie andere Kinder ist. Aber Merrick sagt, dass es so ist. Und ich muss anfangen, ihm zu glauben.«

Die alte Frau streckte die hagere Hand aus und legte sie auf Madeleines. »Ihr Kind ist auf vielerlei Weise so wie jedes andere«, sagte sie, und zum ersten Mal lag etwas Beruhigendes in ihrer Stimme. »Seien Sie dessen ganz sicher, meine Liebe.«

Madeleine nickte matt. »Was geschieht mit Geoff, wenn er … wenn er diese Sache spürt?«

Die alte Lady begann, wieder mit der Fingerspitze auf die Armlehne zu klopfen. »Es ist eine Erweiterung der Wahrnehmung«, erklärte sie. »Manchmal absichtlich, oft zufällig. Aber die Gabe kann sich in den verschiedensten Formen zeigen. Träume, in denen man die Zukunft sieht, sind sehr häufig; viele von uns haben sie. Oft können wir uns jedoch nicht an sie erinnern, oder das Symbolhafte darin erschließt sich uns nicht.«

Madeleine schüttelte den Kopf. »Geoffs Situation ist extremer, als nur Träume zu haben«, sagte sie. »Und er scheint zu fürchten, dass seine Visionen der Auslöser sind, dass diese Dinge geschehen.«

Lady Annis nickte nachdenklich. »Aye, die Wahrnehmung des Jungen ist stark, aber er hat keine Kontrolle darüber. Für ihn ist es, als würde jemand einen Vorhang beiseite ziehen, um ihn dann sogleich wieder zu schließen. Es löst bei dem Jungen das Gefühl aus, dass er nur wenig Kontrolle über seine Gedanken hat.«

»Aber *kann* man denn solche Gedanken kontrollieren?«

»Oh ja, durchaus. Die meisten lernen es, und Geoff wird es auch lernen. Er wird eine Weile hier auf Kerr bleiben, nicht wahr?«

Madeleine sah Merrick unsicher an. »Ja«, sagte sie schließlich. »Ja, ich würde sagen, er wird eine Weile bleiben.«

Die alte Dame wirkte erfreut. »Ich werde ihm helfen«, sagte

sie. »Sie müssen sich deswegen keine Sorgen mehr machen, meine Liebe.«

Die Bemerkung hätte unbescheiden klingen können, aber so war es nicht. Stattdessen klang sie seltsam tröstend. Madeleine fragte sich, ob sie dabei war, den Verstand zu verlieren, ob dieser mystisch wirkende Ort irgendwie ihre Urteilsfähigkeit beeinträchtigte. Aber zum ersten Mal fühlte sie so etwas wie einen Hoffnungsschimmer.

»Darf ich fragen, Lady Annis, wie sie dieses Thema bei Geoffrey angesprochen haben?«

Wieder das königliche Neigen des Kopfes. »Ich habe den Jungen gefragt, ob er weiß, warum mein Enkel ihn hierhergebracht hat«, sagte sie. »Er sagte, er wisse es nicht, deshalb habe ich es ihm gesagt, rundheraus.«

Das Erschrecken durchfuhr Madeleine wie ein Blitz. Es musste sich auf ihrem Gesicht widergespiegelt haben.

»Oh, ich habe ihm nichts über seine Abstammung gesagt«, beruhigte die alte Frau sie. »Dieses Geheimnis ist nicht meine Last, es ist Ihre« – hier machte sie eine Pause und wies mit einer Kopfbewegung auf Merrick – »und *deine.*«

Madeleine schwieg.

Wieder lehnte sich die alte Frau in ihrem Stuhl nach vorn, ihre Hände umklammerten die holzgeschnitzten Adlerklauen. »Und ich sage es euch beiden ganz deutlich, dass es drei Geheimnisse zu viel in dieser Geschichte gibt, und das gefällt mir nicht«, sagte sie warnend. »Nicht nur Geoffreys Geheimnis, sondern auch die Geheimnisse, die ihr beide voreinander in euren stolzen Herzen verbergt.«

Madeleine senkte den Blick. »Es ist nur Geoffrey, um den es jetzt geht. Ich möchte das tun, was das Richtige für ihn ist.«

»Oh, ich denke, Sie wissen, was das Richtige ist, meine

Liebe«, sagte die alte Dame streng. »Und ich denke, du weißt es auch.«

Merrick ließ die Arme sinken und kam zu ihnen. »Genug jetzt, Granny«, sagte er ruhig. »Madeleine und ich sind übereingekommen, was für den Moment das Beste ist.«

In den Augen der alten Frau flackerte Ärger auf. »Aye, und dieser Moment wird bald dreizehn Jahre?«, zischte sie. »Das Beste, was ihr beide tun könnt, mein Junge, ist, eure Pflicht als Mann und Frau zu tun und dieses Durcheinander in Ordnung zu bringen, zu dem eure Ehe geworden ist. Und das zu tun, was das Richtige für dieses Kind ist. Hättet ihr das von Anfang an gemacht, wäre er vermutlich gar nicht in dieser schlimmen Verfassung.«

Merricks Gesicht verfinsterte sich. »Es gab Umstände, die dagegen gesprochen haben.«

»Nein, es gab maßlosen Stolz!«, fauchte seine Großmutter ihn an. »Ich sage das nur einmal, Junge: Die Frau eines Mannes ist sein Besitz und seine Verantwortung. Und sollte ein anderer es wagen, sie ihm fortzunehmen, muss er ihr folgen und sie wieder zurückholen. Von irgendwo sticht jede Woche ein Schiff nach Italien in See, richtig?«

Madeleine saß noch mit offenem Mund da, als die alte Lady sich ihr zuwandte. »Und was Sie angeht ... Wenn Sie alt genug waren, um vor Gott zu treten und Ihr Ehegelübde zu sprechen, dann sollten Sie auch alt genug sein, es zu halten«, sagte sie. »Sie gehören nur Ihrem Ehemann und haben sich nicht um das zu kümmern, was jemand anderer in dieser Sache zu sagen hat.«

»Das Leben ist nicht so einfach, wie du es behauptest, Großmutter«, erwiderte Merrick kühl.

»Oh ja«, zischte diese. »Dies ist eine *sair fecht!*«

Madeleine sah Merrick an. »Ich verstehe nicht. Was hat sie gesagt?«

»Dass das Leben hart ist«, erklärte Merrick. »Aber ich glaube, sie ist nur sarkastisch.«

»Aye, allerdings«, mischte seine Großmutter sich ein. »Ich wurde mit sechzehn verheiratet und kannte meine Pflicht. Und ich habe sie erfüllt.«

Madeleine schaute auf ihre Hände, die zu zittern begonnen hatten. Rasch legte sie sie auf ihren Schoß. Die alte Frau hatte sehr viel Unfreundliches gesagt. Aber die Wahrheit war: Madeleine war nicht mehr sicher, ob sie auch etwas Falsches sagte. Vielleicht war wirklich alles so einfach. Man tat seine Pflicht.

Merrick hielt es offensichtlich nicht für so einfach. Er verließ seinen Platz vor dem Kamin und ging zu Madeleine. »Lady Bessett wünscht, einen Moment mit ihrem Sohn allein zu sein, bevor er schlafen geht«, sagte er kalt. »Ich werde sie jetzt hinunter zur Quartiershalle begleiten.«

Erleichterung durchströmte Madeleine. Sie stand auf. »Ich erkenne, Lady Annis, dass Merrick und ich Fehler gemacht haben«, sagte sie ruhig. »Aber das Leben ist weitergegangen, und die Dinge haben sich geändert. Keiner von uns wollte unserem Kind Schaden zufügen.«

Lady Annis schaute auf und sah sie ein wenig erschöpft an. »Oh, ich bin sicher, das wollten Sie nicht«, nickte sie. Ihre Augen glitten für einen Moment zu ihrem Enkel, und ein Ausdruck der Resignation glitt über ihr Gesicht. »Schicken Sie den Jungen einfach jeden Vormittag zu mir«, fügte sie hinzu. »Sagen Sie jedem, der nach dem Grund fragt, dass ich ihm Gälisch beibringe – was ich auch gern tun würde, weil keiner meiner Enkelsöhne sich herabgelassen hat, es zu lernen.«

Bei diesen Worten lenkte Merrick ein. Seine Miene wurde

weicher, und er beugte sich herunter, um seine Großmutter auf die faltige Wange zu küssen. »Gute Nacht, Granny«, sagte er sanft. »Wir danken dir für deine Bereitschaft, Geoff zu helfen.«

»Da gibt es nichts zu danken«, erklärte Lady Annis. »Er ist von meinem Blut. Er ist meine Pflicht.«

Nachdem sie der Höhle der Löwin entkommen waren, folgte Madeleine Merrick die Stufen hinab. Er ging die Wendeltreppe mit katzengleicher Geschmeidigkeit hinunter, und seine breiten Schultern zeichneten sich vor dem Licht aus den Wandleuchtern, die bei jeder Biegung brannten, scharf ab. Keiner von ihnen sprach, bis sie das Ende der Treppe erreichten. Dort wandte er sich zu ihr um und reichte ihr die Hand, um ihr die letzte Stufe hinunterzuhelfen.

Einen Moment lang suchte sein Blick den ihren. »Meine Großmutter ist ein wenig direkt«, sagte er schließlich. »Ich hoffe, sie hat dich nicht gekränkt, Maddie.«

Maddie. Oh, sie wünschte, er würde sie nicht so nennen!

»Sie hat nur wenig gesagt, was nicht wahr gewesen wäre«, brachte Madeleine fertig zu antworten.

»Aye«, erwiderte er ein wenig traurig. »Vielleicht nicht.«

Schweigend kehrten sie in den Salon zurück. Lady Annis, so schien es, hatte alles gesagt. Im Salon war das Kartenspiel unter viel Lachen abgebrochen worden. Wie es aussah, war Sir Alasdair, einst ein berüchtigter Kartenspieler, von seiner jungen Frau und seinem neuen Neffen vernichtend geschlagen worden war.

»Ah, die Tage meiner jugendlichen Unerfahrenheit sind wahrhaft vorbei«, klagte er. »Geschlagen von zwei Grünschnäbeln!«

Mit einem kleinen Lächeln schob seine Frau ihren Arm unter seinen. »Ich fürchte, die Tage deiner jugendlichen Unerfahrenheit sind schon seit mehr als zehn Jahren vorbei, mein Lieber«, sagte sie, »wenn du es dir nur eingestanden hättest.«

Sir Alasdair reagierte mit einem Zusammenzucken. »Oh, die Grausamkeit der Jugend!«, sagte er. »Ich glaube, es ist Zeit, diesen hinfälligen alten Mann ins Bett zu bringen.«

Zusammen entboten Madeleine und Geoff ihre Gute-Nacht-Wünsche und gingen hinauf in Geoffs Schlafzimmer. Madeleine zog die Bettvorhänge auf und half ihm, sein Nachthemd und seine Haarbürsten auszupacken. »Hat dir dein Besuch bei Lady Annis gefallen?«

Geoff warf sich aufs Bett und legte einen Arm über die Augen. »Irgendwie schon«, sagte er.

Madeleine setzte sich neben ihn und zog den Arm von seinen Augen. »Versteckt sich mein Sohn irgendwo dort unten?«, fragte sie leichthin. »Ah ja! Da ist er ja!«

»Oh Mummy!«, rief er, als sei er verlegen. »Das ist so dumm!«

Sie kniff ihn ins Kinn. »Sieh mich an, Geoff, und hör auf, dich zu beklagen«, befahl sie. »Mochtest du sie?«

Er nickte.

Madeleine schwieg einen Moment. »Wie ist es gewesen?«, fragte sie. »Hast du … etwas Interessantes erfahren? Hat sie irgendetwas Unpassendes gesagt?«

Er schüttelte den Kopf. »Ich glaube, sie mag mich. Wir haben über … über so Sachen geredet.«

»Fühlst du dich jetzt besser?«, fragte sie voller Hoffnung.

»Ich glaub schon.«

Madeleine drückte seine Hand. »Ich habe heute Abend auch mit Lady Annis gesprochen«, sagte sie schließlich. »Ich bin nach oben zu ihr gegangen, während du Karten gespielt hast. Sie wollte mich sprechen.«

Er machte große Augen.

Madeleine lächelte. »Ich mochte sie auch sehr. Wir hatten eine lange Unterhaltung. Und ... nun, sie hat es mir gesagt. Alles, Geoffrey. Über dich, meine ich.«

Bei diesen Worten wandte Geoffrey den Blick ab. Er blinzelte heftig.

Madeleine schob ihre Hand in seine. »Es ist in Ordnung, Geoff«, sagte sie ruhig. »Du bist ... etwas Besonderes.«

»Ich will aber nichts Besonderes sein, Mummy«, flüsterte er. »Ich will ganz normal sein.«

Sie fasste seine Hand etwas fester. »Nein, Geoff, das glaube ich nicht. Denn du bist anders aus einem bestimmten Grund. Du hast eine Bestimmung. Dessen bin ich mir sicher. Außerdem – hier in Schottland, bei deiner ... deiner ... nun, hier bist du gar nicht so anders.«

Er sah sie wieder an und hielt ihren Blick für einen Moment fest, als versuchte er, ihre Gedanken zu lesen. Vielleicht tat er es auch auf gewisse Weise. »Ich bin wie Lady Annis, nicht wahr?«, fragte er, und seine Stimme klang ein wenig beklommen. »Ich habe ... die Gabe. Deshalb sind wir hergekommen, nicht wahr?«

Madeleine nickte. »Ja, du hast die Gabe. Und du musst das vor mir nicht verbergen, Geoff, nie wieder, hörst du? Ich werde dich immer lieben, und ich werde immer deine Mummy sein. Du kannst mit mir reden, wenn du betrübt bist. Oder du kannst mit Lady Annis reden. Oder ... oder natürlich auch mit Mr. MacLachlan.«

Der Junge sagte nichts, beobachtete sie aber ein wenig skeptisch.

»Geoff«, sprach Madeleine weiter. Dann versagte ihr die Stimme. »Geoff, auch ich habe ... ein Geheimnis.«

»Ich weiß«, erwiderte er ruhig.

Einen Moment lang fragte sie sich, ob die alte Lady sie angelogen hatte. »Hat Lady Annis es dir gesagt, Geoff?«

Er sah sie ein wenig überlegen an. »Ich weiß nicht, *was* dein Geheimnis ist, Mummy«, sagte er. »Ich weiß nur, dass du eines hast. Und dass es etwas mit mir zu tun hat. Lady Annis musste mir das nicht sagen. Ich weiß das schon sehr lange. Ist es … etwas Schlimmes über mich, Mummy?«

Sie lachte scharf, fast schon hysterisch auf. Sie umklammerte noch immer seine Hand. »Ach, mein Liebling«, sagte sie. »Ist das eines der Dinge, die dich so bekümmert haben?«

Er nickte langsam und sagte: »Ja, und gerade jetzt drückst du mir das Blut ab. Vielleicht solltest du einfach meine Hand loslassen und mir dein Geheimnis verraten?«

Schockiert erkannte Madeleine, dass ihr eine Träne die Wange hinunterlief. »Soll ich das?«, fragte sie und wischte sie mit dem Handrücken fort. »Ja, ich denke, ich sollte es.«

Geoff sah sie ernst an. »Ich werde nächstes Jahr dreizehn, Mummy«, sagte er ruhig. »Es gibt Dinge, die ein Junge wissen sollte. Das sagt jedenfalls Mr. Frost.«

»Und das ist ausgesprochen klug von ihm«, stimmte Madeleine zu. »Aber das hier ist etwas, was du von dem Augenblick an, in dem du geboren wurdest, hättest wissen müssen. Und dass du es nicht weißt, ist meine Schuld. Denn die Wahrheit ist, Geoff, dass mein Geheimnis mit deinem Vater zu tun hat.«

»Mit Bessett?«, fragte er leise.

Sie schüttelte den Kopf. »Nein, mein Liebling«, erwiderte sie. »Nein, Bessett war auf seine Art ein sehr freundlicher Mann, und er hat dich sehr geliebt, auch wenn er es vielleicht nicht immer gezeigt hat. Aber … nun, Bessett war nicht dein Vater.«

»Nicht ... mein Vater?« Ganz offensichtlich war er noch nicht auf diesen Gedanken gekommen.

»Nein, Geoff, er war es nicht.« Madeleine wappnete sich für den Rest der Geschichte. »Du musst wissen, dass ich davor schon einmal mit einem anderen Mann verheiratet gewesen bin. Es war ... nun, es war Mr. MacLachlan. Er war einmal mein Ehemann. Und er ist dein Vater.«

Die Augen des Jungen waren groß und rund geworden. Er sagte nichts, was alles nur noch schlimmer machte.

Madeleine drängte ihre Tränen zurück. »Oh Geoff, du kannst gar nicht wissen, wie ich mich deswegen fühle!«, rief sie. »Ich habe es dir immer sagen wollen und hatte Angst es zu tun. Und selbst jetzt ... oh, selbst jetzt, mein Liebling, muss es unser Geheimnis sein. Kannst du mir jemals verzeihen?«

Endlich ging ein Ausdruck der Erleichterung über Geoffs Gesicht. »Mr. MacLachlan«, sagte er nachdenklich. »Und – und er weiß es, nicht wahr? Deswegen sind wir auch hierhergekommen. Nach Castle Kerr.«

Madeleine beugte sich vor und küsste ihn auf die Wange. »Ja, Liebling, das ist der Grund«, sagte sie. »Weil Lady Annis deine Urgroßmutter ist. Dich verbindet ein besonderes Band mit ihr, und du musstest das erfahren. Sie wird dir auf eine Weise helfen, wie ich es nicht kann, und auch Mr. ... nun ... auch dein Vater nicht. Deshalb werden wir für eine Weile hierbleiben.«

Geoff war ganz still geworden. »Mummy, ich glaube nicht, dass du irgendetwas getan hast, was verziehen werden muss«, sagte er schließlich. »Aber ... aber ist Alvin jetzt nicht mehr mein Bruder?«

Madeleine strich ihm das dunkle Haar aus der Stirn. »Du bist sein Bruder im Herzen«, sagte sie. »Und das ist das, was am meisten zählt.«

Geoffs Gesicht legte sich in Falten, als würde er nachdenken.

Lieber Gott, betete sie stumm. *Hilf mir, seine Frage richtig zu beantworten.*

»Etwas verstehe ich nicht, Mummy«, sagte er. »Wenn Mr. MacLachlan dein Ehemann war, wie kommt es, dass er es jetzt nicht mehr ist?«

Madeleine straffte die Schultern. »Ich glaube, das liegt daran, dass ich einen schrecklichen Fehler gemacht habe, Geoff«, gestand sie. »Vor langer Zeit, bevor du geboren wurdest, habe ich zugelassen, dass andere Menschen mir etwas Falsches eingeredet haben.«

»Wer?«

Madeleine schloss für einen Moment die Augen. Selbst jetzt war es schwer, schlecht von ihrem Vater zu sprechen. »Menschen in meiner Familie«, sagte sie ausweichend. »Ich war jung und willensschwach, und deshalb ließ ich mich davon überzeugen, dass er ... dass dein Vater mich nicht lieben würde, und dass es besser für mich wäre, mich von ihm zu trennen. Können wir es für den Moment dabei belassen? Ich verspreche dir, dass ich mit dir darüber sprechen werde, wenn du älter bist.«

»In Ordnung«, nickte Geoff. Er setzte sich auf. »Mummy, denkt Mr. MacLachlan, dass ich sonderbar bin? Wird er sich wünschen, dass ich ... normal wäre?«

»Oh Geoff!« Impulsiv beugte sie sich zu ihm und gab ihm einen schmatzenden Kuss auf die Wange. »Für ihn bist du vollkommen normal! Und er ist sehr stolz auf dich. Wir beide sind sehr stolz auf dich.«

Geoff schien darüber nachzudenken. »Ich mag Mr. MacLachlan sehr«, sagte er. »Er weiß viele interessante Dinge. Meinst du, er wird etwas dagegen haben, mein Vater zu sein?«

»Nein, Geoff, nein!« Rasch legte sie ihre Hand auf seine. »Wenn überhaupt, dann denkt er, dass ich die Schuld trage ...«

Ein lautes Klopfen ließ Madeleine zusammenzucken.

Merrick steckte den Kopf zur Tür herein. Ein Ausdruck heftigen Unbehagens huschte über sein Gesicht. »Ich bitte um Entschuldigung«, sagte er. »Ich wollte Geoff nur Gute Nacht sagen.«

»Ja. Ja, natürlich.« Nach noch einem raschen Kuss auf Geoffreys Wange stand Madeleine vom Bett auf. »Ich werde jetzt gehen. Gute Nacht, mein Liebling. Denk bitte daran, dir die Zähne zu putzen.«

Merrick trat widerstrebend ein, dann zögerte er und griff nach ihrem Handgelenk, als sie an ihm vorbeiging. »Du hast geweint.« Es war keine Frage.

Madeleine lachte wieder zu laut und fuhr sich mit dem Handrücken über die Augen. »Nur ein bisschen.« Ihr Gesicht verzog sich wieder. »Merrick, ich ... ich habe getan, was du wolltest. Ich habe es ihm gesagt.«

Ein Moment des Schocks huschte über sein Gesicht. Madeleine riss sich von ihm los und lief durch das Zimmer. Sie spürte Merricks bohrenden Blick in ihrem Rücken, aber sie traute sich nicht, sich umzudrehen. Sie hatte Angst vor dem, was sie sagen oder tun könnte.

Kapitel 19

Liebe ist der größte Reichtum.

Als Madeleine ihr Schlafzimmer betrat, war Eliza noch dabei, alles für die Nacht vorzubereiten. Das Nachtgewand lag bereits auf dem Bett, und die Zofe war jetzt dabei, die Toilettenartikel auf dem eleganten Frisiertischchen zu arrangieren.

»Guten Abend, Ma'am.« Sie schaute auf und ihr Lächeln verschwand. »Oh, Mylady. Was ist geschehen?«

Madeleine schaute auf das Nachtgewand, und dann voller Sehnsucht auf den Schrank, der offen stand. Ihr Mantel hing an einem Haken in der Tür. »Nun, ich habe es getan, Eliza«, sagte sie und ging zum Schrank, den Mantel herauszunehmen. »Ich habe Geoff die Wahrheit gesagt.«

Eliza warf ihr einen seltsamen Seitenblick zu. »Welche Wahrheit genau haben Sie ihm gesagt, Ma'am?«

Madeleine stieß einen tiefen Atemzug aus. »Dass Mr. MacLachlan sein leiblicher Vater ist«, erwiderte sie.

In all den Jahren, die Eliza schon bei ihr war, hatten sie niemals wirklich darüber gesprochen. Es war nicht nötig gewesen; ein gesundes, acht Pfund schweres Baby, das weit entfernt von zu Hause sechs Monate nach der Hochzeit geboren wurde – dafür gab es nur eine Erklärung.

»Eliza, mir ist bewusst, dass Sie die Wahrheit schon lange kennen«, sagte Madeleine und legte den Mantel über ihren Arm. »Und jetzt weiß Geoff sie auch. Er hat das Recht zu wissen, wer sein Vater ist, meinen Sie nicht?«

Endlich schaute Eliza auf. »Ja, vielleicht. Aber verdient Mr. MacLachlan das Kind?«

Müde hob Madeleine die Schultern. »Ich denke, dass er es wirklich verdient, Eliza. Und ich denke auch, dass es falsch von mir war, dass ich ihn damals verlassen habe.«

Eliza schnaubte. »Mit allem Respekt, Mylady, es ist ja nicht so gewesen, dass sie freiwillig gegangen sind«, antwortete sie. »Niemand erinnert sich so gut wie ich an jene Wochen, in denen Sie krank und halb verrückt vor Kummer gewesen sind, unfähig zu essen oder zu schlafen. Es ist ein Wunder, dass sie das Kind überhaupt haben austragen können. Und warum ist er nicht zu Ihnen gekommen, wenn er Ihr Ehemann hat sein wollen?«

Elizas Worte brachte einige schreckliche Erinnerungen zurück. »Wie es aussieht, war es ihm nicht möglich, zu mir zu kommen«, flüsterte Madeleine. »Er ... er war verletzt. Das Werk meines Vaters, vermute ich.«

»Verletzt?«, sagte die Zofe skeptisch.

»Ja, und das sehr schwer, denke ich«, sagte Madeleine. »Ich frage mich inzwischen, ob ... ja, ob das nicht die Absicht meines Vaters war. Dass ich als junge Witwe zurückbleibe. Ich habe noch nicht jedes Detail in Erfahrung gebracht, aber ich denke, ich werde sie schon bald kennen. Als er wieder gesund war, hat er jedenfalls ... nun, er hat sich entschieden, mir nicht zu folgen. Ich würde sagen, aus Stolz.«

Eliza schaute auf die Haarbürsten, die sie auf den Frisiertisch gelegt hatte. »Nun, ich habe ihn nie gemocht, Ma'am«, gestand sie. »Im Dorf sagt man über ihn, dass er hochmütig ist, und dass er sich einen Sport daraus macht, Männer in den Ruin zu treiben – jedenfalls hat Mrs. Drexel das so gehört. Und dass er reich wie Krösus ist und ihm die Hälfte der guten Gesellschaft in London Geld schuldet und dort viele in der Angst leben, er könnte kommen und es zurückfordern, denn die meisten von ihnen haben nicht einmal einen Nachttopf zum Pinkeln – ich bitte um Verzeihung, Mylady.«

»Nun, kann sein, dass sie den nicht haben«, stimmte Madeleine ihr mit einem leisen Lächeln zu. »Aber sind diese Leute vielleicht nicht nur neidisch?«

Eliza sah ein wenig beschämt aus. »Nun, ich habe mich auch darüber gewundert«, gestand sie. »Denn Mr. Phipps spricht immer in den höchsten Tönen von ihm.«

»Tatsächlich?«

Eliza nickte. »Oh, er gibt zu, dass Mr. MacLachlan ein harter Mann ist und auch ein sehr verbitterter. Aber er ist ehrlich, sagt er. Sehr ehrlich und gut zu den Leuten, die für ihn arbeiten. Aber rücksichtslos gegenüber jedem, der sich ihm in den Weg stellt.« Sie hob den Kopf und sah Madeleine an. »Ich denke, mehr kann man nicht verlangen, nicht wahr, Ma'am? Dass er ehrlich ist? Er wird doch wohl ein guter Vater für einen Jungen sein, der keinen hat?«

Madeleine nickte mühsam. »Dessen bin ich mir sicher, Eliza«, sagte sie. »Ich würde niemals Geoffs Glück aufs Spiel setzen. Machen Sie sich keine Gedanken über das, was andere Leute reden. Ich werde jetzt einen Spaziergang um diesen schönen See machen. Sonst werde ich noch verrückt. Ich möchte, dass Sie jetzt schlafen gehen, in Ordnung?«

»Ja, Ma'am«, sagte Eliza und knickste. »Sie werden doch vorsichtig sein, Ma'am?«

»Ja, danke.« Madeleine nickte. »Der Mond scheint sehr hell. Ich werde ganz sicher sein.«

Die Zofe war fast schon aus der Tür, als Madeleine sie noch einmal zurückhielt. »Eliza, darf ich Ihnen noch eine letzte Frage stellen?«

»Ja, Ma'am?«

»Vor einigen Wochen haben Sie über Florette gesprochen«, begann Madeleine. »Wussten Sie ... wissen Sie irgendetwas über sie, was Sie mir nicht gesagt haben?«

In Elizas Augen flackerte Unruhe auf. »Nein, Ma'am«, sagte sie. »Ich habe Ihnen alles gesagt, was ich wusste – was ich ganz *genau* wusste, meine ich.«

Madeleine kniff die Augen zusammen. »Was soll das heißen«?

Eliza zuckte unschuldig die Schultern. »Nun, es wurde getuschelt, sie hätte dem Herrn geschrieben, Ma'am«, sagte die Zofe. »Und Tante Esther hat gesagt, dass der Herr nach einer gewissen Zeit sehr verärgert darüber war.«

»Wie oft, Eliza?«, verlangte Madeleine zu wissen. »Wie oft hat sie geschrieben? Und wohin?«

Sie schüttelte den Kopf. »Das weiß ich nicht, Ma'am«, bekannte sie. »Nun – ich denke, nach London, oder? Tante Esther hat gesagt, dass Mr. Trout – das war der Butler in London, wie Sie sich bestimmt erinnern –, jedenfalls hat Trout wohl immer gesagt, dass der Herr so finster wie eine Gewitterwolke wurde, wenn ein Brief von ihr kam, und dass er noch tagelang danach sehr schlechter Laune war.«

»Ich verstehe.«

Eliza sah ein wenig verlegen aus. »Und Tante Esther war felsenfest davon überzeugt, Ma'am, dass der Herr dem Mädchen Geld geschickt hat«, bekannte sie. »Warum sie so davon überzeugt war, kann ich nicht sagen, aber sie war nie jemand, der sich Dinge einfach ausgedacht hat.«

Madeleine runzelte die Stirn. »Ich denke, ich weiß warum. Ich denke ... ich denke, dass Florette meinem Vater geholfen hat. Und später hat sie ihn womöglich erpresst.«

»Erpresst, Ma'am?« Eliza schien nicht allzu überrascht zu sein.

Madeleine dachte darüber nach. Sie hatte Florette kaum gekannt. Die junge Zofe war von ihrer Tante engagiert worden, nachdem Madeleine nach London gekommen war. Ihr Vater hatte darauf bestanden, dass eine französische Zofe nützlich wäre, Madeleine in den Augen der guten Gesellschaft das richtige Maß an Vornehmheit zu verleihen.

Madeleine glaubte nicht, dass Florette von Anfang an als Spionin für ihren Vater fungiert hatte. Sie war zu sehr an Madeleines Romanze mit Merrick beteiligt gewesen, als dass das der Fall gewesen sein könnte. Aber angesichts der Drohung, ohne Referenzen entlassen zu werden, war es für das Mädchen zweifellos das Naheliegende gewesen, zur Verräterin zu werden.

»Eliza, hast du je gehört, dass Florette von jemandem ›Flora‹ genannt wurde?«

Die Zofe schüttelte den Kopf. »Nein, Ma'am. Aber das ist irgendwie der gleiche Name, nicht wahr? Der eine ist französisch, der andere englisch?«

Madeleine nickte nachdenklich. »Mehr oder weniger«, stimmte sie zu. »Ich denke, dass Florette in Gretna Green geblieben ist. Als ich nach ihr fragte, sagte mein Vater, er habe sie entlassen. Aber ich denke, er hat gelogen. Ich denke, er hat sie dort zurückgelassen, um Mr. MacLachlan nachzuspionieren und . . . und auch um andere Bösartigkeiten zu begehen.«

»Oh, das bezweifle ich nicht«, brummte Eliza. »Sie hat immer zugesehen, wo sie bleibt.«

»Aber ich habe in Dads Korrespondenz nichts über Florette gefunden«, sagte Madeleine nachdenklich. »Genau genommen habe ich überhaupt nichts über mich gefunden, oder über meine . . . nun, über meine ungewöhnliche Situation.«

»Nun, ich bitte um Verzeihung, Ma'am«, sagte Eliza. »Aber wenn Sie diese Sachen nicht in seinen Papieren gefunden haben – Dinge, von denen Sie wissen, dass sie existieren –, dann sind sie vielleicht aus einem ganz bestimmten Grund nicht mehr da.«

Madeleine brachte ein schwaches Lächeln zustande. »Ja, ich fürchte, Sie haben recht«, murmelte sie. »Danke, Eliza, danke für Ihre Offenheit.«

Mit dem Mantel über dem Arm ging Madeleine zurück durch die verwinkelten Korridore und hinunter ins Erdgeschoss. Die Haustür war nicht verschlossen, der mit Steinen gepflasterte Burghof lag im hellen Mondschein. Schon bald war Madeleine ein gutes Stück am Seeufer entlanggegangen. Dann blieb sie stehen und schaute auf die Rückseite der Burg.

Lady Annis' Zimmer im Turm waren leicht auszumachen; noch immer fiel Lichtschein durch die hohen, schmalen Fenster. Sie konnte auch ihr eigenes Schlafzimmer sehen, und Geoffs – nun, da war sie sich nicht ganz so sicher, denn auf dieser Seite brannten keine Lampen mehr. Flüchtig fragte sie sich, hinter welchem Fenster wohl Merricks Schlafzimmer lag. Aber das ging sie jetzt wirklich nichts mehr an, nicht wahr? Sie hatte vor langer Zeit ihr Recht auf die Details seines Lebens verwirkt.

Madeleine legte sich den leichten Umhang um die Schultern und setzte ihren Weg am ebenen Ufer des Sees entlang fort. Ihre seltsame, unruhige Stimmung heute Nacht würde verhindern, dass sie schlafen könnte. Es war weitaus besser, die kalte Abendluft einzuatmen und zu hoffen, dass diese sie beruhigen würde. Ihr war bewusst, dass ihre Beziehung zu Merrick kaputt war, vielleicht für immer. Sie hoffte, dass sie nicht einen ähnlich großen Schaden bei Geoff angerichtet hatte. Erst danach war ihr durch den Sinn gegangen, dass es unklug von ihr gewesen sein könnte, den Jungen so rasch mit seinem Vater allein zu lassen. Sie hatte in dem Leben eines zwölfjährigen Jungen eine Mauer errichtet und ihn dann damit allein gelassen, mit den Folgen fertigzuwerden.

Nein. Nein, so düster war es gar nicht. Merrick würde wissen, was er Geoff sagen musste. Was auch immer sein Versagen als Ehemann anging, er würde ein guter Vater sein. Ihr Mutterinstinkt sagte ihr das. Vielleicht liebte er Geoff jetzt noch nicht so, wie sie ihn liebte. Aber er schätzte den Jungen in einem so hohen Maße, dass sie nicht anders konnte, als das anzuerkennen. Er hatte das Wichtigste in seinem Leben – sein geliebtes Geschäft – im Stich gelassen, um mit dem Kind diese lange Reise zu machen. Kein Mann tat das leichten Herzens, und sie hatte das Empfinden, dass Merrick es weitaus weniger leicht gefallen war als den meisten anderen.

Sie befand sich jetzt fast genau gegenüber der kleinen Insel; es war leicht, sie im schimmernden Mondlicht zu erkennen. Den Weg ein Stück voraus lag ein kleines Bootshaus – nur ein Schuppen genau genommen, mit einem Steg, der einige Fuß weit in das Wasser ragte und auf hohen Stützen stand. Madeleine ging darauf zu und trat vorsichtig auf die Planken. Es fühlte sich fest an. Vorsichtig ging sie über den Steg und fühlte dabei nicht einmal ein Zittern. Am Ende des Steges setzte sie sich, lehnte die Stirn gegen die Knie und fing an zu weinen.

Zwischen den tiefen keuchenden Schluchzern versuchte Madeleine zu ergründen, warum sie weinte. Zum ersten Mal seit Jahren hatte sie wieder Hoffnung geschöpft, dass Geoff glücklich werden würde. Niemand hier war ihr unfreundlich begegnet, nicht einmal Sir Alasdair. Merrick war höflich gewesen, er hatte sie sogar ein wenig in Schutz genommen, als sie bei seiner Großmutter gewesen waren. Das Leben hätte so viel schlimmer sein können, war es genau genommen auch so oft gewesen.

Aber die Wahrheit war: Madeleine war klar, dass sie in Geoffs Leben einen Platz für Merrick einräumen musste. Sie würde ihn regelmäßig sehen, wenn nicht sogar oft. Plötzlich überfielen sie wieder das Gefühl der Einsamkeit und schmerzlicher Kummer. Lieber Gott, was hatte sie getan? Und gab es irgendeinen Weg, es ungeschehen zu machen?

Sie überließ sich gute zehn Minuten lang ihren Tränen, dann zwang sie sich, mit dem Weinen aufzuhören. Es war ein kleiner Überlebensmechanismus, den sie vor langer Zeit gelernt hatte: sich gründlich und lange auszuweinen, dann aufzustehen und mit dem Leben weiterzumachen. An unerwiderter Liebe starb man nicht. Sie hatte mehr als ein Dutzend Jahre in diesem Zustand verbracht. Sie griff nach ihrem Taschentuch und trocknete sich entschlossen die Tränen, dann kniete sie sich hin und tauchte es in den See, um sich das Gesicht damit zu waschen. Das Wasser war erschreckend kalt, aber auch wunderbar erfrischend auf ihren heißen, tränenfleckigen Wangen.

Ein leises schlagendes Geräusch unterhalb von ihr brachte Madeleine in die Gegenwart zurück. Sie schaute herunter und sah, dass ein Boot – nun, eher etwas, das einem Boot ähnelte – an dem kleinen Pier angebunden war. Es schaukelte sanft auf dem Wasser und schlug dabei sanft gegen den vorderen Stützpfosten. Sie legte den Kopf schief und betrachtete es. Es ist ein Floß, dachte sie. Oder eine Art Stocherkahn. Zwei unmöglich lange Stecken lagen innen angebunden an der Seite. Aber wohin würde man in einem solchen Ding fahren? Sie schaute auf.

Zur Insel.

Die Insel war gerade groß genug für ein Picknick an einem geruhsamen Nachmittag. Flüchtig dachte sie daran, hinüber zu fahren, dann verwarf sie diesen Gedanken sofort wieder. Sie wusste ja gar nicht, wie man ein solches Gefährt benutzte. Höchstwahrscheinlich würde sie die ganze Nacht über den See treiben und ertrinken, wenn sie versuchte, auszusteigen. Und was würde dann aus Geoff? Er würde einen neuen Vater, aber keine Mutter mehr haben. Sie stieß ein kleines hysterisches Lachen aus und presste den Handrücken auf den Mund.

In diesem Augenblick sah sie das Licht. Nicht einen gespenstischen Schein über dem Wasser, sondern einen gelben Lichtschein, der sich vom Bootshaus her näherte.

»Madeleine?« Merricks leise Stimme kam aus dem Dunkel. »Madeleine! Was tust du hier draußen?«

Sie wandte sich um und raffte dabei geschickt ihre Röcke. »Dasselbe könnte ich dich fragen«, sagte sie, während er auf dem kleinen Steg auf sie zukam.

Er hängte seine Laterne an einen der Pfosten. »Geoff und ich haben dich hinausgehen sehen«, erklärte er. »Ich habe mir Sorgen gemacht. Der See kann tückischer sein, als er aussieht.«

»Sind mir jetzt zwei Spione auf den Fersen?«

Er lächelte, sah sie aber nicht an. »Wir haben am dunklen Fenster gestanden und uns den Nachthimmel angesehen.«

Madeleine lächelte zu ihm hoch. »Geoff hat ein unstillbares Interesse an der Astronomie«, warnte sie. »Wenn du irgendetwas über die Sterne weißt, wird er dich mit Fragen löchern.«

Er kniete sich neben sie und stützte ein Knie auf die Planken. »Ich konnte ihm heute Abend nur wenig zeigen«, gestand er. »Das Mondlicht war zu hell.«

Madeleine schaute zum Himmel. »Wir haben bald Vollmond, nicht wahr?«

Er zuckte mit den Schultern und legte eine Hand auf seinen Oberschenkel – einen Oberschenkel, der eingehüllt war in die eleganten, gut geschnittenen Hosen, die er beim Dinner getragen hatte. »Nein, den hatten wir schon vor ein oder zwei Tagen, denke ich.« Er betrachtete den Mond einen Moment lang und kniff dabei die Augen zusammen, als würde er stattdessen in die Sonne schauen.

»Welchen Eindruck hattest du von Geoff? Wie ging es ihm?« Sie sprach viel zu schnell, war zu sehr bemüht, das Schweigen zu füllen.

»Recht gut. Vielleicht ein bisschen durcheinander. Und müde von der Reise.«

»Er ist nicht ... ach, ich weiß nicht ... böse auf mich?«

Merrick schüttelte den Kopf. »Er akzeptiert die Launen des Lebens ebenso, wie meine Großmutter es tut. Sie kann nichts wirklich überraschen, weißt du. Es ist Teil dieser ... von dem, wie sie sind.«

Madeleine seufzte. »Er hat gesagt, dass er wisse, dass ich etwas vor ihm verheimliche«, gestand sie. »Und dass es mit ihm zu tun hat. Aber er hat sich gefragt, ob es ›etwas Schlimmes‹ ist, was immer das sein mag.«

»Sie können Unehrlichkeit spüren, musst du wissen«, sagte er. »Nein – es tut mir leid –, das war eine schlechte Wortwahl. Sie können *Verstellung* spüren. Und Halbwahrheiten. Sie ... sie wissen solche Dinge. Ich sage dir, Madeleine, es kann manchmal unheimlich sein.«

»Meinst du damit Menschen wie Lady Annis und Geoff?«, fragte sie. »Vor zwei Monaten hättest du mich nicht davon überzeugen können.«

»Und jetzt?«

Im Mondlicht sah sie ihn an. Seine Augen wichen ihren noch immer aus. »Ich … ich glaube es«, wisperte sie. »Ich glaube jetzt vieles, das ich einmal für unmöglich gehalten habe.«

Endlich wandte er sich ihr zu und sah sie an. »Hatte meine Großmutter recht, Maddie?«, fragte er rau, und seine Stimme war plötzlich voller Emotion. »Sag es mir. Hätte ich … hätte ich zu dir kommen sollen?«

Ihre Augen weiteten sich. »Nach Italien?«

»Ans Ende dieser verdammten Welt«, nickte er. »Wenn du dorthin gegangen wärest.«

Madeleine schüttelte nur den Kopf. »Merrick, keiner von sollte zurückschauen. Was geschehen ist, ist geschehen. Das Leben geht weiter.«

»Das sind doch nur leere Worte, Maddie!«, widersprach er. »Hätte ich zu dir kommen *sollen?* Hätte ich dich von Bessett wegholen sollen? *Wärst du mit mir gekommen?* Sag es mir, verdammt! Ich muss das wissen.«

Madeleine verschränkte ihre Hände auf dem Schoß und fühlte sich wieder wie ein siebzehnjähriges Mädchen. »Oh, Merrick«, flüsterte sie. »Ich weiß es einfach nicht! Ich war damals so durcheinander.«

Die Wahrheit jedoch war, dass sie vermutlich mit ihm gegangen wäre. Ja, bis ans Ende der Welt. Aber was nützten solche Wahrheiten jetzt noch? Sie war jenseits von Verbitterung und Hass. Sie hatte nicht den Wunsch zu sehen, wie Merrick sich voller Schuld wegen der harten Worte einer alten Frau quälte.

Er sah sie jetzt direkt an, in seinen Augen lagen Kummer und Bedauern. »Es wäre so viel einfacher, wenn ich alle Schuld vor deiner Haustür abladen könnte, Maddie.«

Sie schüttelte den Kopf. »Und was ist mit mir, Merrick?«, fragte sie. »Deine Großmutter hat kein Blatt vor den Mund genommen. Habe ich mein Ehegelübde gebrochen? Ich ... ich denke, nein. Ich dachte, ich hätte keine andere Chance als Lord Bessett zu heiraten und fortzugehen.«

»Aber warum, Maddie?« Dieses Mal lag keine Wut in seinen Worten. »Warum? Gab es keinen anderen Weg?«

»Ich habe keinen gesehen«, gestand sie leise. »Merrick, ich bitte dich nicht, mir zu vergeben. Wenn du dich in deiner Wut suhlen willst – was du, fürchte ich, tust –, dann kann ich das nicht ändern. Aber jetzt willst du eine Rolle in Geoffs Leben spielen, und ich ... nun, ich glaube auch, dass es das Beste so für Geoff ist. Ich werde alles für das Wohlergehen meines Kindes opfern, Merrick, selbst meinen Seelenfrieden.«

Er sah sie eindringlich an. »Was willst du damit sagen, Maddie?«

»Merrick, ich war erst siebzehn«, wisperte sie. »Ich wusste nicht, wie es in der Welt zugeht. Und ich war – oder glaubte es – eine Gefangene im Hause meines Vaters. Er hat mich mit Gewalt aus Schottland zurückgeholt in der festen Absicht, einen Weg zu finden, mich so zu verheiraten, dass es seinen politischen Interessen genutzt hätte.«

»Oh, Maddie!«

Sie streckte die Hand aus und umschloss sein Handgelenk. »Und dann, Merrick, dann habe ich erfahren, dass ich ein Kind erwartete. Kannst du meine Angst verstehen? Ich hatte seit Monaten nichts von dir gehört. Meine Briefe nach London blieben unbeantwortet – wobei ich natürlich annahm, sie würden das Haus meines Vaters verlassen, was ich inzwischen bezweifele.«

»Jesus Christus.«

»Bessett hat mir einen Ausweg geboten und einen Namen für mein Kind. Was sonst sollte ich tun? Ich war nicht so mutig, wie deine Großmutter es vielleicht gewünscht hätte. Manch einer könnte sagen, ich hätte kein Rückgrat bewiesen. Aber ich meinte es damals so, wie ich es jetzt meine: kein Opfer war oder ist zu groß, wenn es meinem Kind dient. Und die Ehe mit Bessett war mein Opfer.«

»So, wie ich jetzt das Opfer bin?«, fragte er heiser. »Maddie, hasst du mich so sehr, dass du mich nie wieder sehen willst? Wird es dir Schmerz bereiten, mich vor deiner Tür zu sehen?«

Sie schüttelte den Kopf. »Wir müssen einen Weg finden, weiterzumachen.«

»In Ordnung«, sagte er leise. »Also wie fangen wir es an? Bin ich ein lang verschollener Cousin? Der Pate des Jungen? Was werden wir den Leuten auftischen, Maddie?«

»Die Leute können zur Hölle fahren!«, sagte sie. »Merrick, warum hast du mir nie gesagt, was mein Vater dir angetan hat?«

Er sah sie ausdruckslos an.

»Diese Narbe«, fuhr sie mit fester Stimme fort. »Das hat *er* getan, und noch Schlimmeres. Ich weiß es. Die Wirtin in Gretna Green hat es mir erzählt hat.«

Er fluchte im Stillen und saß dann schweigend und starr da, eine Ewigkeit lang, wie es schien.

Verdammt soll er sein!, dachte Madeleine. Sie würde hier bis zur Morgendämmerung sitzen bleiben, wenn das nötig war, um eine Antwort von diesem Mann zu bekommen.

»Maddie«, sagte er schließlich, »welchen Unterschied macht das jetzt noch? Ich hatte mir gesagt, dass du dich für deinen Vater entschieden hattest. Dass du nicht hören wolltest, dass schlecht von ihm gesprochen wird. Aber vielleicht war gerade das ein Teil meines – wie hat Granny es genannt? – ja, meines übermäßigen Stolzes. Oder vielleicht war es Teil dieses Mantels aus Zorn, den zu tragen du mir gerade vorgehalten hast.«

»Vielleicht war es das«, murmelte sie. »Und ich habe meinen Vater geliebt, Merrick. Sogar bis zum Schluss habe ich geglaubt, dass ihm mein Wohlergehen am Herzen lag. Aber … so war es nicht, nicht wahr?«

Merrick räusperte sich ein wenig rau. »Ich war keine gute Partie, Maddie«, gab er zu. »Ich bin sicher, er hat gefühlt, dass du unter hundert Männern hättest wählen können, die besser und reicher waren als ich.«

»Wie schrecklich großzügig von dir«, sagte sie trocken. »Aber ich denke nicht, dass ihm das das Recht gegeben hat, dich halbtot zu schlagen. Und ich denke, wir beide wissen inzwischen, dass er mich mit dem Teufel selbst verheiratet hätte, wenn es ihm nützlich gewesen wäre.«

Merrick ballte die Hände zu Fäusten. »Verdammt, Maddie, begreifst du, dass all das – oder das Schlimmste davon – hätte vermieden werden können, wenn ich etwas ganz Simples getan hätte?«

»Was?«

»Wenn ich Alasdair gesagt hätte, was wir vorhatten«, erwiderte er grimmig. »Ich hätte ihn um seine Kutsche bitten und ihm sagen sollen, dass wir heiraten würden. Aber einmal in meinem verdammten Leben wollte ich der schneidige Draufgänger sein. Ich wollte … ich weiß nicht … vielleicht wollte ich einmal wie Alasdair sein. Und deshalb habe ich seine Kutsche genommen und alles für ein großes romantisches Abenteuer gehalten.«

»Oh, Merrick!«

Er sah sie fast beschämt an. »Hätte ich es ihm gesagt, Maddie, er wäre gekommen, um nach mir zu sehen, als ich nicht nach

Hause kam. Er wäre nach Gretna Green gekommen, und er wäre clever genug gewesen zu sehen, aus welcher Richtung der Wind wehte und um deinem Vater und dessen Tricks Einhalt zu gebieten. Aber ich habe es niemandem gesagt. Aye, vielleicht hat Granny doch recht, was diesen übermäßigen Stolz angeht.«

»Sie haben dich verletzt zurückgelassen«, sagte sie.

»Sie haben mich halbtot zurückgelassen«, entgegnete er grimmig. »Und mit voller Absicht. Aber ich erinnere nichts aus diesen Wochen, Maddie. Die einzige klare Erinnerung, die ich habe, ist, dass ich diese lange Auffahrt zum Haus deines Vaters hinaufgegangen bin, halb betäubt von Laudanum, um den Schmerz auszuhalten.«

»Zu Fuß?« Wäre er nach Sheffield gekommen wäre, wäre dies das Erste, was sie hörte.

»Eigentlich, denke ich, bin ich wohl geritten«, räumte er ein. »Der Knochen in meinem Bein war nicht ganz verheilt, und meine Hüfte war – nun, ein verdammter Brei. Aber in meinen Gedanken bin ich gegangen. In meinen Träumen, das ist das, woran ich mich erinnere.«

»Das wusste ich nicht.«

Er zuckte mit den Schultern, als wäre es bedeutungslos. »Nun, es hat nichts gebracht, dein Vater war fort, und du hattest wieder geheiratet, haben sie behauptet. Zwei Wochen zuvor.«

»Lieber Gott!« Alles das setzte sich jetzt Stück für Stück zusammen. *Zwei Wochen?* »Merrick, erinnerst du dich an meine Zofe?«

»Florette?« Seine Stimme verriet Neugier. »Oh ja. Viel zu gut sogar.«

»Ich denke, sie war Dads Spionin. Er hat sie in Gretna Green zurückgelassen.«

»Aye, ohne Zweifel, um auf meine Beerdigung zu warten«,

sagte er finster. »Maddie, sie hat mir geschworen, du hättest deine Meinung geändert. Sie brachte deinen Vater zum Stall, und ... sie hat mir gesagt, dass sich deine Gefühle für mich geändert hätten.«

»Lieber Gott!«, sagte sie wieder. »Und sie ist diejenige, die die Seite aus dem Hochzeitsregister herausgeschnitten hat. Ich bin mir jetzt sicher. Die Namen sind zu ähnlich. Flora. Florette. Dad muss sie bezahlt haben.«

Einen Moment lang saßen sie schweigend da. Madeleine gingen all die hässlichen Wahrheiten durch den Kopf. Ja, es hatten sich viele Leute gegen sie beide verschworen. Aber da war etwas in ihr, das daran glaubte, dass wahre Liebe immer siegte – und dass sie, wenn sie nicht siegte, sie nicht wahr genug gewesen war. Oder dass man nicht mutig oder stark genug war, sie zu verdienen.

»Nun, das ist lange her, nicht wahr?«, sagte sie leise. »Eine Ewigkeit ist seitdem vergangen.«

Er wandte sich ihr zu und sah sie an. »Ja«, nickte er schließlich. »Eine Ewigkeit.«

Madeleine raffte ihre Röcke, halb entschlossen, aufzustehen und ins Haus zurückzukehren. »Nun, ich bin froh, dass wir dieses Gespräch hatten. Vielleicht ist alles jetzt nicht weniger tragisch, aber es ist gut, dass wir einige alte Gespenster beerdigen konnten.«

»Ich bin auch froh«, erwiderte er, aber seine Stimme klang hohl.

Es war an der Zeit, das Thema zu wechseln. Zeit zu beginnen, so weiterzumachen, wie sie weitermachen wollte – als Geoffs Mutter und, wäre es annähernd möglich, als Merricks Freundin. Sie zwang sich zu einem Plauderton. »Diese kleine Insel dort drüben – was ist das?«

»Eine kleine Insel«, erwiderte er.

Madeleine zwang sich, zu lachen. »Schuft!«, sagte sie. »Kann man dorthinüber? Ist dieser kleine Kahn dazu gedacht?«

Merrick spähte über den Rand des Stegs. »Ich würde das kaum einen Kahn nennen«, erwiderte er. »Es ist nur eine Art Floß, das im Sommer manchmal benutzt wird. Aber ja, es wird mit den Staken vorwärtsbewegt, oder man lässt sich einfach treiben.«

Sie sprang auf die Füße. »Bring mich hinüber«, sagte sie impulsiv.

»Jetzt?« Er schaute zu ihr hoch, als hätte sie den Verstand verloren. »Im Dunkeln?«

Sie streckte ihm die Hand hin. »Es ist nicht dunkel. Der Mond scheint so hell, dass man die Sterne nicht sehen kann. Das hast du selbst gesagt.«

Mit einem Ausdruck ernsten Widerstrebens ließ er sich von ihr auf die Füße ziehen. Er schaute herunter auf das Floß und zuckte mit den Schultern. »Kannst du schwimmen?«

»Ziemlich gut«, lächelte sie. »Und ich kann um mich schlagen und höchst wirkungsvoll um Hilfe rufen.«

»Tatsächlich? Nun, das sollte genügen.«

Er wollte es tatsächlich tun? Madeleine fühlte sich auf unerklärliche Weise beschwingt.

Merrick fasste nach dem Pfosten, an dem das Floß vertäut war und stieg mit geschmeidiger Anmut vom Pier. Der Stocherkahn schwankte unter seinem Gewicht, aber Merrick balancierte die Bewegung geschickt auf seinem kräftigeren Bein aus, dann bot er Madeleine seine Hand.

Es war ein wenig schwierig und auch ein wenig beängstigend, einen so großen Schritt hinunter auf das schwankende Gefährt zu machen. Aber sie hatte darum gebeten, also raffte

Madeleine die Röcke mit einer Hand, hob sie hoch und machte den Schritt. Irgendwo mittendrin jedoch umfing Merrick ihre Taille mit seinem starken Arm und hob sie geschickt in die Mitte des Floßes. Sie stieß einen lauten Schrei aus, als sie dort landete, und schlug sich rasch die Hand vor den Mund.

Im flackernden Lampenschein konnte sie sehen, dass seine Augen vor Vergnügen aufblitzten. »Du hast jetzt alle dazu gebracht, aus dem Haus zu laufen und uns zu retten, Maddie«, schmunzelte er. »Ich bin mir ganz und gar nicht sicher, wie ich die Tatsache erklären würde, dass zwei vernünftige, verantwortungsbewusste Erwachsene etwas so Impulsives und Närrisches tun.«

Sie hielt seinen Blick für einen Moment gefangen. »Aber man kann das Leben doch nur richtig genießen, wenn es mit ein bisschen Gefahr verbunden ist«, murmelte sie. »Merrick, wie lange ist es her, dass du irgendetwas Verrücktes getan hast?«

»Nun, das war ...«, er dachte einen Moment lang nach, »vor zwölf Jahren, elf Monaten und ... zwei Tagen?«

»Aha«, sagte sie ruhig. »Du sprichst von dem Tag, an dem wir London verlassen haben und nach Gretna Green gefahren sind.«

Bei diesem Gedanken wurde ihr das Herz ein wenig schwer. Aber er sagte vermutlich die Wahrheit. Es war vermutlich die letzte Verrücktheit, die er gemacht hatte. Oder zumindest musste es ihm so scheinen. Sie räusperte sich laut. »Dieses Floß liegt schrecklich tief im Wasser«, sagte sie. »Meinst du, es könnte kentern?«

»Ausgeschlossen«, versicherte er ihr und nahm wieder ihre Hand. »Sieh her, setz dich in die Mitte, und du wirst nicht mehr fühlen als eine leichte Neigung.«

Sie setzte sich. »Was ist mit dir?«

»Oh, ich komme gut damit zurecht«, sagte er und kniete sich hin, um die Vertäuung zu lösen. »Ich fahre dieses Ding, seit ich ein Junge war. Was befiehlt die Lady jetzt? Zur Insel?«

Sie dachte nach. »Ich möchte sie gern sehen, ja.«

»Dein Wunsch ist mir Befehl.«

Bald hatte Merrick einen Stecken in der Hand genommen und das Floß vom Steg abgestoßen.

»Kommst du mit diesem Stecken wirklich bis auf den Grund?«, fragte sie unbehaglich.

Er lachte. »An einigen Stellen schon, denke ich. Wir sind hier am flacheren Ende des Lochs, und um diese Jahreszeit ist es nicht sehr tief.«

Auf diese Weise beruhigt, stützte Madeleine die Hände hinter sich auf, lehnte sich zurück und schaute in die mondhelle Nacht. Mit dem dunkelblauen Nachthimmel über und dem rhythmischen Rauschen des Wassers unter sich fühlte sich die Fahrt in der Tat sehr ruhig an – und wunderbar entspannend.

»Die Strömung zieht einen immer in Richtung Ufer«, bemerkte Merrick. »Ich werde es in tieferes Wasser staken, dann können wir uns bis zur Insel treiben lassen – hoffe ich.«

Eine Weile glitten sie schweigend über das Wasser. Was an geringer Strömung vorhanden war, konnte man im Mondlicht deutlich erkennen. Mit tiefen, gleichmäßigen Bewegungen manövrierte Merrick das Floß vorwärts, bis schließlich die Anstrengung ihn sein Gefühl des Anstands vergessen machte. Die Insel war nur noch wenige Meter entfernt, als er den Stecken aus der Hand legte und seine Jacke auszog und neben Madeleine auf das Floß legte. Ein herber Duft nach Moschus vermischt mit dem nach Seife und etwas Würzigem hüllte sie für einen Moment ein.

»Du hast dein Rasierwasser gewechselt«, sagte sie spontan.

Er zögerte einen Moment und wandte sich halb um, sie anzusehen. »Habe ich das?«

Sie stützte sich auf die Unterarme und schaute zu ihm hoch. »Ja, ich habe es an dem Abend bemerkt, als wir ...« Sie verstummte verlegen, als sie daran dachte, was sie in Lady Treyherns Haus getan hatten.

»Ja, ich verstehe«, sagte er trocken, und nahm den Stecken wieder auf. »Ich habe vorhin nicht die Wahrheit gesagt, nicht wahr?«

»Hast du nicht?«

Er würde sie jetzt nicht ansehen. »Als du mich gefragt hast, wann ich das letzte Mal etwas Verrücktes getan habe.«

Madeleine dachte einen Moment lang darüber nach. Sie rollte sich auf einen Arm und sah ihn direkt an. »Merrick, hast du nie etwas Unüberlegtes getan, es sei denn ... nun, es sei denn, ich war daran beteiligt?«

»Nein«, sagte er nachdenklich. »Nein, Madeleine, ich glaube nicht.« Die kräftigen Muskeln seiner Arme und seines Rückens arbeiteten in dem Takt, in dem Merrick das Floß mit dem Stecken langsam durch das Wasser gleiten ließ.

Sie beobachtete das Spiel seiner Muskeln; das Mondlicht schien weiß auf sein Leinenhemd. »Nun, auf jeden Fall hat dein altes Rasierwasser mehr nach Limone gerochen. Aber dieses hier ...« Sie hob die Nase und schnupperte. »Ja, es ist eine Art holziger Muskatnussduft.«

Er lachte. »Es ist, was immer Phipps einkauft«, sagte er. »Ich kann dir versichern, dass ansonsten kein Gedanke daran verschwendet wird.«

Alle Sinne Merricks waren sich Madeleines Nähe bewusst. Er war ein wenig erstaunt über die Tatsache, dass sie sich noch an sein altes Rasierwasser erinnerte. Er spürte ihren Blick auf sich ruhen und fragte sich, woran sie dachte. Dachte sie wie er an ihr intensives, fast verzweifeltes Beisammensein in Treyherns Pantry? Die Erinnerung daran sollte eher zum Lachen reizen, aber sie tat alles andere als das.

Er schüttelte den Gedanken ab und trieb den Stecken tiefer. Er berührte noch immer den Grund, wenn auch nur knapp. Madeleine hatte ihn heute Abend mit der Enthüllung überrascht, die sie Geoffrey unerwartet gemacht hatte. Er hatte sich fast mit einer gewissen Vorfreude auf weitere Debatten über diesen Punkt eingestellt. Er war von Natur aus nicht streitsüchtig, aber wenn es um Madeleine ging ... Nun, jede Art von Gespräch, jede Art von Gefühl, ganz egal wie hasserfüllt oder wie leidenschaftlich es sein mochte, alles schien besser als nichts zu sein.

Aber dieses Mal war es vorbei. Für das Glück ihres Kindes würde sie alles opfern, hatte sie gesagt, sogar ihren Seelenfrieden. Nun, er hatte nicht den Wunsch, ihr diesen letzten Rest von Trost zu nehmen. Soweit er es sehen konnte, hatte sie verdammt wenig davon erfahren. Was er tun wollte, war ... nun, etwas von diesem Chaos in Ordnung zu bringen, das sie angerichtet hatten. Was er wollte, war ... *sie*.

Ob er darum beten könnte? Gab es überhaupt eine Hoffnung?

Er bedauerte zutiefst die grausamen Worte, die er an jenem Nachmittag im Gasthaus zu ihr gesagt hatte. Er hatte sie eine Hexe genannt und womöglich noch Schlimmeres. Voller Wut auf ihren Vater und dessen Machenschaften war er nicht mehr bei Verstand gewesen, und er war wütend auf Maddie gewesen, weil sie an seinen Motiven, aus denen er sie geheiratet hatte, gezweifelt hatte. Seine Grobheit an jenem Nachmittag wurde nur noch von seinen zuvor ausgesprochenen Drohungen übertroffen, dass er darauf bestehen würde, seine ehelichen Rechte wahrzunehmen.

»Wir sind jetzt in tiefem Wasser, nicht wahr?« Ihre leise Stimme schnitt in sein Bewusstsein.

Oh, sie ahnte ja nicht einmal die Hälfte davon. «Aye, in sehr tiefem.«

»Ich glaube nicht, dass der Stecken den Grund berührt.«

Merrick stand am Rand des Kahns und hielt den Stecken mit beiden Händen fest umklammert. »Nein, aber es wird gleich wieder flacher, wenn wir uns der Insel nähern.«

»Merrick, warum legst du das da nicht aus der Hand und setzt dich für eine Weile neben mich?«

Er schaute auf sie herunter. »Möchtest du nicht so schnell wie möglich zur Insel?«

Sie schüttelte den Kopf. »Nein, ich möchte, dass du dich setzt. Lass uns einfach sehen, wohin es uns von hier aus treiben wird.«

Merrick hätte fast laut gelacht. Er glaubte daran, dass ein Mann nur dorthin ging, wohin er sich selbst brachte; Maddie dachte, sie sollten sich einfach eine Weile treiben lassen. Es lag eine verborgene Bedeutung darin, fürchtete er, konnte sie aber nicht benennen. Er legte den Stecken auf den Boden, band ihn fest und setzte sich neben sie. Ein seltsames Schweigen senkte sich über sie, und eine Ewigkeit lang, wie es schien, sagte keiner von ihnen ein Wort.

Schließlich stützte sich Maddie wieder auf ihre Unterarme. Sie hatte die Füße, die unter ihren Röcken hervorguckten, so lässig übereinandergeschlagen, als läge sie entspannt bei einem Familienpicknick im Gras. Er folgte ihrem Beispiel, schob seine Jacke gegen die niedrige Seitenwand des Kahns und stützte die Arme auf. Er hatte sein Gleichgewicht noch nicht wiedergefunden, als das Floß einen harten Ruck machte, und Merrick halb auf Madeleine warf.

Madeleine stieß einen Schrei aus und schlang die Arme um seine Taille.

»Verdammt!«, sagte Merrick. Er schaute zu den Ästen hinauf, die über ihnen hingen. »Nun, wir sind an deiner kleinen Insel angetrieben worden, Maddie.«

Sie lag unter ihm und unterdrückte ein Lachen. Merrick wollte sich erheben, als er den Fehler beging, auf Madeleine herunterzusehen. Und so geschah es. Ihr Lachen verstummte. Er war sich plötzlich und sehr deutlich ihres Körpers bewusst, der sanften Kurve ihrer Hüften, und dem Heben und Senken ihrer Brüste, die ihr Abendkleid verführerisch betonte.

Madeleine machte keine Anstalten, sich zu befreien. Stattdessen suchten ihre Augen sein Gesicht. Gegen besseres Wissen legte er den Handrücken an ihre Wange. »O Gott«, wisperte er. Ihre Augen wurden weich und sie schluckte mühsam. Er beugte sich zu ihr herunter und küsste sie sanft.

»Maddie«, murmelte er an ihrem Mundwinkel.

Sie stieß einen Seufzer aus und ließ ihre Hand von seiner Taille zu seinem Rücken gleiten. Fast wie aus eigenem Willen legte sich sein Arm um sie, bis seine Hand ihren Hinterkopf umschloss. Er neigte den Kopf über sie und küsste sie wieder. Ihre Lippen waren warm und nachgiebig. Erwartungsvoll. Eifrig. Er berührte ihre Lippen mit einer Sanftheit, wie er sie fast dreizehn lange Jahre nicht mehr empfunden hatte, und Maddie schmiegte sich an ihn. Ihr Kopf sank in den Nacken, als sie sich ihm öffnete.

Er stieß seine Zunge tief hinein und war verloren. Verloren in der samtigen Süße ihres Mundes. Er schloss die Augen, und die Welt um ihn herum versank. Alles bewegte sich nur noch in köstlicher Langsamkeit. Sie küssten sich, wieder und wieder, bis sie glaubten, es könnten Stunden vergangen sein. Irgendwann fanden ihre Hände seine Krawatte und zogen sie von seinem Hals.

Seine Hände umschlossen ihr Gesicht. Ihre schlanken Finger glitten unter den Bund seiner Hose und langsam zog sie sein Hemd heraus. Und die ganze Zeit küsste sie ihn. Ihre Lippen trafen sich, wieder und wieder, bis sie glaubte, vor Sehnsucht zu vergehen. Ihre Augen waren voller Verlangen.

Er stützte sich ein wenig hoch. »Maddie, wir ...«

»Schhh!« Sie hob den Kopf, um ihm zu folgen, und streifte seinen Mund mit ihren Lippen. »Sag nichts. Hör nicht auf. Lass uns nur ...«

»Treiben?«, schlug er vor. »Und sehen, wohin es uns bringt?«

»Ich weiß, wohin ich will«, wisperte sie. »Wenigstens heute Nacht, wenn du mich dorthin bringen willst.«

Er küsste sie wieder, heiß und voller Verlangen. Unter ihnen bewegte sich das Floß in der Dünung des Wassers. Sie lösten sich keuchend voneinander, und ihre Blicke hielten sich gefangen, als ob beide fürchteten, dieser Augenblick könnte vergehen und sie zurück auf die Erde bringen.

»Zieh mich aus«, wisperte sie.

Er schaute ungläubig auf sie herunter, aber die Hoffnung brannte schon in seinem Herzen. »Jetzt?«, fragte er, seine Stimme klang ruhig und überraschend fest. »Hier im hellen ...«

»... im hellen Mondlicht, ja.« Ihre Augen waren sicher. »Zieh mich aus, Merrick, langsam, so wie du es immer getan hast. Ich will deine Hände wieder auf mir spüren. Und ich will wissen ... ich will wissen, ob ich mich in deinen Augen verändert habe.«

Er strich mit der Fingerspitze über ihre Wange. »Du hast dich nicht verändert, Maddie«, sagte er heiser. »Das wirst du nie.«

Sie löste den Blick von seinem. »Ich bin älter geworden«, sagte sie. »Ich habe ein Kind geboren. Und ich habe einige Pfunde zugenommen. Aber ich hoffe, dass der Mondschein alles in ein romantisches Licht hüllen wird.«

»Du bist vom Mädchen zur Frau geworden«, sagte er und seine Hand glitt zum Verschluss ihres Umhangs.

Er würde es tun, das wusste er. Er würde es tun, so wie sie es wollte. Er würde sie im Mondlicht ausziehen. Es war Wahnsinn. Würde er es bereuen? Vielleicht. Aber wenn er auch die kleinste Möglichkeit hatte, dann würde er sie küssen und jeden Zentimeter von ihr streicheln, und er würde sie lieben mit seinen Händen und seinem Mund und seiner prallen Männlichkeit, bis sie vor Lust schrie. Und würde die halbe Burg wegen des Lärms zusammenlaufen, dann sollte das so sein.

Er schlug ihren Umhang zurück und streifte den Ärmel ihres Kleides herunter, dabei küsste er ihren Nacken und ihre Schulter, bei jedem wunderbaren Zentimeter, den er enthüllte. Unter ihm bebte sie vor Entzücken und streichelte unter seinem Hemd seinen feuchten, harten Rücken. Wenn sie die Narben fühlte, so ließ sie es sich nicht anmerken.

»Zieh es aus«, bat sie und zog das Hemd höher.

Er richtete sich auf und gehorchte ihr, zog es über den Kopf und von seinen Armen, ohne den Blick von ihr abzuwenden. Sie keuchte leise und ließ ihre Handflächen über seine Brust gleiten. »Du bist … herrlich«, wisperte sie. »Und du … nun, du bist nicht der junge Mann, den ich geheiratet habe.«

»Nein?«

»Ganz sicher nicht.« Sie setzte sich auf und mit den Händen

auf seinen Schultern beugte sie den Kopf, um seinen Nacken zu liebkosen. »Nein«, sagte sie zwischen den Küssen. »Er war ein wunderschöner Bursche aus den Highlands. Aber du ... ah, du bist ein herrlicher Mann.«

Er beugte den Nacken, um auf sie herunterzusehen. »Du hast ja auch viele davon gesehen, nicht wahr?«

»Hunderte«, sagte sie und küsste noch immer seine Brust, seine Schultern, sogar seine Arme. »Hast du eine Ahnung, wie viele Statuen nackter Männer es in Rom gibt? Oder Neapel? Oder Paris? Und keiner davon könnte dir das Wasser reichen.« Ihre Zunge kam hervor, um seine Brustwarze spielerisch zu necken.

»Könnten sie nicht?«

Sie lachte und schüttelte den Kopf. »Mein Vater hat mich einmal davor gewarnt, dass deine schockierende Vorliebe für körperliche Arbeit deine Hände rau und deine Haut grob machen würde«, flüsterte sie. »Aber er vergaß zu erwähnen ... welche Vorteile das hat.«

Ihre Hände streichelten seine festen Muskeln. Er sah gut aus; er war ein großer, kräftiger Mann in der Blüte seines Lebens. Aber er hatte seinen Körper niemals als schön betrachtet. Und sie würde das auch nicht tun, sollte sie im hellen Mondlicht einen Blick auf seinen Rücken erhaschen können.

»Maddie«, wisperte er, seine Stimme klang drängend. »Maddie, Liebes. Etwas an mir ist ganz und gar nicht schön.«

Sie hörte auf mit dem was sie tat. Sie sah ihn mit Augen an, die weich vor Verlangen waren und die vor Freude leuchteten. Er hatte das immer geliebt; er liebte es, dass sie ein Dutzend Gefühle zur selben Zeit fühlen und zeigen konnte. »Welcher Teil von dir ist nicht schön?«, fragte sie und ließ ihren Blick zu seiner unteren Region gleiten. »Und ich weiß genau, welchen Teil du nicht meinst.«

»Aye, der Teil ist derselbe«, gab er zu. »Aber mein Rücken … nun, er sieht noch sehr viel schlimmer aus als mein Gesicht.«

»Dreh dich um.«

Gott, er war ein verdammter Narr. Aber er hatte es angefangen, und deshalb tat er, worauf sie bestand, setzte sich auf und wandte sich halb ab von ihr. Es gab eine lange, tödliche Stille, die sich unendlich auszudehnen schien. Dann spürte er ihre Lippen auf seinen Nacken. »Oh Merrick«, wisperte sie hinter ihm. »Es … es tut mir so unendlich leid.«

Er stieß ein sarkastisches Lachen aus, aber sie sagte nichts mehr. Stattdessen setzte sie sich auf und schmiegte ihre Brüste gegen seinen Rücken. »Noch immer wunderschön«, murmelte sie und küsste seinen Nacken und seine Schulter und seinen narbenübersäten Rücken. Kleine Schmetterlingsküsse berührten ihn überall, während sie die Arme um ihn schlang, und ihre Hände die harten Muskeln seiner Brust hinaufglitten.

Hinter ihm erhob sie sich auf die Knie, küsste und liebkoste ihn, bis ihre geschickten Finger seine Brustwarzen fanden und ihr Mund sein Ohrläppchen. Sie knabberte erst sanft daran, dann zog sie es in die Wärme ihres Mundes und saugt daran in einer verführerischen, schockierenden Imitation von … nun, von etwas, für das man nicht das Ohr eines Mannes nahm.

Er zog sich aus ihrer Umarmung zurück und wandte sich zu ihr um. »Maddie«, flüsterte er. Seine zitternden Hände legten sich auf die Knöpfe ihres Kleides, öffneten sie einen nach dem anderen. Dann streifte er es ihr mit einer fast verzweifelten Geste herunter. *Langsam*, ermahnte er sich. *Sei langsam!*

Er konnte ihre Brüste sehen, die kleinen aufgerichteten Brustspitzen drückten sich durch den feinen Stoff ihres Hemdes. Sein Mund suchte danach, saugte daran, bis der Stoff feucht war. Er hob den Kopf und der Anblick reichte, ihn zu vernichten. Er kniete jetzt und zog sie ein wenig weniger langsam aus, und sehr viel weniger geschickt, als er es gewünscht hätte. Und als sie nackt war, drängte er sie zurück auf den Kleiderstapel.

»Herrgott, Maddie«, sagte er. »Du bist wie eine Vision des Himmels.«

Im Mondlicht schloss sie scheu die Augen. Er schaute herunter und sah, dass seine Hose sich über seinen Lenden spannte, dass seine Erektion hart gegen den feinen Stoff drückte. Maddies Absicht war klar. Er zog seine Schuhe aus und begann, die Knöpfe zu öffnen.

Als er aufschaute, beobachtete Maddie ihn, und in ihren Augen lag eine unmissverständliche Hitze. Sie richtete sich unvermittelt auf, und ihre Hände griffen nach dem Verschluss seiner Hose. Wortlos öffnete sie den letzten Knopf, dann ließ sie die Hand über seinen Bauch nach unten gleiten, um ihn zu berühren. Es war eine kleine Geste, unschuldig verglichen mit der Gier der Frauen, an die er gewöhnt war. Aber auf unerklärliche Weise stockte ihm der Atem.

Mit ihrer Hand quälte sie ihn, während die andere den Stoff zu Seite schob. Seine Hosen lagen jetzt um seine Knie, und er beugte sich zurück, um sich von Madeleine berühren zu lassen. Er genoss die leichte Berührung ihrer Finger. Das Streicheln wurde intensiver. Bald massierte sie seine heiße Rute, während die andere Hand noch tiefer geglitten war.

Mit einem Stöhnen umfasste er ihr Handgelenk. »Maddie, Liebes, du musst aufhören«, presste er zwischen zusammengebissenen Zähnen hervor.

Sie sagte nichts, aber ihre Hand hielt inne. Dann fühlte er ihre Lippen auf seiner Schulter; sie kniete jetzt vor ihm und balancierte geschickt die Bewegungen des Floßes aus. Er erbebte, als sie seine Brustwarze zwischen ihre kleinen weißen Zähne nahm. Und dann beugte sie sich herunter, küsste seinen straffen Bauch, glitt tiefer und küsste seine pralle Lustlanze. Sein Körper erzitterte vor Entzücken.

Sie hatte ihn schon einmal so berührt, vor langer Zeit, und er war beschämt und dankbar zugleich dafür gewesen. Zehn Tage nach ihrer Flucht aus London hatten sie die Nacht in einem bezaubernden kleinen Gasthaus in der Nähe von Penrith verbracht. Sie hatten sich das Essen aufs Zimmer bringen lassen und vielleicht ein wenig mehr Wein getrunken, als klug gewesen war. Danach hatte Madeleine ihn gebeten, sie in die weniger herkömmlichen Arten der körperlichen Liebe einzuweihen. Vielleicht aus Egoismus war er der Bitte nachgekommen und hatte ihr erlaubt, Dinge zu tun, die – nun, von denen man niemals erwartete, dass eine Lady sie tun würde.

Madeleine war eine begierige Schülerin gewesen, war so begierig gewesen, wie jetzt wieder. Ihr Zunge fuhr hervor und strich leicht über die Länge seines Schaftes. »Merrick?«, murmelte sie. Ihre Lippen pressten sich auf die Stelle, wo seine Oberschenkel sich vereinten. »Erinnerst du dich … daran? Darf ich es tun?«

Wieder umfasste er ihr Handgelenk. »Ich erinnere mich«, sagte er.

Sie schaute zu ihm hoch, nur große, vom Mondlicht strahlende Augen und weiche Unschuld. Er konnte nicht Ja sagen. Aber, Gott mochte ihm helfen, er konnte auch nicht Nein sagen. Madeleine lächelte und senkte den Kopf. Ihre Lippen schlossen sich um die purpurne Spitze; seine Knie zittern. Sie beugte sie sich so weit vor, dass er ihre zierlichen kleinen Zehen sehen konnte, die unter ihrem nackten Po hervorschauten. Und dann nahm sie seinen Schaft auf, Zentimeter um brennenden Zentimeter, während sie auf dem See dahintrieben. Er versank tiefer und tiefer in ihrem Mund, fürchtete, vor Lust zu zerbersten.

Merrick streckte die Hand aus, um sich an der niedrigen Seitenwand festzuhalten. Madeleine bewegte sich über ihm, streichelte und saugte. Fuhr mit der Spitze ihrer Zunge an seiner Länge herunter und sandte ein Zittern durch seinen Körper. Als er ein tiefes Stöhnen ausstieß, glitt Madeleines Hand zwischen seine Beine und umschloss seine Liebesäpfel, während sie die Bewegungen ihres Mundes intensivierte. Ihre andere Hand stimulierte gnadenlos seinen Schaft, strich entlang der gleitenden Nässe, wieder und wieder.

Merrick ließ den Kopf in den Nacken fallen und keuchte. »Maddie!«

Flüchtig zögerte sie. »Soll ich auf …«

»Nein«, stieß er hervor. »Nicht … nicht jetzt.« Seine Hände schlossen sich um ihre Schulter, als wollte er ihr Halt geben, seine Arme spannten sich hart an.

Sie schob ihn sanft fort und nahm ihre erotische Fürsorge wieder auf, jeder Streich ein Vergnügen, wie er es noch nie erfahren hatte. Es lag reine Schönheit in ihren Berührungen, aufrichtige, zutiefst weibliche Leidenschaft. Wilde Begierde rauschte durch seine Adern. Er öffnete die Augen. Fast ehrfürchtig sah er zu, wie ihre Zunge über seine Schwanzspitze glitt, ihr sinnlicher Mund ihn lustvoll verschlang.

Ihr Griff wurde fester. Merrick vergrub die Finger in ihrem Haar, kämpfte gegen den Drang an, tiefer in sie zu stoßen. Schließlich biss er die Zähne zusammen.

»Genug, Liebes«, keuchte er. »Hör auf. Wirklich.«

Sie hörte auf und erhob sich, ohne ihre Hand von ihm zu lösen.

Er zog sie an sich und küsste sie leidenschaftlich. »Leg dich hin, Maddie«, wisperte er. »Lass mich dich lieben. Jetzt.«

Jetzt? Nein. Er hatte sie immer geliebt. Und er würde nie aufhören, sie zu lieben.

Madeleines Augen waren warm, aber ein wenig unsicher. Sie rollte sich zurück auf die Ellbogen, und er folgte ihr herunter, griff nach einem Bündel Kleider, um ihren Kopf darauf zu betten. Das Mondlicht umhüllte sie, lieblich und rein. Sie war die Vollkommenheit, diese Frau. Seine Frau. Ihre Brüste waren voll, aber nicht groß, ihre Knospen zartrosafarbene Kreise auf alabasterfarbener Haut. Er stieß zur Seite, was von seiner Kleidung ihn noch behinderte, und legte sich auf sie wie ein Raubtier.

Er nahm ihren Mund, drang mit festen, sicheren Stößen in sie hinein; ein Versprechen auf die Lust, die kommen würde. Er saugte an ihren Brüsten, knabberte gerade so an ihnen, dass sie sich aufbäumte und aufschrie. Seine Finger wanderten zu ihrem Po, gruben sich in ihre Haut, während ihr Atem immer heftiger ging.

Merrick glitt aus ihrem Griff und legte seine Hände flach auf ihre Rippen, dann ließ er sie höher gleiten, um ihre Brüste zu umschließen, während sein Mund sich tiefer bewegte, den ganzen Weg herunter ergötzte er sich an ihrer zarten Haut. Mit der Zunge erforschte er das Dreieck aus weichen Locken, dann ließ er sie tiefer gleiten, um den darunter verborgenen Schatz zu suchen. Ihre Knospen waren hart unter seinen Daumen, ihre kleine Perle prall und verlangend. Er strich federleicht darüber, wieder und wieder, bis Madeleines Atem stoßweise ging.

»Oh!«, wisperte sie, als er seine Hände fest auf die Innenseiten ihrer Oberschenkel legte.

Er beugte sich herunter, drängte ihre Beine weiter auseinander. »Madeleine«, murmelte er. »Du bist die Vollkommenheit.«

Sie sagte nichts, aber aus dem Augenwinkel sah er, wie ihre Hand sich in den Stoff des Umhangs krallte. Er ließ die Daumen höher gleiten zu den köstlichen Winkeln ihrer Oberschenkel und öffnete ihr Fleisch seinem hungrigen Mund. Sie stieß einen leisen Schrei der Lust aus, und sanft ließ er einen Finger in ihre feuchte Mitte gleiten. Befriedung erfüllte ihn, als sie auf seiner Hand zu reiten begann.

Sie schrie auf, als er leicht ihre harte Perle leckte, und dieses Mal war es ein Schrei quälenden Verlangens. Sie zitterte, als er seine Zunge und seine Finger rhythmisch bewegte. Dann ein letztes Streicheln. Madeleine rief seinen Namen. Einmal. Zweimal. Und dann schrie sie laut auf und bewegte sich unter ihm, eine Ewigkeit lang wie es schien. Als es vorbei war, legte er den Kopf auf die Weichheit ihrer Oberschenkel und verspürte seltsamerweise den Wunsch, zu weinen.

Doch er tat es nicht. Er beugte sich über sie, schloss die Augen und drang mit einem Stoß in sie ein. Madeleines Schoß zuckte noch immer vor Lust. Und später konnte er nicht mehr sagen, wo ein Höhepunkt geendet und ein anderer begonnen hatte. Er wusste nur, dass er sie heftig geritten hatte, jeder Muskel angespannt, seine Hüften stoßend, zutreibend auf diese vollkommene Vereinigung, diesen Moment der Verbundenheit, den er so lange vermisst hatte.

Ihre Finger gruben sich in sein Fleisch, trieben ihn an. Sein Name war wieder auf ihren Lippen, ein leiser Ton des Flehens in jedem atemlosen Schrei. Ihr Körper bog sich, ihre Hüften begegneten seinen, Stoß für Stoß. Und dann war da ein Explodieren in seinem Kopf, ein unendlicher Moment reiner Lust und Maddies Schönheit wie ein weißes Licht um ihn herum.

Sein Kopf wurde zurückgeworfen, sein Mund stumm geöffnet, er war sich nur noch seiner und Madeleines Lust bewusst.

Viele Momente später lagen sie ineinander verschlungen da, satt und erschöpft. Er griff nach seinem Mantel und deckte sie damit zu. Sie lächelte, steckte ihre Nase in die Falten und sog tief den Duft ein.

»Ich habe es immer geliebt, wie du gerochen hast«, wisperte sie, die Augen geschlossen. »Es war das Erste, denke ich, was ich an dir bemerkt habe.«

Er neigte den Kopf, um auf sie herunterzusehen. »Zum Teufel auch«, murmelte er. »Nicht meinen Witz und meinen Charme?«

Sie lachte und öffnete die Augen. »Du hast Witz und Charme«, sagte sie ruhig. »Warum musst du dich immer über dich selbst lustig machen, Merrick? Nicht jeder findet Alasdair so bezaubernd, solltest du wissen.«

Er lächelte und zog ihren Kopf an sein Kinn.

Vielleicht hatte Madeleine recht. Aber seit Jahren war er unfähig gewesen, dem Glauben zu entkommen, dass Alasdair niemals ein solcher Narr wie er gewesen wäre, sie zu verlieren. Frauen verließen Alasdair nicht. Nein, sie liefen ihm nach. Alasdair hätte einen Weg gefunden, sie zu bezaubern, und ihren Vater und ihre ganze Verwandtschaft auch.

Aber dies war ein Moment des Glücks, wenn auch nur ein sehr flüchtiger. Er wollte ihn auskosten. Neben ihm rückte Madeleine näher an ihn heran und legte ihre Wange auf seine Brust. Es war höchstes Entzücken, fast schöner als der Liebesakt selbst. Sie waren um die Insel herum getrieben worden, die im tiefen Schatten der Bäume lag. Merrick neigte den Kopf in den Nacken und schaute in den Nachthimmel. Der Mond war wunderschön, eine scharf umrissene leuchtende Kugel, die im Abnehmen begriffen war. Die Luft war kühl, das sanfte Schaukeln des Wassers unendlich beruhigend. Er schloss die Augen und überließ sich diesem Frieden.

Bis Alasdairs Stimme laut über den See schallte. »Lady Bessett?«, rief er. »Hallo! Hallo!«

»O Gott!« Madeleine sprang mit einem Satz auf, sah dabei aus wie ein Schulmädchen, das bei einem Streich ertappt worden war, und brachte das Floß bedenklich in die Neige. Rasch griff sie nach ihrem Hemd und zog es über. Merrick wollte ihr sagen, nicht zu antworten, aber Alasdairs Stimme klang besorgt.

»Lady Bessett!«, rief er. »Madeleine? Sind Sie dort drüben? Geht es Ihnen gut?«

Sie sah aus wie ein verschrecktes Reh. »Es ist alles in Ordnung«, rief sie und bemühte sich verzweifelt, ihr Mieder zusammenzuraffen. »Uns ... uns geht es gut.«

Merrick hatte seine Hosen jetzt wieder angezogen. »Es ist alles in Ordnung, Alasdair. Wir sind nur ... ein Stück mit dem Floß gefahren.«

»Ah.« Obwohl die Stimme jetzt leiser war, trug sie über das Wasser.

Madeleine wühlte wie ein Kaninchen in dem Kleiderberg, zog Schuhe und ihr Kleid hervor und Gott weiß was. Rasch griff Merrick nach ihren Unterhosen, Strümpfen und seinem Halstuch – alles in diesem Moment nicht lebenswichtig – und stopfte das Bündel hinten in seinen Hosenbund. Dann zerrte er sich sein Hemd über den Kopf, seine Jacke und seinen Mantel, krempelte die Hosenbeine hoch und band den Stecken los.

Binnen Augenblicken hatte sich Madeleine äußerlich repräsentabel gemacht, obwohl Merrick befürchtete, dass Alasdair kaum Zweifel daran haben würde, was geschehen war. Er stakte das Floß langsam zum Ufer, während Madeleine ihr Haar richtete. Als sie sich dem Steg näherten, sah er Alasdair im gelben Schein der Lampe stehen und über das Wasser starren, seine Miene wirkte erschrocken. Etwas Weißes baumelte in seiner Hand.

»Du lieber Himmel, Sir Alasdair«, sagte Madeleine strahlend, als das Floß sanft gegen den Steg stieß. »Sie haben uns ziemlich erschreckt.«

Alasdair streckte seine freie Hand aus, um ihr auf den Steg hinaufzuhelfen. Merrick hatte angefangen, das Floß festzubinden, während er seinen Bruder finster anschaute. Was für eine verdammte Störung war das gewesen?

Aber Alasdair hatte nur Augen für Madeleine. »Ich hörte ein Geräusch auf dem See«, sagte er, und seine Stimme klang leicht gereizt. »Eine Art menschlichen Schrei. Deshalb kam ich her und bin am Ufer entlanggegangen. Und dann habe ich auf dem Steg das hier gefunden.«

Er hielt ein Damentaschentuch in der Hand. Es war nass und zerdrückt, aber selbst im Lampenschein konnte Merrick das zierliche M erkennen, das in eine Ecke eingestickt war.

Madeleine griff nach dem Taschentuch. »Oh, vielen Dank, Sir Alasdair«, sagte sie. »Es war gewiss nicht meine Absicht, Sie zu beunruhigen.«

Merrick zog sich seine Stiefel an, dann stieg er hinauf auf den Steg. Alasdair grinste, als er die hochgekrempelten Hosenbeine sah. »Du siehst wieder wie vierzehn aus, alter Knabe«, sagte er. »Spielst du noch immer den Piratenkönig?«

Merrick sah ihn grimmig an. »Aye, etwas Ähnliches.«

Endlich wurde sein Bruder blass. »Oh«, sagte er. »Ich nehme an, ich habe gestört.«

»Ganz und gar nicht«, widersprach Madeleine hastig. »Wir

waren schon auf dem Rückweg. Wir haben gelacht. Ein wenig laut. Wir entschuldigen uns dafür.«

»Gelacht. Ja, natürlich.« Alasdair nickte wie ein Idiot und versuchte, nicht zu grinsen. »Der See ist wunderschön bei Mondschein, nicht wahr, Lady Bessett?«

»Ja, wunderschön, in der Tat«, bekräftigte Madeleine schnell. »Danke, Merrick, für diesen herrlichen Ausflug!«

»Es war mir ein Vergnügen!«

Sie gähnte fast theatralisch. »Ich glaube, ich muss jetzt ins Bett. Merrick?«

»Ich bin noch nicht müde«, erwiderte er. »Geh nur. Nimm meine Laterne.«

Ein Ausdruck der Verunsicherung glitt über ihr Gesicht. Er konnte ihr ansehen, dass sie bleiben wollte, und eigentlich pfiff Merrick darauf, was Alasdair denken könnte. Aber um Madeleines willen gewann die Schicklichkeit.

»Ich kenne meinen Weg wie eine Katze in der Dunkelheit, Lady Bessett, wenn Sie sich mir also anvertrauen wollen?« Alasdair bot ihr seinen Arm an und zusammen gingen sie gesetzten Schrittes den Steg entlang.

Merrick stemmte grimmig die Schulter gegen den Pfosten und sah ihnen nach, bis sie aus dem Lichtschein verschwunden waren. Sollte Alasdair für diese Störung zur Hölle fahren! Obwohl seine Sorge zugegebenermaßen nicht unangebracht gewesen war. Der See konnte gefährlich sein für die, die seine Geheimnisse nicht kannten. Aber für Merrick hatte es sich angefühlt, als hätten er und Madeleine eine ... ja, was? ... eine Übereinkunft treffen können? Einem Kompromiss? Er war sich nicht sicher. Aber er war sicher, dass sie ihn noch immer so begehrte, wie er sie begehrte. Und verdammt, sie waren Mann und Frau. Er hatte ein Recht ...

Nein. Er hatte auf nichts ein Recht. Seine Großmutter hatte die Wahrheit erkannt: Er hatte sich vor all diesen Jahren von seinem Stolz leiten lassen – *fehl*leiten lassen –, nicht von Maddie. Welche Fehler Maddie auch gemacht haben mochte – er musste ihre Jugend und ihre Unerfahrenheit berücksichtigen. Er dachte wieder an Lady Ariane Rutledge, ein Kind von siebzehn, die viel weniger streng erzogen worden war als Madeleine. Durfte er Madeleine auf ewig für ihre Entscheidungen bestrafen? War da noch irgendetwas übrig von ihrer Ehe, abgesehen von diesem verdammten Stück Papier, mit dem er ihr drohte?

Plötzlich, in diesen wenigen kurzen Augenblicken, war Merrick gezwungen, die Möglichkeiten abzuwägen, die ihm für den Rest seines Lebens offen stünden. Sollten es die Bess Bromleys dieser Welt sein? Sollte es Trieb und Dunkelheit sein? Oder Süße und Licht? Lust? Schmerz? Konnte ein Mann, der so übersättigt war wie er, eine Liebe leben, die rein war?

Mit Madeleine könnte er es. Dessen war er sich jetzt sicher. Aber er erinnerte sich an einen Spruch seiner Großmutter; einen, den er immer für eher trivial gehalten hatte. *Was man liebt, muss man loslassen können.* Jetzt kam er ihm gar nicht mehr trivial vor. Merrick nahm seine Laterne und kehrte ins Haus zurück.

Eine Viertelstunde später stand er vor Madeleines Tür. Er klopfte mit dem Handrücken leise an und wartete ungeduldig. Sie trug ihr Nachthemd, als sie ihm öffnete, das blonde Haar fiel ihr um die Schultern.

Sie sah ihn aus ihren großen grünen Augen an, freudig, dachte er. »Merrick.«

Er brachte ein Lächeln zustande und gab ihr ihre spitzengesäumten Unterhosen und die sauber gefalteten Strümpfe. »Ich dachte, es ist besser, wenn Phipps dies morgen früh nicht bei mir findet.«

Sie errötete.

»Madeleine, darf ich hereinkommen?«, fragte er. »Ich habe noch etwas, was ich dir gern geben würde … dir *zeigen* würde, das ist vielleicht das bessere Wort.«

Sie hob leicht die Augenbrauen. »Ja«, sagte sie und öffnete die Tür weiter. »Ja, natürlich.«

Es schien seltsam, sie wieder in ihrem Nachtgewand zu sehen. Das Haar reichte ihr bis fast zur Taille und ihre nackten Zehen schauten unter dem weißen Spitzensaum hervor.

Er wandte seine Aufmerksamkeit auf anderes. Er würde irgendwann wieder ihr Haar und ihre Zehen bewundern können – falls er sehr, sehr viel Glück haben würde. Und es gab nur einen Weg, das herauszufinden. Er kam sich vor wie Alasdair, der sein ganzes Vermögen auf eine Karte setzte – außer dass es hier um so sehr viel mehr als sein Vermögen ging. Es ging um sein Leben.

Auf ihrem Frisiertisch brannte eine Lampe. Merrick zog seine Brieftasche hervor und nahm das kostbare Stück Papier heraus, das er darin verwahrte. Sie folgte ihm zum Frisiertisch. »Merrick?«, sagte sie scharf. »Was … hast du vor?«

Merrick sprach ein letztes Stoßgebet, wickelte das Dokument um seinen Finger und ließ es in das Glasgehäuse der Lampe fallen. Ihre Hand griff nach der Lampe. »Merrick! Mein Gott!«

Er packte ihre Hand und riss sie zurück, ehe sie sich selbst in einem Akt dummer Höflichkeit verbrannte.

Stumm sahen sie zu, wie die Ecken ihrer Heiratsurkunde sich hochbogen und sich in heiße, glühende Asche verwandelten, bevor sie hell aufflammte. Binnen Augenblicken war es vorüber. Ein Häufchen grauer Asche lag um den Docht, und die Wände des Glasgehäuses waren schwarz von Ruß.

Madeleine hatte die Hand vor den Mund geschlagen, ihre Augen waren weit aufgerissen. »Merrick«, wisperte sie. »Lieber Himmel, warum hast du das getan? Und warum jetzt, nachdem du sie all die Jahre aufbewahrt hast?«

Merrick starrte auf das, was von seiner Ehe übrig geblieben war. Ein Teelöffel Asche. Gut. Vielleicht war es das, was es immer gewesen war – oder immer sein würde. Wie immer sein Spiel ausging, er musste mit den Konsequenzen leben; jetzt hatte er kein Ass mehr im Ärmel.

Er schaute auf und in die Augen der Frau, die einmal seine Ehefrau gewesen war. »Ich habe die Urkunde nicht behalten, weil sie eine Art Beweis war, Maddie«, sagte er, »sondern weil sie alles war, woran ich mich festhalten konnte. Jetzt gibt es sie nicht mehr. Unsere Namen im Heiratsregister sind ausgelöscht. Mr. und Mrs. MacLachlan gibt es nicht mehr.«

Sie war so blass geworden, als empfände sie Angst. »Was sagst du da?«

»Dass ich kein Recht auf dich habe«, sagte er ruhig. »Oder du auf mich.«

»Aber ich dachte … ich dachte …«

Er bannte sie mit seinem eisblauen Blick. »Ja, was dachtest du, Maddie?«, flüsterte er. »Als ich vor fast dreizehn Jahren mein Ehegelübde gesprochen habe, da meinte ich jedes Wort, und das für mein ganzes Leben. Ich dachte, wir würden immer zusammen sein, in guten wie in schlechten Zeiten.«

Sie schüttelte den Kopf, ein wenig verzweifelt. »Ich habe das auch geglaubt.«

Er legte ihr die Hände auf die Schultern. »Aber du warst

jung – *zu* jung –, und du wusstest nichts von Ungemach und Widrigkeiten. *Ich* wusste davon, Maddie. Ich wusste es gut, denn ich war nie so beschützt worden wie du. Aber ich war stolz, und ich beging die Sünde, mich von meinem Zorn beherrschen zu lassen. Und jetzt ist dieses ganze verdammte Elend nichts als kalte Asche, die morgen früh von Alasdairs Dienstboten weggefegt wird. Es ist vorbei, Maddie. Alles, was von nun an zwischen uns ist, wird das sein, für das wir uns entscheiden.«

Sie sah ein wenig krank aus. »Merrick, ich weiß nicht … ich weiß gar nicht … was ich sagen soll.«

Er nickte. »Denk darüber nach, Maddie«, erwiderte er. »Und lass das, was heute Nacht gewesen ist, um Gottes willen nicht dein Denken beeinflussen. Dies ist deine zweite Chance. Du bist eine ungebundene Frau. Du kannst heiraten, wenn es dir gefällt, kannst gehen, wohin du willst und so leben, wie du es möchtest. Ich kann dich zu nichts zwingen.«

»Aber – aber was ist mit Geoff?«

Merrick schüttelte den Kopf. »Das Papier ist verbrannt, Maddie«, sagte er. »Was immer Geoff und ich uns aufbauen werden, liegt allein bei uns.«

Als er ging, stand sie noch immer am Frisiertisch, eine Hand auf ihr Herz gedrückt. Er ging sehr schnell hinaus und schloss die Tür hinter sich, aber nicht, ohne etwas unsagbar Närrisches zu tun – so etwas wie Beten.

Kapitel 20

Wer nicht wagt, der nicht gewinnt.

Als Madeleine am darauf folgenden Morgen zum Frühstück hinunterging, traf sie im Esszimmer auf Sir Alasdair und seine Frau, die sie freundlich begrüßten. Madeleine entging jedoch nicht der seltsame, verstohlene Blick, mit dem Merricks Bruder sie ansah, als er glaubte, sie merke es nicht. Vermutlich bedauerte er seinen nächtlichen Spaziergang am Seeufer.

Vielleicht wäre es für sie alle besser gewesen, wenn sie und Merrick allein geblieben wären, dachte Madeleine, um das zu beenden, was sie begonnen hatten. Aber wie beenden? Mit welchem Ausgang? Madeleine wusste es nicht. Nichtsdestotrotz hatte irgendetwas gestern Nacht Merricks Meinung geändert. Ihr tat noch immer das Herz weh wegen des Verlustes ihrer Heiratsurkunde. Was um alles in der Welt hatte er damit beweisen wollen?

Natürlich hätte sie erleichtert sein sollen. Ohne dieses kleine Stück Papier hatte Merrick keinerlei Ansprüche mehr an sie, welcher Art auch immer. Warum also empfand sie dann diese unerklärliche Traurigkeit statt der großen Erleichterung, die sie verspüren sollte?

Esmée ging herum, um Kaffee nachzuschenken, und irgendwie zwang Madeleine sich, ihre Aufmerksamkeit dem Essen zuzuwenden. Die drei unterhielten sich freundlich über das Wetter, über ein Dorffest, das vierzehn Tage zurücklag, und über die unaufhörlichen Anforderungen, die es kostete, ein Anwesen zu unterhalten, das so alt war wie Castle Kerr.

»Ist Merrick deswegen unterwegs?«, fragte Esmée. »Schaut er sich die Trockenmauer an?«

»Aye.« Sir Alasdair stellte seine Kaffeetasse ab und betupfte sich den Mund mit seiner Serviette. »Wer immer auch gesagt hat, ›Müßiggang ist aller Laster Anfang‹ kann meinen Bruder damit nicht gemeint haben. Wir werden ihn vor dem Dinner vermutlich nicht zu Gesicht bekommen.«

Nachdem sie ihr Frühstück beendet hatte, entschuldigte Madeleine sich und ging zu Geoff, um ihn zu Lady Annis' Räumen zu begleiten. Ein Hausmädchen war damit beschäftigt, das Frühstück aus dem provisorisch hergerichteten Schulzimmer abzutragen. Mr. Frost, dem der Vormittag freigegeben worden war, tat seine Absicht kund, ins Dorf zu gehen, das ungefähr drei Meilen entfernt lag.

Geoff war in einer seltsamen Stimmung, fast beschwingt. »Freust du dich darauf, heute Vormittag ein wenig Zeit mit Lady Annis zu verbringen?«, fragte Madeleine ihn, als sie das Schulzimmer verließen.

»Mummy, ich bin so aufgeregt«, sprudelte der Junge hervor. »Ich habe bestimmt hundert Fragen. Meinst du, Lady Annis wird etwas dagegen haben, sie zu beantworten?«

»Nun, vielleicht nicht mehr als ein Dutzend oder so pro Tag, mein Liebling«, erwiderte Madeleine mit einem Lachen. »Aber ich glaube, der Zweck unseres Besuches ist der, dass du deine Fragen stellen kannst – alle davon.«

An der Tür beugte sich Madeleine herunter, um die Jacke des Jungen zurechtzuziehen. »Nun, Geoff, siehst du aus wie ein sehr präsentabler Schüler.«

Er überraschte sie damit, dass er die Arme um ihren Hals schlang und sie so fest umarmte, wie er es nicht mehr getan hatte, seit er ein kleiner Junge gewesen war. »Oh, es wird ein wunderbarer Tag werden, Mummy!«, sagte er und strahlte vor Glück über das ganze Gesicht. »Ich weiß es ganz genau. Mein Leben wird sich ändern, für immer und ewig, und bald wird es vollkommen sein.«

Madeleine empfand einen Ansturm der Freude. Konnte es sein, dass sie nicht völlig verstanden hatte, wie viel diese Besuche bei seiner Urgroßmutter ihm bedeuteten? Gestern war er ganz angetan gewesen, aber nicht so euphorisch. Aber heute Morgen war ›euphorisch‹ ganz gewiss kein zu starkes Wort. Geoff schien wirklich ein ganz anderer zu sein. Sie sprach ein stilles Dankgebet für Merricks weise Entscheidung, sie hierherzubringen, dann küsste sie den Jungen und klopfte an.

Nachdem sie Geoff bei seiner Urgroßmutter abgeliefert hatte, wusste Madeleine nicht recht etwas mit sich anzufangen. Ihr Glücksgefühl wegen Geoff trübte sich nur ein wenig, nachdem der Junge fort war. Sie fühlte sich ein wenig niedergeschlagen und beschloss, einen Spaziergang um den See zu machen. Ihn bei Tageslicht zu sehen, könnte ihr vielleicht eine gewisse Klarheit über das verschaffen, was in der vergangenen Nacht geschehen war.

Am alten Bootshaus verweilte sie für einen Moment. Der seltsame Stocherkahn war immer noch dort festgemacht, und sein Anblick ließ Madeleines Herz schneller schlagen. Sie hatten so viel geteilt auf diesem Floß, sie und Merrick. Eine Nacht voller Ehrlichkeit hatte, so schien es, viele Jahre des Zweifels ungeschehen gemacht. Und eine Nacht der Liebe – nun, es hatte nur die Flammen eines Feuers angefacht, das niemals erloschen war und niemals verlöschen würde. Das wusste sie jetzt ganz sicher.

Zu ihrer Verlegenheit kamen ihr wieder die Tränen. Guter Gott, was für eine Heulsuse war nur aus ihr geworden! Hastig wischte sie sie fort und ging mit energischen Schritten weiter.

Ihre Stimmung hatte sich ein wenig aufgehellt, nachdem sie ein Stück um das untere Ende des Sees gegangen war und die kleine Steinbrücke überquerte, um auf die andere Seite zu gelangen. Den halben Weg herunter zum gegenüberliegenden Ufer wurde ihr Anfall von Selbstmitleid durch die Begegnung mit Sir Alasdair unterbrochen, der aus der entgegengesetzten Richtung kam. Er sah nicht so aus, als machte er einen müßigen Spaziergang.

»Guten Morgen, Lady Bessett«, begrüßte er Madeleine. »Sie schnappen ein wenig gesunde Highlandluft, wie ich sehe.«

Madeleine schniefte diskret. »Ja, Ihr Zuhause ist wunderschön, Sir Alasdair.«

Er wandte sich ihr zu und bot ihr seinen Arm an. »Darf ich Sie begleiten?«, fragte er. »Ich gestehe, dass ich Ihnen absichtlich aufgelauert habe.«

Madeleine blieb kaum eine Wahl, als den angebotenen Arm anzunehmen.

Sir Alasdair schlug einen gemächlichen Schritt an, blieb von Zeit zu Zeit stehen, um auf Besonderheiten der Flora oder Fauna hinzuweisen, von denen er annahm, sie seien interessant für seinen Gast. Entlang der Wiese wuchsen Wildblumen in Hülle und Fülle. Schmetterlinge und Schwärmer flatterten hier und da herum. In der Ferne standen Ginster und Heide kurz davor, ihre Blütenpracht zu entfalten. Alasdair plauderte unentwegt, aber Madeleine hörte nur mit halbem Ohr zu.

Schließlich schien ihm ihr Desinteresse aufzufallen. »Ich bemerke, Lady Bessett, dass ich Ihnen eine Entschuldigung schulde«, sagte er schließlich. »Meine Störung gestern Nacht war unwillkommen und unangebracht.«

Madeleine musterte ihn von der Seite. »Sie war nicht unwillkommen«, erwiderte sie. »Außerdem ist das jetzt kaum noch von Bedeutung.«

Er sah sie seltsam an. »Mein Bruder dachte, es wäre von Bedeutung«, murmelte er. »Dessen können Sie gewiss sein.«

»Hat er das gesagt?«

»Oh, das war nicht nötig«, sagte Alasdair. »Der Blick des *Black MacLachlan* hat Bände gesprochen.«

Sie bedachte ihn mit einem seltsamen kleinen Lächeln. »Er ist der Finstere, Verschlossene, und was sind Sie? Der Heitere?«

Er lachte. »Aye, etwas in der Art.«

Eine Weile gingen sie schweigend am Ufer des Sees entlang. »Sie mögen mich nicht besonders, nicht wahr, Sir Alasdair?«, fragte sie schließlich. »Es tut mir leid, dass ich herkommen musste und Ihren Frieden störe – und das auch noch während Ihrer Hochzeitsreise. Zu meiner Verteidigung kann ich nur sagen, dass Ihr Bruder darauf bestanden hat.«

»Ja, ich habe mich darüber gewundert«, gab er nachdenklich zu. »Und es ist keinesfalls so, dass ich Sie nicht mag, meine Liebe. Was ich nicht mag, ist das Leben, das mein Bruder seit vielen Jahren führt.«

»Und Sie denken, das ist meine Schuld«, bemerkte Madeleine.

Er überraschte sie damit, dass er die Hand auf ihre legte, die auf seinem Arm ruhte. »Ich denke, es gibt genug Schuld, um sie an alle verteilen zu können. Sie und Merrick haben einige schlechte Entscheidungen getroffen, das ist wohl wahr. Aber wenn ich zurückschaue, denke ich, dass vielleicht auch wir, seine Familie, untätig dabeigestanden haben. Möglicherweise hätten wir Druck auf Ihren Vater ausüben können, wenn wir es versucht hätten.«

Madeleine stieß ein bitteres Lachen aus. »Wie lautet doch dieses wunderbare schottische Sprichwort? ›Spar dir deinen Atem, um dein Porridge damit zu kühlen‹? Ja, das würde hier passen. Sie hätten Ihren Atem bei meinem Vater ganz gewiss verschwendet.«

Sir Alasdair zuckte mit den Schultern. »Wahrscheinlich.«

»Jedenfalls«, sprach Madeleine weiter, »können Sie beruhigt sein. Merrick hat einen Weg gefunden, unserer Ehe ein für alle Mal ein Ende zu setzen.«

Sir Alasdair zog eine seiner perfekt geschwungenen Augenbrauen hoch. »Tatsächlich? Ich würde gern wissen, wie.«

»Ich weiß nicht, ob er Ihnen erzählt hat, dass der Eintrag unserer Eheschließung in Gretna Green aus dem Register verschwunden ist«, begann sie. »Es ist wenige Tage nach der Heirat geschehen – das Werk meines Vaters, nehme ich an. Und dann, in der vergangenen Nacht, hat Merrick …« Sie fand nicht die Worte.

»Ja? Nur weiter.« Sir Alasdair drückte ihre Hand.

»Letzte Nacht, nachdem … nachdem Sie mich nach Hause gebracht hatten, ist er in mein Zimmer gekommen, und er … nun, er hat unsere Heiratsurkunde verbrannt.«

»Tatsächlich?«, sagte Sir Alasdair noch einmal. »Er hat sie *verbrannt?*«

Madeleine begann zu weinen. »Er … er hat die Urkunde in meine Lampe geworfen«, sagte sie. »Und … und er wollte nicht, dass ich sie wieder heraushole!«

Sir Alasdair zog sie an sich und legte den Arm um ihre Schultern. »Nun, nun, meine Liebe!«, sagte er und zog mit einer Art Verbeugung ein Taschentuch hervor. »Trocknen Sie Ihre Tränen, bitte! Und jetzt erzählen Sie mir das Ganze noch einmal – und lassen Sie nichts aus.«

Madeleine hörte beschämt auf zu weinen und wiederholte die Geschichte, wobei sie auch vieles von dem hinzufügte, was Merrick gesagt hatte.

Sir Alasdair war wieder in einen Schlenderschritt gefallen, der sich jetzt sogar ein wenig beruhigend anfühlte. »*Dies ist deine zweite Chance*«, zitierte er die Worte seines Bruders. »*Du bist eine ungebundene Frau.*« Er sah sie aufmerksam an. »So frei, wie es jetzt auch mein Bruder ist. Nach all diesen Jahren. Wie außerordentlich bemerkenswert!«

Madeleine nickte. »Es gibt keinen Beweis, dass unsere Eheschließung je stattgefunden hat«, bekräftigte sie ein wenig traurig. »Jeder, der davon wusste, ist tot oder verschwunden. Alle Dokumente sind ebenfalls verschwunden. Die Gefahr eines peinlichen Skandals ist für Ihre Familie also vorüber. Ich hoffe, Sie sind erleichtert.«

»In der Tat, das bin ich.« Aber seltsamerweise grinste er dabei. »Den guten Namen meiner Familie aufrechtzuerhalten war immer mein vordringlichstes Anliegen. Fragen Sie nur irgendeinen von diesen Schurken und Schürzenjägern, mit denen ich herumgezogen bin.«

»Bitte machen Sie sich nicht über mich lustig, Sir Alasdair«, bat sie. »Ich meine es sehr ernst.«

Wieder neigte er den Kopf und sah sie seltsam an. »Und Sie wollen nicht versuchen, dem alten Knaben ein wenig den Boden unter den Füßen heiß zu machen, meine Liebe?«, schlug er vor. »Sie könnten damit Erfolg haben, wissen Sie.«

Madeleine wurde blass. »Nach allem, was Merrick durchmachen musste?«, sagte sie erschrocken. »Das würde ich ganz bestimmt nicht machen.«

Sir Alasdair nickte. »Also Ende gut, alles gut?«, sagte er. »Es sei denn ...« Er verstummte und seine Augenbraue hob sich wieder.

»Es sei denn was?«

Er blieb stehen und zuckte mit den Schultern. »Es sei denn, dass einer von euch es wünscht, noch verheiratet zu sein.«

Madeleine sah ihn stumm an.

»Oder ihr beide«, fuhr er fort. »Aber jetzt wären Sie in einer verflixt scheußlichen Lage, nicht wahr? Sie beide müssten aufhören, sich wie die Katzen anzufauchen, und einer von euch müsste ... nun, er müsste dem anderen nach allen Regeln der Kunst den Hof machen, nicht wahr? Genau genommen müsste einer von euch dem anderen einen *Antrag* machen.«

Madeleine blinzelte, als versuchte sie, einen klaren Gedanken zu fassen. »Einen Antrag?«

Er nickte, als wäre das die einfachste Sache der Welt. »Einen Heiratsantrag«, sagte er. »Einer von euch müsste zugeben, dass er sehr gern mit dem anderen verheiratet sein möchte. Ich persönlich kann den Ehestand nur empfehlen. Und schließlich, meine Liebe, sind Sie viel zu jung, um Witwe zu bleiben.«

»Aber ... aber ich bin keine Witwe«, flüsterte sie. »Oder doch?«

Alasdair zuckte lässig die Schultern. »Nun, mir kommt es so vor«, entgegnete er. »Und jetzt müssen Sie entscheiden, was Sie mit dem Rest Ihres Lebens anfangen wollen. Aber ich muss Sie warnen: Treffen Sie die richtige Entscheidung! Eine Ehe besteht für immer.«

Seine leichte Ironie entging ihr. Madeleine fühlte sich plötzlich, als bekäme sie keine Luft mehr. Alle Möglichkeiten, die das Leben bot – ihre Hoffnungen und ihre Träume –, sie alle konnten davonschwimmen. Und sie alle schlossen Merrick ein. So war es immer gewesen.

Sir Alasdair räusperte sich ein wenig rau. »Auf jeden Fall, meine Liebe«, fuhr er fort, »wäre es das Natürlichste von der Welt für meinen Bruder, seine Auserwählte nach Hause zu bringen, um bei einem besonderen Anlass in der Dorfkirche mit ihr getraut zu werden, oder nicht? Schließlich haben Esmée und ich alle um dieses Vergnügen betrogen. Die Hochzeitsglocken werden vermutlich zwei oder drei Tage lang läuten.«

Madeleine war noch immer ganz schwindelig. »Sir Alasdair! Das ist ein recht unglaublicher Gedanke ...«

»Nun, es ist nur eine Möglichkeit, die man überlegen könnte«, bemerkte er. »Aber Sie sollten sich zu sputen! Das Glück ist mit dem Tüchtigen, und der 22. Juli ist, so sagte man mir, ein sehr guter Tag zum Heiraten. Wenn Sie sich mit dieser Werbung ein bisschen beeilen und die entscheidende Frage möglichst schnell stellen – nun, ich würde meinen, dann sollte es Ihnen gelingen.«

Madeleine atmete tief durch. »Sir Alasdair, wo ...«

»Über die Hauptstraße«, fiel er ihr ins Wort und zeigte auf den Wald gegenüber dem Vorhof der Burg. »Dort gibt es einen kleinen Weg – eine Wagenspur, genauer gesagt –, der zu einer alten Scheune führt. Im Tal unterhalb dieser Scheune errichten wir zurzeit eine Trockenmauer, eine Art Zaun.«

»Ja. Dank. Vielen Dank.« Impulsiv stellte sie sich auf die Zehenspitzen und küsste ihn auf die makellos rasierte Wange. »Ich sollte dann gleich gehen, meinen Sie nicht?«

»Oh, das Denken ist nicht meine Aufgabe, meine Liebe«, schmunzelte Sir Alasdair. »Ich bin nur das hübsche Gesicht. Fragen Sie jeden, der mich kennt.«

Aber Madeleine hörte das Letzte kaum noch. Schnellen Schrittes und damit höchst undamenhaft hatte sie sich auf den

Weg gemacht, wobei ihr das Herz bis zum Hals klopfte. Würde sie eine zweite Chance bekommen? Sie konnte sich dessen nicht sicher sein – nicht, bevor sie bereit war, all ihren Mut zusammenzunehmen und danach zu fragen.

Vielleicht war es wirklich noch nicht zu spät. Sie würde alles riskieren, alles außer ihrem Kind, für die noch so kleine Chance auf das Glück und die Ehe, die sie auf so dumme Weise aufgegeben hatte. Dieses Mal wusste sie nur zu gut, was auf dem Spiel stand. Dieses Mal würde sie sich weder beirren lassen noch an der Zuneigung ihres Ehemannes zweifeln. Sie würde stark sein, was auch immer daraus werden würde.

Sie erinnerte sich jetzt an etwas, was er einmal zu ihr gesagt hatte. *»Nur das Herz kann einen Menschen binden, Maddie«*, hatte er gesagt. *»An ein Heim. Oder an irgendetwas anderes, was wirklich zählt. Ein Stück Papier ist bedeutungslos.«*

Er hatte recht gehabt. Das Papier bedeutete gar nichts. Aber Merrick – er bedeutete alles!

Madeleine brauchte nicht länger als fünf Minuten, um in das Tal zu gelangen, das sich wie ein grüner Teppich ausbreitete und mit Schafen gesprenkelt war. Am Ende der Weide konnte sie eine halbhohe Mauer sehen und Steine, die entlang ihres künftigen Verlaufs aufgehäuft lagen. Und dahinter eine einsame Gestalt, dunkel und breitschultrig, ohne Weste, die einen Vorschlaghammer schwang, mit weit ausholenden wuchtigen Schlägen.

Sie lief den Hügel hinunter in das Tal.

Merrick stand halb von ihr abgewandt und spaltete Steine so ordentlich wie ein anderer Mann Holz spalten mochte. Sein Rücken sah breit aus und mächtig im Morgenlicht. Als er sich umwandte, um den Stein zur Hälfte in die Mauer einzufügen, musste er sie bemerkt haben. Madeleine verlangsamte ihre

Schritte vom Laufen zu einem sich für ein Mädchen geziemenden Schritt und näherte sich atemlos der Mauer.

Er stand da und sah sie einen Moment lang an, seine Stirn bedeckt von Schweiß, dann legte er den Hammer aus der Hand. »Guten Morgen, Madeleine«, begrüßte er sie und wischte sich mit dem Ärmel die Stirn ab. »Du hast es ja sehr eilig. Es ist doch nichts passiert, hoffe ich?«

»Nein.« Sie schüttelte den Kopf und versuchte, zu Atem zu kommen. »Ich wollte nur fragen ...«, begann sie unbeholfen. »Ich wollte wissen, Merrick, ob ... ob ich dich ... nein, ob du gern ... Nein, ach, so geht es nicht.«

Mit einem Lächeln stützte er sich mit einem Ellbogen gegen die Mauer und lehnte seinen festen, großen Körper halb darüber. »Nun, ich habe nicht geahnt, dass du um Worte verlegen sein kannst, Maddie.«

Sie erwiderte sein Lächeln, und fühlte sich plötzlich fast so verlegen wie an dem Tag des Picknicks, als Merrick gekommen war, sie aus der Mitte ihrer streitsüchtigen Cousinen zu entführen. An jenem Tag hatte er ihr Herz gestohlen. »Merrick, ich möchte wissen, ob ich ... ob ich dir den Hof machen darf? Jetzt, da du doch ... ungebunden bist.«

Er lachte, richtete sich auf und kam um die Mauer herum auf ihre Seite. »Nun, ich weiß nicht, Mädchen«, sagte er, verschränkte die Arme vor der Brust und stellte einen Stiefelabsatz gegen die Mauer. »Sind deine Absichten denn ehrenhaft?«

Madeleine verschränkte die Hände auf dem Rücken. »Nicht ... nicht besonders, nein«, gab sie zu. »Sie wären mehr oder weniger so wie in der letzten Nacht.«

Merricks Lächeln weitete sich zu einem Grinsen. Er sah atemberaubend attraktiv aus mit seinen Hosenträgern, die er von den Schultern gestreift hatte, und mit seinen Muskeln, die noch angespannt waren von der körperlichen Anstrengung. Sein Hemd hatte er über die Äste eines Busches in der Nähe geworfen, und die schwarzen Haare auf seiner Brust wanden sich herunter über seinen harten Bauch, um im Bund seiner Hose zu verschwinden. Er kniff die Augen zusammen und sah sie an.

»Nun, ich bin ein hart arbeitender Mann, Maddie«, sagte er, als wollte er sie warnen. »Ich bin kein schmucker Mann. Ich werde mein Leben lang raue Hände und eine sonnenverbrannte Haut haben.«

»Ich ... ich verlasse mich darauf«, erwiderte sie. »Sonst hätte ich deinem Bruder den Hof machen müssen.«

Bei diesen Worten lachte er laut auf. Dann wurde er unvermittelt ernst.

»Ach, Merrick!«, sprach sie weiter. »Ich wünschte – oh, ich wünschte, du hättest die Urkunde nicht verbrannt!«

Er schüttelte ein wenig traurig den Kopf. »Was wir hatten, war keine Ehe, Maddie«, erinnerte er sie. »Es hatte keinen Sinn, an etwas festzuhalten, was nie wirklich war.«

Sie biss sich auf die Lippen. »Merrick, ich habe gelogen«, gab sie zu. »Ich will dir nicht den Hof machen.«

Sein Gesicht wurde blass. »Willst du nicht?«

Sie schüttelte den Kopf. »Nein, obwohl ich es tun werde, wenn das nötig ist, um mich dir zu beweisen.«

Wieder kniff er die Augen zusammen, wieder dieser lange abwägende Blick. »Was ist es denn, was du willst, Maddie?«

»Ich will ... ich will dich heiraten«, wisperte sie. »Ich ... ich bitte dich, Merrick, mich zu heiraten. Mein Mann zu sein. Geoffs Vater. Ihn zu adoptieren und ihm den Namen zu geben, den er tragen sollte. Ich bitte dich, mit uns zu leben und unser

Leben und unser Heim mit uns zu teilen – für immer. Und wenn du das willst, werde ich dir auch immer eine gute Frau sein. Ich werde niemals unsicher sein. Ich werde dich niemals verlassen.«

Er öffnete die Arme und sie lief hinein, warf sich gegen seine Brust. »Sei dir sicher, Maddie!«, flüsterte er in ihr Haar. »Wirf dich nicht weg an eine starrsinnigen, stolzen Mann wie ich es bin. Du bist eine zu wunderbare Frau. Lass dir Zeit und sei dir sicher, was du willst. Was immer es ist, ich werde dafür sorgen, dass es so geschieht.«

»Ich *bin* sicher!«, rief sie. »Ich bin seit dreizehn Jahren sicher! Ich habe nie jemanden außer dir geliebt, Merrick, und ich werde nie einen anderen lieben. Ich brauche dich. Und Geoffrey braucht dich auch. Wenn du warten willst, werde ich warten. Und ich würde noch mal dreizehn Jahre warten.«

»Schhh, Maddie.« Und dann küsste er sie. Es war ein langer Kuss, unendlich in seiner Süße. Unendlich in seinem Versprechen. »Und ich habe keine außer dir geliebt«, murmelte er, als er seine Lippen von ihren löste. »Ja, Maddie, ich werde dich heiraten. Du musst mir nur den Tag nennen. Morgen wäre mir noch zu spät.«

»Am 22. Juli«, entgegnete sie rasch. »In der Dorfkirche.«

Er zog die Augenbrauen hoch und schaute auf sie herunter, seine eisblauen Augen leuchteten. »Am 22., ja?«

Sie schaute bittend zu ihm hoch. »Wenn wir einen anderen Tag nehmen, Merrick, werde ich mir den nicht merken können. Denn das ist der Tag, der für mich immer mein Hochzeitstag war – und verbrannte Urkunde oder nicht. Und in Gedanken werde ich immer dreizehn Jahre zu diesem Hochzeitstag dazuzählen – jedes Mal, wenn wir ihn feiern.«

Er küsste sie wieder, rasch und hart. »Also dann der 22.,

Mädchen«, sagte er. »Aber das ist fast noch zwei Wochen hin. Was fangen wir beide bis dahin miteinander an?«

Madeleine lehnte sich zurück und ließ den Blick über seinen halbnackten Körper gleiten, dann schaute sie hinüber zu dem kleinen Wald. »Wie lautet dieses wunderbare alte schottische Sprichwort, Merrick? ›Sei glücklich, solange du lebst, denn du wirst sehr lange tot sein‹?«

»Ja, und das ist gut gesagt«, stimmte Merrick zu. »Es ist einer von Grannys Lieblingssprüchen.«

Madeleine sah ihm tief in die Augen. »Nun, ich fühle mich, als wäre ich lange Zeit tot gewesen«, lächelte sie. »Und jetzt, Merrick, solltest du mich in diesen schattigen kleinen Wald dort drüben tragen und mich sehr, sehr glücklich machen.«